전망 없는 시대, 전망을 찾는 소설

전망 없는 시대, 전망을 찾는 소설

초판 1쇄 인쇄 • 2019년 5월 25일
초판 1쇄 발행 • 2019년 5월 31일

지은이 • 최성윤
발행인 • 박성복
발행처 • 도서출판 **월인**
서울특별시 강북구 노해로25길 61
등　록 • 제6－0364호
등록일 • 1998년 5월 4일
전　화 • (02) 912-5000
팩　스 • (02) 900-5036
www.worin.net

ISBN 978-89-8477-671-5 93810

☞ 값은 뒤표지에 있습니다.

전망 없는 시대, 전망을 찾는 소설

최성윤

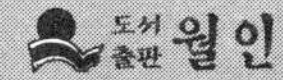

머리말

두 번째 논문집을 묶는다. 대학원 진학 이후 한국 근현대소설을 전공으로 삼아 공부하면서 20년이 넘는 시간을 보냈다. 그렇게 긴 세월 동안 연구자라는 허울을 뒤집어쓰고 고작 두 권의 논문집이라니, 참 게을러도 너무 게을렀다. 그러다 보니 이 책에 수록된 열두 편의 글 중 가장 먼저 쓴 것은 2002년에 탈고한 것이고, 가장 나중의 것은 2017년에 발표한 것이다. 그러다 보니 논의의 배경과 범주, 수준이 들쭉날쭉할 수밖에 없다.

핑계를 더 대자면 필자의 최근 관심과 가깝지 않은, 그리고 가까운 장래의 연구 계획에 포섭되지 않는 성격의 글들을 한데 모은 것이라고 말할 수 있다. 그러다 보니 마치 한 지붕 아래 업둥이 열둘을 옹기종기 모아 놓은 것 같다. 그래도 모두 내 과거의 모습을 그대로 간직한 글들이니 책임도 내가 질 수밖에 없다. 그리고 이제는 현재의 나로서 과거의 나를 부정하고 극복하려 노력하는 일이 남았다. 이 책의 출판과 함께 개인적 연구사의 한 시기를 매듭짓고 다음 출항을 준비하기로 한다.

사람이 좋아서 문학을 공부하게 되었고, 문학이 좋아서 읽고 쓰다 보니 가난한 연구자로서의 삶에 익숙해졌다. 서술자의 목소리에 귀 기울이고 인물들의 표정을 엿보면서 작가의 속마음을 읽어내는 일은 매번 어렵지만, 가슴이 뛰는 짝사랑과 같다.

작품의 뒤에 숨은 우리 작가들의 얼굴은 어둡고 쓸쓸해 보이는 경우가 압도적으로 많다. 글쓰기의 방법뿐만 아니라 자신이 믿는 삶의 옳은 방향을 가늠하거나 오롯이 지켜내는 것조차도 버거워하는 모습들이다. 그들이 살아낸 시대를 알고 나서 그들의 마음에 공감하는 것이 아니라, 책을 펼쳐 그들의 마음을 읽고 나서야 그 시대의 엄혹함을 짐작하게 된다. 서술자나 인물들을 통해 독자에게 전해지는 메시지가 시대를 건너 공감을 얻을 때, 그것이 바른 이해이든 터무니없는 오해이든 간에 텍스트를 중심으로 한 아름다운 소통의 장이 마련되는 것이다.

앞이 보이지 않는 시대였다. 그러나 우리 문인들은 없는 전망을 생산해내기 위해 작가생명을 걸었다. 그들이 작품세계 속에 강제로 형상화한 전망이 우리에게 감동을 준다기보다는 그것이라도 만들어내려는 악전고투의 과정 자체가 후대 독자의 심금을 울린다.

편의상 책을 세 부분으로 나누었다. 제1부에서는 근현대소설작품을 분석한 논문을, 제2부에서는 근현대소설비평과 관련한 논문을, 제3부에서는 기타 작가론적 논의와 소설교육론 등을 한데 묶었다. 세 가지 중 어떤 경우이든 당대적 한계 상황 속에서의 초극을 위한 노력을 엿볼 수 있는 텍스트들이 주요 연구 대상이 되었다.

2013년 첫 논문집을 내고 나서 6년이 지나는 동안 많은 일이 있었다. 그 좋은 일들과 나쁜 일들 중에 좋은 일만 기억하고 살 수 있다면 좋으련만 늘 생각대로 되지는 않는다. 가족들의 도움이 없었다면 연구자로서의 삶을 이어나가는 일이 더 고단했을 것이다. 이 책으로써 보답하고자 한다면 터무니없는 일이겠지만, 감사와 사랑의 마음만은 꼭 전해 드리고 싶다. 여러모로 어려운 출판 상황을 무릅쓰고 이 책을 맡아 주신 월인출판사에도 감사의 말씀을 드린다.

2019년 3월

최성윤

차 례

머리말 ▸ 5

제1부 근현대소설작품론

김유정 소설의 여성 인물과 '정조' ▸ 13
최명익, 「심문」의 인물 형상화와 만주 인식의 상관성 고찰 ▸ 33
정한숙 장편 『끊어진 다리』에 나타난 성인 화자와
회고담의 특질 ▸ 53
이근영의 『청천강』 연구 - 월북 이전 소설과의 유사성에
유의하여 ▸ 77

제2부 근현대소설비평론

근대 초기의 비평 논쟁과 '묘사' 개념의 구체화 과정 ▸ 103
근대 초기 서사 텍스트의 저작, 번역, 번안 개념에
관한 고찰 - 근대 초기 신문연재소설을 중심으로 ▸ 124
해방기 좌익 문학단체의 성격과 '민족문학론'의 전개 ▸ 146
전후 비평의 과도기적 성격과 창작방법론의 모색 - 1950, 1960년대
소설 비평의 흐름 ▸ 169

‖ 제3부 근현대작가론/소설교육론 ‖

『무정』 후일담의 소설 교육적 가치 ▸ 211
김동인의 창작방법론과 「소설작법」의 의의 ▸ 234
고교 교과서의 김유정 소설 수용 양상 검토 - 2011년 개정 16종 검정 국어 교과서를 중심으로 ▸ 260
김이석 문학, 인간 탐구의 도정 ▸ 282

제1부

근현대소설작품론

김유정 소설의 여성 인물과 '정조'

1. 서론

「산골 나그네」(『제일선』, 1933.4)는 김유정의 등단작이다. "뿌리 뽑힌 인간들의 빈궁한 생활상, 무기력한 남성과 생활력이 강한 여성, 살기 위한 매춘, 순박한 인간성, 원점 회귀(原點回歸)의 구성"[1] 등 김유정의 소설에 일관되고 있는 특징들이 이 작품에 고스란히 드러나 있다.

김유정 소설의 일관된 특징이 위와 같은 것들이라면 「산골 나그네」는 별다른 내적 분석 없이도 이후 전개된 개인 소설사의 궤적을 예감할 수 있게 하는 김유정의 초기작으로 자리매김하기에 부족함이 없다. 그러나 달리 말하면 김유정 작품세계 속 「산골 나그네」의 평범함은 작품에 대한 정밀한 분석을 가로막는 이유로 작용할 수도 있다.

그렇다고 해서 본 연구가 「산골 나그네」의 독특함이나 이후 작품들과의 차별성을 증명하고 김유정의 작품세계에 대한 해석의 폭을 현저

---

1 전신재 편, 『원본 김유정 전집』, 도서출판 강, 2007, 17면. 이하 작품 인용은 작품명과 함께 이 책의 면수만을 밝힌다.

히 확장하고자 의도하는 것은 아니다. 다만 「산골 나그네」를 읽고 난 후 김유정 작품으로서의 등질성뿐만 아니라 다른 작품과의 차이를 함께 발견할 수 있다면, 그 차이를 발생시키는 원인이 무엇인지를 살펴보고 해명하는 일 또한 필요할 것이다.

이 작품의 인물들도 가난하고, 이 작품의 인물들도 순박하며, 이 작품의 얼개 또한 여지없이 '원점 회귀의 구성'으로 설명될 수 있다. 그러나 「산골 나그네」에 등장하는 여성 인물이 남성 인물에 비해 생활력이 강하고, 살기 위해 매춘을 한다는 해석이 가능하다 해도, 살기 위해서는 어떠한 일도 마다하지 않는 영악하거나 뻔뻔스러워 보이기까지 하는 인물로 형상화되지는 않았다는 점에서 이후의 작품들과 분명히 구별된다. 생존의 논리를 내세워 전통적 생활의 윤리를 뒷전으로 돌리는 인물들이 지속적으로 나타난다는 선입견 아래 「산골 나그네」를 읽는 것과 어쩐지 좀 수줍어 보이고 아니면 지극히 순진해 보이는 '나그네'를 직접 만나는 것은 적지 않은 해석의 차이를 발생시킬 수 있다.

이 글은 「산골 나그네」를 시작으로 하여 김유정 소설에 나타나는 여성 인물의 특질을 '정조(貞操)'라는 문제에 착목하여 살피고자 한다. 남성 인물과는 다른 여성 인물의 소설적 지위를 가늠해 보고 김유정의 작품이 드러내고 숨긴 작가적 현실 인식을 탐색하는 기회로 삼으려는 것이다.

2. '아내'로서의 여성 인물을 통해 보는 민족 정체성의 문제

밤이 깊어도 술꾼은 역시 들지 않는다. 메주 뜨는 냄새와 같이 쾨쾨한 냄새로 방안은 괴괴하다. 윗간에서는 쥐들이 찍찍거린다. 홀어머니는

쪽 떨어진 화로를 끼고 앉아서 쓸쓸한 대로 곰곰 생각에 젖는다. 가뜩이 나 침침한 반짝 등불이 북쪽 지게문에 뚫린 구멍으로 새드는 바람에 반득이며 빛을 잃는다. 헌 버선 짝으로 구멍을 틀어막는다. 그러고 등잔 밑으로 반짇그릇을 끌어당기며 시름없이 바늘을 집어 든다.

산골의 가을은 왜 이리 고적할까! 앞뒤 울타리에서 부수수하고 떨닢은 진다. 바로 그것이 귀밑에서 들리는 듯 나즉나즉 속삭인다. 더욱 몹쓸 건 물소리 골을 휘돌아 맑은 샘은 흘러내리고 야릇하게도 음률을 읊는다.[2]

호젓한 산골이다. 떠꺼머리 노총각 덕돌이와 그의 어머니가 단둘이 사는 외딴 주막에 어느 날 젊은 나그네가 찾아온다. 제 발로 찾아온 젊은 여인에게 호감을 느낀 주인은 온갖 호의를 베풀고 마침내 나그네와 덕돌이의 혼례까지 성사시킨다. 그러나 어느 밤 나그네는 덕돌이의 옷을 훔쳐 달아나고, 뒤늦게 눈치 챈 모자가 나그네를 뒤쫓지만 종적을 찾지 못한다.

「산골 나그네」의 경개를 위와 같이 정리한다면, 우선 드러나는 주서사는 순박한 농민 덕돌이의 헛된 욕망과 좌절로 귀결될 것이다. 주인 노파와 덕돌이의 입장에서 보면 분에 넘치는 호의를 거절하고 옷을 훔쳐 달아난 나그네는 그야말로 배은망덕한 인물일 뿐이다. 덕돌이는 순진하게도 나그네에게 순정을 바치려 했으나 헛물만 켠 셈이다.[3] 이처럼 바보스럽기까지 한 남성 인물의 모습은 이후의 작품인

2 「산골 나그네」, 17-18면.

3 이 논문의 방향과 일치하는 것은 아니지만, '덕돌이'의 성격 또한 세심하게 규정될 필요가 있다. 작품의 분위기나 서술자의 어조를 살펴볼 때 '덕돌이'가 이후 발표 작품에서의 남성 인물처럼 희화화되지는 않았기 때문이다. 풍자이든 유정 골계이든 헛된 욕망의 좌절을 전면화하여 드러내는 여타 작품 속 남성 인물들의

「총각과 맹꽁이」(『신여성』, 1933.9), 「솥」(『매일신보』, 1935.9.3-14)에서도 '덕만이'와 '근식이'로 변주되어 나타난다.

> 덕만이는 금시로 콩밭을 튀어나왔다. 잿간 옆으로 달려들며 큰 돌멩이를 집어 들었다. 마는 눈을 얼마 감고 있는 동안 단념하였는지 골창으로 던져 버렸다. 주먹으로 눈물을 비비고는
> "살재두 나는 인전 안 살 터이유-" 하고 잿간을 향하여 소리를 질렀다.[4]

> 근식이는 구경꾼 쪽으로 시선을 흘낏거리며 쓴 입맛만 다실 따름- 종국에는 두 손으로 눈 위의 아내를 잡아 일으키며 거반 울상이 되었다.
> "아니야 글쎄, 우리 솥이 아니라니깐 그러네 참-"[5]

위 두 작품의 결말 부분과 「산골 나그네」의 결말은 일맥상통하는 부분이 있다. 서론에서 언급한 '순박한 인물', '원점 회귀의 구성'의 요소가 적나라하게 드러난 것이다. 다른 점이 있다면 「총각과 맹꽁이」, 「솥」의 결말이 해학적으로 처리된 반면 「산골 나그네」의 결말은 불안하고 초조한 여성 인물의 시선으로 착색되어 있다는 사실을 우선 들 수 있겠다.

> "아 얼른 좀 오게유"

성격은 부정적인 것으로 해석될 수밖에 없다. 그러나 「산골 나그네」는 중심인물의 성격을 긍정적, 부정적인 대립항 위에 놓지 않음으로써 이면의 서사를 발생시킨다.

4 「총각과 맹꽁이」, 37면.

5 「솥」, 155면.

똥끝이 마르는 듯이 계집은사내의 손목을 겁겁히 잡아 끈다. 병든 몸이라 끌리는 대로 뒤툭어리며 거지도 으슥한 산 저편으로 같이 사라진다. 수은빛 같은 물방울을 품으며 물결은 산벽에 부닥뜨린다. 어디선지 지정치 못할 늑대소리는 이산저산서 와글와글 굴러 내린다.[6]

위 인용문에서 보듯 「산골 나그네」의 결말이 늑대 소리 가득한 불길한 어둠으로 그려진 것은 나그네와 병든 남편의 앞날을 예견하여 보여주는 듯하다. 「총각과 맹꽁이」의 마지막을 희화적으로 채색한 맹꽁이 소리와는 전혀 다른 느낌으로 독자에게 다가가는 것이다. 즉 「산골 나그네」의 결말에서 독자가 마주하고 있는 것은 바보 같은 덕돌이의 얼굴이 아니라 공포에 질린 나그네의 얼굴이다.

'나그네는 어째서 덕돌이 모자의 호의를 저버리고 배신을 택했을까' 보다도 먼저 떠오르는 의문은 '나그네가 어째서 안락한 삶을 포기하고 불안한 삶을 이어가려 하는 것일까' 정도로 요약될 수 있다. 「산골 나그네」는 독자로 하여금 위와 같은 질문을 맨 먼저 던지게끔 하는 김유정의 드문 작품 중 하나이다.

나그네는 먹고 살기 위해 구걸을 했고 덕돌이의 집에서는 작부 노릇까지도 마다하지 않았다. 이는 김유정의 다른 작품 속에서 빈번하게 나타나는 들병이들의 모습과 다를 바 없을지 모른다. 「정조」(『조광』, 1936.10)의 행랑어멈이 집 주인의 환심을 사기 위해 애를 쓰고, 「소낙비」(『조선일보』, 1935.1.29-2.4)의 춘호 처가 이주사의 집에서 봉변을 무릅쓰는 것도 모두 돈 때문이라고 한다면 이와 마찬가지이다. 그러나 나그네의 행동을 생존을 위한 밑바닥 인생의 분투 정도로만 처리하기에는 미진한 부분이 있다. 만약 가장 큰 문제가 먹고 사는

---

6 「산골 나그네」, 28면.

것에 국한되어 있었다면 나그네가 덕돌이의 집을 떠나야 할 이유가 없어지기 때문이다.

「산골 나그네」의 서두가 주막집 주인의 눈에 비친 풍경으로 묘사되어 있는 반면 그 결말은 나그네가 바라본 풍경인 것처럼 처리되어 있음을 상기할 필요가 있다.[7] 덕돌이나 그의 모친의 입장을 위주로 하여 작품의 경개가 정리될 수 있었던 것처럼 나그네의 입장에서 가늠되는 새로운 줄거리를 구성할 수도 있다는 말이다.

이는 김유정의 농촌을 배경으로 하는 전 작품을 대상으로 여성 인물을 살펴볼 때 '아내를 밑천으로 삼아 돈을 벌려는 한심한 남편들과 남편의 말에 순순히 따르는 아내'라는 공식에 맞추어 「산골 나그네」를 바라볼 수도 있지만, 김유정의 등단작이 보여 주는 '병든 남편과 의리를 지키는 아내'의 구도가 이후의 작품에서 어떤 방식으로 변주되는가를 살피는 작업도 유효할 수 있다는 말과 같다.[8]

병든 남편을 이끌고 유리걸식하는 아내가 있다. 피차에 의도적으로 접근한 것은 아니지만 그 여자에게 호의를 베풀고 가족의 연으로 맺어지기를 권유하는 사람들이 있다. 정답게 말을 걸어오고 넉넉지 않은 살림에 양식을 나누고자 하는 그들을 위해 여자는 조건 없이 일을

7 최병우는 「김유정 소설의 다중적 시점에 관한 연구」(『현대소설연구』 23, 2004)에서 김유정 소설이 한 인물의 관점에서 서사 세계를 바라보다가 수시로 여러 작중인물의 시각으로 초점화하는 양상을 보이는 것에 대해 분석하고, '서술자의 다중적 성격'을 '다중적 시점'이라고 명명했다.

8 이와 같은 관점은 김유정의 다른 작품과 「산골 나그네」의 비교를 넘어서서 김유정 소설의 여성 인물과 여타 작가들이 형상화한 여성 인물을 비교하는 데에도 유효하게 적용될 수 있을 것이다. 예컨대 김동인의 「감자」나 이태준의 「오몽녀」가 형상화하고 있는 가난한 여성 인물들은 김유정의 여성 인물과 어떻게 다른가. 이들의 거리를 살펴보는 일 또한 '정조' 의식의 비교를 통해 가능하며, 그들의 적극적 행동이 어떻게 담론화되느냐에 따라 작가의 역사 사회적 현실 인식을 설명하는 하나의 기준이 될 수 있다.

돕는다. 내친 김에 혼사를 치를 요량으로 서두르는 이들에게 아무 말도 않은 것이 잘못이라면, 아무 말도 않은 것을 긍정이라 여긴 것이야말로 그들의 실수다. 병든 남편을 위해 새 옷 한 벌을 거두어 그 집을 빠져나온 여자는 병든 남편을 이끌고 어둡고 위험한 밤길을 재촉한다.

덕돌이 모자의 행동에 대한 긍/부정성 판단 이전에 주목되는 문제가 있다. 나그네의 입장에서 정리된 위 작품 경개에서 그의 행동은 '살아남기 위해 정조 등의 전통적 윤리 관념을 허물어뜨리는 식'의 것으로 이해될 수 없다. 그의 병든 남편이 아내의 훼절을 조장한 것도 아닌데다가 아내의 작부 노릇이나 거짓 결혼 등의 행동의 책임은 오히려 덕돌이 모자에게 상당 부분 있는 것이다. 아내로서 제 남편에게 돌아가는 행동이야말로 정조 의식의 발로가 아니겠는가.

「산골나그네」에서 초점 주체로 기능하고 있는 인물은 주막의 '주인'이자 덕돌의 '홀어머니'다. 그는 '나그네'가 자신의 주막에서 '작부' 노릇하기를 원한다. 그리고 말 잘 듣고 일 잘하는 것을 보고는 '나그네'가 자신의 딸처럼 함께 살기를 바라며, 노총각 아들을 둔 어머니로서 '나그네'를 자신의 며느리로 삼고자 한다. 이처럼 작중 시간의 흐름에 따라 '주인'이 '나그네'를 생각하는 데에는 교환가치로서의 인식이 개입되고 있다. 작부로 삼고자 하는 것은 말할 필요 없이 주막의 이익을 위해서다. 딸로 삼고자 하는 것은 그의 노동이 '소한바리'의 값은 되기 때문이고 며느리로 삼고자 하는 것은 제대로 며느리를 얻으려면 필요한 선채금 삼십 원이 '나그네'에게는 필요 없기 때문이다.[9]

---

9 「총각과 맹꽁이」, 「솥」, 「가을」 등의 소설에서도 비슷한 양상을 발견할 수 있다. "「총각과 맹꽁이」에서 덕만이가 들병이를 아내로 얻으려는 이유는 "이런 걸 데리고 술장사를 한다면 그밖에 더 큰 수는 없다. 두어 해만 잘 하면 소 한 바리쯤은 낙자없이 떨어진다."고 생각하기 때문이다. 「솥」의 남편 역시 아내의 속옷과 맷돌짝, 함지박을 훔쳐 내는 이유는 들병이인 "계숙이를 따라다니며 벌어먹겠구

나그네가 밥값을 하기 위하여 덕돌이 모자에게 한 일이 가정사에 국한된다면 경우는 달라지겠지만, 며느리 혹은 아내가 될지도 모르는 사람에게 술꾼 시중을 들게 한 것은 남편이 아닌 그들이었다. 이것이 들병이 형(型) 여성 인물이 등장하는 이후의 소설들과 「산골 나그네」가 구별되는 가장 뚜렷한 지점이다. 덕돌이의 집에 남아 새 살림을 차렸다면 나그네가 언제든 반복적으로 그와 유사한 곤욕을 당하고야 말았으리라 추측하는 것도 무리는 아니다. 단지 나그네의 입장에서만 본다면 덕돌이네 주막은 헌 서방을 버려야 함은 물론이고 봉욕과 수탈을 감내해야 머물 수 있는 새 서방의 집에 지나지 않는다.

생존의 논리와 생활의 윤리가 늘 대립되는 선택지로 주어지는 것은 아니라는 것을 「산골 나그네」는 보여 준다. 생존을 위해 윤리를 포기하는 것이 아니라 생존을 위한 행동이 전통적 윤리의식의 발현으로 귀결되는 우연한 접점에 「산골 나그네」가 놓여 있다.

그렇다면 의리 혹은 정절을 지킨 아내로서의 나그네의 형상은 이후 작품들에서 어떻게 나타나고 있는가를 살필 차례다. 그러나 그에 앞서 뚜렷이 드러나는 변화는 남편 쪽에서 발견되며, 여성 인물의 형상이나 성격은 남성 인물의 성격 변화에 동반하여 드러난다. 「산골 나그네」의 남편이 아내에게 보탬이 되지 못하는 것 이외에 뚜렷이 성격화된 인물로 나타나지 않는 반면, 「소낙비」의 남편은 노름 밑천을 구

나" 하는 생각, "앞으론 굶주리지 않아도 맘 편히 살려"는 생각 때문이지 결코 들병이를 사랑해서가 아니다. 복만이 처를 사간 소장수 황거풍은 "홀아비의 몸으로 얼굴 똑똑한 아내를 맞아다가 술장사를 시켜보고자 벼르던 중"이었다. 취처(娶妻)가 목적이 아니라 술장사를 통한 이윤 얻기가 목적인 것이다."(김양선, 「1930년대 소설과 식민지 무의식의 한 양상 - 김유정 소설에 나타난 향토의 발견과 섹슈얼리티를 중심으로」, 『한국근대문학연구』 5(2), 2004. 161면)

해오지 않는다는 이유로 아내를 구박하고, 「정조」의 행랑아범은 아내의 뒤에 숨어서 장사 밑천으로 쓸 몸값 흥정을 한다. 「안해」(『사해공론』, 1935.12)의 남편은 아내에게 들병이 교육을 시키고, 「가을」(『사해공론』, 1936.1)의 복만이는 소장수에게 50원을 받고 아내를 판다.

각 작품에 따라 인물을 바라보는 작가의 태도가 다르고 그에 따라 작품의 분위기도 달라지지만 변하지 않은 것은 '쓸모없는 존재로서의 남편'이라는 요소이다. 병들고 무기력해서든, 허황된 꿈을 꾸고 있어서든, 윤리적 결함을 지니고 있어서든 이유에 관계없이 아내의 입장에서 남편은 별 쓸데없는 존재인 것이다.

그럼에도 불구하고 없느니만 못한 남편을 차마 포기하지 못하는 여성 인물들의 처지와 행동은 「산골 나그네」에서도 이후의 작품들에서도 변하지 않고 있다. 김유정이 여러 작품에서 형상화한 많은 여성 인물들은 이미 맺어진 인연을 단념하거나 거부하지 않고 지속시키고자 노력하는 존재라는 면에서 의미 있다.[10]

위에서 예로 든 김유정 소설의 여러 남성 인물은 가장의 허울을 쓰

---

10 이 같은 사실을 김유정 여성 인물들의 성의식과도 연관시켜 해석해 볼 수 있다. 「안해」, 「애기」 등 몇몇 작품을 제외한 김유정 소설의 여성 인물들은 개인적 유희 감정이나 쾌락의 차원에서 다루어질 만한 심리상태나 행동 양식을 표출하는 법이 없다. "그런 모욕과 수치는 난생 처음 당하는 봉변으로 지랄 중에도 몹쓸 지랄이었으나 성공은 성공이었다. 복을 받으려면 반드시 고생이 따르는 법이니 이까짓 거야 골백 번 당한대도 남편에게 매나 안 맞고 의좋게 살 수만 있다면(「소낙비」, 46면)" 등의 표현에서 보듯, 배우자 외 남성과의 정사는 불가항력적 상황을 벗어나기 위한 치욕적인 통과의례이다. 춘호 처가 이주사의 집을 나와 웃는 것은 방금 끝난 정사에서 비롯된 만족 때문이 아니라 2원을 얻어 남편과 함께 서울로 가리라는 기대 때문이다. 김동인의 「감자」에서처럼 점진적인 타락의 과정을 보여주는 것도, 이태준의 「오몽녀」에서처럼 스스로를 발견하는 과정을 보여 주는 것도 아니다. 쾌락적 욕망이 배제된 상태라는 점에서 여성 인물의 행동에 대한 판단은 최소한 개인적 책임의 차원을 벗어날 수 있게 된다. 반면 김유정 소설 속에서도 위에서 언급한 「안해」, 「애기」의 여성 인물은 판이하게 다른 성격을 드러낸다. 이에 대해서는 장을 달리하여 상술할 것이다.

고 있을 뿐 가족 앞에 직면해 있는 현실적 조건을 변화시키거나 진전시킬 능력이 없는 존재로서 나타난다. 때로는 가망이 없어 보이는 병자로, 때로는 바보로, 파렴치한으로 얼굴을 달리하지만 본질은 달라지지 않는 것이다. 그들을 그렇게 병자나 바보나 파렴치한으로 만든 요인이 가족 내에 있는 것이 아님은 누구나 짐작할 수 있다. 선천적인 형질이 아니라면 말이다. 이에 대해 많은 선행 연구들은 김유정의 소설 속에 피폐한 농촌의 현실을 구조적으로 인식하는 작가의 눈이 개입되어 있음을 지적해 왔다.[11]

당대 농촌의 현실을 구조적으로 인식하고 있는 작가의 눈과 당장의 내일 일도 짐작하지 못하는 바보 같은 인물들의 생각과 행동 사이에 괴리가 발생하는 것은 당연한 일이며, 이 지점에서 김유정 소설의 아이러니가 탄생하는 것 또한 당연하다.[12] 그러나 같은 논점이라도 다른

---

11 이 같은 맥락의 해석 중 송하춘의 논의는 특히 주목된다. 김유정의 「봄·봄」(『조광』, 1935.12)과 「동백꽃」(『조광』, 1936.5)을 분석하는 자리에서 지주 혹은 마름과 소작농, 주인과 머슴의 계급적 차이를 지적하는 동시에 '두 가지 상반된 욕구의 충돌'이 곧 '화해의 조건'이 되는 이중적 구조를 추출하는 것이다. "주인은 노동력 때문에 싸웠지만 그것이 악화될 때는 되레 그 노동력에 타격을 받는다는 걸 알기 때문에 물러서고, 머슴은 결혼 때문에 싸웠지만 그것이 악화될 때는 되레 그 결혼에 타격을 받는 걸 알기 때문에 물러서는 것이다."(송하춘, 『탐구로서의 소설독법』, 고려대학교 출판부, 1996, 176면) 「봄·봄」에서 노사관계와 부자관계의 결합이 욕망의 이중 구조를 드러낸다면, 「산골 나그네」에서 또한 덕돌이 모친과 나그네 사이에서 위와 유사한 욕망의 이중구조를 발견해낼 수 있을 것이다.

12 "서술조건이란 작중화자가 이야기하지 못하면서도 작가에 의해서 이야기되는 것이라 볼 수 있으며, 아이러니는 이 서술조건을 드러내려는 은밀한 전략으로 작용한다. 따라서 작품이 아이러니 구조로 되어 있다는 것은 그 의미가 이중적이라는 말이다. (……) 김유정의 소설에서 바보형 인물의 욕망의 달성은 이미 실패로 끝나는 것이기 때문에 결과가 문제시되기보다는 그 욕망이 형성되는 조건 내지는 배경에 해당되는 욕망의 발생원인이 바로 바보형 인물의 욕망이 생성되는 조건에 대한 규명이라 볼 수 있겠다."(전상국, 『김유정 - 시대를 초월한 문학성』, 건국대학교출판부, 1995, 53-54면)

각도에서 바라보면 그에 앞서 주목되는 문제가 있다. 당시의 조선 농촌 구조가 이미 기존의 전통적 가치관과 질서로는 지탱될 수 없을 정도로 파괴되어 있었다는 판단이 온당하다면, 김유정 소설의 남성 인물들은 기존의 행동양식을 고수하지도 못하고 기회주의적으로 혼란기의 틈새를 공략하는 데도 재바르지 못했던 당대 농민의 평균율을 묘사한 것이라 할 수 있지 않겠는가.

> 밥! 밥! 이렇게 부르짖고 보면 대뜸 神聖치 못한 餓鬼를 聯想케 된다. 밥을 먹는다는 것이 따는 그리 神聖치는 못한가보다. 마치 이 社會에서 救命圖生하는 糊口가 그리 神聖치 못한 것과 같이 - 거기에는 沒自覺的 服從이 必要하다. 그리고 賣春婦的愛嬌 阿諂도 必要할는지 모른다. 그렇지 않고야 어디 제가 敢히 社會的地位를 壟斷하고 生活해 나갈 道理가 있겠는가 - [13]

> 시골의 총각들이 娶妻를 한다는 것은 實로 容易한 일이 아니다. 結婚當日의 費用은 말고 于先 先綵金을 調達하기가 어렵다. 적어도 四五十圓의 現金이 아니면 賣婚市場에 出馬할 資格부터 없는 것이다. 이에 늙은 총각은 三四年間 머슴살이 苦役에 不得已 堪耐한다.
>
> 그리고 한편 그들의 後日의 家庭을 가질 만한 扶養能力이 있느냐하면 그것도 한 疑問이다. 現在 妻子와 同樂하는 者로도 猝地에 離別되는 境遇가 없지 않다. 모든 事情은 이렇게 그들로 하여금 獨身者의 生活을 强要하고 따라서 情熱의 飽滿狀態를 招來한다.[14]

13 「조선의 집시 - 들병이 철학」, 414면.
14 「조선의 집시 - 들병이 철학」, 417-418면.

위 인용문은 1930년대 들병이들의 생태를 다룬 김유정의 수필 「조선의 집시 - 들병이 철학」(『매일신보』, 1935.10.22-29)의 일부이다. 들병이를 만드는 행위도, 들병이를 찾는 행위도 결국 그 원인에는 가난의 문제가 연관되어 있음을 알게 한다. 사람이니까 살아가야 하고, 사람이니까 사랑해야 하는 것인데, 그럴 형편의 여유가 없다는 말이다. 들병이의 남편도 본시 농민이었으며, 들병이를 찾는 술꾼들도 마찬가지인데, 그들은 최소한의 순박성을 간직하고는 있으나 상황을 타개할 만한 능력이나 지혜는 갖고 있지 않은 것이다. 그러니 기존의 가치관이 흔들리는 세태 속에서 개인적 사고체계와 생활방식에 새로운 질서를 구축하고 적용하는 것은 아직 난망한 상황일 수밖에 없다.

그런 상황 속에서도 가족 구성원으로 형성된 기존의 틀을 유지시키며 현 상태라도 지속시키려 노력하는 여성 인물들이 있다. 김유정 소설의 남성 인물보다 여성 인물들에서 상대적으로 강한 생명력, 생활력을 발견할 수 있다는 평가[15]가 있고, 이와 같은 평가는 가족 해체를 막아내는 여성 인물들을 통해 볼 때에도 확연히 드러난다.

순박하고 순진하며 여느 남성 인물들과는 달리 의리를 저버릴 줄 모르는 여성 인물은 혼란스러운 세태 속에서도 전통적 가치관의 일정한 부분을 고집스럽게 지켜내고 있다. 김유정 소설의 여성 인물군을 통해 발견할 수 있는 사실은 이들의 생활을 고통스럽게 하는 요인이 가난이라는 외적 조건에만 국한되는 것이 아니라는 점이다. 무능력한 남편 등으로 형상화된 남성 인물에 의해서도 여성 인물의 위기는 조장되며 갈등은 확산될 수 있다는 점을 간과하지 말아야 한다. 개인적

15 "비참한 현실을 해학으로 극복해나가는 자세를 작품정신으로 하고 있는 점, 비속어를 효과적으로 사용하고 있는 점, 모든 등장인물 중 표면상 여성이 우세에 있고 남성이 열세에 있는 점, 아이러니가 풍부한 점 등(……) 이는 김유정 소설의 공통적 특질이다."(전신재, 「동백꽃」 해설, 전집, 219면)

노력으로는 극복되기 어려운 당대 사회 현실의 구조적 문제점은 여성뿐 아니라 남성 인물들의 삶에도 영향을 미치지만, 여성 인물의 삶의 고단하고 불안한 데는 믿을 수 없는 남편의 탓도 있다는 말이다.

요컨대 김유정 소설의 여성 인물은 내·외적 악조건 속에서 홀로 분투하는 존재로 암시되어 있다. 김유정 소설의 여성 인물은, 어쩌면 탐욕스러운 바깥바람에 노출되어 있는 동시에 허물어진 바람막이라도 지켜 내려 애쓴다는 점에서, 나라 잃은 식민지 백성이 감당해야 할 역사적이고 운명적인 상황조건을 떠올리게 한다. 병든 남편, 성과 노동력을 착취하기 위해 선심을 쓰는 새 식구들, 그 사이에 서 있는 여성 인물의 불안한 위치는 작가의 역사적 상황 인식에 의한 식민지 수탈구조의 알레고리적 형상화로 보기에 부족함이 없다. 그렇다면 「산골 나그네」의 결말에 나타나는 여성 인물의 선택은 일종의 민족 정체성 확인으로 읽힌다.

3. '어머니'로서의 여성 인물을 통해 보는 민족적 전망의 부재

앞 절에서 살펴본 김유정 소설의 여성 인물들은 '정조' 관념의 발로이든 단순한 의리 때문이든 가족의 틀을 깨지 않으려 노력하는 모습을 보여 주었다. 그런데 「야앵」(『조광』, 1936.7)의 '정숙'은 제가 먼저 이혼을 요구하는, 남다른 선택을 한다.

> "그래 오작해야 정숙이 언니가 아주 멀미를 내다시피 해서 떼어내 던졌어요, 방세는 내라구 조르고 먹을 건 없고 언내는 보채고 허니 어떻게 사니, 나 같으면 분통이 터져서 죽을 노릇이지, 그래서 하루는 잔뜩 취해 온 걸 붙들구 앉어서 이래선 당신허구 못살겠수, 난 내대루 벌어먹을 터

이니 당신은 당신대루 어떡헐 셈대구 낼은 민적을 갈라주, 조곰도 화도 안내고 좋은 소리루 그랬대, 뭐 화두 낼 자리가 따루 있지 그건 화를 냈댔자 아무 소용이 없으니까, 그리고 언내는 안즉 젖먹이니까 에미 품을 떨어져서는 못살 게니 내가 데리구 있겠소(……)"[16]

가족 간의 이별을 의도하는 정숙의 불가피한 선택에는 부부 관계 외에 어린아이의 존재라는 선결조건이 개입되어 있다. 작품의 서두에서부터 아이를 잃어버린 어머니의 슬픔이 묘사되어 있고, 결국 어린 아이의 실종 사건이 뜻밖에도 헤어진 남편의 소행이었다는 것이 밝혀지는 작품의 후반부에도 자식을 걱정하고 사랑하는 어머니로서의 마음이 지속적으로 표현되어 있는 작품이다.

이혼을 요구하는 정숙의 선택이 앞서 살펴본 여성 인물들의 행동방식과는 차이가 난다고 해서 '룸펜과도 같은 남편의 생활에 질린 도시 여성다운 선택'으로 간주할 필요는 없다. 정숙의 이혼 요구는 아내로서의 판단에 의한 것이 아니라 상당 부분 자식의 미래를 걱정하는 어머니로서의 판단에 의한 것이라고 보이기 때문이다. 즉 배경을 달리함으로 해서 농촌 여성과 도시 여성 간의 차이를 드러낸 것이라기보다는 아내로서 아니면 어머니로서의 입장이 서로 달랐던 것으로 이해되어야 한다.

게다가 아직은 농민으로서의 정체성을 잃었다고 할 수 없는 여성 인물에게서도 비슷한 경우의 선택이 나타남을 다음의 인용에서 발견할 수 있다. 「만무방」(『조선일보』, 1935.7.17-30)에서 응칠의 가족이 농토를 떠나고 결국은 이산하는 과정을 요약 서술로 제시하는 부분이다. 응칠의 아내가 남편을 향해 헤어지자고 제안하는 상황이 서술되

16 「야앵」, 231-232면.

어 있다.

> 그들 부부는 돌아다니며 밥을 빌었다. 아내가 빌어다 남편에게, 남편이 빌어다 아내에게. 그러자 어느 날 밤 아내의 얼굴이 썩 슬픈 빛이었다. 눈보라는 살을 엔다. 다 쓰러져가는 물방앗간 한구석에서 섬을 두르고 어린애에게 젖을 먹이며 떨고 있더니 여보게유, 하고 고개를 돌린다. 왜, 하니까 그 말이 이러다간 우리도 고생일 뿐더러 첫째 언내를 잡겠수, 그러니 서루 갈립시다 하는 것이다.[17]

농토를 떠나 유랑하며 걸식으로 생계를 잇는 부부의 모습은 「산골 나그네」의 상황과 크게 다를 것이 없다. 물방앗간이라는 임시 거처 또한 낯익은 것이다. 그러나 「산골 나그네」의 부부에게는 없던 어린아이가 「만무방」의 응칠 부부에게는 있다. 부부 간의 의리를 지키는 일도 중요하지만 어린아이를 살리는 일은 그보다도 우선하는 가치이다. '부부 간의 의리'가 '민족 정체성의 문제'를 환기시키는 것으로 해석될 수 있다면 '어린아이를 살리는 일'이란 '민족적 전망의 문제'에 대응될 수 있을 것이다.

「산골 나그네」의 구도는 여전히 유효한가. 헌 남편을 식민지 조선으로, 새 남편을 일제로 직대입하는 것이 가능한가. 그렇다면 자식을 위해야 한다는 이유로 이혼을 요구하는 아내의 말과 행동은 어떻게 해석해야 하는가. 전망을 위해서라면 민족적 정체성의 훼손까지도 용인해야 한다는 뜻인가. 여기서 「야앵」, 「만무방」 등의 작품을 통해 정체성과 전망이라는 두 가지 문제 중 어느 쪽이 우선인가를 따지는 것은 무의미하다. 이들 작품에서 여성 인물이 아이를 위해 새살림을

17 「만무방」, 100면.

차리는 등의 화소는 애초에 개입되어 있지 않기 때문이다.

어머니의 입장에서 어린아이가 포기할 수 없는 최우선의 가치요 내일을 기약하게 하는 전망이라면 「야앵」이나 「만무방」에 나타나는 어린아이의 상황은 결코 긍정적으로 해석될 수 없다. 어머니와 헤어진 후 병든 아버지의 손에서 자라나는 어린아이나 한데와 다름없는 물방앗간에서 젖을 빨고 있는 갓난아기의 모습에서 미래에의 밝은 전망을 기대하기란 어렵다.

비단 이 두 작품뿐 아니라 김유정의 다른 소설에서도 밝고 활기찬 모습의 어린아이의 형상을 발견하기는 쉽지 않다. 많은 작품에서 아버지는 어린아이에 대해 무심하거나 가혹한 존재로 그려지고 있다. 들병이에 혹해 언제든 가정을 버릴 준비가 되어 있는 「솥」의 아버지나 식탐을 한다는 이유로 자식을 위협하고 학대하는 「떡」(『중앙』, 1935.6)의 아버지가 대표 격이다. 가족이라는 틀 안에서 그들은 남편으로서도 아버지로서도 부적격인 인물들이다. 한 번 맺어진 인연을 지켜야 하는, 그 인연을 끊을 수밖에 없는 단 하나의 이유인 자식을 돌보아야 하는 책임은 여성 인물의 어깨에 짐 지워져 있다.

그런가 하면 「안해」나 「애기」(『문장』, 1939.12) 등의 작품에 등장하는 여성 인물은 신랄한 풍자와 비판의 대상이다. 이들 작품의 여성 인물들에 대한 작가의 시선 역시 '정조'라는 가치와 관련되어 있는 것으로 보인다.

「안해」의 남편은 아내에게 들병이 교육을 시키다가 뭉태에게 농락만 당하고 나서 낳지도 않은 자식을 돈으로 환산하는 어이없는 공상을 한다. 이미 있는 네 살짜리 똘똘이도 제대로 건사하지 못하면서 아이들이 장성하여 벌어들일 수입만을 바라는 것이다.

> 너는 들병이로 돈 벌 생각도 말고 그저 집안에 가만히 앉았는 것이 옳겠다. 국으루 주는 밥이나 얻어먹고 몸 성히 있다가 연해 자식이나 쏟아라. 뭐 많이도 말고 굴대 같은 아들로만 한 열다섯이면 족하지. 가만있자, 한 놈이 일 년에 벼 열 섬씩만 번다면 열닷 섬이니까 일백오십 섬. 한 섬에 더도 말고 십 원 한 장씩만 받는다면 죄다 일천오백 원이지. 일천오백 원, 일천오백 원, 사실 일천오백 원이면 어이구 이건 참 너무 많구나. 그런 줄 몰랐더니 이 년이 뱃속에 일천오백 원을 지니고 있으니까 아무렇게 따져도 나보다는 낫지 않은가.[18]

이루어질 수 없는 꿈속에서일지라도 아이들은 희망이요 미래다. 이미 세상에 태어난 아이들이 제대로 양육되지 못하는 한편에서는 계속해서 태어나야 할 아이들이 아버지의 머릿속에 머물러 있다. 어머니는 지속되는 들병이 수업 끝에 잔뜩 바람이 나서 외간남자를 들이고 술에 취하는 등 아이를 돌보는 일을 뒷전으로 미뤄 놓았다. 그러나 작품 내에서 아내의 행실을 나무라고 응징하려는 아버지 또한 앞뒤를 가리지 못하는 대책 없는 인물이라는 점에서는 매한가지다.

「애기」에서의 아내는 임신 사실을 숨기고 결혼을 해서 남의 아이를 낳아 놓고도 안하무인격으로 시집의 식구들을 대한다. 이처럼 뻔뻔스런 아내에게 휘둘리는 시부모나 남편 또한 결혼을 성사시키겠다는 욕심에 거짓말을 한 전력이 있는 탓으로 직접적인 비판자의 역할을 하지 못하고 함께 뭉뚱그려져 풍자의 대상이 되고 만다. 「안해」와 「애기」에 나타나는 여성 인물은 '정조' 관념을 잃은 동시에 어머니로서의 책임마저 저버린 것으로 설정되어 있다.

18 「안해」, 179면.

"여보, 우리 애를 내다버립시다" 하고 아내가 마주 쳐다보며 눈을 깜짝입니다.

"왜 낳을 젠 언제구 또 내버리다니?"

"아니 저……"

아내는 낯이 후끈한지 어색한 표정으로 어물어물합니다. 실상이지 딸은 제 딸이로되 요만치도 귀엽진 않습니다. 이것 때문에 걸려서 시부모에게 큰 체를 못해서요. 큰 체를 좀 빼다가도 방에서 아가가 빽, 울면 고만 제 밑을 드러내놓고 망신을 시키는 폭입니다. 전날에 부정했던 제 죄로 말미암아 아주 찔끔 못하고 꺾여버립니다. 또 이쁘던 것도 모두들 밉다, 밉다, 하면 어쩐지 따라 밉게 되는 법이니까요.

"그런 게 아니라 이렇게 서루 고생할게야 있수, 자식 귀한 집으로 가면 저두 호강일 테고 한데!"[19]

아내이자 어머니로서의 역할을 방기한 이들이 풍자의 대상으로 전락했다는 사실은 역으로 작가가 바라본 긍정적인 여성상을 짐작할 수 있게 해 준다. 무가치하고 무기력한 남편이라도 한 번 인연을 맺은 이상 떨쳐버리지 못하는 아내, 온갖 악조건 속에서도 자식을 위하여 제 자리를 지켜내는 어머니의 모습이다. 이는 식민지 조선의 빈궁한 농촌이라는 역사적 시공간 속에서 당대의 가치와 미래의 전망을 동시에 걸머진, 힘겨운 얼굴의 인간상이다.

어머니로서의 여성 인물들이 고단하고 어린아이들의 처지가 불안하다는 것은 작가 김유정이 예감한 조선의 미래가 그만큼 어두웠다는 것을 암시하는 것이다. 특히 어린아이로 표상되는 일가족의 미래가 철저히 절망 속으로 함몰되는 「땡볕」(『여성』, 1937.2)에 이르면 비극

19 「애기」, 405면.

적 현실 인식과 전망 부재의 절망적 상황이 극도로 응축되어 있는 한 폭의 극사실주의 회화와 마주치게 된다.

죽어가는 아내를 지게에 얹어 지고 걸어가며 단지 안타까워할 수밖에 없는 남편과, 남편의 마지막 선물인 왜떡을 입에 물고 울며 미주알고주알 유언을 쏟아내는 아내와, 끝내 세상 빛을 보지 못하고 어머니의 뱃속에서 죽어 화석처럼 굳어 버린 아가와, 그들의 지친 어깨 위로 작열하는 땡볕. 어린아이도 죽고 어린아이를 잉태할 가능성마저 죽는, 허황되든 아니든 내일을 꿈꿀 수조차 없는 극한상황이다.

4. 결론

작가가 텍스트 문면에 표면적으로 드러내지 않았다고 해도, 이면적 주제로 암시하려 의식했다는 근거조차 확인할 수는 없다고 해도 김유정 소설 속 여성 인물의 면면에서 추출되는 '정조' 의식은 데뷔작 「산골 나그네」를 기점으로 하여 일정한 지향성을 내포하고 있음이 발견된다.

김유정 소설에 암시되어 있는 '정조'는 '훼절'이나 '성적 문란'의 반의어가 아니다. 정조를 지키는 것은 윤리의 문제이며 정조를 버리는 것은 생존의 문제라는 식의 가치판단도 의미가 없다. 오히려 「산골 나그네」 등의 김유정 소설은 생존의 논리와 생활의 윤리가 '정조'를 접점으로 하여 맞닿아 있다. 개별 작품 속의 세계에서 어쩌면 소박하고도 토속적인, 의리의 개념으로 나타나는 '정조'는 오독의 가능성을 무릅쓰고 민족의 비극적 상황이라는 확장된 공간에 위치시킬 때 역사적 의미를 획득할 수 있다. 요컨대 '정조'는 망국의 현실 상황에서 민족적 정체성을 지켜낼 수 있게 하는 동력이다.

본 논문에서 살핀 김유정 소설의 남성 인물이 당대의 빈궁한 삶을 타개하지 못하고 어쩔 수 없이 견디어내고 있는, 당대 조선 농민의 평균율에 해당하는 인간상을 구체적으로 형상화한 것이라면, 같은 소설 속의 여성 인물들은 식민지 백성이라는 역사적 조건을 한 몸에 짊어진 민족의 상징적 구현태로 이해된다 할 것이다.

요컨대 그가 구체적 묘사의 방법으로 형상화한 남성 인물들의 면면을 살펴보면 작가 김유정은 당대의 현실을 참으로 솔직하게 진단하고 있었음을 읽을 수 있다. 병든, 바보 같은, 파렴치한 그들을 통해서는 어떠한 당대 속에서의 변화나 역사적 진전도 기대할 수 없음을 함께 생각하게 된다. 그 반면 등단작인「산골 나그네」에서부터 지속적으로 이어진 여성 인물의 보수적 성격은 - 어찌 보면 봉건적 속성으로 이해될 수도 있겠으나 - 굴욕적 수탈에 맞서고 강요된 변화를 거부하는 민족적 무의식의 발로인 것이다.

또한 이들 여성 인물들이 지켜내야 했던 가치는 자칫 회귀적이거나 퇴행적인 것으로 보일 수도 있는 전통적인 덕목에 한정되지 않는다. 이들은 민족이 생산할 수 있는 전망을 책임져야 하는 어머니로서도 기능해야 했던 것이다. 그러나 작가가 수행했던 암중모색의 결과가 죽은 아이를 계속 품고 있을 수도, 낳을 수도 없는 어머니의 모습으로 나타나고 만다는 점에서는 전망을 기대할 수 없는 비극적 현실 인식을 다시 한번 확인하게 된다.

최명익, 「심문」의 인물 형상화와 만주 인식의 상관성 고찰

1. 서론

최명익의 「심문」은 1939년 6월 『문장』에 발표되었다. 주지하다시피 1930년대 후반은 소설 창작을 통한 사실주의적 전망의 생산이 상당 부분 제한될 수밖에 없는 시기였다. 당대의 범 리얼리즘 계열 작가들은 너나없이 새로운 작법의 모색에 골몰했고, 그 결과물은 전망의 포기나 유예, 반어나 풍자를 통한 우회적 접근이나 심지어 노골적인 변절 등의 양상으로 드러났다. 엄혹한 시대 상황에 어떤 식으로든 대응해야 했던 작가의 입장에서 일종의 트렌드로서의 '생활'을 모토로 일상성에 주목하는 것은 주제의식의 약화를 가져올 수밖에 없었다.

그런데 바로 이 지점에서 '만주'라는 공간이 일제 말기의 소설 작단에 새로운 가능성으로 대두되는 것을 볼 수 있다. '만주'라는 소재 혹은 배경은 근대 초기부터 우리 소설 텍스트에 꾸준히 묘사되어 온 것이지만, 1930년대 후반의 그것이 가지는 의미는 새롭다. 당대를 그리되 세태 묘사에 그친다거나, 당대와 무관한 시공간을 텍스트 안에 끌어들여 작품의 결구를 뚜렷하게 한다거나 하는, 작가들로서는 스스로

만족하기 어려운 태도로부터 한 걸음 나아갈 근거를 찾을 수 있었기 때문이다. 만주는 역사적이고 민족적인 현실의 공간인 동시에 가능성의 세계였다. 그곳을 향해 떠나가는 당대의 백성들뿐 아니라 작가들에게도 '만주'는 하나의 비상구였다.

하지만 만주로 가는 문은 활짝 열려 있었으나, 사람들이 꿈꾼 숱한 가능성은 그 현장에서 허구로 밝혀졌으며, 돌아오는 문은 굳게 닫혀 있었다. 물리적으로든 정신적으로든 만주로 향한 작가들은 일제가 사주한 '생산문학'이라는 국책의 자장에서 자유로울 수 없었던 것이다. 이 시기에 창작 발표된 많은 만주 관련 소설 텍스트를 분류하여 몇 가지 범주로 나타낼 때 '협력-저항'의 구도가 원용될 수 있는 것은 퇴로가 차단된 것이나 다름없는 당대의 상황 때문일지 모른다. 만주라는 공간에 진입한 이상 작가들은 그 안에서 어떤 식으로든 의미 있는 결과물을 생산하려 했다.

그런데 최명익의 「심문」은 여타의 만주 관련 소설과 사뭇 다르다. 그것은 만주라는 역사적 현장에 진입하면서도 그 시공간에 함몰되지 않고 경계에 서서 관찰하는 서술자를 채택하고 있다는 점에서 드러난다.

만주를 소재로 한 소설에 관한 연구에서 최명익의 「심문」을 거론한 예로 정호웅의 「한국 현대소설과 만주공간」, 정종현의 「근대문학에 나타난 '만주' 표상 - '만주국' 건국 이후의 소설을 중심으로」를 들 수 있다.[1] 정호웅은 '5. 절망의 공간과 전향지식인의 자기 확인'이라는 장

---

1 정호웅, 「한국 현대소설과 만주공간」, 『문학교육학』 7, 2001.
정종현, 「근대문학에 나타난 '만주' 표상 - '만주국' 건국 이후의 소설을 중심으로」, 『한국문학연구』 28, 2005.
본 논문은 '한국 현대소설과 만주'라는 기획주제와 최명익의 「심문」 개별 작품론의 접점을 찾고 의미화하려는 시도이므로, '만주'를 키워드로 하는 (특히 1930년

에서 최명익의 「심문」이 "낙백한 혁명가들의 비애가 우울하게 드리워져 있는 공간"으로 만주를 묘사한 대표적인 작품이라 진술하고 있다. 현혁, 여옥, '나' 등 중심인물 세 사람의 심리를 분석하였는데, "「심문」의 세계에서는 지난날의 진보적 운동과 그것을 이끌었던 젊은 열정도, 그 이후 그들의 타락도 내쳐야 할 부정의 대상이 아니라" 하여 최명익의 「심문」이 "변절에 대한 자기합리화의 논리와 과거 부정 위에 선 30년대 후반 40년대 초의 후일담소설의 한 경향과는 전혀 다른 자리에 서 있는 작품"[2]이라는 평가의 근거로 삼았다. 그런가 하면 정종현은 '4. '애수와 퇴폐'의 공간 '만주'와 제국 이데올로기의 분열'이라는 장에서 "시대의 절망이 아름다운 문체와 예리한 감각으로 부조되어 있는 「심문」은 '애수와 퇴폐'의 현대적 정조가 만주를 배경으로 극적으로 형상화된 소설"[3]이라 설명하고 있다. 두 논문 모두 현혁이나 여옥을 통해 아편 중독자의 모습을 발견하고, 이와 관련한 분석을 통해 만주 공간이 지닌 복합적 의미의 한 축을 드러내려는 시도이다.

본 논문은 최명익의 「심문」을 단독 텍스트로 분석하여 작품에 드러나고 숨은 만주의 형상과 의미를 고찰하고자 한다. 작품의 주요인물인 현혁(일영), 여옥, '나(김명일)'뿐만 아니라 주변인물까지 논의의 대상으로 끌어들여, 이들이 만들어내는 인물 구도가 '만주' 공간을 바라보는 작가의 의식과 관련된다는 가설을 검토해 보기로 한다.

대 후반의) 소설사적 연구 및 최명익 작가론, 「심문」 작품론 각각의 연구사 검토는 할애하기로 한다. 본 논문의 집필 과정 이전 구상 단계에서 참조한 논문들은 말미의 참고문헌에 기록해 두었으나, 논지 전개상 본문에서 분류 요약하거나 인용하는 것은 효과적이지 않다고 판단하였다.

2 정호웅, 위 논문, 184-186면.

3 정종현, 위 논문, 252면.

2. 여옥과 혜숙 - 명일의 만주와 조선

「심문」은 화자인 '나(김명일)'의 여행기 혹은 방랑기이다. 작품에 나타난 만주 기행이 아니더라도 명일의 방랑은 처 혜숙이 죽은 뒤로 이미 시작된 것이나 다름없다. 삼 년 전 상처한 명일은 중학교 미술 교사직을 그만두었고, 딸 경옥이 기숙사 학교에 입학한 후에는 일정한 직업과 주소가 없는 상태로 지내고 있다. 만주로 가는 길 국경 부근에서 이동 경찰이 질문한 직업, 주소, 하얼빈행의 이유에 대해 명일은 그 어느 것도 뾰족하게 답할 것이 없다. 그의 삶은, 곤궁하지는 않으나, 뿌리가 뽑힌 것처럼 불안하고 권태롭다.

> 나의 이 여행기는, 그런 건전하고 명랑한 기록은 아니다.[4]

> '이군(李君)의 성공담'은 이야기의 주인공격인 '나'라는 나와는 별개의 것이 되고 말었으리만치 이 할빈서 나는 나와 너무나 관련이 깊은 사건에 붓들리고 말었으므로 우선 그 이야기를 할밖에 없는 것이다. 그것은 물론 여옥(如玉)이의 이야기다.[5]

그는 하얼빈으로 간다. 친구(이군)를 만나러 간다는, 그곳에서 친구를 본받아 일정한 주소와 직업을 가지게 될지도 모른다는 대답을 이동 경찰에게 하기는 하였으나, 과연 그럴 것인지 스스로도 확신이 없

4 최명익, 「심문」, 『문장』, 1939.6, 13면. 이하 「심문」의 작품 인용은 수록 지면의 면수만을 밝힌다. 표기법은 게재 당시의 것을 따르며, 띄어쓰기는 현행 방식을 따른다. 한자어 표기는 괄호 안에 병기하는 식으로 하며, 같은 인용문에 여러 번 중복되는 한자어는 맨 처음 것만을 밝혀 표기한다.

5 「심문」, 14면.

다. 혹은 친구 이군이 한때 명일의 연인이었던 여옥의 소재를 확인했다고 귀띔해 준 것이 여행의 동기가 아닌가 한다면, 그의 태도는 지나치게 애매하고 소극적인 것으로 보인다. 그는 단지 국경을 넘는 특급열차의 속도와 같은, 앞으로 닥칠지 모를 불안한 미래가 주는 스릴을 느끼고 싶은 것인지도 모른다.

명일의 분방한 생활, 앞이 보이지 않는 내일을 향해 무모하게 돌진하는 나날의 기점은 분명 혜숙의 무덤이다. 명일 자신도 주체스럽다고 느끼는 방랑의 종점은 아무도 알 수 없다. 하지만 여기서 분명한 것은, 그 종착역의 후보지로 여옥이 이미 검토된 바 있다는 사실이다. 여옥은 지금 만주에 있다. 명일에게 만주는 여옥이 있는 곳이다. 친구인 이군의 성공이 아로새겨진 건전하고 명랑한 공간이 아니라, 옛 여인 여옥이 카바레의 댄서로 일한다는 어둡고 우울한 공간이다.

이 지점에서 「심문」은 일제가 조장한 생산문학으로서의 국책문학으로부터 일정한 거리를 확보하게 된다. '이군의 성공담'이 대표하는 건전하고 명랑한 기회의 공간 만주는 "나와는 별개의 것이 되고 말었"다고, "나와 너무나 관련이 깊은 사건에 붓들리고 말었"으니 절망적인 여옥의 형상을 통해 만주 공간을 조명할 것이라고, 문면에 드러난 서술자가 독자에게 천명하는 부분은 의미심장하다.

> 들어다은 홈에는 유랑에 곤비한 발거름이나 분망에 긴장한 얼굴이나 찌들은 생활의 봇다리는 볼 수 없이, 오직 꽃다발 같은 하오리의 부녀와 빛나는 얼굴의 신사 몇 쌍이 오르고 나릴 뿐이었다. 구십(九十) 퍼-센트의 분망과 유랑과 전쟁과 혹은 위독 사망 등 생활의 음영으로 배를 불리고 무모하게 다라나든 이 시컴언 열차도 이러한 유한에 소홀치 않은 풍유적인 성격의 일면이 있었든 것이다. 그러한 이 열차의 성격을 이용하여 나도 이 오룡배(五龍背)에 소홀치 않은 인연의 기억을 남긴 것이다.[6]

명일의 월경은 이번이 처음이 아니다. 명일에게는 그림의 모델인 여옥과 함께하던 오룡배에서의 기억이 있다. 오룡배라는 지명은 살길을 찾아 국경을 넘는 이들의 "구십 퍼센트의 분망과 유랑과 전쟁과 혹은 위독 사망 등" 어두운 모습과 대조되는 "유한에 소홀하지 않은 풍류적인 성격"으로 명일에게 각인되어 있으며, 이러한 인식은 여옥과의 "소홀하지 않은 인연의 기억"과 관련되어 있다. 그러나 여옥과 헤어진 지금 명일의 눈에는 특급열차의 무서운 속도와 탐욕스러운 수탈에 희생된 90%의 모습이 보이고 있는 것이며, 이는 그가 10%의 유한계급을 위한 소비적인 공간으로부터 확장된 시야를 확보하였음을, 만주 전체의 입체적인 형상을 조감할 수 있게 되었음을 뜻한다. 즉 오룡배라는 특별한 의미의 공간에서 대조되는 것은 생활에 찌든 90%와 풍류를 즐기는 10%의 모습뿐만이 아니라, 그러한 소비적인 일상에 젖어 시간을 보내던 과거의 명일과 만주라는 공간의 복잡 미묘한 역사 사회적 의미를 분명히 인식한 현재의 명일이기도 하다.

지난봄에 명일이 여옥을 데리고 오룡배에 왔던 것은 물론 그림을 그리기 위해서였지만, 그뿐만은 아니었다. 명일과 여옥은 서로에게서 일종의 연정을 느끼고 있었으며, 상대방과 자신의 마음을 분명히 확인하지 못해 망설이는 중이었다. 명일이 여옥에게 관심을 가지게 되었던 것은 분명 그에게서 죽은 처 혜숙과 비슷한 점을 발견했기 때문이다. 그는 여옥의 얼굴에서 혜숙의 모습을 보았던 것이다.

> 나는 간혹 여옥(如玉)이의 얼굴에서 죽은 내 처의 모습을 발견하게 되는 것이 반갑고도 슬픈 것이었다. 여옥이의 중정(中正)과 인당(印堂)은 이십여 년 평생에 한 번도 찗으려 본 적이 없는 듯한 것이다. 혜숙이

6 「심문」, 7면.

역시 죽은 그 얼굴까지도 가는 주름살 적은 티 한 점 없이 맑고 너그러운 중정과 인당이었다. 나는 그 생전에, 어머니의 젖가슴같이 너그러우면서도 이지적으로 맑은 안해의 인당에 마음 붙이우고 엉석인 양 방종을 부려 본 적이 한두 번이 아니었다.[7]

어머니와 같이 너그러운 아내 혜숙은 명일의 안식처였다고 할 수 있다. 혜숙이 죽은 뒤로 안주할 곳을 찾지 못해 방황하던 명일에게 아내의 중정과 인당을 닮은 여옥이 나타났다. 여옥은 "동경 유학시대에 흔히 있는 문학소녀로 그 당시의 어떤 청년투사의 연인이었다는 염문을 지닌 여자"인데, 첫사랑을 잃고 조선에서는 다방의 마담으로 일하고 있었다. 명일은 "방종한 자신의 생활면을 오고간 그런 종류의 한 여자라는 흥미"로 여옥을 대했는데, 그에게서 다름 아닌 아내의 모습을 발견했던 것이다.

명일의 갈등에는 나름의 이유가 있었다. 여옥은 너그럽고도 이지적인 아내의 모습과 성품을 닮았으나 한결같은 오브제가 아니었다. 그는 교양 있고 현숙한 주부인 듯하다가도 뜨거운 정열과 난숙한 기교를 갖춘 창부의 모습으로 돌변하는, 낮과 밤이 다른 여자였던 것이다.

낮과 밤이 다른 여옥(如玉)이는 여옥이가 그런 것이 아니라, 맹목적이여야 할 사랑과 순정을 못 가지는 나의 태도에 여옥이도 할 수 없이 그럴 것이 아닐까? 여옥이와 나는 열정과 순정이 없다면 피차의 인격과 자존심을 서로 모욕하고 마는 관계가 아닐까? 그런 관계이므로 낮에 냉냉한 여옥의 태도는 밤의 정열의 육체적 반동이 아니라 여옥의 열정을 순정으로 받아 주지 않는 나에게 대한 반항일 것이다. 그러므로 나는

7 「심문」, 8면.

그 히쓰테릭한 여옥의 열정을 순정으로 존중하여야 할 것이요, 낮에 보는 여옥의 인당(印堂)과 귀에 혜숙의 그것을 이중 로출로 보는 환상을 버리고 여옥이 그대로 사랑해야 할 것이다.[8]

여옥에게 낮의 모습만 있었더라면 명일은 쉽게 그를 제2의 안식처로 삼을 수 있었을 것이다. 여옥이 원래 그런 여자였든 명일의 눈에 그렇게 비친 것뿐이든 서로 망설이고 갈등하다가 그들은 헤어졌다. 명일의 결정 보류 상태가 언제까지 지속되었을지는 몰라도, 여옥은 그것을 견디지 못하고 옛 연인을 찾아 떠났다.

여옥이 다중적인 면모를 지니게 된 것은 그의 생애가 동경에서 조선으로, 문학소녀에서 다방의 마담으로 떠돌았던 것과 무관하지 않을 것이다. 다시 그는 옛 연인을 찾아 만주로 떠난 것인데, 여옥이 보여주는 삶의 행로는 어느 곳에서도 쉽게 제 자리를 찾지 못하고 떠돌다가 끝내는 생면부지의 타향인 만주로 귀결되었다는 점에서 식민지 조선과 조선인의 처지를 대변한다 할 만하다. 어쨌든 명일의 입장에서 만주는 여옥이 있는 곳이다. 여옥은 명일에게 있어 죽은 아내를 닮은 여인이고, 그러나 동시에 이중적인 존재다.

명일에게 조선은 혜숙과 같은 존재이며, 만주는 여옥과 같은 존재이다. 조선을 닮아 한결같은 혜숙은 죽었고, 만주를 닮아 복잡다단한 여옥은 카바레의 댄서가 되어 있다. 여옥을 있는 그대로 사랑해야 했었다는 명일의 반성과 깨달음은 만주에서 조선을 찾고자 한, 제2의 고향을 건설하여 정착하려 한 식민지 조선인들의 노력이 난관에 부딪힐 수밖에 없었던 사정과 겹쳐 읽힌다. 물론 명일의 이 뒤늦은 반성이 여옥과의 재회 이후 사랑의 결실을 맺고 정착으로 귀결될 것인지는

---

8 「심문」, 11면.

그 자신도 모른다.

3. 현혁과 명일 - 여옥의 만주와 조선

그렇다면 여옥에게 만주란 어떤 의미의 공간인가. 여옥은 지난봄 명일과 국경을 넘어 오룡배에서 머물다가 그길로 내쳐 하얼빈으로 떠났다. 하얼빈은 첫사랑 현혁이 있는 곳이다. 그것은 현혁을 못 잊어서라기보다 과단성 없는 명일의 태도에 절망감을 느껴서라고 할 수 있다. 즉 여옥은 현혁을 찾아갔다기보다 명일을 떠나간 것이다. 만주라는 공간에서 희망을 찾을 수 있다는 확신이 아니라 조선에서는 더 이상 남아 있을 수 없다는 절망감이 더 큰 동기로 작용했다 할 만하다. 그러나 그가 만난 현혁은, 만주는 기대와 전혀 다른 모습으로 다가오고 말았다.

> "지금 제 말슴같이, 그렇게는 생각하면서도, 그때 선생님이 저를 사랑하시려는 노력이 아니라, 그림을 위해서마니라도 옛 환상을 버리시려고 애쓰시면서도 못 하시는 것을 볼 때 저는 저대로 자존심은 상하고, 그러니 자연 반발적으로 저도 옛날 꿈을 그리게 될밖에 없었어……."
>
> 그래서 다라와 이곳에서 만난 현(玄)은, 명색 어느 변호사의 사무원이지만, 정한 수입도 없고 하는 일도 없는 허잘것없는 중독자였다는 것이다. 현은 다년간 혹사(酷使)한 신경과 불규측한 생활로 언제나 아픈 안면 신경통과 자조 발작하는 위경련으로, 없는 돈에 가장 수월하고 즉효적인 약으로 시작한 마약에 중독하기 시작하였다는 것이다.[9]

---

9 「심문」, 34면.

현혁은 마약 중독자이다. 여옥이 동경의 총명한 문학소녀였던 것처럼 현혁도 한때 혁혁한 이론분자였다. 그러나 몇 년의 시간을 지나 여옥이 찾은 만주의 현혁은 일정한 수입도 직업도 없는 중독자요 폐인일 뿐이다. 동경에서도, 조선에서도 정주할 공간을 찾지 못한 여옥에게 첫사랑 현혁이 있는 만주는 마지막 기회의 땅이었을 것이다. 그러므로 여옥의 입장에서 현혁 혹은 만주는 옛사랑일 뿐만 아니라 혹은 그가 머물고 있는 공간일 뿐만 아니라 냉혹한 현실의 질서가 지배하는 현재의 공간이며, 부정적 속성이 있다면 필사의 노력을 경주하여 개선해서라도 끝내 정착해야만 할 마지막 공간이다.

어쩌면 여옥이 조선의 명일을 버리고 현혁을 찾아 만주로 떠난 것은 문학소녀였던 동경 시절의 자기를 찾기 위한 시도였을지도 모른다. 현혁에게 여옥은 총명한 문학소녀였지만, 명일에게는 그저 그런 다방의 마담이거나 낮과 밤이 다른 요부에 불과한 것이 아닌가. 빛나는 시절의 자기를 기억하는 상대를 향해 간 만주에서, 그러나 여옥이 맞이한 현실은 환멸적인 것이었다.

만주에서의 여옥은 조롱 속의 새처럼 길들여져 있다. 그를 길들여가둔 것은 현혁일 수도 있고, 만주라는 공간일 수도 있다. 여옥은 그 자리에 유폐되었을 뿐 아니라 마약에 중독되어 탈출의 기회마저 제한된 삶을 산다. 조롱 속의 새가 배냇병신은 아니었던 것처럼 여옥에게도 추억할 만한 지난날이 있었다. 그것은 동경 시절의 혹은 그 이전 조선에서의 자기일 것이다. 동경을 거쳐 돌아간 조선은 이미 여옥에게 절망감을 안겨준 곳이기 때문이다. 그러한 조선과 명일을 떠나기로 하고 떠올린 옛날 꿈이란 어린 시절의 조선이 아니라 동경이요 현혁이었을 텐데, 현혁은 더 이상 동경의 혁혁한 이론분자가 아니라 만주의 자포자기한 말기 중독자 폐인에 불과한 것이다. 현혁도 여옥도 과거의 추억을 단지 장식처럼 기억하는 존재일 뿐, 되돌아갈 곳이 없다. 여옥이 꿈꾼 것은 현혁과 만나 꾸릴 새 삶이었거나 최소한 동경 시절의 복원이었겠지만, 그것이 만주라는 미지의 공간에서 가능하리라 믿었던 것은 환상이었다. 여옥에게 만주는 끝없는 전락의 마지막 바닥이다.

> "선생님이 어떻게 드르시라고 하는 말슴은 결코 아니지만, 여자로서 선생에게 업수임을 받은 자존심을, 살리기 위해서만이라도, 현(玄)이 내게 의지하는 것이 어떤 심정이건, 그 마음만은 내가 지니려는 노력을 해 왔지요만."
>
> 현은 훔쳐낼 처지가 필요도 없으련만 여옥(如玉)이 모르게 돈을 뒤저 내기도 하고, 심지어 여옥이가 다니는 홀이나 캬바레 주인에게 선채할 수 있는 대로 돈을 취해 가지고는, - 겨우 지나가는 구차한 살림이라 물론 집에 많은 돈이 있을 리 없고, 선채를 한대도 중독자에게 큰돈을 취해 줄 이도 없지만 - 돈이 없어질 때까지는 흰 약보다 더 좋다는 아편을 빨 수 있는 비밀여관에 들어백여서 집에 드러오는 법이 없었다.[10]

만주에서 중독자로 살아가는 이상 현혁이나 여옥이나 누가 낫고 못할 것이 없는 상황에 처해 있다. 현혁의 마음을 돌리고 갱생시키기 위해 힘쓴 결과는 마약이라는 굴레를 함께 뒤집어쓴 것뿐이었다. 여옥은 현혁에게서 더 이상 기대할 것이 없음을 깨달은 후 자신 또한 자포자기의 상태로 전락해 가던 중 명일을 만나자 다시금 조선으로 돌아갈 실낱같은 희망을 가져 본다. 만주에 있는 지금 여옥의 조선은 곧 명일이다. 지난날 자신의 자존심을 짓밟았고, 그래서 잊기 위해 떠났던 명일인 것이다. 지금껏 살뜰히 돌보지도, 궁금해 찾아보지도 않

10 「심문」, 37면.

던 사람이니 중독에서 벗어나 완인이 된다 해도 어떻게 될지 모르는 상황이지만, 그래도 기댈 곳은 명일이요 조선밖에는 없는 것이다.

조선과 만주 사이에서 방황하던 여옥의 수난담이 결말을 얻으려면 명일과 현혁을 양쪽에 둔 삼각관계의 인정극이 끝나야 한다. 철권이 난무하는 한바탕 활극이 아닌 싱거운 궤변만이 오고간 희극의 막이 내리고 여옥은 마침내 현혁의 손에서 벗어난다. 사실 여옥이 현혁에게서 탈출했다기보다는 현혁이 여옥을 버린 것이나 다름없다. 여옥은 조선에서도 만주에서도 버림받고 말았던 것이다. 그리고 여옥은 결국 조선으로 돌아가지 못한다.

> 현(玄)에게 버림받은 것이 분했어 죽는 것은 않이외다. 그저 외롭읍내다. 지금 제가 다시 현을 따라간대도, 이미 저를 사랑하기를 잊은 현은 기회만 있으면 누구에게나 '열쇠'를 팔 것이외다.
>
> 그렇다고 저의 지금 병(중독)을 곳친대짜 다시 맑아진 새 정신으로 보게 될 세상은 생소하고 광막하기만 하여 저는 더욱 외로울 것만 같습내다. 갱생을 꿈꾸든 것도 한때의 흥분인 듯하올시다. 지금 무었을 숨기오리까. 요사한 말슴이오나 저는 선생님의 심정을 완전히 붓잡을 수 없음을 슬퍼하면서도 선생님을 잊으려고 노력할밖에 없었습내다. 그러한 제가 이제 다시
>
> 선생님을 따라가 완인이 된대짜, 제 앞에 무슨 희망이 있을 것입니까 -.[11]

여옥의 비극은 숙명적인 것이었다. 여옥에게 조선은 명일과 같은 불안한 존재였으며, 만주는 현혁과 같은 환멸적인 존재였다. 명일에게도 현혁에게도 버려진 여옥은 조선에서도 만주에서도 정주하지 못

11 「심문」, 49면.

하고 결국 외로운 죽음을 택하고 만 것이다.

여옥의 만주와 명일의 만주는 다르다. 여옥의 조선과 명일의 조선이 다르기 때문이다. 명일의 관점뿐만이 아닌 여옥의 관점이 더해짐으로 해서 작가 최명익이 「심문」을 통해 드러내는 만주의 심상은 다채로운 의미를 확보하게 된다. 그뿐 아니라 만주와 대비되는 조선의 지역적 심상이 동시대의 좌표 위에 겹쳐짐으로써 「심문」의 시공간은 특유의 입체성을 획득한다.

4. 중년 여인 - 숙명적 죽음 앞에서 발견한 일본

여옥과 명일의 방황과 방랑은 애초부터 조선이라는, 자기정체성 확립에 필수적인 축이 흔들렸기 때문에 시작된 것이다. 그들은 조선이 아닌 곳에서라도 정착하기를 희망한 것이고, 그 유력한 후보지로 만주를 검토한 것이다. 그런데 동경이든 만주든 조선을 제외하고 나면 어느 곳도 그들이 살아갈 만한 터전이 되지 못했다. 특히 만주라는 공간을 두고 명일이 건전한 생활인의 일상으로 돌아갈 희망을 품는다거나 여옥이 낭만적인 사랑을 완성하려 꿈꾸는 것은 모두 한낱 물거품에 지나지 않았다. 그런데 조선으로 돌아간다더라도, 그들은 다시 외로워질 것을 알고 있다.

한 방울의 물로 흐르고 흐르다가 마침내 만나는 것이 바다라면, 그러한 의미의 만주는 '오족협화(五族協和)'든, '왕도낙토(王道樂土)'든 당대의 슬로건에 걸맞은 가능성과 포용성의 공간으로 인식되어야 할 것이다. 그러나 다음 인용문에서 발견되는 현혁의 만주 인식은 중독자의 궤변으로 치부하기에는 꽤 의미심장하다.

나는 그의 성긴 머리털 속에서 방금 나라올 듯한 비듬에서 눈을 돌리며 그저 지나는 말로,

"만주 사시는 재미가 어떠십니까?" 물었다.

"저 같은 사람에게 그런 말슴을 물으시는 것은 실례죠 허허"

"?"

"송화강을 보셨나요?"

"네 - 어제 잠간"

"대학에서는 만주 농사 경제사(滿洲農事經濟史)를 연구한 적도 있었죠. 하나 지금은……. 이걸 좀 보시우."

현은 담에 부처 놓은 낡은 만주 지도 앞에 가서,

"지도를 이렇게 부처 놓고 보면 송화강이 이렇게 동북으로 치흐른다기보다 오호쓰구 바닷물이 흑룡강(黑龍江)으로 흘러들어와서 한 갈래는 송화강(松花江)이 되여 만주(滿洲)로 흘러나려와 이렇게 여러 줄기로 갈리고 갈려서 나종에는 지도에 그릴 수도 없을 만치 적은 도랑이 되고 만다면 어떻습니까, 재미나잖아요?"[12]

그에게 만주는 곳곳의 족속들이 모여들어와 큰물로 화합하는 터가 아니라 흘러들어온 큰물이 갈리고 갈려 제각각 막다른 골목으로 다다르는 땅이다. 현혁도 여옥도 반성하고 돌이키기엔 깨달음이 너무 늦었다.

이렇게 보면 내내 머뭇거리고 망설이면서 선택을 미룬 명일은 숙명적 파멸의 수렁에 아직 두 발을 다 들이지 않은 것과 같다. 하얼빈으로 향하는 특급열차에서 명일이 느낀 스릴이란 함께 열차를 탄 90%의 필부필부처럼 자칫하면 자신도 곧 만나게 될 여옥과 함께 막다른 골

12 「심문」, 41면.

목에 다다르고 말리라는 예감으로부터 비롯되었다 할 것이다.

> 그러나, 나 역시 이렇게 빨리 다라나는 푼수로는 어느 때 어느 장벽에 부드처서 어떤 풍속화나 혹은 어떤 인정극 배경의 한 텃취의 오일이 되고 말른지 예측할 수는 없을 것이다.[13]

이 소설이 단순히 여옥을 꼭짓점으로 한 현혁, 명일의 삼각관계로만 해석된다면, 그것은 하나의 인정극에 그치는 것이 될 것이다. 그러나 겉으로 드러난 삼각관계의 배경에는 특급열차를 타야 하는 뿌리 뽑힌 사람들과, 송화강 유역의 부두 노동자들과, 밤거리의 다국적 댄서들과, 그것들을 소비하는 풍류적인 유한계급과, 10년 고생 끝에 성공담을 자랑하게 된 자들과, 생활을 빌미로 변절한 전향자들과, 자포자기한 아편쟁이들이 그만그만하게 한 터치의 말라붙은 오일로 모여 큰 그림을 이루고 있다. 이것 모두가 만주인 것이다. 명일뿐 아니라 여옥, 현혁, 혜숙까지도 네 명의 인물 모두가 인정극으로 포장된 풍속화의 한 터치 오일일 뿐이었던 것이다.

명일이 열차 안에서 긴장한 채로 숙명을 향해 돌진하는 속도를 느끼고 있을 그때, 식당에서 만난 중년 여인의 모습에 주목하는 부분을 거론하지 않을 수 없다. 가수 미우라의 체격을 닮았다는 언급에서 오페라에 관심이 있는 독자라면 푸치니의 '나비부인'을 떠올릴 수 있을 것이다.[14] 일본의 소프라노 미우라 다마키(三浦環)[15]가 푸치니의 오페

13 「심문」, 4면.

14 특히 1930년대 후반 「심문」 발표 당시의 독자들이라면 더욱 그러했을 것이다. 푸치니의 오페라 '나비부인'이 조선의 경성에서 처음 공연된 것은 1937년의 일이었다.

15 "일본 출신의 소프라노 미우라 다마키는 유럽에서 장장 20년간 활동하면서 무려

라 '나비부인'의 프리마돈나였으며, 나가사키를 배경으로 한 비련의 사랑 이야기를 세계에 알린 전설적인 소프라노였던 것을 최명익은 현대의 독자 혹은 음악 애호가보다도 더 잘 알고 있었을 것이 당연하다. 게다가 '나비부인'의 경성 공연은 「심문」이 『문장』에 발표되기 2년 전인 1937년에 이루어졌고, 이는 현재까지 알려진 우리나라 최초의 오페라 공연이었던 것이다.

> 한국 땅에서 최초로 오페라가 공연된 것은 비록 일제하이긴 하지만 1937년도의 '나비부인'과 1940년도의 '칼멘' 공연이었다. '나비부인'은 1937년 5월 26일 부민관에서 음악사 주최로 전막이 무대에 올려졌는데, 이때의 히로인은 소프라노 미우라 다마끼(三浦環)가 맡았었고, 그녀의 상대역으로는 유일하게 한국인 테너 김영길(金永吉)과 조영은(曺永恩)이 더블 캐스트로 나와 무난하게 역을 해냈다. '나비부인'의 음악지휘는 동경 중앙교향악단의 지휘자 야마모도(山本直忠)이었다.[16]

1937년 5월 26, 27일 부민관의 객석에 최명익이 앉아 있었는지는 알 수 없다. 아무튼 「심문」의 김명일은 쵸쵸상 역의 미우라가 어떻게 생겼는지 알고 있었고, 마주 앉은 여자와 닮았다고까지 이야기하고 있다.

어쩌면 최명익의 「심문」은 오페라 '나비부인'의 스토리와 닮은 점이

2000회에 걸쳐 나비부인 역을 맡았다. 따라서 미우라 = 나비부인이 되었다. 일본인이 세계적인 무대에 선 것도 바로 미우라에서 시작하였다. 이러한 선풍은 자연히 일본에서 서울 쪽으로 불기 시작하였다. 미우라의 서울 공연은 1937년 5월 26, 27일 이루어졌다. 때마침 서울에 부민관이 건립됐고, 음악 매니저 최성두의 등장으로 실현이 가능했다." 이상만, 「한국음악백년 일화로 엮어 본 이면사(40) 첫 오페라 무대 '나비부인'」, 『경향신문』, 1986.8.7, 10면.

16 김종욱, 「한국 최초의 오페라 공연은 어떤 작품인가?」, 『객석』, 1985.6 ; 김춘미, 『예술사 서술의 기초』, 시공사, 1998, 113면에서 재인용.

많다. '나비부인'은 게이샤였던 쵸쵸상이 미국 해군장교 핀커튼과 결혼했다가 버림받은 후 스스로 목숨을 끊는다는 이야기이다. 핀커튼과 결혼하기 위해 쵸쵸상은 동족들에게 버림받았는데, 결국 핀커튼에게서마저 버림받는다는 설정에서 민족적 정체성의 문제도 개입되어 있다. 사랑을 위해 동족을 저버린 선택을 하고, 그 때문에 사랑에게서 버림받은 후 돌아갈 곳이 없어진 쵸쵸상의 운명은 여옥의 그것과 교묘하게 겹쳐진다.

'나비부인'을 연상케 하는 인정비극으로서의 「심문」, 그러나 이것은 작품 초반에 작가가 던져 놓은 하나의 트릭이다.[17] 버림받은 여인의 가련한 운명은 믿었던 사랑에게서 배신당한 때문이 아니라 추상적인 '죄' 때문에 사실적인 '죽음'을 맞게 되는 부조리한 현실 때문이다.

> 숙명이란 이렇다 할 원인이 없는 결과만을 우리에게 던져주는 것이다. 원인이 있다드라도, 지금 마주 앉은 중년 여사의 신약전서(新約全書)에 있을 '죄는 죽엄을 낳고'라는 '죄'와 같이 추상적인 것으로, 그런 추상적 원인이 '죽엄'이라는 사실적 결과를 맺게 하는 것이 숙명이라면 우리는 그런 숙명 앞에 그저, 전률할밖에 없을 것이다.
>
> 그런 무서운 숙명이 나를 기다리는지도 모를 할빈이라고 생각하면 그곳으로 이렇게 다라나는 이 열차는 그런 숙명과 같이 음모한 괴물일른지도 모른다고 나는 좀 취한 머리속에 또 한 가지 이런 스릴을 느끼었다. 그러면서 큰 고래 입 속으로 양양이 헴처 들어가는 물고기들을 상상하며 그런 물고기의 어느 한 부분인지도 모르는 휘쉬 프라이의 한 조막을 입에 넣고 씹으며 마주볼 때, 나보다 한 접시 앞선(강조 – 연구자) 중년

17 말하자면 「심문」은 오페라 '나비부인'의 비극적 여주인공의 운명이라는 모티프를 수용하여 서사와 주제를 뒤틀어 놓은 일종의 패러디로 간주할 수 있다.

여사는 소위 어느 한 부분인지도 모를 스테익의 마그막 조막을 입에 넣고 입술에 맺힌 핏물을 찍어 내는 것이었다.[18]

쵸쵸상의 숙명 뒤에 제국주의 미국이 있었다면 여옥의 숙명 뒤에 도사리고 있는 것은 제국주의 일본이다. 제국주의 일본의 음모로 만들어진 만주를 향해 아무 것도 모른 채 열차를 타고 달려가는 수많은 사람들은 고래 입속으로 의기양양하게 헤엄쳐 들어가는 물고기들과 같다. 명일의 앞에서 식사를 하고 있는 중년 여사의 입속으로 들어가는 스테이크의 한 조각과도 같다. 명일보다 '한 접시 앞선' - 한 걸음 앞서 제국으로 성장한 - 그들의 입장에서 이제는 과거의 일이 되어버린 인정극의 여주인공, 쵸쵸상으로 열연하던 미우라를 닮은 그 여성은 다름 아닌 일본인이다.

명일의 시선에 비친 중년의 일본 여인은 작가 최명익이 발견한 동북아적 지형 내 제국주의 일본의 지위를 보여주는 것이다. 이러한 발견은 서술자 명일의 경계인적 위치 설정에 힘입은 것이라고 할 수 있다. 아무 것도 결정된 것 없이 월경하여 만주 공간의 인물 군상을 관찰하고, 누구와도 운명의 끈을 엮지 않은 채 여정을 맺은 명일의 시선을 통하지 않았다면 텍스트에 끌어들이기 어려웠던 현실 인식이다.

5. 결론

최명익의 「심문」을 텍스트로 하여 작품에 드러나고 숨은 만주의 형상과 의미를 고찰해 보았다. 작품의 주요인물인 현혁(일영), 여옥, '나

18 「심문」, 13면.

(김명일)'와 주변인물들이 만들어내는 구도가 '만주' 공간을 바라보는 작가의 의식과 관련된다는 판단 때문이었다.

「심문」은 화자인 '나(김명일)'의 여행기 혹은 방랑기이다. 명일의 방랑은 처 혜숙의 죽음으로부터 비롯되었으며, 여옥을 만난 후로 복잡하게 전개된다. 여옥을 향한 명일의 이끌림은 방랑을 종식시키고자 하는 욕망과 관련된다 할 수 있으나, 명일이 과단성 있게 결론을 내리지 못하는 사이에 여옥은 만주로 떠난다. '혜숙 - 명일 - 여옥'의 삼각관계에서 명일이 바라보는 조선과 만주의 심상이 인물 형상화를 통해 드러난다. 명일에게 조선은 혜숙과 같은 존재이며, 만주는 여옥과 같은 존재이다. 조선을 닮아 한결같은 혜숙은 죽었고, 만주를 닮아 복잡다단한 여옥은 카바레의 댄서요 중독자가 되어 있다. 여옥을 있는 그대로 사랑해야 했었다는 명일의 반성은 만주에서 조선을 찾고자 한, 제2의 고향을 건설하여 정착하려 한 식민지 조선인들의 노력이 난관에 부딪힐 수밖에 없었던 사정과 오버랩된다.

'명일 - 여옥 - 현혁'의 삼각관계를 살펴보면 여옥의 입장에서 본 조선과 만주의 의미가 드러난다. 여옥에게 조선은 명일과 같은 불안한 존재였으며, 만주는 현혁과 같은 환멸적인 존재였다. 명일에게도 현혁에게도 버려진 여옥은 조선에서도 만주에서도 정주하지 못하고 결국 외로운 죽음을 택하고 만 것이다.

여옥이 바라본 만주와 명일이 바라본 만주는 차이가 난다. 여옥의 조선과 명일의 조선 또한 마찬가지다. 명일의 관점뿐만이 아닌 여옥의 관점이 더해짐으로 해서 작가 최명익이 「심문」을 통해 드러내는 만주의 심상은 다채로운 의미를 확보하게 된다. 그뿐 아니라 만주와 대비되는 조선의 지역적 심상이 동시대의 좌표 위에 겹쳐짐으로써 「심문」의 시공간은 특유의 입체성을 획득한다.

여옥과 명일의 방황과 방랑은 애초부터 조선이라는, 자기정체성 확립에 필수적인 축이 흔들렸기 때문에 시작된 것이었다. 그들은 조선이 아닌 곳에서라도 정착하기를 희망한 것이고, 그 유력한 후보지로 만주를 검토했던 것이다. 그러나 만주는 그들이 살아갈 만한 터전이 되지 못했다. 명일이 건전한 생활인의 일상으로 돌아갈 희망을 품는다거나 여옥이 낭만적인 사랑을 완성할 수 있는 곳이 아니었다. 그런데 동시에 조선으로 돌아가는 일도 불가능한 상태이다.

겉으로 드러난 서사에 주목하여 이 소설을 여옥을 꼭짓점으로 한 현혁, 명일의 삼각관계로 파악한다면, 그것은 하나의 '인정극'에 그치고 만다. 그러나 전경화된 삼각관계의 배경에는 만주라는 복잡한 공간을 구성하는 인물군상이 저마다 그만그만하게 한 터치의 말라붙은 오일로 모여 큰 그림을 이루고 있다고 할 만하다.

최명익의 「심문」과 오페라 '나비부인'의 유사성에도 주목해 보았다. 사랑을 위해 동족을 저버린 선택을 하고, 그 때문에 돌아갈 곳이 없어진 쵸쵸상의 운명은 여옥의 그것과 닮은 점이 있다. '나비부인'을 연상케 하는 인정비극으로서의 「심문」, 그러나 이것은 작품 초반에 작가가 던져 놓은 - 여옥을 꼭짓점으로 한 삼각관계의 서사로 독자를 유인하기 위한 - 하나의 트릭이다. 버림받은 여옥의 가련한 운명은 믿었던 사랑에게서 배신당한 때문이 아니라 추상적인 '죄' 때문에 사실적인 '죽음'을 맞게 되는, 역사적 현장으로서의 만주 공간이 내포하고 있는 부조리한 현실 때문이다.

오히려 주목할 점은 명일의 시선에 비친, 미우라를 닮은 중년의 일본 여인이 작가 최명익이 발견한 동북아적 지형 내 제국주의 일본의 지위를 보여주고 있다는 점이다. 이러한 발견은 서술자 명일의 경계인적 위치 설정에 힘입은 것이다. 요컨대 최명익의 「심문」은 만주라는 숙명의 공간에 함몰되지 않고 경계에 서서 관찰하는 서술자를 채택함으로써 당대를 조감하는 거시적 안목을 획득한 작품이다.

정한숙 장편 『끊어진 다리』에 나타난 성인 화자와 회고담의 특질

1. 서론

정한숙의 장편소설 『끊어진 다리』[1]가 발표된 1962년은 4·19와 5·16의 정치적 격랑이 채 가시지 않은 혼란의 시기였다. 이 작품은 '끊어진 다리'라는 제목에서 볼 수 있듯 명징한 상징으로 주제를 구현하고 있다. '끊어진 다리'는 구체적인 두 개의 사물로 제시된다. 그중 하나는 전쟁 중의 폭격으로 동강이 난 다리[橋]이고, 다른 하나는 역시 전쟁 중에 입은 부상으로 잘라 버려야 했던 다리[脚]이다. 두 가지 모두가 민족의 현실을 상징하고 있는 것만은 틀림없으나, 그 의미 내용은 입체적인 것으로 지시된다. 그 내용은 분단의 현실, 전쟁의 상처, 재건 과정의 난관 등으로 요약될 수 있다.

'끊어진 다리'라는 상징을 통해 작품의 주제를 파악하는 것은 그리 어려운 일이 아니다. 작품 결말의 인물의 대화에 의해 거의 직접적으

1 정한숙, 『끊어진 다리』, 을유문화사, 1962. 본 논문 내의 작품 인용은 작품명과 함께 위 책의 면수만을 밝힌다.

로 제시되고 있기 때문이다. 현실의 난관은 비관적일 정도이지만 스스로의 의지로 극복해 나가겠다는 인물의 말은 1960년대 초반의 상황과 과제를 작가 나름대로 파악한 결과라고 할 수 있다.

그러나 이 소설은 당시의 현실을 제한적으로 그리는 대신, 일제강점기의 말기로부터 1960년대까지의 폭넓은 시대적 배경을 채택한다. 이는 우리의 민족 분단사가 어느 한 순간의 사건, 혹은 몇몇 역사적 기점에 의해 결정된 것이 아니라는 작가의 역사 인식이 작품 형상화 방법에 영향을 끼치고 있음을 증명해 주는 것이다. 또한 이와 같은 역사 인식과 그에 따른 형상화 방법의 선택은 작가가 민족사의 획기적 전환점이 되는 해방과 전쟁의 압도적 무게로부터 어느 정도 벗어나 일정한 비판적 입점에 설 수 있었다는 가설의 근거가 된다.

1960년대의 소설을 '서사성의 회복'과 '주체의 복원'으로 정리하는 입장[2]을 수용할 때, 1950년대 소설의 한계는 대타적으로 드러난다. 즉 1950년대의 소설은 무시간성과 몰주체, 몰개성 등으로 특징지어진다 할 수 있는 것이다. 1950년대 소설의 이와 같은 특징은 "전쟁이라는 폭력에 속수무책으로 휘둘린 터라 냉정하게 현실을 탐구할 수 있는 여유를 확보하지 못했"고, "전쟁터를, 포로수용소를, 적 치하 골방을, 대구·부산으로 이어지는 피난길을 익명으로 떠돌며 살아남아야 하는 극한상황 속에 있었"으며, "전쟁이 끝난 뒤에도 그 경험의 자장으로부터 풀려나기란 쉽지 않았"던 당대 작가들의 현실적 난관과 관련되어 있을 터이다.[3]

2 하정일, 「주체성의 복원과 성찰의 서사」, 민족문학사연구소 현대문학분과, 『1960년대 문학연구』, 깊은샘, 1998 참조.

3 김윤식·정호웅, 『한국소설사』, 예하, 1993, 316면 참조.

사실 50년대의 작가들에게는 6·25를 너무 근거리에서 관찰한 실수가 있다. 그들은 너무 큰 충격과 혼란에 부닥쳐서 일종의 그로기 상태로 주어진 전란에 대응하고 상응해 온 것이다. 그러나 지금은 전란의 충격파가 상당한 굴절을 겪어 정돈된 상태로 우리에게 의식되고 있다. 따라서 감정들의 포화상태에서, 무의식적으로 주먹을 내지른 50년대 작가들에 비하면, 당시 소년으로 전쟁을 체험한 60년대 작가들은, 그들과는 퍽 상이한 정돈된 체험으로 전란을 회고할 수 있다. 특히 이들은 소년의 의식과 눈을 통해, 어른들의 세계에서는 극히 조심스런, 대담한 발언까지도 공공연히 구사하고 있다.[4]

홍성원의 위 글에서 실제로 다루고 있는 김원일의 「어둠의 혼」과 윤흥길의 「장마」 이외에도 소년의 의식과 눈을 통해 전쟁과 전후의 현실을 형상화한 1960년대 작품으로 김승옥의 「건」을 들 수 있을 것이다. 그러나 1950년대의 소설 중에도 어린이의 시각을 빌려 전쟁에서 파생된 비극적 현실을 비판하고 고발한 것들이 없지는 않았다. 송병수의 「쑈리 킴」, 백인빈의 「조용한 강」, 하근찬의 「흰 종이 수염」 등은 1960년대에 제출된 성과의 맹아적 존재로 지적될 수 있다.[5]

소년의 시각에 의지하고 있는 1950년대 소설들과 1960년대 소설들의 차이점은 전자에 비해 후자가 완성된 형태의 성장소설로 판단될 수 있다는 데서 드러난다. 작가와 주인물의 시각이 거의 일치하는 내적 초점화 방식의 채택이 충격적인 체험의 수준에서 머물 때, 작품의

4 홍성원, 「한국전쟁에 대한 새로운 조명 - 「어둠의 혼」과 「장마」」, 홍정선 편, 『홍성원 깊이 읽기』, 문학과지성사, 1997, 289면.

5 1950년대의 이 세 작품을 성장소설의 관점에서 분석한 논문으로 한상무의 「6·25 전쟁 체험과 이니시에이션 소설」(『한양어문』13, 1995, 315-329면)을 참고할 수 있다.

서술자는 고발을 넘어서는 성찰의 주체로 기능하기 어렵게 된다. 이를 극복하기 위해 소년의 응시하는 시선과 각성의 과정을 드러내는 성장소설 방식이 1960년대에 채택된 것은 문학사 전개 속에서 자연스러운 지양 극복의 사례로 맥락화될 수 있을 것이다.

문제가 되는 것은 홍성원 등이 지적하고 있는 세대론적 관점이다. 청년기에 전쟁을 체험한 작가들과 소년기에 전쟁을 체험한 작가들이 동일한 시대에 대해 각기 다른 대응 방식을 취할 수밖에 없는 것이라면, 1950년대의 작가들에게 혼란의 시대상을 객관적으로 다룰 수 있는 방법은 무엇이었던가, 그러한 노력이 있었다면 결과물은 어떤 모습으로 제출되어 있는가를 묻지 않을 수 없다.

정한숙의 『끊어진 다리』가 문학사적 의미를 획득할 수 있는 것은 이 지점에서라고 판단된다. 이 소설은 '성인 화자의 회고담'이라는 형식을 띠고 있는데, 부분적으로 어린 시절의 화자의 시각으로 초점화된 서술을 포함하고 있다. 유년기의 인물에 의해 초점화된 진술과 성인 화자의 회고적 진술은 많은 부분에서 현실 인식의 차이를 보여 주는데, 이 차이는 화자-주인공의 성장과정을 통해 점차적으로 좁혀진다. 그렇다면 작가가 채택한 회고의 형식은 유년 인물의 자각 과정을 보여준다는 점에서 성장소설적 주제 구현에 상응하는 동시에, 성인 화자에 의해서만 가능한 비판적 역사 인식을 효과적으로 드러내고자 하는 의도를 포함한 것이라 할 수 있겠다.

'성인 화자의 회고담 형식'은 필연적으로 '나'의 분열을 가져온다. 화자의 기능을 담당하고 있는 '나'는 '서술하는 나'이며, 유·소년기 청년기의 '나'는 '서술되는 나'이다.[6] '서술되는 나'가 경험하는 것은 오류

---

6 제라르 즈네뜨의 용어. 제라르즈네뜨, 권택영 역, 『서사담론』, 교보문고, 1992 참조.

와 혼란으로 점철된 현실이지만, '서술하는 나'가 회상하는 것은 숙고되고 반추된 현실이다. 성인 화자의 시점에서 서술되는 부분은 종종 직접적이고 권위적인 형태, 즉 논평으로 나타난다. 이 때 성인 화자에 의한 논평은 독자로 하여금 혼란에 가득찬 등장인물의 상태에서 벗어나 '서술하는 나'의 인식 수준에 가까워질 수 있도록 하는 지침서와 같은 역할을 하는 것이다. 즉 "독자의 사회적 판단을 더욱 깊이 연루시키기 위해서 정서적인 거리를 멀리하자는 것이다."[7]

그러나 직접적 개입으로서의 논평은 현대 서사학의 흐름에서 지속적인 비판의 대상이 되어 왔던 것이 사실이다. 요약 · 설명보다는 장면 · 제시를 비교우위에 놓는 이러한 태도는 '소설이 스스로 이야기한다'는 이상적 명제에 도달하기를 원하는 것처럼 보인다. 생경하고 저속하며 주관적인 논평에 불과한 것인지, 분명한 의도 하에서 조직된 것으로서 나름대로의 효과를 성취하고 있는 것인지를 따지는 일은 중요하다.[8]

이 글은 '성인 화자의 회고담'이라는 『끊어진 다리』의 형식적 특질에 주목하여 작품의 구성과 편집자적 논평의 성격을 고찰할 것이다. 먼저 2장에서는 성인 화자의 시각에서 회고된 과거의 비극적 현실과 유년기의 주인공에 의해 초점화된 이상적 낙원의 형태가 그 성격상의 큰 차이에도 불구하고 동일한 시 · 공간 속에 놓여 있음을 확인한다. 이어 3장에서는 하나의 시 · 공간 속 두 세계의 간극이 좁혀져 가는

7 웨인 부스, 최상규 역, 『소설의 수사학』, 예림기획, 1999, 170면.

8 "작자들이 이러저러한 목적을 위해서 논평을 사용하기는 했지만, 차라리 그러지 않았던 것만 못하다는 말을 나중에 가서는 할 수 있겠지만, 최소한 작가의 목소리가 성취해 놓은 특수한 업적이 과연 우리가 중요시하는 소설의 일반적 특성들을 희생으로 할 만한 가치가 있는 것이었는가 하는 것을 밝혀내고자 하는 태도는 반드시 필요하다." (웨인 부스, 위 책, 231면)

것과 주인공의 성장에 따른 각성의 과정이 서로 상응하고 있는 것, 정신적으로 미성숙한 주인공이 경험하는 현실이 서술주체로서의 '나'에게는 이미 숙고되고 성찰된 현실인 것 등의 사항과 밀접하게 연관된 형상화 방법의 특징을 다룬다.

2. 상실된 낙원과 복원의 의지

정한숙의 『끊어진 다리』는 불구가 된 실향민의 과거 회상과 현실 극복의 의지를 그린 작품이다. 작품의 주인공 '연'은 유・소년기에 일제강점기의 끝자락을, 청년기에 6・25를, 30대 초반에 4・19의 열기와 좌절을 경험한 인간으로 설정되어 있다. '연'은 민족사의 굴곡을 체험한 수많은 인간들 중 하나일 뿐이지만, 그가 성장해 온 배경과 체험의 내용을 바탕으로 일종의 대표성을 획득한다. '연'이 겪은 고난의 개인사를 보편적 민족사로 확장시켜 해석할 수 있는 근거는 유년 시절의 공간적 배경에서부터 암시된다.

'연'의 가족은 미국인 선교사 댁의 잡일을 도우며 생계를 이어 가는 형편에 있었다. 모리스 선교사의 아들 '죤'과 교회 종지기의 아들 '연'은 한 울타리 속에서 둘도 없는 친구로 성장하지만, 그들의 운명은 부친들의 관계만큼이나 판이하게 갈라질 수밖에 없다. 두 집안의 주종관계는 살아남기 위하여 외세의 그늘 아래 놓이기를 자청한 민족사의 그늘진 면을 상징하고 있는 것이다.

그러나 유년기의 '연'의 내면에서 그 같은 종속적 관계가 비판적으로 논리화될 수는 없다. 성실한 부모와 기독교적 주변 환경의 평화로운 분위기가 그를 감싸고 있었기 때문이다. 인간들 간의 관계는 물론 인간과 자연, 인간과 신의 관계까지 흠 없는 조화를 이루고 있는 공간이 '연'의 기억 속에는 있다. '연'이 꿈꾸는 이상향의 세계, 낙원의 원형이다.

> 대개 아버지는 저녁 무렵 살찐 젖소를 모아 놓고 젖을 짰다. 저녁에 짠 젖은 아침 일찍 시내에 배달을 할 것이다. 덩치가 큰 수놈 한 놈을 제외한 두 암놈은 유달리 코끝이 반질거렸다. 시내 배달은 물론 모리스 선교사 댁에서 쓰고 남은 여분이다. 물론 내가 없으면 어머니가 할 일이지만, 이 무렵 어머니는 모리스 댁 식사 준비가 있어 바빴다.
>
> 나는 아버지가 짠 젖을 받아들이기 위하여 그 옆에 가 서 있었다.
>
> "오늘은 학교에서 무얼 배웠느냐?"
>
> "앞마을 동철이한테 물어보면, 제가 오늘 무슨 공불 했는지 다 알고 있을 겁니다. 아버지 그 일일랑 조금도 걱정할 필요가 없어요……."
>
> 이런 대답을 하자, 아버지는 젖 짜던 손을 멈추고 크게 웃는다. 이때 눈만 꾸벅거리고 있던 젖소도 꼬리를 한 번 휙 내두르며 메! 소리를 내어 울더니만, 묵직한 고개를 기웃하고 나를 쳐다보았다.[9]

위 인용문은 아무런 결여도 느끼지 못한 채 화목한 저녁 한 때를 보내는 부지런한 가족의 풍경을 그린 것으로 보인다. 그 풍경은 과중한 노동에 시달리는 빈민들의 모습과는 거리가 멀다. 물론 위 상황은 전원생활에서 비롯되는 평화롭고 풍요로운 이미지로만 다가오지는 않는다. 아침 일찍부터 시내에 배달할 우유를 짜기 위해 일을 하는 아버지, 주인댁의 식사 준비에 바쁜 어머니는 성실과 인내의 모범으로 '연'에게 기억되지만, 그들의 노동의 대가는 "모리스 선교사 댁에서 쓰고 남은 여분"에서 찾아질 뿐이기 때문이다.

---

9 『끊어진 다리』, 11면.

그럼에도 불구하고 아버지와 아들, 그리고 미물인 젖소까지도 웃음 속에 동화되고 있는 것은 이 장면이 어린아이의 시각에서 그려진 풍경이기 때문이다. 이 친화의 공간이 깨어지는 것은 그곳에 있던 사람들과 사물들의 관계가 지속되지 못하고 파탄으로 귀결되는 소설의 전개 과정에서 드러난다. 아버지는 옥사하고, 어머니는 생사조차 모른 채 만나볼 길이 없게 되었으며, 소는 일본인들에게 빼앗겼고, 동철이와는 총부리를 겨누는 적군으로 맞닥뜨려야 했던 것이다.

'연'의 기억 속의 낙원과 실제 고향의 사정은 큰 차이점을 드러내고 있다. 선교사 댁의 머슴에 불과했던 부모의 처지도 그렇지만, '연' 자신도 유아기에 어머니의 젖을 주인댁 아이였던 '죤'에게 먼저 내주어야 했던 불행한 과거를 지니고 있다. 주인인 모리스 선교사는 자신 소유인 젖소의 우유뿐만이 아니라 머슴의 모유까지도 먼저 쓰고 남는 것만을 돌려준 셈이 된다. 주목할 점은 그것을 아무도 문제 삼지 않았다는 데 있다. 어린아이였던 '연'은 차치하고라도 그의 부모도 그 일을 당연시하고 있었으며, 심지어는 자랑스럽게까지 여겼던 것이다.

모리스 선교사 가족이 미국으로 돌아간 이후에도 '연'과 그의 가족은 낙원의 주인이 되지 못한다. 선교사의 소유였던 집은 계속해서 주인이 바뀌었지만, '연'의 가족은 여전히 그곳에서 종노릇을 하며 살 수밖에 없었다. 이 과정에서 '연'은 상황에 대한 비판정신과 역사적 인식능력을 조금씩 획득하게 된다. 미국 선교사를 내쫓은 것은 일제였고, 일제를 종식시킨 것은 해방군이었으나, 그들은 다시 주인이 되어 군림했던 것이다. 이러한 상황의 변화에 종의 식구들이 기여한 것은 아무 것도 없다. 그들이 할 수 있었던 것은 그때그때의 생존을 위하여 바뀐 주인과 신들을 섬기는 일밖에 없었다. 생존을 위해 종의 처지를 수락할 수밖에 없었던 사정이 실제 과거 공간의 의미이다. 주인공 '연'의 기억 속에 남아 있는 원형적 공간과는 분명 다르다.

고구려, 백제는 물론 신라에 이르러 전성의 꿈을 이룩했던 불교……. 고려가 망하고 이조로 바뀌므로 절이란 산으로 자리를 옮기는 대신 서원으로 이 땅을 휩쓸은 유교. 구교의 천주, 신교의 주님, 그리고 천조대신을 비롯한 제신들…….

누구를 위한 기자릉이며, 누구를 위한 평제탑이었는가. 사찰과 서원과 공자묘를 비롯하여 신궁, 신사와 그리고 거리마다 있는 성당과 교회. 서학에 일어난 동학이며…….

이 모든 신과 종교는 우리들에게 무엇을 가져다주었던 것인가? 신돈을 비롯하여 당파와 사색과, 노론과 소론과 그리고 일제는 알고 있을 것이다. 그리고 유물론이 그 이름대로 우리들의 일상생활을 얼마나 향상시켰으며 또한 우리들에게 물려준 사상이 무엇인지 알고 싶다.

유심론이 가져온 밀가루와 설탕과 레이숀 박스와, 그리고 구제품 보따리가 우리들의 정신생활에 무엇을 갖다주었는지 나는 모른다.[10]

완전한 이상적 공간으로서의 낙원은 '연'의 기억 속에서만 존재한다. 그것은 처음부터 완벽한 공존의 세계가 아니었다. 그러므로 '연'의 과거 회상은 낙원이 상실되어 가는 과정을 그린 것이 아니다. 이 땅에 낙원이란 존재한 적이 없었다는 부정적인 인식이 화자의 역사관을 이루고 있는 것이 사실이라면, 그의 과거 회상은 상실된 낙원, 이미 파괴된 낙원을 주인공 '연'이 인식해 나가는 자각의 과정으로 해석되어야 한다. 이 때 화자의 유년기가 가지는 성격을 분석하는 일은 중요하다. 화자의 유년기가 낭만적으로 왜곡된 것이라 할지라도 그것은 또한 복원해야 할 낙원의 모델로 상정될 것이기 때문이다.

『끊어진 다리』의 주인공 '연'은 그곳이 애초부터 이상적인 공간이

10 『끊어진 다리』, 81면.

아니었음을 자각하고 역사적 맥락 속에서 평가한 후에도 패배주의에 빠지지 않을 수 있었다. 오히려 더욱 극악해진 현실적 난관을 극복하는 동시에 낙원의 건설을 의도하고 있는 것이다. 과거의 실제 공간과 기억 속의 원형의 성격이 구별된다는 점, 건설해야 할 낙원이 과거의 공간을 닮은 것이 아니라 기억 속의 원형을 추구하는 것이라는 점에서 그것은 복원이 아닌 창조로 해석될 수 있다.

『끊어진 다리』에서 기억의 원형으로서의 낙원이란 물론 그 속의 인간과 사물을 포함한 모든 존재들이 조화롭게 놓여 있는 상태를 말한다. 작품 속의 성인 화자가 의도하고 있는 복원될 낙원의 모습도 그것에 다가가기를 바라고 있다. 그러나 1960년대 현실 상황 속의 화자는 이미 많은 것을 잃은 상태이다. 부모를 잃었고, 친구를 잃었고, 재건의 동력이 될 다리마저 하나를 잃었다. 그럼에도 불구하고 아직 남아 있는 희망은 남아 있는 것들을 수습하여 가족적인 공동체를 이루는 일이다. 화자가 '미혜'에게 집착하는 이유이다.

화자의 기억이 구상화하고 있는 최초의 낙원은 물론 고향의 집터였고, 그 주인공은 '죤'과 '연'이었다. '죤'이 떠나가고 '연'이 성장하면서 낙원의 원형은 깨어지기 시작했고, 실제로 옛집은 폐허로 변해 갔다. 옛 집터의 정원을 폐허로 만든 일제가 패망한 이후 '연'의 낙원에는 소련군 장교 '이봥'의 딸인 '쏘냐'가 끼어들었지만, 그들은 이내 헤어지고 말았다. 게다가 '연'에게는 이 공간이 '즐거운 낙원'으로 기억되기도 하지만, '쓰라린 추억'의 땅이기도 했던 것이다.

> 에덴이 아담과 이브에게 있어선 즐거운 낙원인 동시에 가장 쓰라린 추억의 땅이었듯이 죤과 내가 자란 우리들의 정원도 그러한 두 면을 가지고 있음으로써 항상 내 마음 속에서 떠나질 않는다.[11]

그날로부터 쏘냐와 나는 이 넓은 정원의 새로운 주인이 되었다. 새로운 주인이라기보다는 쫓겨났던 어린 왕자와 공주가 폐허화된 자기 궁궐을 찾아들었다고나 할까.[12]

새로 창조될 낙원의 주인은 '연'과 '미혜'이다. '죤'이나 '쏘냐'와의 기억이 소중하지 않은 것은 아니지만, 그들과의 낙원은 진정한 의미에서의 그것이 아니었다. '죤'과 함께 살던 어린 시절, 정원은 '연'의 낙원이었지만, 그 주인은 미국인 선교사였던 것이다. '죤'의 가족이 떠난 후 정원은 일제의 앞잡이 최상운에게 소유권이 넘어간 것이나 마찬가지였고, 이 같은 구속의 상태를 해방시켜 준 것은 해방군이었다. 그러나 낙원은 이미 폐허가 되어 있었다. 외세의 압제 하에서 살아왔던 '연'과 '쏘냐'에게 해방된 조국에서의 삶은 '폐허'에서 시작된 것이다.

그들과의 낙원이 '쓰라린 추억'의 장소로 기억되는 이유는 한 번도 '연'이 그곳의 실질적인 주인이 될 수 없었던 종속 관계로부터 멀지 않은 곳에 있다. 종속 관계에서 벗어나지 않고는 진정한 낙원을 건설할 수 없고, 그 벗어남은 이 땅의 남녀들의 자주적인 힘으로서만 가능하다.

'미혜' 역시 '연'과 마찬가지로 불구적 민족사를 상징하는 인물이다. 민족사의 비극은 여성에게도 예외가 될 수 없었다. 일제강점기에는 일본군에게, 해방기에는 소련군에게, 전쟁기에는 미군에게 자신의 몸을 내주어야 했던 치욕의 역사가 그들의 몫이었다. '미혜'는 해방 이후 월남하였지만 생계를 해결할 길이 없어 양공주로 타락하고 말았다. 그 때문에 얻은 성병으로 시력을 잃기까지 한다. '연'과 '미혜'는 약소

11 『끊어진 다리』, 175면.
12 『끊어진 다리』, 106면.

민족의 비애를 불구가 된 몸으로 증언하고 있는 것이다. 당대를 살아갔던 어느 누구도 이 같은 민족사의 피해자 아닌 사람이 없었다면, 불구의 몸으로나마 현실을 개척해야 한다는 주장이 가능해진다. 가장 먼저 해결해야 할 것은 물론 생존이 가능할 정도의 경제적 능력이다. 그러나 보다 중요한 것은 부박한 삶이나마 서로를 의지하고 믿는 사랑이라는 것이 화자의 생각이다.

> 단오날……, 아니 유두날, 그것도 너무 이르다. 그럼 추석날이다……. 그것도 역시 엄청나게 빠른 생각이다. 그럼 역시 구명절이나 보름날……. 억지를 쓴다면 그때까지는 몇 마리의 닭이라도 잡아 갖고 그 옛날 우리들이 고향에서 즐겼듯이 윷을 놀 수 있을 뿐 아니라, 밤늦게는 미혜가 그렇게 먹고 싶어하는 메밀국수라도 몇 통 누를 수 있게 될 것이 아니겠는가……. 생각하면 쉽사리 이루어질 수 있을 것 같으면서도 역시 그것은 아득한 계획이었다. 그러면서도 나는 이날 밤 그 생각만으로 가슴이 뻐근해짐을 어찌할 수 없었다.
>
> 단오가 있고, 유두가 있고, 가위가 있고, 설날이 있을 때……. 우리들은 빈곤에서 벗어나 자유를 누릴 수 있는 날일 것이다.[13]

화자에게는 메밀국수에 대한 아름다운 기억이 있다. 일제강점기 말기의 수탈이 극에 달할 때, '연'과 '미혜'는 가마니 공출의 할당량을 채우기 위해 밤이 늦도록 일을 해야 했던 것이다. 강제로 집행되는 공출에는 나이 어린 '연'으로서도 불만이 없을 수 없었지만, 미혜와 같이할 수 있는 시간은 행복하게 다가온다. '연'과 '미혜'를 위해 어머니가 해주던 밤참은 북방 특유의 정서를 드러내는 동시에 방안의 인물들을

13 『끊어진 다리』, 197-198면.

하나로 묶는 친화의 매개로 작용한다. 일제강점기 말기의 상황에서도 그와 같은 친화적 공간이 가능할 수 있었듯, 소설 속 현재의 시대상황 하에서도 최소한의 가족적인 연대감은 가질 수 있으리라는 것이 화자의 생각이다. 그것이 가능한 곳이라면 산비탈의 개간지도 고향이 될 수 있고, 낙원이 될 수 있으며, 공동체적 축제인 명절의 의미도 살아날 수 있는 것이다.

그러한 낙원을 성취하려 할수록 현실적 난관은 중압감으로 다가온다. '연'이나 '미혜'와 같은 빈민들에게 현실을 타개할 수 있는 힘은 스스로의 인내와 성실 정도밖에 없다. 그러나 사회는 성실의 덕목을 인정하지 않는다. 오히려 융통성 없음으로 치부해 버리기 일쑤이다. 군대를 제대한 '연'이 취직자리를 구하려 할 때, 소학교 육 년 개근의 이력은 오히려 부정적 결과를 낳는 원인이 되고 마는 것이다. '연'과 '미혜'가 황무지로 떠밀려온 이유가 그것이다.

3. 성인화자의 회고 형식과 압도적 현실로부터의 거리 두기

취직의 실패에 관련된 에피소드가 작품의 서두에 위치해 있는 것은 의미심장하다. '존'과 헤어지던 날의 기억을 더듬다가 대뜸 최근의 일을 다루는 것은 "지난날의 기억이 온통 뒤죽박죽이 되어 버렸"기 때문이고, 기억이 뒤죽박죽으로 엉켜 버린 것은 그만큼 지난날이 특별한 구분됨 없이 혼란스러웠다는 것을 암시한다. 혼란한 세태에 적응하는 인간형은 예나 지금이나 '융통성 있는', 기회주의적인 인간형이다. 기회주의적인 인물들이 세태에 좀 더 잘 적응할 수 있는 것은 그때그때 힘을 가진 외세에 영합할 수 있는 속성 때문이다. 최상운, 여두삼 같은 인물들이 이러한 인간형의 대표적 예이다. 외세를 등에 업은 인물들이 판을 치는 세상은 지속되고 있는 종속적 민족사가 낳은 비극의 이면이다.

그러나 이 같은 판단은 성인이 된 화자의 것이다. 어린 시절의 '연'이 성실한 아버지의 가난한 생활에 대해 논리적 판단을 내릴 수 있으리라고는 생각되지 않기 때문이다. 앞선 장에서 밝힌 '원형 공간'과 '실제 공간'의 성격 차이도 어린 시절의 주인공에 의해 초점화된 서술과 성인 화자의 서술 사이에 인식 수준의 간극이 존재함으로써 생긴 현상이었다.

성인화자의 회고라는 작품의 서술방법적 특질을 고려해야 하는 이유가 여기에 있다. 기존의 연구들은 『끊어진 다리』의 서술방법이 연상에 의존하고 있는 점을 형식적 특성으로 간주하면서, 에피소드의 무작위적 연결이 작품 독서에 방해가 된다는 이유로 비판하기도 했지만, 작가가 이러한 형식을 채택한 이유에 대해서는 설득력 있는 해석을 덧붙이지 못했다.[14]

역사 인식에 기반을 둔 사태의 해석은 성인화자의 서술을 통해서만 가능한 것이다. 유년 인물의 시각으로 초점화된 서술로는 불가능하다. 화자의 역사 인식은 위에서 본 바와 같이 종속적 관계의 지속으로 요약될 수 있다. 일제강점기 말기든 해방기와 전쟁기이든 1960년대든 종속관계의 틀은 청산되지 않고 있다. 고대사에까지 확장시켜 보아도 사정은 달라지지 않는다. 서술되고 있는 시대의 상황과 따로 끼어든

14 한승옥, 「한국 전후소설의 현실 극복 의지」, 『숭실어문』3집, 1986.
이주형, 「정한숙 소설에서의 한국 현대사 인식」, 이주형 외, 『한국현대작가연구』, 민음사, 1989.
장성수, 「전후 현실의 문학적 진단과 처방」, 송하춘 · 이남호 편, 『1950년대의 소설가들』, 나남, 1994.
정영아, 「정한숙 소설 연구」, 고대 석사논문, 1999.

시대의 상황에서 공통점을 추출해 내는 작가의 서술 방식은 독자로 하여금 특정한 사건을 역사적 맥락 하에서 조망할 수 있도록 도와주는 역할을 한다.

또 하나 재삼 고려되어야 할 점은 성장 과정에 있는 주인공 '연'과 회상서술의 주체인 성인화자 '연'의 세계 인식의 내용이 차별될 수밖에 없다는 사실이다. 같은 사건이나 사실을 놓고서라도 어린 아이에 의한 평가와 성인에 의한 평가가 달라지는 것은 자연스러운 현상이다. 화자의 인식이 극명하게 구분되는 대표적인 예는 절친한 친구 '죤'의 조국인 미국에 대한 인식이다.

어려서부터 선교사 가족과 함께 생활했고, 선교사의 아들과 절친하게 지냈던 '연'으로서는 미국이라는 존재에 대해 비판적 거리를 가지기가 어려웠다. '연'의 부모도 자신의 처지를 머슴이나 종으로 생각지 않았고, 그저 자신은 교회의 종지기이며 직분에 충실한 평신도라 자부하고 있었던 것이다. '연'에게 미국이라는 존재는 친구의 조국이었고, 자신의 신앙이었던 기독교로 대표되는 국가였다. 그러나 '연'이 성장 과정에서 깨달은 것은 기독교의 유일신이 아버지를 죽음에서 구해내지 못했듯, 민족의 운명을 구원할 수 없으리라는 것이었다.

유아세례를 받은 '연'이 자신의 신앙을 포기할 때, 믿음의 동반자였던 미국과 선교사의 가족은 한 때 자신의 위에 군림했던 정복자들과 같은 위치에 놓이게 된다. 자신의 부모에 대해 선교사 댁의 머슴이라 표현하는 것이 옳으리라는 판단은 '죤'의 가족과 미국에 대한 인식이 변하여 있음을 단적으로 보여 주는 예이다. 선교사 부부, '죤'과 함께 생활하던 때의 기억에서 이질감의 요소가 반복적으로 드러나는 것도 그 때문이다.

자신의 아들이 '연'과 같은 조선 아이들과 동화되기를 꺼렸던 모리스 부인의 눈이 고양이의 눈과 닮았었다고 하는 회상은 '연'의 입장에서도 그들에게 좀처럼 가까이 다가가지 못하는 심정적 거리감을 표현하고 있는 것이다. 일제 말기 그리고 해방과 전쟁의 혼란스러운 역사를 체험한 화자는 '죤'이나 선교사 부부에서보다는 전쟁 중에 만난 흑인 장교 케리의 모습에서 자신의 정체성을 확인한다.

> 푸른 입술의 추한 모습, 그러나 그들은 묵직한 침묵의 인정으로 내게 대했고, 열등의식의 상징인 검은 얼굴은, 성실한 인간성과 인내성을 내게 가르쳐주었던 것이다. 내가 그들로부터 영향받을 수 있었던 이런 우정을 이른바 세련되지 못한 통속적인 감정이라 할는진 몰라도, 우리는 서로 공통된 환경에서 자라온 인간성이 원인이 되어 친근해질 수 있었던 것 같다.
>
> 그 인간성의 원인이란 죤 모리스와 같이 자라던 과거와, 식민지의 소년으로서 일인들의 우월감에 눌려 살던 굴욕과, 가깝게는 해방군대라고 자칭하는 스라브민족으로부터 받아야만 했던 치욕감 속에서 형성된 나와 같은 존재 말이다.[15]

유년기의 기억을 더듬어 가는 작품의 서두 부분에 이와 같은 진술이 위치해 있는 까닭을 묻지 않을 수 없다. 화자는 자신의 기억 속에 내포되어 있는 낭만적 감정으로부터 자신과 독자를 이끌어 내려 하고 있는 것이다. 이처럼 성인화자의 역사의식에 입각한 판단이 자주 개입되는 것은 두 가지 측면에서 거리 두기의 효과를 불러온다. 작품 속의 사건에 몰입하지 못하도록 독자를 매번 스토리 바깥으로 불러내는 이유는 자명하다. 독자 또한 주인공 '연'이 겪은 사건들에 대해 비판적인 관점에서 바라보도록 요구하는 것이다. 그렇다면 작가는 독자

---

15 『끊어진 다리』, 17면.

가 작품에 자신의 감정을 이입시켜 스토리를 따라가는 독서법을 의도적으로 방해하고 있는 셈이 된다.

이 작품의 구성이 산만해 보이는 것은 사실이다. 작품은 총 7개의 장으로 분장되어 있는데, 독특한 시간 넘나들기로 해서 선조적인 서사의 진행을 애초부터 포기한 것으로 보이는 것이다. 그러나 엄밀히 말해서 이 같은 판단은 작품의 전반부인 4장까지로 한정되어야 한다. 5장은 일제강점기 말기의 수탈사를, 6장은 해방공간의 혼란으로부터 전쟁의 발발까지를, 7장은 전후 복구기로서의 60년대를 그리는 것에 각각 집중하고 있는 것이라 판단되기 때문이다. 자세히 살펴보면 『끊어진 다리』라는 장편소설은 전반부에서 어린 시절의 주인공이 느끼고 있던 막연한 낙원의 성격을 성인 화자의 입장에서 철저히 재조명한 후, 후반부에 이르러 재건의 주체를 확고히 하고 낙원의 복원 과정을 그리고 있다는 것을 알게 된다.

1장에서 3장까지 단순한 호의의 대상이었던 '미혜'의 존재가 동반의 대상으로 부각되는 것이 4장임을 눈여겨보아야 할 것이다. 일제 치하의 암흑기에서 가족적인 친밀감으로 동화되어 있던 '미혜'가(5장) 해방공간의 혼란한 시대 상황과 함께 자취를 감추어 버렸고, 잡힐 듯 잡히지 않는 그녀를 찾기 위해 끝없는 노력을 경주한 결과(6장) 함께 황무지 개간에 나서 있는 현재의 상황(7장)에 이른 것이다.

진정한 낙원의 주인은 자신과 '미혜'라는 확고한 믿음을 가지게 된 마당에, '죤'이나 '쏘냐'와 함께 하던 옛집의 정원은 불완전한 낙원으로 여겨질 수밖에 없다. '죤'의 조국이 가져왔던 복음이나 '쏘냐'와 함께 당도한 해방 역시 성인 화자의 입장에서는 비판적으로 이해될 수밖에 없다. 그렇다면 작품의 전반부는 어린 시절의 주인공이 지녔던 낙원의 환상을 성인이 된 화자의 눈으로 반추하고, 어쩐지 그때도 느꼈던 것 같은 이물감이나 거리감의 표현을 부각시키는 단계로 보아야 할 것이다.

분명히 상기해 두어야 할 사실은 이 작품이 어린 주인공의 시각에 의해 초점화된 부분을 가지고 있다고는 해도, 그것은 끊임없이 강력한 성인 화자의 입장에서 비판되고 수정된다는 것이다. 『끊어진 다리』는 성인 화자의 서술에 의해 장악되어 있는 작품이라고 해도 과언이 아니다.

이 작품이 무작위적 연상에 의한 서술로 흐르고 있다는 평가도 재고될 필요가 있을 것이다. 작품의 서사가 선조적 시간에 의해 구성되어 있지 않고 연상에 의존하고 있다는 것은 부분적으로 - 특히 작품의 전반부의 경우 - 인정될 수 있다. 그러나 작가가 사용하는 연상의 수법은 이미지와 상징에 의해 정교하게 조직되어 있다고 보아야 한다. 그 대표적인 예가 '죤'에게서 받은 고양이이다.

어린 시절 '연'은 '죤'에게서 갓낳은 고양이 한 마리를 선물 받는다. 선교사 부인이 붙인 서양식 이름 '쏘냐'를 우리 식 이름 '미혜'로 바꾸고 너무 일찍 어미를 떼어 제대로 먹지도 못하는 어린 고양이를 기르기에 '연'은 애를 먹는다. 결국 그 고양이는 목에 생선 가시가 걸려 괴로워하다가 물에 빠져 죽고 말았다.

'죤'과 헤어지던 날, '연'은 다시 고양이를 선물로 받는다. 필요한 것이 없느냐는 '죤'의 말에 한참을 머뭇거린 끝에 결국 고양이들을 맡아 기르기로 한 것이다. 그러나 이 고양이들도 일제강점기 말기의 어려운 형편에서는 제대로 길러낼 수가 없었다.

이 두 번의 실패는 조선이 서양의 문화를 받아들이는 과정의 어려움을 암시하고 있는 것이다. 요구하지 않았는데도 주어진 고양이는 '연'에게 불안감을 안겨 주었다. 이름이나마 우리 식으로 바꾸어 붙이는 것은 불안과 이물감을 줄이고 친밀감을 확대시켜 보려는 노력이었지만 죽은 고양이는 결국 '연'에게 피해의식만을 남겨 주고 말았다. 이러한 피해의식 때문에 '연'은 다시 고양이들을 맡아 기르겠다고 했던 것이지만, 극악해진 현실은 그러한 노력을 용납하지 않았다.

'고양이'라는 상징으로 '연'에게 던져진 서구(西歐)는 주체적으로 수용하기에 이른, 몸에 맞지 않는 옷과 같았다.

"이번에 새끼를 낳으면, 내가 엄마한테 말해서 한 마리 줄 테니까 길러 봐."

나는 그것을 준다 해도 기를 생각이 별로 없어 잠자코 있었다.

우리들이 지하실로부터 밖으로 나온 것은 아마 한 시간쯤 후였을 것이다. 하늘빛은 물론 주위의 푸른빛까지도 온통 딴 빛깔로 변해 보여 몇 번이나 눈을 감았다 떴다 했지만, 그 변해진 빛깔은 좀처럼 바뀌지지가 않았다.

그때 나는 잠시도 변하지 않고는 배겨나지 못하던 괭이 눈을 생각하며 혼자 불안해했다.[16]

'연'이 느끼는 불안은 고양이의 눈이 선교사 부인의 눈과 닮았다고 느끼는 것에 밀접하게 연관되어 있다. 어쩐지 가까이 다가갈 수 없는 선교사 부인의 성격이 고양이의 눈으로 표현된 것이다.

'죤'이 떠난 이후 학교의 담임선생이었던 히모도 선생의 부인이 그 눈의 이미지로 '뱀'을 연상하게 하는 것을 함께 생각해볼 수 있을 것이다. 고양이의 눈에서 느끼는 거리감과 불안이 '미국'과 기독교의 성격에 맞물려 있는 것이라면 뱀의 눈에서 느끼는 공포는 일본과 제국주의의 성격에 관련되어 있다고 할 것이다.

16 『끊어진 다리』, 29면.

어느 여름날 오후다. 죤과 나는 정원의 숲 속을 마구 뛰어다니었다.
(중략 - 인용자)

"연아……."

나는 죤의 다급한 목소리에 헐레벌떡 뛰던 걸음을 늦추고, 죤을 뒤돌아보았다. 죤의 얼굴은 전에 없이 핏기가 싹 가셔 있었다.

"네 발밑 발밑…… 뱀이 있지 않어, 뱀……."

나는 그때 내가 어떤 행동을 취했는진 기억 못해도 아직도 그때 모양 심장이 뛰노는 것 같았다.

뱀은 죤의 고함 소리에 놀라 피했던지 내가 뱀을 발견한 것은 한참 후다. 기다란 혀를 홀롱거리며 나를 못마땅하다는 듯 노려보던 그 눈매…….

나는 왜 마쯔에 부인의 눈매와 웃음을 그때 그 허리가 누릿누릿한 누르메기의 눈매와 흡사하게 보았을까?…….[17]

'죤'과 '연'의 에덴에서 무슨 사탄의 존재처럼 나타난 뱀이 그 눈의 이미지에 의하여 일본과 일본인을 연상시키는 것은 의미가 있다. 일본이 망하면 다시 만날 수 있을 것이라고 하며 '죤'이 떠난 후 '연'은 일종의 비판력을 확보할 수 있었다고 진술하고 있기 때문이다. 일본에 대한 비판이 일찍 형성된 것이라면 '연'에게 미국에 대한 동일한 수준의 비판력이 생긴 것은 한참 후의 일이다.

죤…….

십여 년이란 짧지 않은 세월이 흐르는 동안 이 땅엔 새로운 기적이 생겼던 것이다. 그것은 정말 놀라운 기적이 아닐 수 없었다. 거리마다

17 『끊어진 다리』, 132-133면.

들어서 있는 교회 건물을 보면, 우리 고을 초대 선교사였던 너의 조부도 놀랄 일이니 말이다.

(중략 - 인용자)

죤!

그리고 보니 너의 조부가 묻혀 있는 나의 조국의 해방사란 병든 역사로 꾸며지고 말았다.

죤! 언젠가 나는 지금 내가 자리하고 있는 땅에서 너와 만날 수 있게 될 것을 믿어……. 눈먼 아내와 다리 병신인 내가 원시적인 방법으로 이 산허리를 개척하고 있는 것을 보고, 너는 어떻게 생각할는진 몰라도 나는 그때 이런 말을 네에게 들려줄 수 있겠지……. 너는 놀란 표정을 할는진 몰라도……. 유물론적인 공산주의를 막는 길은 유신론인 교회로 가는 길보다 나 자신이 가난에서 벗어나기 위하여 이 산허리를 개척하는 길이라고.[18]

"자네 조부와 부친께서는 천국의 사업을 도우러 이 땅에 오셨고, 죤은 다시 미국 정부의 일을 도우러 나오지 않았나. 내가 유년 주일학교에 다닐 때 선교사 어른은 그림엽서에 붙인 하나님의 복음을 주시며 그것을 외우라 하셨지. 나는 한 번도 외어 부질 못했지만……. 그 엽서란 받은 편지의 폐물을 이용한 것들이었어……. 무척 애들은 그것을 받고 싶어들 했지만. 자네도 그것이 기억나나?"[19]

'연'에게 미국은 기독교의 나라이고 구제품의 원산지이다. 기독교가 '연'에게 의미를 잃은 것은 그것이 다른 종교나 이데올로기와 마찬가

---

18 『끊어진 다리』, 217-218면.

19 『끊어진 다리』, 405면.

지로 자신과 민족의 '정신생활'에 아무런 도움을 주지 못했기 때문이며, 민족을 구원할 힘이 되어 주지 못했기 때문이다. 구제품 또한 민족의 빈곤을 해결해 줄 수 없는 것이면서 자립의 의지를 감소시킨다는 점에서 부정적으로 인식된다.

기독교 혹은 미국의 문화는 낯선 고양이와 같은 의미로 '연'에게 던져졌다. 처음에는 요구하지도 않은 상태에서 인심 좋은 부자의 선물처럼 안겨졌고, 그 후 스스로 길러 보겠다는 욕심으로 자청한 사육도 실패하고 말았다. '무엇이 필요한가?' 하는 '죤'의 질문에 '연'은 친구가 쓰던 헌 물건들을 마음대로 고를 수 있었지만, 보기에도 부담스러운 고양이를 선택하고 말았던 것이다. 물질적 원조 대신 정신적 힘에 기대어 본 것이지만, 그것이 실패로 끝나 버리고 만 것은 기독교로 대표되는 서구적 정신문화 역시 구제품의 성격에서 벗어나지 않는 것임을 드러내고 있다.

소설의 마지막 '죤'에게 건네는 '연'의 대화 부분은 성인 화자의 각성된 현실 인식 수준을 보여 준다. 과거의 일을 기술하면서 끊임없이 이후의 일들을 개입시키고 편집자적 서술을 이용할 수밖에 없는 것은 그 일들이 화자에게는 이미 숙고된 현실이기 때문이다. 그러나 동일한 사건들이 과거의 '연'이나 독자에게는 텍스트를 통해 숙고되어야 할 현실인 까닭에, 작가는 성인화자의 성숙한 시각을 앞세우고 있는 것이다.

4. 결론

분단을 전후한 혼란기의 체험은 어떤 방식으로든지 1950년대 이후의 한국 소설에 심대한 영향을 끼쳤으며 작가들은 어떻게든 이 압도적 체험에 대해 나름대로의 대응을 해야만 했다. 전후문학 혹은 분단문학을 논구하는 일은 혼란된 민족사적 상황의 영향과 그에 대한 응전력으로서의 형상화 방식을 고려하지 않고는 어려운 작업이 되는 것이다.

전쟁문학, 전후문학, 넓게는 분단문학에 대한 기존의 문학사적 고찰은 당대의 작가들이 형상화의 방법을 획득하는 것은 물론 현실을 정당하게 인식하는 것에조차도 힘겨워하고 있었음을 드러내고 있다. 그들은 고발하기에 바빴고 성토하기에 바빴으며 무엇보다도 살아남기에 급급했다. 시대적 제약에서 비롯되는 이러한 문학의 한계는 그 극복을 위해 최소한의 성찰의 시간을 요구했던 것으로 생각된다.

1950년대 작가에게 현실을 너무 근거리에서 관찰한 실수가 있었다는 지적은 일면 타당해 보인다. 그러나 1950년대의 작가들도 현실로부터의 거리 두기를 위해 노력하고 있었다는 것을 말해 주는 지표가 있다면 그 또한 세심히 고찰되어야 할 것이다. 이 글은 정한숙의 『끊어진 다리』를 대상으로 '성인화자의 회고'라는 이 작품의 형상화 기법적 특성이 '압도적 현실로부터의 거리 두기' 노력의 소산이라는 결론에 이르렀다.

이때 그 근거가 복잡하게 의도된 구성 방식과 화자의 편집자적 개입에서 찾아진다는 것은 물론 또 다른 의미에서의 '거리' 문제를 야기할 수밖에 없다. 작가와 작품, 작품과 독자의 거리 문제를 따질 때, 이 작품은 작가와 밀착되어 있다는 판단을 할 수밖에 없을지 모른다. 그리고 그러한 점이 이 작품의 한계로 지적될 수도 있을 것이다. 그러나 작가와 작품의 거리 문제가 작중 현실과 작가의 거리 문제에 직대입될 수는 없다는 것이 본 논문을 통해 드러났으리라고 본다. 전후소설에서의 거리 문제는 이 두 가지 기준을 함께 고려하되, 엄격하게 구분하여 대입시켜야 하리라는 생각이다. 전후소설의 텍스트 속에서 범람하는 편집자적 개입의 증거들은 기법적 미숙으로 비판될 수 있지만, 그것에 투사된 작가의 의도를 먼저 헤아려 보는 것도 연구자의 몫으로 남아 있다.

이근영의 『청천강』 연구
- 월북 이전 소설과의 유사성에 유의하여

1. 서론

일제의 강점에 한 해 앞선 1909년 출생한 이근영은 식민지 시기와 해방기라는 혼란의 역사 전부를 살아내면서 언론인이자 문인으로서 활동했다. 이근영의 월북 이후 행적은 소상히 알려진 바 없지만, 그가 남긴 작품 중 몇 편이 해금 이후 연구자들에게 의해 읽히고 소개된 바 있으며, 이근영이라는 성명으로 검색된 여러 정보가 파편적으로 산재해 있기도 하고, 서로 얽히고설키기도 하여 확증되지 않은 채로 남아 있다. 그럼에도 불구하고 2000년 이후 이근영에 대한 연구는 답보 상태이며, 따라서 안타깝게도 그의 생애와 문학에 대한 정보는 최근 10여 년간 명확히 정리되지도 더 쌓이지도 않았다.

최근 그의 출생 지역인 전북 군산을 중심으로 하여 이근영 문학을 재조명하려는 움직임이 간헐적으로 있어 왔다. 물론 그것은 의미 있는 일이지만, 작가에 대해 지금까지 축적된 기초적인 정보조차 독서 대중에게 알려져 있지 않은 탓에, 다시 한번 주의를 환기하는 차원에 그쳤을 뿐 본격적인 문제제기나 후속 연구의 확산으로 이어지지는 못했다.[1]

이근영의 생애와 그의 소설에 대한 전반적인 고찰을 가장 먼저 행한 이는 전흥남이다. 전흥남은 이근영의 생애 자료를 수집하고 해방 이전과 해방 직후에 발표된 단편들을 분석하였는데, 이근영이 "농촌의 황폐화와 소작농의 피해를 집중적으로 다루고 있었으며 또한 농민소설에서 작가 특유의 장기와 리얼리티를 획득"했다고 보았다. 또한 해방 이후 작품인 「탁류 속을 가는 박교수」에 초점을 맞추고 이근영의 현실인식이 "피상적으로 드러나는 외적 상황만을 단순히 인지하는 데 그치지 않고 이를 근거로 보다 나은 미래적 전망을 통해 화해의 가능성도 제시"하고 있다고 진술하여 해방 이후 그의 문학적 특성을 새롭게 조명할 필요가 있다는 문제 제기에까지 이르고 있다.[2]

'소박한 농민과 양심적 민중에 대한 믿음'은 2000년대 이전 선행 연구자들이 반복하여 지적하고 있는 이근영 소설의 지속적 특징이다. 논자들은 해방 이전의 이근영의 작품들을 풍부한 일상의 묘사라는 측면에서, 해방 이후의 작품들은 전형의 창조와 전망의 제시라는 측면에서 각각 긍정적으로 평가하고 있다. 반면 해방 이전 작품들의 풍부한 일상 묘사가 해방 이후에는 사라졌거나 축소되었고, 해방기에 이르러서야 작품에 나타나는 낙관적 전망은 해방 이전의 작품에서 찾아볼 수 없었다는 점으로 각 시기 이근영 소설의 한계를 지적하고 있는 것이다.[3]

---

1 최근 10년간 탄생 100주년을 전후하여 이근영에 대한 관심이 다소나마 증가하고 몇몇 학위논문과 작품선집이 간행된 바 있으나, 그의 생애와 소설에 대한 새로운 관점이 제기되거나 학계의 토론이 활성화되는 데까지는 진전되지 못한 아쉬움이 있다.

2 전흥남, 「이근영론」, 『한국언어문학』 30, 1992 참조.

3 이연주의 「이근영 소설 연구」(연세대 석사논문, 1994)는 이근영의 월북 이후 작품까지 포괄하여 전체적인 작품세계를 고찰한 최초의 논문이다. 이후 수 편의 석사학위 논문과 개별 논문들이 생애 고증을 통한 작가론 보충 및 작품론의 확장을 꾀하였지만, 해당 논문에서 지적한 시기별 의의와 한계에 대해 별다른 비

문제는 월북 이후 이근영의 행적과 그의 작품 활동에 관한 부분이다. 제한적인 정보만을 가지고 확언할 수는 없는 상황이지만, 이근영의 작가 생애에서 가장 길고 비중이 큰 시기는 월북 이후라고 할 수 있는 것이다. 그의 생사 여부와 타계 연도를 알 수 없는 상황에서 많은 연구자들은 최소한 이근영이 1950년대부터 1980년대까지 지속적인 활동을 하였을 것이라는 의견을 제출한 바 있다.[4] 그러나 자료 확보의 어려움으로 현재까지 이근영의 월북 이후의 작품으로 분석된 적이 있는 소설은 단편 「그들은 굴하지 않았다」와 중편 「첫 수확」, 장편 『별이 빛나는 곳』 3편에 그친다.[5]

수 종의 연보와 작가론적 연구에서 제목만으로 언급되었던 작품으로 장편 『청천강』과 『어머니와 아들』[6] 등을 꼽을 수 있는데, 특히 대하장편 『청천강』은 여러 경로로 그 존재를 짐작할 수 있음에도 정작 실물 자료를 확인하여 분석한 논문이 없는 대표적인 예이다.

『청천강』 텍스트의 소재를 확인하여 이번 연구를 통해 분석되는 결과는 단순히 한 작품의 소개에 그칠 수 있다. 그러나 이를 계기로 그동안 제자리걸음을 하고 있던 작가 이근영의 작품세계 연구와 북한 농민소설 연구가 해당 분야의 전문가들에 의해 다시 활성화되고 논의

판적 논의를 전개하지는 않았다.

4 이근영의 북한에서의 행적 및 집필에 관한 기록을 가장 광범위하게 수집한 논문은 최성윤의 「이근영 연구」(고대 석사논문, 2000)이다. 2000년 이전의 각종 북한 관련 사전, 연보, 북한 정간물 색인 등의 기록을 망라하여 정리했다. 최소한 1980년대 초까지는 창작활동을 지속했으리라고 대부분의 연구가 동의하고 있으나 타계 시점을 비롯한 노년기 이근영의 행적은 아직까지도 명확히 밝혀진 바 없다.

5 최성윤의 「이근영 연구」에서 3편의 분석이 이루어진 이후 더 이상의 작품 발굴이 이루어지지 않았다.

6 이 역시 전흥남의 위 논문에서 언급된 후 여러 논문 및 사전, 연보에서 인용되었지만 작품 실물이 확인된 바 없으며, 따라서 정확한 서지사항도 알 수 없다.

의 폭이 확장될 수 있기를 희망한다.

2. 『청천강』의 서지적 고찰

서울대학교 도서관에 소장되어 있는 이근영의 『청천강』[7]은 533면 1책으로, 작가의 사진과 서문을 책머리에 싣고 있다. 1-2면의 서문 이후 본문은 3면부터 시작되는데, 총 14개의 장으로 나뉘어 있다. 본문 말미에는 "1958.12"라는 탈고시기로 보이는 표기가 있고, 판권지의 발행일자는 1960년 10월 30일이다.[8]

선행 연구에서 『청천강』의 창작 및 발표 시기, 혹은 서지적 정보를 명확하게 밝힌 예는 없다. 무엇보다 『청천강』의 실물 텍스트를 확인하지 못한 것이 주된 이유이겠지만, 총 3부작의 장편이며 1960년대 전반기에 쓰이고 묶였을 것이라는 추정만이 가능한 상황이었다.[9] 결

---

7 이근영의 『청천강』은 서울대학교 중앙도서관과 통일부 북한자료센터에 소장되어 있다. 두 기관 모두 이 자료의 대출은 물론 복사 및 촬영을 불허하므로 기관 내에서의 열람만 가능한 상태이다. 서울대학교에서 이 자료를 소장하게 된 것은 재일 조선인 김학렬 박사의 기증에 의한 것이다. 연구자는 우연한 기회에 김학렬 박사의 기증 서적 목록에서 리근영 장편 『청천강』의 존재를 확인한 후, 서울대학교 중앙도서관의 특수자료실에서 원본 자료를 열람하고 필요한 부분을 메모하였다. 따라서 인용 등에 적지 않은 착오가 생길 수 있고, 섬세한 작품 분석에는 한계가 있을 수밖에 없음을 미리 밝힌다.

8 그 외 『청천강』 판권지에서 얻을 수 있는 부수적인 정보는 "발행인 윤세평 / 발행소 조선 작가동맹출판사 / 10,000부 발행 / 값 2원 60전" 등이다.

9 가장 먼저 이근영의 생애와 작품세계 전반을 다룬 논문 전흥남의 「이근영론」에서 장편 『청천강』은 1953년 작으로 기록되어 있다.(전흥남, 앞의 논문, 410면 참조) 이연주(앞의 논문)와 임정지(「이근영 소설 연구」, 숙대 석사논문, 1994)는 『청천강』의 창작 시기를 1953-1960년으로 보고 있다. 이에 대해 최성윤은 '이근영이 「『청천강』 2부 창작소감」을 『문학신문』 1963.4.9일자에 발표하고 있음'을 근거로 들어 1960년대 전반기에 창작 발표되었을 것이라 추정했다.(최성윤, 앞의 논문, 22면 참조)

과적으로 이러한 추정은 크게 틀리지 않은 것으로 보인다. 연구자가 확인한 - 현재 국내에서 확인 가능한 전부로 여겨지는 - 텍스트는 3부작 대하 장편의 제1부 1책이다. 책의 첫머리에 수록된 '머리말'에서 완전치는 않으나마 집필의 계기와 발표 시기를 포함한 여러 가지 정보를 얻을 수 있다.

> 나의 장편 소설로서는 1938년에 『제3노예』가 발표된 이후 이번의 『청천강』이 처음인데 이 작품은 중편소설 「첫 수확」과 함께 3년간의 현지 생활에서 얻은 소득이다.
>
> 나는 1955년 늦은 가을, 열두삼천벌을 끼고 흐르는 청천강 하류 지대로 갔었다.
>
> (중략 - 인용자)
>
> 그래 나는 이내 중편 「첫 수확」을 창작했는데 조합원들이 자기들의 화려한 전망에 매혹되고 희망의 나날을 보내는 것을 감득할 적마다 나는 그들이 간고한 과거를 겪었기에 오늘의 행복이 빛남을 알았다. 그래 그들의 과거 생활로부터 오늘의 희망찬 생활에 이르기까지를 폭넓게 그려보고 싶은 충동을 억제할 수 없었다.
>
> (중략 - 인용자)
>
> 『청천강』 제1부는 1935년부터 태평양 전쟁 전까지 농민들이 겪은 울분과 원한의 생활을 그렸다.
>
> 그러나 『평양신문』에 발표되었던 『청천강』에 손질을 하였으나 아직도 부족한 구석이 적지 않다.
>
> 끝으로 독자들의 고귀한 의견을 충심으로 바라 마지않는다.
>
> 1960.5
>
> 저자[10]

1938년 『제3노예』 후 첫 장편이라는 서술로 보아 월북 이후 1950년대까지는 「그들은 굴하지 않았다」(1955) 등의 단편 및 중편 「첫 수확」(1956)만을 창작했던 것을 알 수 있으며, "중편소설 「첫 수확」과 함께 3년간의 현지 생활에서 얻은 소득"이라는 서술에서 『청천강』은 1950년대 중반 및 후반에 기획되고 집필이 시작된 것으로 확인된다. 이근영이 청천강 일대로 현지답사를 간 것이 "1955년 늦은 가을"이라면 1958년까지는 그곳에서 머물렀을 것이다. 중편 「첫 수확」은 1956년 말에 발표되고, 1957년에 동일 표제의 작품집으로 묶였다. 그러니 1957년 이후 『청천강』의 집필이 시작되었을 테고, 『평양신문』 연재를 거쳐 약간의 수정 후에 1958년 말에 탈고, 1960년에 출판했다는 것이다. 『청천강』의 서문에서 보듯 작품은 처음부터 3부작으로 기획된 것으로 보이지만, 첫 책의 표제에는 '제1부'라는 표지가 부가되어 있지 않다.

1958년 이후 『청천강』의 제2부와 제3부가 집필되어 1960년대 전반기에 출판에 이른 것으로 보이는데[11], 계속해서 청천강 하류지대에 머무르면서 집필 작업을 이어 간 것인지, 그때의 취재를 기반으로 다른 곳에서 창작활동을 전개한 것인지는 확인하기 어렵다. 또한 제2부와 제3부도 『평양신문』 등 정기간행 매체를 통해 연재의 과정을 거친 것인지 더 확인해 볼 필요성이 있다.

아무튼 기존 연구를 통해 그 전모가 확인되어 기초적인 분석이 수행된 이근영의 작품들 사이에 『청천강』 3부작을 끼워 연도별로 늘어

---

10 이근영, 『청천강』, 조선작가동맹출판사, 1960, 1-2면. 이후 『청천강』 작품 인용은 상세 서지사항 부기 없이 본문의 면수만을 밝힌다.

11 최근 평화문제연구소에서 발행한 『조선향토대백과』에 따르면 『청천강』 제2부는 1963년에, 제3부는 1964년에 출판된 것으로 확인된다. (조선과학백과사전출판사・한국평화문제연구소 공동편찬, 『조선향토대백과』(17권 인물 편), 평화문제연구소, 2005(제2판), 296면 참조)

놓아 보면, 단편 「그들은 굴하지 않았다」(1955) 이후 중편 「첫 수확」(1956), 장편 『청천강』(1960), 『청천강(제2부)』(1963), 『청천강(제3부)』(1964), 장편 『별이 빛나는 곳』(1966) 순으로 정리된다. 즉 이 기간 이근영은 10년 이상 쉼 없이 창작 활동을 지속했음을 알 수 있는 것이다. 이 중 「그들은 굴하지 않았다」와 『별이 빛나는 곳』은 남한 지역을 배경으로 하는 소설인바 1950년대 중반부터 1960년대 초·중반까지의 기간은 작가가 현지 생활로부터 취재한 자료를 바탕으로 한 농민소설을 차례차례 내놓은 의미 있는 시기로 자리매겨질 수 있다.

3. 『청천강』의 안과 밖

3.1. 『청천강』의 배경과 서사 전개 양상

『청천강』은 14개의 장으로 나뉘어 집필되었으며, 각 장에는 다음 표에서 보는 것과 같은 소제목이 달려 있다. 각 장별 내용을 요약하면 다음과 같다.

〈표〉 『청천강』의 장별 내용

장 제목	내용	수록면	비고
두무골 사람들	소작농인 강찬문 일가가 살고 있는 청천강 가까이의 '두무골'에 저수지가 생기고 마을이 수몰된다는 소문이 돈다. 강찬문과 찬용은 측량기사와 다투다가 경찰서에서 곡경을 치르고, 지주 윤광호의 집에서 련실을 데려다 일을 시키겠다는 제안을 하는 등 안팎으로 어수선한 가운데 강찬문의 아내 제삿날	3-38	강찬문 일가, 지주 윤광호 등 주요인물 등장 / 련실과 성모의 관계 제시

	집달리들이 들이닥친다. 실심한 강찬문은 자살을 기도한다.		
새 출발	자살할 마음을 돌이키고 '열두삼천벌'로 향한 강찬문은 그곳에서 황무지를 개간하며 새 삶을 살겠다는 결심을 한다. 로국명이 자신의 일처럼 발벗고 강찬문의 정착을 돕는다. 강찬문이 살아 있다는 것을 안 준모 성모 형제와 사촌 형욱은 식솔들을 데리고 열두삼천벌로 향한다. 성모는 뗏목을 타고 열두삼천벌로 가는 도중 형욱의 친구인 황희주를 만난다. 강찬문은 대가족의 살림을 염려하여 몇 년 뒤를 보고 몽사풀 갈밭 매입에 나선다.	38-92	거주 공간의 이동 / 황희주의 등장 / 로국명 등의 조력자 / 갈밭 매입
도깨비 집	지주 윤광호의 농감 차상춘의 심부름을 하러 안주로 향한 성모는 련실을 만날 수 있다는 생각에 마음이 설렌다. 련실은 주인집 딸 경자의 구박을 참아 내며 일하는데, 윤광호의 아들인 병설의 흑심을 안 뒤에는 견디기가 어렵다. 이 와중에 자신을 찾아온 성모와 마주친 련실은 눈물을 쏟으며 집으로 들어가 버리고, 뒤이어 윤병설과 무당의 협잡으로 '도깨비집'에서 겁탈을 당할 위기에 처했다가 가까스로 모면한다.	93-116	련실의 수난 / 소작인 성모와 지주 윤병설의 대립구도 강화
말 없는 시위	강찬문은 로국명과 순희 아버지의 도움을 얻어 지주 안시봉 땅의 소작권을 사고 임소(빌려 쓰는 소)도 한 마리 얻는다. 윤병설은 작인들에게 '건갈이' 대신 물농사를 지을 것을 강권한다. 미개간답을 자작농으로 나누어 주겠다는 미끼도 함께 던진다. 결국 고리 빚을 감당하지 못할 농민들로부터 다시 헐값에 사들이려는 것이다. 건갈이 농사에 익숙한 농민들은 반발하지만 강찬문은 자작농의 유혹에 마음이 흔들린다. 자신이 부치던 논을 떼인 김창일이 저항하다가 죽는 사건이	116-177	농민들의 단결 필요성 부각 / 김창일의 죽음이라는 계기 / 형욱에 의한 성모의 본격적인 의식화 과정

	일어난다.		
호박꽃	여러 해 앓던 부인이 죽은 후 련실에 대한 윤병설의 야심은 더욱 커지고, 그것을 채우기 위해 허영심에 들뜬 련실의 오빠 양재홍을 이용한다. 농민들은 단결의 필요성을 느끼고 형욱, 로국명 등을 중심으로 청년회를 조직한다. 윤광호와 안시봉 두 지주의 수로 공사가 시작되고 농민들은 청년회의 지침에 따라 움직인다. 성모는 오랜만에 련실을 만나 변치 않은 사랑을 확인한다.	177-223	청년회의 조직 / 농민들의 조직적인 행동과 저항 / 련실에 대한 성모의 오해 해소
첫 싸움	윤병설의 농장 사무소 건축에 농민들이 동원된다. 농민들은 합당한 대우와 정당한 권리를 주장하며 조직적으로 저항한다. 순희와 성모의 혼담이 오가고, 성모는 윤병설과 련실이 혼인할 것이라는 이야기를 듣는다. 강찬문과 마을 사람들은 성모에게 련실을 포기하고 순희와 결혼하기를 부추긴다. 농장 사무소를 관리하며 세도를 부리려던 양재홍은 누이를 팔아먹은 놈이라는 조롱과 비난을 한몸에 받는다.	224-255	농민들의 본격적 조직화 / 성모 - 련실 - 순희의 삼각관계
갈피리	순희네 집 식구들은 성모가 일하는 모습을 보고 탄복한다. 순희의 성모에 대한 연정 또한 싹튼다. 한 해 농사를 결산하는 탈곡 마당에서 강찬문은 보잘 것 없는 소득에 실망하지만 몽사풀 갈밭을 떠올리며 미래를 기약한다.	256-279	강찬문 일가의 희망 몽사풀 갈밭
눈 내리는 날	청년회가 마을 사람들을 대상으로 야학을 연다. 성모의 동생 필순, 성모에게 연심을 품은 순희 등 여성들도 열심히 야학에 출석한다. 순희 어머니가 강찬문의 집에 와 살림살이를 살피고 실망하여 돌아간다. 청년회는 공동의 이익을 위해 일하는 한편 야학을 통해 농민들이 현실의 모순을 깨우치도록 여러 가지 방도로 교육한다. 황희주가 오랜만에 찾아와 청년회의 활동과 향후	279-322	야학을 이용한 농민 계몽 / 농민들의 소부르주아적 심리와 행동에 대한 경계 / 성모의 존재가 저항 전선의 전면에 부각되기 시작

	계획을 지도하고 돌아간다. 당국의 의심을 받던 형욱과 국명이 주재소로 잡혀 가고 농민들은 단결하여 석방을 요구한다.		
두 처녀	농민 시위에서 서장을 농락한 성모는 도주하여 잠행하다가 방심 끝에 잡혀 징역 2년형을 받는다. 련실은 윤병설의 마수에서 탈출하여 강찬문의 집을 찾는다. 로국명의 집에 피신한 련실은 그곳에서 순희와 대면한다. 순희는 성모에 대한 마음을 접기로 한다.	323-345	지도자의 성품을 갖추지 못한 성모의 자기 비판 / 련실의 굳은 의지에 대한 사람들의 인정
개살구	농장에서는 농민들에게 '자작농 창정'을 강제하는 통지서를 보낸다. 마을로 총독이 시찰을 나오자 농민들은 윤광호와 대립하는 안시봉을 이용하여 진정서를 제출한다. 그러나 총독이 농민들을 위한 일을 해줄 리가 없다. 몽사풀을 믿고 학교에 간 강찬문의 막내아들 영모는 우연히 총독과 마주치고 그를 '배때기'라고 부르는 실수를 한 후 곧 퇴학당한다. 순희는 원치 않는 시집을 갔다가 여덟 달만에 도망쳐 친정으로 온다.	346-375	농민의 삶과 세시풍속 / 지주 계급과 일제 세력은 한통속 / 영모의 담임, 긍정적 교육자상
편지	세도가의 딸을 본처로 들인 윤병설은 몽사풀에 동을 막아 간척지를 늘리려는 결심을 한다. 두 달 후 성모가 출소하는데다 몽사풀 갈밭에서의 수확이 임박한 것을 보는 강찬문은 희망과 불안이 교차한다. 피신해 있던 련실로부터 편지가 온다. 그동안 저축한 돈이 있어 25원만 더 있으면 윤병설의 마수에서 벗어날 수 있다는 것이다. 강찬문은 빚을 얻어 련실의 빚을 갚고 집으로 데려오기로 한다.	375-391	윤병설과 성모의 싸움, 성모의 승리 / 지주의 협박과 회유에 굴하지 않은 련실
홍수 전후	성모가 출소한다. 그는 감방에서 만난 '아바이'로부터 김일성과 '보천보 전투'의 내력을 듣고 감화 받았다. 로국명의 중신으로 강찬문은 재혼한다. 성모는	391-442	성모와 련실의 혼인 / 강찬문의 재혼 / 성급한 의욕을 누르고

	장에 갔다가 보천보 전투 기사가 실린 헌 신문을 발견하고 다섯 장을 사서 주위에 나누어준다. 청년회는 투쟁을 위한 조직을 세밀하게 해야 할 단계에 이른다. 전면에서 한 발 물러서라는 말을 들은 성모는 섭섭하지만 따르기로 한다. 윤과 안 두 지주가 큰 비가 오는 날 양수장의 불어난 물을 푸다가 홍수가 난다. 농민들은 농사를 망친 데다 서중식의 딸이 익사하는 사고가 난다. 기세가 오른 농민들이 농장을 찾아 항의하며 요구사항을 관철시키려 하는데, 지주의 타협안을 형욱이 받아들이면서 국명, 성모 등과 갈등한다. 황희주는 성모를 곁에 두고 교육하여 지도자로 성장시킬 계획을 세운다. 흉년이 들자 청년회는 일제히 추수를 하지 말자는 결의를 하지만, 견디지 못한 농민들은 결국 굴복하고 청년회는 내년을 기약한다.		상부 명령에 복종하는 성모 / 자신의 소극성을 반성하는 형욱 / 청년회의 첫 번째 실패
몽사풀	성모가 나서서 삼돌이와 순희는 혼인한다. 몽사풀에 동을 막는 일이 현실화한다. 공사가 강행되고 농민들이 동원되는데, 성모와 형욱은 가난한 인부들의 품삯 벌이를 막을 수 없다는 의견을 내고 강찬문도 공감한다. 공사는 시작되었지만 적잖이 각성한 농민들은 지주의 말을 순순히 따르지 않고, 자신들의 요구 사항을 관철시키며 일을 지연시킨다. 강찬문 안기문 등이 마지막 희망을 걸고 신청한 재판에서 지자 안기문은 실성해 버린다. 박경진은 몽사풀의 동을 끊어버리고 경찰에 잡혀 간다.	442-506	순희와 동지애적 관계 설정 / 농민들의 단결과 각성 / 강찬문의 의식적 성장
꿈을 가진 사람들	박경진뿐 아니라 청년회의 주요 인물들이 죄다 구속된다. 강찬문이 몽사풀에 걸었던 헛된 희망을 아예 버린 즈음 황희주가 찾아온다. 황희주는 청년회의 남은 핵심들을 동원하여	506-533	소소유자적 '헛된' 희망과 달라질 세상에 대한 '참된' 희망의 차이 /

	조직을 정비하고 향후 사업을 지도한다. 강찬문은 황희주가 은신해 있을 곳을 주선해 주는 등 짧게나마 그와 함께 지내다가 노동자 농민의 세상이 온다는 말을 듣고 희망을 얻게 된다. 황희주의 행적을 쫓던 형사들이 강찬문을 찾아와 연행해 간다. 강찬문은 온갖 고문에도 끝까지 황희주를 지키기 위해 입을 열지 않고 목숨을 잃는다. 동을 막는 공사에 동원되었던 모든 농민들이 강찬문의 장례에 참여하여 거대한 행렬을 이룬다.		강찬문의 깨달음과 죽음

작가가 서문에서 밝히고 있듯 『청천강』(제1부)의 시대적 배경은 1935년부터 태평양전쟁 이전까지, 즉 5년 남짓의 기간이다.[12] 공간적 배경은 평안남도 안주 일대의 청천강 하류지역이다. 작품의 주요 인물군을 형성하는 강찬문 일가의 거주 공간에 따라 구분하면, 작품 초반의 '두무골'과 이주 후의 '열두삼천벌'로 대별할 수 있다.

요약하자면 일제말기 청천강 하류지역 일대에서 펼쳐지는 농민들의 분투 내력이 이 소설의 내용이라고 할 수 있다. 농민들의 반대편에서 있는 투쟁의 대상은 지주 계급과 이에 결탁한 일제 세력이다. 작가는 농민들의 장렬한 싸움을 형상화하기 위하여 주요 인물의 각성과 의식적 성장을 서사의 저변에 배치했다. 이 과정에서 우선 주목되는 인물이 강찬문과 그의 아들 성모이다.

강찬문은 식민지 시기 이근영의 소설에서 늘 보아오던 것과 같은

12 즉 이근영의 해방 이전 농촌소설들의 배경과 견줄 때 시대적으로는 큰 차이가 없으며, 공간적인 배경만 이북 지역으로 바뀌어 있다. 작가가 현지 생활에서 얻은 자료와 생생한 체험은 주로 1950년대 이후의 북한 사회와 관련될 터이므로, 『청천강』 제1부의 내용은 청천강 하류 지역 주민들의 과거 사실에 대한 구술과 함께 남측과 북측 공히 가지고 있었던 식민지 시기 사회적 모순에 대한 작가의 인식을 기반으로 할 수밖에 없었을 것이다.

근면 성실하고 선량한 농민이다. 그의 가난하고 고된 삶이 개인의 문제가 아님은 자명하다. 일제 말기를 살아가는 소작농이라면 누구나 겪을 수밖에 없는 현실의 질곡이라는 면에서 강찬문의 형상은 당대 농민의 한 전형이다.

자신이 부치던 땅이 저수지 공사로 수몰된다는 소식을 들은 강찬문은 빚 독촉에까지 시달리게 되자 자살을 결심한다. 그를 죽음으로까지 몰고 간 것은 지주와 그에 기생하는 고리대금업자 등이다. 마음을 고쳐먹은 강찬문은 "땅이 많다"는 열두삼천벌로 향하는데, 차마 두무골 시절의 지주 윤광호의 땅을 부칠 수는 없어 안시봉의 땅을 얻는다. 새로운 삶을 계획하려는 강찬문은 그러나 여전히 소작인일 뿐이다.

열두삼천벌에서 이어지는 강찬문의 새 삶은 더욱 만만치 않다. 로국명, 안기문 등 마음을 나누며 함께 할 이웃들이 돕는다지만, 우선 황무지와 다름없는 땅을 개간해야 하는 일이 앞에 놓여 있다. 제대로 된 농토로 만들기까지의 수고는 강찬문과 같은 소작농에게 지워지지만 개간된 땅의 소출과 이익은 고스란히 지주에게로 넘겨진다. 강찬문의 요량에 이 모든 일은 땅을 가지지 못한 탓으로 여겨질 만하다. 토지에 대한 애착을 넘어 그것을 소유하고 싶은 욕심이 생기지 않을 수 없다.

작품을 시종하여 강찬문 등 농민들에게 제시되는 '자작농 창정'이라는 유혹은 그러므로 인물의 내적 갈등을 유발하는 참으로 핍진한 동기가 된다. 가진 것이 없어서 소작농이 된 것인데, 소작농이기 때문에 감당할 수밖에 없는 수고로움과 억울함이 자작농의 유혹을 이기지 못하도록 만든다. 물론 소작농이 자작농이 되려면 가장 먼저 해야 할 일은 빚을 내는 것이다. 빚을 내어 산 땅에서 얻는 이익보다 갚을 원금과 이자가 크다면 종국에는 그 땅을 헐값에 되파는 것으로 귀결되기 마련이다. 그리고 그 땅의 주인은 다시 원래의 지주가 될 것이므로 지주가 자신의 부를 늘리는 과정에서 소작농은 억울하게 몰락하고 마는 것이다.

그런데 이 작품은 자작농 창정이 한 인물의 내적 갈등뿐 아니라 인물 간 외적 갈등의 원인이 될 수도 있음을 강조하고 있다.

"기문이, 왜 남이 부치는 논을 떼 가지려고 했나?"

로국명이가 먼저 말했다.

"떼려고 했나. 자작농을 신청하려니 윤 첨사 댁에서 다른 논은 안 된다고 그 논으로 하라고 해서 그랬지."

"그 논이라니?"

"우리 집 뒤에 있는 논처럼 나쁜 논만 자작농 신청을 받는대."

(중략 - 인용자)

"사실 수리조합이 되면 일본 농민 1200호가 열두삼천벌로 온단 말을 들은 뒤로 나는 항상 외나무다리를 건너는 것 같이 아슬아슬해. 일본 농민이 이주해 오면 일본동의 논이 그 사람들의 차지로 될 것은 뻔한 일이고 그렇게 되면 내가 부치는 일본동 논이 떼울 것도 뻔하지 않아? 그래 항상 걱정 속에 지내대개 바로 우리 집 뒤에 있는 논을 자작농에 내놓겠다니 잘 됐다 했지 뭐."

안기문은 말을 또박또박 하기는 하나 음성이 자꾸만 목 안에로 들어갔다.[13]

위에 인용한 에피소드는 강찬문의 이웃 안기문이 동료들 몰래 자작농 신청을 했다가 자신의 잘못을 뉘우치고 취소하는 부분이다. 농민의 입장에서 농토를 소유하고 싶은 욕망은 자연스럽고 당연한 것일

13 『청천강』, 285-286면.

수 있지만, 당대 현실 상황 속에서의 자작농 창정은 소작농 개인의 몰락뿐 아니라 다른 소작농의 삶에까지 위협을 가할 수 있다는 점에서 농민 전체의 단결을 저해하는 요소로 부각된다.

자작농 창정의 유혹에 흔들리는 것은 비단 안기문뿐이 아니다. 강찬문 또한 자기 땅을 가지고 싶은, 이른바 '소소유자적 근성'을 버리지 못한다. 자신의 땅을 일구며 근면 성실하게 일하면 정직한 대가를 얻을 수 있으리라는 전통적 농민의 희망은 그러나 식민지의 모순된 현실 속에서 가당치 않은 것이다. 결국 강찬문은 자작농의 꿈을 이루지 못하고, 수확을 목전에 둔 몽사풀 갈밭마저 빼앗긴 채 파란만장한 삶을 마치고 만다.

마을 공동체의 장로 역할을 하며 모든 사람들에게 나름의 긍정성을 인정받는 강찬문이지만 그가 가진 소소유자적 근성과 순응적 태도는 당대에도 그리고 새 시대에도 걸맞지 않은 구태일 뿐이다. 그런 면에서 결말 부분의 자기반성에 이은 강찬문의 죽음은 노동자 농민을 조직하고 지도하는 임무를 띤 황희주를 지키기 위한 의로운 희생이자 성모 등의 새로운 세대가 이끌어 나갈 세상을 예비하는 구세대의 비장한 퇴장이라는 의미를 지닌다.

> "인제 좋은 세상이 올 거요." 하고는 또 숨을 가쁘게 몰아쉬였다.
>
> 이윽고 그의 눈에서는 눈물이 걷잡을 수 없이 흘렀다. 그는 류치장에서 죽게 된 것을 생각하니, 50년을 고생과 굴욕 속에서 살고 좋은 세상을 끝내 못 보는 것이 슬펐다.
>
> 그러나 눈물이 걷힌 그의 얼굴 - 눈을 감고 있는 그의 얼굴은 고요하고도 태연하였다.
>
> 그것은 정신이 혼몽한 중에도 온갖 황홀한 환상이 나래치고 있기 때문이였다.

조선은 일본에서 해방될 것이며, 그 때에는 일본놈과 자본가 지주들도 없을 것이며, 또한 경찰과 총독부의 관청들도 없어질 것 아닌가. 그리고 농민들이 땅의 주인이 될 뿐 아니라 그 동안 짓밟혀만 살아오던 가난한 사람들이 나라의 주인이 되여 활개치고 다닐 것이다.

성모는 세상 만난 재미로 침식을 모르고 뛰여 다닐 것이며 영모와 손자들은 마음껏 공부하고 나라의 인재가 될 것이다.[14]

강찬문의 차남 성모 또한 근면하고 성실한 농군이지만, 불같은 성격의 소유자요 불의에 맞서 물러서지 않는 강인한 면모를 지녔다는 점에서 세태에 순응하는 아버지와 구분되는 인물이다. 그는 매사에 조심스러운 강찬문이나 냉철하지만 때로는 나약한 지도자 형욱과 때로 부딪히고 갈등한다. 그러나 한편으로는 지나치게 성급한 자신의 성격적 약점을 인정하고 받아들일 줄도 안다. 황희주나 형욱 등이 성모를 아끼고 교양시키면서 가까운 미래의 지도자감으로 육성하고 있는 것은 그가 가진 당대적 가능성과 긍정성 때문이다.

예컨대 련실을 사이에 둔 윤병설과의 대립은 건강한 농군이 지주와의 대립적 관계 속에서 계급사회의 모순을 깨우치는 계기로 작용한다. 게다가 윤병설과의 싸움에서 이기고 련실을 차지하게 됨은 성모 자신의 재주나 힘만으로 가능했던 것이 아니라 련실의 의지와 힘이 합쳐진 결과라는 점이 의미심장하다. 이는 지주의 패악을 이기는 데 건전한 농민의 단결이 필수적임을 넌지시 보여준다.

영웅주의적 행동으로 인해 2년 반 동안 수감되는 것도 자신을 반성하는 데 필요한 과정이었겠지만, 수형생활 도중 '아바이'라는 새로운 조력자를 만나는 것 또한 성모의 성장 과정에서 중요한 분기점이 된

---

14 『청천강』, 529-530면.

다. 형욱이나 로국명 등이 출소한 성모를 투쟁의 전면에 내세우지 않으려 애쓰는 것도 좀더 큰 지도자로 성장시키려는 노력이다.

요컨대 3부작의 제1부에 해당하는 『청천강』은 전통적 농민과 그 일가의 파란만장한 삶을 통해 식민지 말기 당대의 모순을 고발하는 한편 새 세상의 도래를 확신하는 성모라는 청년의 의식화와 성장 과정을 병행하여 그린 작품이다. 『청천강』의 제2부와 제3부가 아직 그 존재를 드러내지는 않았지만, (강찬문의 마지막 환몽 속 풍경처럼) 해방 후 혹은 북쪽 정권의 수립 후 농민 공동체의 명실상부한 지도자로 성장하여 분투하는 성모의 이야기가 뒤이어 전개될 가능성이 높다고 판단된다.

3.2. 『청천강』의 인물 형상과 이근영의 월북 이전 소설 비교

이근영의 장편 『청천강』은 작품 중간에 애써 삽입한 '김일성의 보천보 전투' 모티프가 강찬문 가족을 비롯한 농민들의 각성과 단결에 중요한 동기로 작용한다는 설정 등에서 1950년대 후반 및 1960년대 전반 북한 소설로서의 정체성을 여실히 드러내고 있다.

다른 한 편으로는 전통적 가치를 지닌 농민의 모습을 형상화하여 서사의 중심에 놓고 그 배경에 농민의 삶과 결부된 세시풍속을 묘사하는 등 그의 월북 이전 소설이 지녔던 특징을 공유하기도 한다. 그러나 전통적 농민상이나 미풍양속은 더 이상 무조건적인 옹호와 향수의 대상이 되지 않는다.

> 지난해에는 연 이태 동안이나 가뭄으로 흉년이 들었으나 금년에는 꼭 풍년이 들도록 하여 달라고 당산에 빌자 하여 잔치를 더욱 크게 벌리기로 되었다. 이 말이 맨 먼저 윤 참판의 입에서 나온 만큼, 동리 사람들은

어서 정월 열나흗날 밤이 되었으면 하고 자기의 생일이나 기다리듯 하며, 이번 제주로 뽑힌 박참봉은 소고기 도야지고기로 배가 터질 것이라는 것이 이야기거리였다.

(중략 - 인용자)

"우리 동리의 천지 인간사를 맡어보시는 당산님네 올해에는 처처의 편편옥토에 오곡이 풍성풍성하고 병액의 범하는 것을 막어주시기 원하옵니다."

그는 간곡한 정성으로 이렇게 외고 나서는 공손히 사배를 한다.[15]

이 지대에서는 음력 2월 초하룻날을 구럭달기날이라 하여 명절로 삼는다. 정월 보름날에 벼짚으로 삿갓처럼 만든 것을 주저리라 하여 이것을 긴 장대 끝에 씌워서 마당에 꽂았다가 2월 초하룻날 일찌기 이 주저리를 벗기고 장대를 뽑아 눕힌다. 그리고 이 날은 어느 집이나 설기떡을 해서 먹으며 이 집 저 집 몰려 다니며 논다. 이렇게 해야 그 해 농사가 잘 된다는 것이며, 농민들은 그 이튿날부터 일을 시작한다.

강찬문은 두무골 살 적부터 이 날에는 어떻게 해서든지 설기떡을 해 먹고 놀며 주저리를 장대에 씌우기도 했었다.

열두삼천벌로 이사 와서는 이런 것을 하지 않았으나 해마다 살림살이가 꼬이기만 하여 춘옥 어머니가 정월 보름날 주저리 장대를 세웠었다.[16]

예컨대 『청천강』의 '구럭달기'는 『당산제』(1939)의 '당산제'처럼 농사가 잘 되기를 바라는 순진한 농심의 집단의식이다. 그러나 '당산님'이 「당산제」의 결말에 이르러 작중 인물 덕봉에게 믿어 봐야 소용없

15 이근영, 「당산제」, 『고향 사람들』, 영창서관, 1943, 11-13면.

16 『청천강』, 346면.

는 것으로 치부되었던 것처럼『청천강』에서의 세시풍속 또한 '몽사풀갈밭'이나 '자작농 창정'처럼 헛된 꿈이요 희망일 뿐이다.

사실『청천강』은 그 인물 군상의 면면에 있어서도 월북 이전 단편「당산제」와 유사한 점이 많은 작품이다. 강찬문과 그 아들 성모의 모습은 송진사와 아들 덕봉의 모습을 꼭 닮았다. 덕봉의 어린 동생 수봉은『청천강』의 영모로 재현된다. 성실한 부자와 철없는 막내의, 가난하지만 단란한 가정이다.『청천강』에서 가족의 범위가 조금 확대되어 장남 준모, 조카 형욱의 가족이 덧붙어 있는 것은 장편으로서 좀더 확장된 인물군과 다양한 에피소드를 거느리기 위한 방책이었을 터이다.

강찬문의 아들 성모도 송진사의 아들 덕봉처럼 마음에 둔 처자가 있으나 가난 탓에 총각으로 살아간다. 자신의 결혼보다 앞서 오래 홀아비로 살아 온 아버지의 재혼을 시도한다는 설정 또한 반복된다. 물론 차이가 나는 점은「당산제」의 덕봉이나 송진사가 결국 결혼하지 못하는 것에 비해『청천강』의 성모는 연인인 련실과 결혼하고 강찬문 또한 재혼하게 된다는 것이다. 덕봉의 결혼 실패가 소작농 집안의 가난 문제를 부각시키는 장치라면 성모의 결혼 성공은 지주와의 싸움에서 승리하는 농민의 힘을 암시하는 것이라 할 만하다.

또한 두 작품에서 연인의 오빠가 혼사 장애의 한 계기로 작용하는 것도 공통점이다.「당산제」의 순님 오빠의 절도 행각과 검거 사건에서 드러나는 것은 전통적 덕목과 농촌공동체의 해체 과정을 바라보는 작가의 비판적 시각임에 비해,『청천강』에서의 련실 오빠의 타락과 비행이 매개하는 것은 그 기생의 숙주인 지주 세력에 대항하는 농민의 단결과 저항이다.

집안의 막내인 수봉과 영모의 각 작품에서의 역할도 비교가 가능한 대목이다. 겉으로 보기에 천진난만한 장난꾸러기로만 보이는 수봉과 영모는 그러나 집안의 형편을 속속들이 알고 있고, 당대의 기득권층에 대한 적개심을 거침없이 표출하는 에피소드의 전면에 등장한다. 「당산제」의 수봉은 밥 한 그릇을 훔쳐 먹은 우편소장의 고양이를 가차 없이 응징한다. 우편소장의 세도를 아는 어른들이라면 함부로 나서서 할 수 있는 일이 아니다. 『청천강』의 영모는 지주 윤병설이 타고 갈 인력거를 망가뜨려 낭패를 보게 하고, 순시하러 온 총독을 배때기라고 불러 그의 체면을 깎아 버리기도 한다. 이러한 면모는 어린아이다운 천진성과 함께 미정형의 미래세대에게 불의에 맞서는 저항의 감각을 부여하려는 작가의 의도로 읽힐 만하다.

이와 더불어 영모가 총독에게 수모를 안긴 일로 퇴학을 당하게 되었을 때 그를 위로하는 담임교사의 형상 또한 눈여겨볼 필요가 있다.

> "영모야 내가 해마다 네게 교과서를 사주고 일요일마다 느 집에 가서 가르쳐 줄께 걱정 말아. 매일 밤 네가 으리 집으로 와도 좋고…… 아버지가 네 월사금 내느라고 고생하시는데 학교 안 다니는 것도 좋다. 그 대신 글은 내가 배워 주마."
>
> "네."
>
> 영모는 한갓 생각하면 담임 선생의 말도 그럴듯했다. 그러나 두무골서부터 그렇게 다니고 싶어했던 학교를 늦게야 들어 가서 겨우 두 해 배우고 쫓겨 나오는 것이 더욱 분했다.
>
> "집에 가서는 울지 말아. 아버지랑 큰형님이 속상하시니까. 알지?"[17]

영모가 퇴학 처분을 당하자 다른 조선인 선생들과 함께 반대하였으나 결국 뜻대로 되지 않은 후 담임교사가 영모를 집에 데려다주며 위

---

17 『청천강』, 363-364면.

로하는 부분이다. 월북 이전 소설 「소년」의 박 선생과 송 선생, 「탐구의 일일」의 현우처럼 그 자신 나약한 식민지 지식인일지라도 교육자적 양심을 지키며 가난한 학생의 공부를 돕는 일에만큼은 정성을 쏟는 인물임이 그의 생각이나 말에서 넉넉히 나타난다. 이들이 어린 학생들에게 애정을 쏟는 이유는 그 아이들을 (자신에게는 부재하거나 유예된) '정열'의 화신이기 때문이다. 자기 혹은 자기 세대의 환멸과 실패를 반성하며 이후 세대에게는 물려주지 않으려는 노력이 그들에게 부여된 시대정신이다.[18]

제1부 『청천강』의 이하 서사에는 더 이상 영모의 담임교사가 등장하지 않는다. 제2부 혹은 제3부에서 성모는 물론 영모의 의식이 성장하고 시대의 일꾼으로서 전면화하는 과정에서 어떤 식으로든 영모 담임을 포함한 선생의 역할이 개입될지, 그 자신 어떻게 각성하고 변화하였을지 등을 확인해 볼 필요가 있다.

이상 이근영의 『청천강』과 월북 이전 소설의 비교를 통해 선량한 농민상과 세시풍속의 묘사를 통한 농촌 사회의 전통적 긍정성 재현, 주요 인물의 애정선을 기반으로 한 갈등 구조 구체화, 당돌하고 때묻지 않은 소년 세대의 묘사와 양심적 교육자의 조력 등 많은 공통점을 발견할 수 있었다. 농민의 저항이 암시에 그치지 않고 본격화한다든지, 혁명적 투쟁의 근저에 김일성의 역할이 개입된다든지 하는 변화 내지 차이는 1950년대 후반이나 1960년대 초반의 북한 내 당대성을 고스란히 반영하는 것으로 자연스럽게 해석될 수 있을 것이다.

---

18 물론 이근영이 추구했던 긍정적 교육자상이 구체적으로 묘사된 월북 이후의 작품은 『별이 빛나는 곳』(1966)이다. 이 작품에서는 「소년」의 송 선생을 방불케 하는 인물 리준오가 작품의 전반부에서 소년 오송의 조력자 역할을 하다가 후반부에서는 의식의 동반 성장을 이루는 모습을 그렸다.

4. 결론 및 남는 문제

월북 작가 이근영의 북한 농민소설 『청천강』의 소재를 파악한 것은 어쩌면 우연한 기회에서였지만, 실제 텍스트를 확인하고 난 후에도 기본적인 내용을 파악하고 기초 분석을 행하는 작업부터가 쉬운 일은 아니었다. 이 또한 분단의 현실을 실감하게 하는 하나의 사례일 터이다. 월북 문인이 북한에서 산출한 작품들을 자유롭게 연구하고 관련 연구자들과 교류 및 공유할 수 있는 환경이 조속히 마련되기를 기대해 본다.

이번에 발견한 『청천강』 텍스트는 3부작 장편 중 제1부에 해당하는 것이다. 그동안 작품의 존재에 대한 기록만이 있었을 뿐 실전 텍스트를 발견하지 못하여 유예되었던 서지 사항의 확증을 부분적으로나마 수행하고, 이후 논의의 확장을 위한 기초 작업이 되도록 힘썼다.

1958년 탈고하고 1960년 발행한 『청천강』은 기존에 발굴 및 분석된 북한에서의 작품 「그들은 굴하지 않았다」(1955)와 「첫 수확」(1956)의 성취를 이어받고, 이후 집필이 이어진 것으로 전해지는 『청천강』 제2부(1963)와 제3부(1964)를 앞에서 이끄는, 1950년대 중반에서 1960년대 중반에 이르는 작가의 집중적인 농민소설 창작 시기의 중핵을 이루는 뜻깊은 작품이다. 이 기간 이근영은 10년 이상 쉼 없이 창작 활동을 지속했다는 점, 또한 동일 기간은 작가가 현지 생활로부터 취재한 자료를 바탕으로 한 농민소설을 차례차례 내놓은 의미 있는 시기라는 점을 이근영 작가론에 보충할 수 있겠다.

14개의 장으로 나뉘어 서술된 텍스트의 내용을 살펴보면 농민의 단결 및 저항을 당과 조직이 선도한다는 점, 김일성의 보천보 전투 소식이 그 과정에서 중요한 동기로 작용한다는 점 등에서 북한 소설로서의 당대성을 여지없이 드러낸다.

한편 전통적인 농민형상을 긍정하고 있는 점, 세시풍속을 통해 함께 어우러지는 농촌 풍경의 묘사, 1930년대 작품 「당산제」의 인물 구도와 갈등 구조가 차용 및 변주되고 있는 점 등은 월북 이전 소설세계로부터 이어지는 지속성의 요소이다. 덧붙여 긍정적이고 양심적인 교육자의 형상이 특정 삽화에 개입되어 묘사되고 있는 점 또한 「소년」 등의 작품과 관련지어 특기할 만하다.

제2부

근현대소설비평론

근대 초기의 비평 논쟁과 '묘사' 개념의 구체화 과정

1. 머리말

백악 김환의 「자연의 자각」 비판에서 촉발된 염상섭과 김동인의 논쟁은 한국 근대소설 비평사의 첫머리에 놓일 수 있는[1], 그 자체로 의미 있는 사건이었다.[2] 「백악 씨의 「자연의 자각」을 보고서」(『현대』, 1920.3)와 「여의 평자적 가치를 논함에 답함」(『동아일보』, 1920.5.31-6.2)은 염상섭 초기 비평의 얼개를 알 수 있게 해 주는 자료이자 김동인의

---

1 특히 근대 문예 비평사를 논쟁의 역사로 구성할 수 있다는 견해를 받아들인다면 서로 다른 두 가지 문학관 혹은 소설론이 직접 충돌하여 공론화된 전대미문의 사건이었다고 할 수 있다. 김영민은 『한국근대문학비평사』(소명출판, 1999)에서 이를 "비평의 공정성과 범주 · 역할 논쟁"으로 규정하고 책의 제1장에서 분석하고 있다.

2 이른바 '『창조』파와 『폐허』파의 대립' 혹은 '김동인과 염상섭의 신경전' 정도로 이 논쟁을 바라보는 것은 비생산적이다. 양자의 논리를 근대문예에 대한 이해도나 일관성 등을 기준으로 비교하여 우열을 논하는 것 또한 기존의 논의로서 충분하며, 그러므로 이러한 분석의 태도를 지속시킨다는 것은 마찬가지로 비생산적이다. 논쟁의 성격과 담론체계를 있는 그대로 이해하면서 향후 문학사의 전개에 별반 영향을 끼치지 못했다는 결론을 내리거나 논쟁 당사자들의 이후 비평활동에 충실히 반영되지 못했다는 지적을 하는 것 또한 문학사적 연구의 텍스트를 통해 앞으로는 재생산될 필요가 없을 것이다.

「제월 씨의 평자적 가치」(『창조』, 1920.5)와의 맥락을 염두에 두고 읽어야 할 자료이기도 하다. 양자의 논쟁은 「제월 씨에게 답함」(『동아일보』, 1920.6.12-13), 「김 군께 한 말」(『동아일보』, 1920.6.14) 등으로 이어지지만, 뒤로 갈수록 문제의 본말이 전도되어 논의의 방향은 지엽적이고 말초적인 쪽으로 흐르고 만다.

염상섭과 김동인 두 사람에게뿐 아니라 한국 근대소설 비평사를 온당한 관점에서 검토하기 위해서도 초기의 성과인 위 글들을 재론하는 데는 생산적인 의도가 필요하다. 본고에서 그것들을 다루려는 이유는 컨텍스트적 성격을 외면하지 않고 분석하되 그 속에서 사적이거나 감정적인 부분, 잘못 썼거나 서로 달리 이해한 개념 및 용어 등을 논의의 대상에서 소거한 후 남는 부분의 의미는 무엇이겠는가 하는 질문으로부터 비롯되었다. 논쟁의 텍스트에서 산견되는 무수한 오해의 원인 중에는 분명 개념 및 용어에 대한 혼동의 문제가 있다. 이는 염상섭과 김동인 양자만의 문제라기보다 서구의 문예이론을 국문으로 담론화해 보는 일이 드물었던, 근대 초기 문단 일반의 문제라고 보이기 때문이다.

본 논문은 근대 초기 비평 용어 및 개념에 대한 문단 내적 토론과 수렴 양상을 염상섭, 김동인의 논쟁과 '묘사' 개념의 구체화 과정이라는 대표적 일례를 통해 고찰하고자 한다. 여러 비평 용어들 중 '묘사'의 개념에 주목한 것은 근대 초기 소설 비평의 최대 화두가 단연 '묘사'이었음이 분명한 까닭이다. 게다가 염상섭과 김동인의 비평 텍스트에도 '묘사'는 서로 달리, 그리고 어느 정도는 애매모호하게 쓰이고 있으므로, 이들의 논쟁이 개념의 구체화에 어떻게 직간접적으로 기여하고 있는지 살필 수 있을 것이다.

'묘사란 무엇인가?'가 아닌 '묘사는 무엇이었는가?'를 묻는 이 연구는 당대의 텍스트를 당대의 문법에 기초하여 분석하는 작업이 필요하다는 문제제기이다. 더불어 현대적 의미에 가까운 묘사 개념으로의 수렴 과정을 살필 필요가 뒤따를 것이다. 그러나 본 연구에서는 명확하고 구체적인 차이를 설명하고 대상 시기 이전과 이후의 맥락을 정교화하는 것에까지 이르지 못할 것이다. 다만 근대소설의 개념 및 작법 형성과정의 한 각론으로 기능할 수 있기를 바란다.

2. 논쟁의 시작과 '묘사' 개념 차이

김환의 「자연의 자각」이 『현대』에 발표된 것은 1920년 1월의 일이었다. 작품에 대한 염상섭의 비평적 반응은 거의 즉각적으로 이루어진 것이라고 할 수 있는데, 염상섭의 단독 작품평이 시도된 바로 그 시기에 김동인 또한 『창조』 지면을 통해 같은 작품을 간단히 언급한다. 즉 「자연의 자각」에 대한 비평이 염상섭과 김동인에 의해 동시에 이루어진 셈이다.

> 白岳君의 「自然의 自覺」(現代 一月) 君 自己도 언제 말한 바와 가치 ため다. 統一이 업고 描寫까지 허투로 되엿다. 主人公의 性格도 모르겟고, 또, 主人公 P의 心理를 直接으로 描寫하여 나려오던 君은 "P는 如斯如斯하엿다 한다" "P는 무엇하는 듯하다"로 어느덧 第三者로 되고, 편지의 "自然을 自覺하엿다"하는 그 自然까지 뚝뚝지 안코, 또, 內容의 調和는커녕 主旨까지 엇던 哲理를 表現함이랸지 엇던 人生觀을 表現함이랸지 알 수 업다. 人道主義와 利己主義의 범벅이다.(밑줄 - 인용자)[3]

---

3 김동인, 「글동산의 거둠」, 『창조』, 1920.3, 97면.

대패질 안 한 文章으로 거린, 小說의 中心生命이라고 할 만한 個性 - 個性이란 말은 人物에만 限한 것이 안이다 - 의 暗示 업는, 平凡한 P와 「K」, O와의 交際史, 더 甚하게 말하면, 小說中 人物인 K의 露骨的 自我廣告라고 하는 것이 氏의 「自然의 自覺」을 評價하는 나의 부르는 最高額이다.(중략 - 인용자) 如何間 일로부터 內容을 檢討하야 보건대. "P가 椅子에 걸어안저서……" 云云한 데서부터 小說的 描寫의 要件을 이저버렷다. "오날은 열한 時부터 椅子에 걸어안저서 空想을 하며, 깃버도 하고 悲觀하엿다."라는 P의 當用日記帳이면 而已어니와, 現代小說이 아모리 오스카 와일드의 말맛다나, 平凡한 事實의 史化박게 못되도록 寫實主義로 一貫할지라도, 決코 事實의 槪念만을 抽象하야 描寫하는 것이 寫實主義의 本領도 안이오, 또 그래가지고는 藝術品과 歷史나 當用日記와의 區別이 업서질 것이다.(밑줄 - 인용자)[4]

김동인의 「자연의 자각」 비판은 '통일이 없다', '묘사가 허투로 되었다'로 요약되고 있다. 이때 통일이 없다는 말은 소설의 구성적 측면을 고려한 비판일 것이다. 그렇다면 묘사는 인물 형상화에 관련된 개념으로 쓰였을 가능성이 높다. 이에 덧붙여 내용 조화, 주지 표현의 측면에서도 낙제점이라는 판단을 내린다.

여러 작품을 고루 다루어야 하는 글의 특성상 구체적 근거를 일일이 들지 않았을 뿐 김동인의 비판은 신랄한 것이었다. 같은 시기 염상섭의 글과 비교해도 별로 다를 것 없어 보이는 혹독한 비평이다. "김환의 소설 「자연의 자각」에 대한 염상섭의 견해는, 앞에서 살펴본 바와 같이 김동인의 그것과 크게 차이가 나는 것이 아니"[5]라는 문학사적

4 염상섭, 「백악 씨의 「자연의 자각」을 보고서」, 『현대』, 1920.3.
5 김영민, 『한국근대문학비평사』, 소명출판, 1999, 16면.

평가가 나오는 것은 무리한 일이 아니다.

염상섭의 글은 다른 작품을 거론하지 않은 「자연의 자각」만을 다룬 비평이므로 그 일부만을 인용하였으나, 이미 잘 알려져 있다시피 가장 주된 비판의 초점은 '작가의 창작 동기'였다. 즉 김동인이 '작품의 조화된 정도'에 주안점을 둔 반면 염상섭은 텍스트 외 존재인 작가에 비판의 칼을 들이댔다는, 양자 간 입장 차이가 그 비평적 본의를 떠나 이미 논쟁의 구도를 형성한 셈이었다.

이후 논쟁의 추이는 이미 잘 알려진 바이므로 상론할 필요를 느끼지 않으나, 여기서 좀더 살펴보아야 할 지점은 염상섭과 김동인이 가지고 있었던 '묘사'에 대한 개념의, 미세하지만은 않은 차이에 있다. '묘사란 무엇인가?', '묘사는 어떻게 해야 하는가?'에 대한 설명이 해당 비평 텍스트에 명확히 드러나 있지 않은 상태에서, 양자의 차이를 들여다보기란 쉽지 않다. 염상섭과 김동인 또한 묘사 개념과 관련한 논쟁을 이끌어간 것이 아니라, 해당 작품의 묘사가 제대로 되지 않았다는 전제 하에 비평의 의의에 관한 개인적 입장만을 개진해 나간 것이 그 이유이다.

염상섭이 김환 작품의 서투른 묘사를 지적한 것은 인물(P)의 성격을 제대로 드러내지 못하고 주변 정황을 요약하여 단순히 제시한 데 대한 불만이었던 것 같다. 그런 의미에서 염상섭이 생각한 '소설적 묘사'는 사실의 기록으로서의 '역사' 혹은 '일기'와 구별되는 것이다.

이에 비해 김동인은 김환의 묘사가 허투로 된 원인으로 첫째 주인공의 성격을 모르겠다는 점과 둘째 묘사 주체가 혼란을 일으킨 점[6]을 들고 있다. 그런데 여기서 '직접적이었던 묘사가 간접적으로 변했다'

---

6 현대 비평의 관점에서 보면 이는 '묘사'보다는 화법이나 초점화 혹은 서술 차원의 문제로 보아야 할 것이다.

혹은 '직접 묘사와 간접 묘사가 혼란되어 있다'는 김동인의 의견은 현대의 관점에서 곧이곧대로 해석하기 어려운 측면이 있다. 인물의 성격이 서술자[7]의 목소리에 의해 직접적으로 제시되느냐 인물의 말이나 행동을 매개로 간접적으로 제시되느냐의 문제가 아닌 것이다.[8]

김동인이 여기서 이야기하고 있는 직접 묘사란 중심인물이 자신의 생각이나 행동, 혹은 자기 시선에 비친 대상을 직접화법으로 서술하는 것을 말한다고 볼 수 있다. 즉 관찰의 주체였던 인물이 관찰의 대상으로 바뀌는 혹은 그 통사론적 지위가 여기저기로 넘나드는 것은 김동인이 생각하는 소설적 묘사의 결격사유인 셈이다.

어쨌든 1920년 3월 염상섭과 김동인이 동시에 드러낸 묘사 개념은 서로 달랐다. 염상섭보다는 김동인이 보다 포괄적인 의미에서 '묘사'라는 개념을 썼다고 단순히 규정하기도 어려울지 모른다. 잘 된 묘사의 방법론(그것이 옳거나 정치한 방법론인가 아닌가를 떠나)을 구체화하는 작업은 김동인에게서 먼저 시작된 것이라고 볼 수 있기 때문이다.

누구의 묘사 개념이 더 정확한가를 현대의 관점에서 가리는 것은 이 논문의 목적도 아니고, 당대를 객관적으로 바라보기 위해서는 오히려 불필요하거나 지양되어야 하는 작업이다. 그렇다면 과연 염상섭과 김동인 이전을 포함하여 1920년대 초반까지 우리 문인들이 알고 있던 '묘사'란 어떤 개념이었는지 잠깐이나마 그 용례를 살펴볼 필요가 있을 것이다.

---

7 여기서 상론할 수는 없지만 이는 당대의 비평문단에 '서술자'라는 개념 자체가 부재했던 사정과 긴밀히 관련되어 있다.

8 당대 소설 비평의 분위기는 인물의 말이나 행동을 통한 객관적인 묘사를 압도적으로 선호하고 있었다. 김동인 또한 같은 입장을 고수하고 있었음이 분명하다.

3. '관찰'과 '묘사'의 장르로서의 근대 초기 소설

요즘의 상식으로 보면 소설은 분명 서술의 형식을 지닌 서사 양식이다. 서술 혹은 서술자라는 개념을 배제하고 소설을 논한다는 것이 어려울 정도이다. 그러나 근대 초기 소설 및 평단에서 서술자라는 개념은 존재하지 않았고, 서술이라는 용어는 정교하게 특화되어 쓰이지 않았다. 즉 말하기와 보여주기, 묘사와 서술을 구분하여 사용하려는 현대의 비평적 관점으로 당대의 용어들을 다루어서는 곤란하다는 말이다.

문학의 개념과 범주라는 논제조차 일목요연하게 정리되기 어려웠던 1910년대 중반의 사정을 감안하면 소설론 혹은 소설 비평의 각론을 기대할 수 없는 것이 당연하고, 소설을 이해하는 데 필요한 용어 및 개념의 습득 또한 난망한 과제였을 뿐이다.

> 文學의 本領은 純文學이라 하는 詩歌 小說 敍事文 抒情文 等과 雜文學이라 하는 敍述文 評論文 等을 물론하고[9]

위 인용문에서 현대 독자는 소설과 다른 서사문이 무엇을 뜻하는지, 잡문학의 하위갈래인 서술문은 또 무엇을 뜻하는지 쉽게 이해하기 어려울 것이다. 이는 '서사' 혹은 '서술'이라는 용어가 가진 당대와 현대의 개념 차이를 시사한다. 인용문을 볼 때 아마도 안확에게 서사 혹은 서술이라는 개념은, 일반적이거나 포괄적인 것이 아니라, 다른 개념과의 차이를 전제한 용어로 쓰인 것 같기는 하다. '서술'뿐 아니라 '서사', '서정', '평론' 등의 용어가 범주를 획정하는, 갈래의 분류를 의

9 안확, 「조선의 문학」, 『학지광』, 1914.12.

도한 개념으로 쓰이고 있다고 보이기 때문이다. 그러나 '서술'이라는 어휘는 이후 1920년대 중반까지도 소설 비평 텍스트에 널리 사용되지 않았으며, 사용되더라도 '기록', '설명', '기술' 등의 일반적인 개념과 의미상 호환되는 경우가 많았다.

오히려 주목해야 하는 것은 '묘사'의 개념이다. 근대 초기 소설 비평의 화두는 단연 '관찰'과 '묘사'였기 때문이다.[10]

> 그가 匿名으로써 『콘템포라리이』 紙上에 從來에 업난 微妙 精細한 心理的 描寫로 러시아 一般 讀書社會를 놀낸 處女作 『幼年時代』를 揭載하기는 곳 이 째더라.[11]

> 論文 - 毋論 政治的 又ᄂᆞᆫ 科學的 論文을 指ᄒᆞᆷ이 안이라 小說家가 小說로 詩人이 詩로 發表ᄒᆞ려 ᄒᆞᄂᆞᆫ 바를 小說과 詩의 技巧的 形式을 取ᄒᆞ지 안이ᄒᆞ고 「말ᄒᆞ드시」 發表ᄒᆞᆷ을 謂ᄒᆞᆷ이니(중략 - 인용자)
>
> 小說 - 朝鮮에서 「才談」이나 「니야기」를 小說이라 ᄒᆞ고 此를 善히 ᄒᆞᄂᆞᆫ 者를 小說家라 稱ᄒᆞᄂᆞᆫ 者가 有ᄒᆞᄂᆞ니 此ᄂᆞᆫ 無識ᄒᆞᆫ 所致다. 小說은 이러케 簡易ᄒᆞᆫ 輕ᄒᆞᆫ 無價値ᄒᆞᆫ 것이 안이니라. 小說이라 ᄒᆞᆷ은 人生의 一 方面을 正ᄒᆞ게, 精ᄒᆞ게 描寫ᄒᆞ야 讀者의 眼前에 作者의 思想 內에 在ᄒᆞᆫ 世界를 如實ᄒᆞ게 歷歷ᄒᆞ게 開展ᄒᆞ야 讀者로 ᄒᆞ야곰 其 世界 內에 在ᄒᆞ야 實見ᄒᆞᄂᆞᆫ 듯ᄒᆞᄂᆞᆫ 感을 起케 ᄒᆞᄂᆞᆫ 者를 謂ᄒᆞᆷ이니, 論文은 作者의 想像 內의 世界

10 "1920년대 초기 동인지에서 '묘사'라는 어휘는 '현실성'·'사실성'·'객관성' 같은 개념과 결합해 있었다. 따라서 소설과 관련해서 중시된 것은 작가의 '상상력'이 아니라 '관찰력'이었다. 동인지가 보여주는 소설작품의 실제는 주관적이고 낭만적인 경향에 상당히 기울어져 있었지만, 월평이나 소설론이 개진되는 지면에서 강조되는 소설적 자질과 기법은 "심각한 관찰과 묘사"였다."(김행숙, 『문학이란 무엇이었는가』, 소명출판, 2005, 139면.)

11 최남선, 「톨스토이 소전」, 『소년』, 1910.12, 7면.

를 作者의 言語로 飜譯ᄒᆞ야 間接으로 讀者에게 傳ᄒᆞᄂᆞᆫ 것이로ᄃᆡ, 小說은 作者의 想像 內의 世界를 充實ᄒᆞ게 寫眞ᄒᆞ야 讀者로 ᄒᆞ야곰 直接으로 其 世界를 對ᄒᆞ게 ᄒᆞᄂᆞᆫ 것이라.[12]

염상섭, 김동인의 활약이 드러나기 전부터 최남선과 이광수 등의 텍스트에도 '묘사'라는 어휘는 발견되기 시작한다. 특히 위 최남선의 글은 1910년 『소년』에 실린 것인데, 소설비평 용어로 '묘사'가 쓰인 대단히 빠른 예이다.

이에서 나아가 이광수는 문학을 정의하고 하위 갈래의 특징을 서술하는 글에서 '소설'을 '묘사'의 갈래로 규정했다. 이광수가 '묘사'를 소설의 본질로 여겼다는 것은 그가 생각한 '논문'과의 비교를 통해 명확해진다. 이광수는 소설과 논문이 그 내용에는 차이가 없고 다만 형식에 의해 구분된다고 보았다.[13] 즉 논문이 글의 주제를 '말하듯이' 쓰는 것이라면, 소설은 '보여주는' 양식이다.[14] 그에 의하면 소설은 묘사의 형식을 가짐으로써 서술의 형식을 띤 논문과 구분된다.

1910년대의 여러 비평적 텍스트는 비단 소설뿐만 아니라 시, 소설 등 순문학의 요체를 '묘사'로 간주하고 여타 비예술 텍스트와 구분하

---

12 이광수, 「문학이란 하오」, 『매일신보』, 1916.11.17.

13 시나 소설 등 순문예 또한 계몽적 글쓰기의 일환으로 이해되었던 당대의 상황을 보여준다고도 할 수 있다.

14 이광수가 논문을 간접적인 전달방식으로, 소설을 직접적인 전달방식으로 간주했다는 사실 또한 흥미롭다. 작자가 글의 주지를 말하듯이 표현하는 것이 간접적인 것이요, 묘사를 통해 보여주는 것이 직접적인 것이라는 주장이다. 독자의 관점에서 보면 작가가 전달하려는 메시지가 제3의 존재에 의해 매개되느냐(서술) 아니냐(묘사)의 차이로 환원되는데, 이광수가 이 제3자의 성격을 명확히 인지한 것 같지는 않지만, '作者의 想像 內의 世界를 作者의 言語로 飜譯'하는 과정이 필요하다는 기술에서 어렴풋이 서술자가 개입된 텍스트의 말하기(telling)를 떠올릴 수 있을 것이다. 전절에서 간략히 다룬 김동인의 '직접 묘사' 개념, '제3자'의 개념을 이와 연관시켜 생각해 볼 필요도 있다.

고 있다.

> 그러면 그 內容으로 論하야 文學은 空想 或은 理想을 描寫한 것이오 他는 事實을 記錄한 것이라 定할가.[15]

1914년에 발표된 위 글 또한 '묘사' 개념을 기반으로 하여 문학과 비문학의 차이를 설명하고 있다. 1916년의 「문학이란 하오」와 비교하면 정교한 분석이라 할 수 없지만, '묘사'와 '기록'의 차이는 분명하게 드러내고 있다.

'묘사'의 개념이 문학(문예)과 비문학, 순문학과 잡문학의 구분을 위해서만 쓰인 것은 아니다. '묘사'는 구문학과 신문학을 가르는 기준이 되기도 했다. 당대에 범람하던 서구 문예사조의 소개를 위해서도 '묘사'는 새로움을 강조하는 핵심어로 기능하고 있었다.

'자연주의'와 결합한 묘사 개념을 기술한 이른 예는 백대진의 것에서 찾을 수 있다. 이 텍스트 또한 시와 소설 등 하위 갈래를 구분하지 않고 문학 전반을 다루는 형식을 취하고 있는데, 이때 '묘사'는 구문학과 신문학의 차이를 드러내는 요소로 쓰이고 있다.

> 이 暗面을 描寫홀 者이 곳 新文學者오, 일로 因ᄒᆞ야 生ᄒᆞᆫ 一般吾人의 思想界를 ᄯᅩᄒᆞᆫ 描寫홀 者이 우리 新文學者로다. 大凡 自然主義文學이라 홈은 所謂現實을 露骨的으로 眞直히 描寫ᄒᆞᆫ 文學이니 此에는 虛僞도 無ᄒᆞ며 ᄯᅩᄒᆞᆫ 假飾도 無ᄒᆞ며 空想도 無ᄒᆞᆫ 文學이 곳 自然主義文學이라.[16]

15 최두선, 「문학의 의의에 관하야」, 『학지광』, 1914.12.

16 백대진, 「현대 조선에 '자연주의 문학'을 제창함」, 『신세계』, 1915.12, 16면.

자연주의 문학이라 하여 소설만을 지칭하고 있는 것은 아니지만, 대체로 소설을 염두에 둔 글임은 어렵지 않게 알 수 있다. 백대진이 말하고 있는 몽상적이고 공상적이며 실인생과 무관한 구문학이란 당대에 우후죽순처럼 출판되고 있던 구소설 및 신소설 텍스트를 가리키고 있다고 보이기 때문이다.

구문학이 가지지 못한 신문학의 요소로서 '묘사'를 이야기할 때 그 묘사의 주체는 당대의 인생을 심각하게 관찰하는 신문학자가 된다. 당대 조선의 현실과 조선인의 생활을 묘사하지 않고 과거의 것을 모방하거나 채록하는 것은 신문학자 즉 예술가가 취할 방법이 아니다.

> 詩와 小說에는 支那의 模造品이라도 잇섯거니와 劇에 니르러서는 그것조차 업섯다. 春香歌, 沈淸傳 가튼 것을 歌劇이라 할 수도 잇지마는 이 亦是 原始的 傳說的 遊戲的이오 決코 藝術的이라 할 수는 업다. 그 劇本되는 春香歌, 沈淸歌가 爲先 一個 傳說에 不過하는 것이오 藝術品이라고 許할 수가 업다. 이 傳說은 果然 朝鮮人의 傳說, 眞實로 朝鮮人의 生活에 接觸한 傳說이지마는 그것이 어느 藝術家의 손을 거쳐 나오기 前에는 傳說的 一 材料에 不過하는 것이지(밑줄 - 인용자)[17]

1918년의 이광수에게 「춘향전」, 「심청전」이 단순한 전설이요 예술(문학)이 될 수 없는 이유는 예술가의 손에 의해 묘사된 텍스트가 아니기 때문이다. 같은 글에서 이광수는 『청춘』 현상문예 응모작에 대해 "그 觀察은 淺薄하고 描寫는 아직 幼穉함을 不免한다 하더라도 復活한 靈의 첫소리"[18]라고 평가하고 있다. 부족하나마 그 응모작들은

17 이광수, 「부활의 서광」, 『청춘』, 1918.3, 20면.
18 이광수, 위 글, 27면.

'관찰'하고 '묘사'한 문학작품이라는 것이다. 같은 잡지 같은 호에 발표된 이광수의 글 「현상소설고선여언」에도 응모작들이 신문학의 체재를 갖추고 있으므로 세련미만 더하면 될 것이라는 의견이 피력되어 있다. 물론 이 글에서도 응모작들을 평가하는 기준으로 '여실한 묘사'가 중시되고 있음을 발견할 수 있다.

일찍이 이해조가 "현금 있는 사람의 실지 사적", "눈으로 그 사람을 보고 귀로 그 사정을 듣는 듯"[19]한 이야기를 강조하였음을 생각해 보면 이광수 등 후배 문인들과 마찬가지로 당대성과 현실성, 핍진한 묘사 등을 의도한 것으로 해석할 수 있다. 그러나 이들 간의 차이는 항간의 이야기를 기자가 편집한 것이냐, 예술가의 눈과 손에 의해 관찰되고 묘사된 것이냐에 있다.

그러나 근대 초기 문인들의 '묘사' 개념은 아직 불분명하고 모호한 채로, 혹은 습관적으로 쓰이고 있었다. 묘사의 주체는 물론 작가(예술가)일 텐데 묘사라는 행위의 대상이 문제였다. '인생'을 묘사한다는 말은 이해할 수 있을지라도 앞서 인용한 최두선의 글에서처럼 '공상'이나 '이상'을 묘사한다는 말은 선뜻 다가오지 않는다. 백대진의 글에도 묘사의 대상은 '암면', '사상계', '현실' 등 무차별적으로 늘어놓아져 있다. 심지어는 "이에 비로소 인생을 위한 문학을 우리가 묘사하여야"[20] 한다는 문장까지 보인다. 소설 문학적 혹은 예술적인 글쓰기 행위는 곧 묘사라고 인식하였거나, 그래야 한다는 강박관념을 가진 것처럼 보일 정도이다.[21]

---

19 이해조, 「화의 혈 서언」, 『화의 혈』, 보급서관, 1912, 1면.

20 백대진, 위 글, 위 면.

21 '묘사'든 무엇이든 그것이 독자적인 비평 용어로서 의의를 가지려면 결국 다른 개념 용어와의 차이에 의해 구분되어야만 할 것이다. 1920년대 초반과 그 이전의 '묘사'라는 용어가 모호하게 쓰였다는 것은 그 대상 즉 통사적으로 목적어에

구체적인 대상을 감각적으로 표현하는 것으로서의 묘사 개념은 우리 소설을 우리 비평가가 분석하고 평가하는 과정에서 점진적으로 정교해진 것임을 숙려할 필요가 있다. 이광수, 김동인, 염상섭 등의 초기 비평이 나름대로 묘사라는 개념을 동원할 수 있었던 것은 세련되지는 못하나마 우리 소설 작품이 산출되기 시작한 때문이다.

4. 논쟁의 과정을 통해 본 '묘사' 개념의 구체화 과정

김동인이 염상섭의 「자연의 자각」 평을 문제 삼을 때, 평자로서의 태도뿐만 아니라 '소설작법에 대한 지식이 없음'을 이유로 들었다는 점은 재삼 고려할 필요가 있다.

> "열한 時부터 교자에 걸어안저 空想을 하며, 깃버도 하고 슬퍼도 하엿다"는 거슬, 霽月 氏는, P의 當用日記와 다름없고, 藝術品에는 이런 일이 없다는 理由를 나는 모르겟다. 나는 概念뿐으로도 훌륭한 藝術品을 製作할 수 잇다고 말한다. 當用日記도 完全한 藝術品이 될 수 잇다고 斷言한다. 나는 여긔서 霽月 氏의 小說作法에 對한 知識이 제로임을 發見한다. 小說의 作法을 모르는 사람은 小說 評者될 資格은 없다. 小說의 作法을 모르면, 그 作品의 缺點을 쪽쪽이 發見할 수 업슴으로…….(밑줄 - 인용자)[22]

해당하는 사물 혹은 사실이 지나치게 광범위하다는 점과 연관된다. 현대의 관점에 비추어 보면 그것은 '묘사'뿐 아니라 '서술', '서사', '화법', '초점화'와 '시점', '담론', 심지어는 '창작'까지 수다한 개념들과 얽혀 있다고 보아야 한다. 즉 당대의 '묘사' 개념을 현대의 그것과 동일시할 수 없음은 물론 당대 문단 내에서도 독립적 범주로 의의를 굳힌 개념이 아니라고 보아야 한다는 뜻이다. '묘사'가 독자적 범주를 지니기 위해 처음으로 결별한 개념은 '기록', '설명' 등이었다는 점은 앞에서 논하였다.

인용문의 밑줄 친 문장은 염상섭이 김환의 소설을 분석하면서 '소설적 묘사의 요건'을 잊어버렸다는 근거로 제시했던 부분과 일치한다. 기왕에 김환 작품의 묘사가 '허투로 되었다'고 비판했던 김동인이 염상섭의 비슷한 논지를 반박한 이유는 무엇이겠는가.

염상섭이 당용일기와 소설이 다르다고 주장하는 데 반해 김동인은 당용일기도 예술품이 될 수 있다고 단정한다. 이 단정으로부터 김동인은 염상섭의 소설작법에 대한 무식을 폭로하려 시도하고 있는 것이다. 다시 말하지만 여기서 김동인과 염상섭의 의견을 현대적 관점에서 우열로 가르는 일은 의미가 없다. 주목해야 하는 것은 염상섭과 김동인의 묘사 개념에 대한 인식 내용과 그 차이이다.

염상섭이 김환의 묘사에 대해 비판한 것은 그 부분이 자신만 읽는 일기처럼 소략하고 간단한 사실 기술만으로 제시되었기 때문이라고 할 수 있다. 즉 인물의 성격과 심리를 독자에게 전달하는 기능을 갖추지 못한 불충분한 묘사이거나, 아예 소설적 묘사라고 할 수조차 없는 개념일 뿐이라는 주장이다. 그러한 사실의 요약 및 제시라면 역사 텍스트와도 다를 것이 없다는 것이다.

> 김 君은 "當用日記도 完全한 藝術品이 될 수 잇다고 斷言한다"고 하얏다. 이것은 맛치 歷史의 年代表도 優秀한 藝術品이라는 無識者의 詭辯과 다름업는 말이다. 當用日記라는 當用 二字를 모르는 君에게 小說은 무엇이니 藝術은 무엇이니 論難할 必要가 업기로 그만둔다.[23]

김동인에 의해 소설작법도 모르는 극하열한 비평가가 된 염상섭은

22 김동인, 「제월 씨의 평자적 가치」, 『창조』, 1920.5, 72-73면.

23 염상섭, 「여의 평자적 가치를 논함에 답함」, 『동아일보』, 1920.6.2.

반박문을 통해 김동인을 소설이 무엇인지 예술이 무엇인지도 모르는 무식자로 단정해 버린다. 그런데 이와 동시에 두 사람에게는 '소설이란 무엇인가', '소설은 어째서 예술인가', '소설은 어떻게 쓰는 것인가'에 대해 요령 있게 답할 능력을 갖추어야 하는, 그리고 그 능력을 증명해내야 하는 당대 문인으로서의 책무가 주어지고 말았다. 어쩌면 스스로 자초했다고도 볼 수 있는 과제에 대해 그들이 어떤 답안을 제출하고 있는가를 뒤따라 살펴볼 일이다.

염상섭도 김동인도 예술과 역사가 본질적으로 다르다는 데는 의견을 같이한다. 그러나 염상섭이 당용일기를 역사와 가깝거나 같은 것이라고 보는 것에 비해 김동인은 그것을 예술품 즉 소설 작품과 상사하다고 여겼다. 그 이유는 무엇인가.

> 歷史의 그리는 바는 한 目的(興이던 亡이던)을 向하여 一直線으로 나가서 그 目的ᄭᅡ지 到達시키는 것으로써 거긔는 人生이던 生活이던의 存在할 유여가 업고 - 뿐 아니라 <u>그것이 描寫되엿다 하면</u> 그는 歷史的 價値를 일는 것이로되 藝術品은 거긔는 人生과 生活이 잇지 아느면 안 된다. 그러면 「自然의 自覺」은 어늬 便에 屬하엿는가. (중략 - 인용자) 나는 亦是 當用日記도 藝術品이 된다고 斷言한다. 한 個 사람의 참 日記는 이것 곳 人生의 生活의 斷片이니ᄭᅡ……. 日記가 더 詳細히 "나는 몃 時부터 어듸 안저서 如斯한 ᄉᆡᆼ각을 하면서 깃버하다가 如斯히 ᄉᆡᆼ각하니 도로 슬퍼젓다"라고ᄭᅡ지 쓰면 (勿論 當用日記에는 이러케ᄭᅡ지는 안 쓰고 다만 霽月氏의 誇張 잘 하는 惡性質이 이런 毒語를 發케 함이지만) 훌륭한 小說이다.(밑줄 - 인용자)[24]

24 김동인, 「제월 씨에게 답함」, 『동아일보』, 1920.6.13.

김동인이 '〈역사의 개념〉과 〈문예의 개념〉은 다르다', '〈개념〉만으로도 예술이 될 수 있다'고 주장한 것에 대해서는 본 논문에서 상세히 고찰할 여유가 없을 뿐더러[25] 양자의 논쟁에 의해 정교화, 구체화하는 과정을 찾을 수 없으므로 할애한다. 문제는 다시 '묘사'이다.

문예의 본질적 속성을 '묘사' 개념으로부터 추구하던 당대의 상황에서 문학(소설)이 예술이 될 수 있는 가장 중요한 요건은 김동인에게도 염상섭에게도 단연 '묘사'였다. 김동인이 염상섭을, 염상섭이 김동인을 무식한 비평가로 매도할 수 있었던 이유도, 단적으로 말한다면 상대방이 '묘사'의 개념도 모르는 사람이었기 때문이다. 김동인이 생각하는 근대적 '묘사'의 요건과 염상섭의 그것은 그만큼이나 다른 것이었다.

양자의 공방에서 뚜렷한 결론이 나지는 않았다. 염상섭은 「김 군께 한 말」에서 소모적인 논전을 종료할 것을 제안했지만, 김동인은 이후에도 틈만 나면 이 사건을 상기시켜 공격의 소재로 삼은 것이었다. 이 과정에서 두 번 세 번이 아니라 열 번이고 다시 죽은 것은 염상섭이나 김동인이 아닌 김환이었고, 「자연의 자각」이었다. 염상섭과 김동인은 상처를 받고 상처를 주는 동시에 자신의 소설론과 비평론 그리고 작법론까지 재삼 점검하는 기회를 얻을 수 있었다. 최초의 논쟁을 의식한 상태에서 그들의 후속 비평이 전개된 때문이다.[26]

---

25 〈개념(槪念)〉의 개념을 다시 소급하여 추적해 가야 가능할 작업이므로.

26 양자가 이후의 글쓰기에서 서로의 존재와 최초의 비평 논쟁을 십분 의식하고 있었다는 점은 다음고 같은 문장을 통해 수시로 발견된다. "이번 號부터는 그래도 좀 評할 만한 갑시 잇는 것만 評하기로 하엿다. 모도 다 - 評을 하려니까 너무 우스운 거시 만히 생겨서 할 수 없다."(김동인, 「글동산의 거둠」, 『창조』, 1920.7) "더구나 나와 가튼 不適任者로서는, 又 一層 至難之事임을 豫想하는 바이다.", "한 가지 讀者에게 스사로 誓約코자 하는 바는, 公辯 된 威意와 眞純한 마음과, 또는 間或 汎濫하는 바 나의 情熱을 抑制할 만한 理智를 일치 안켓다 함니다."(염상섭, 「월평」, 『폐허』, 1921.1)

김동인이 『창조』에서 두 번째로 시도한 월평 성격의 글과 염상섭의 『폐허』 지면에서의 첫 월평에서는 다음과 같은 부분을 주목해 볼 수 있다.

> 作者는, 이거슬, 感想으로 썻는지 小說으로 썻는지 評者는 모르지만, 엇더턴 無意識中에 나타난 그 藝術的 天分을 보지 아늘 수 업다. 테니쓰를 씃낸 뒤에 '몸에는 爽快한 疲困을 感'하면서, 서늘한 나무 그늘에 돌나 안저서, 한 잔의 쎄-어로 침착식히고, 어두운 뒤에 벗들과 작별하고 자긔의 외로움을 생각하며, 밧게 비최이는 달을 바라보며 자긔 主人집으로 向하는 그 描寫는 極히 간단하지만, 그 가운데 作者의 表現하려던 氣分은 다 - 讀者의 마음에 푹푹 드리백여(……)[27]

> 全體의 技巧는 잘 되엿스나 不足한 点이 不少하다. 仁洙와 貞姬를 初人事에 紹介하듯이 說明하는 것은 避하여야 할 바이다. 그 다음의 缺點은 明浩와 貞姬가 藥물터에서 握手하는 場面이다. 失戀한 결과 娶妻도 안이하고, 修學도 안이하는 世上을 버린 靑年이, 暫間만난 女子를 물 한 잔 밧아먹고 握手까지 함은 不自然한 激變이다. 設使 그러하드래도 仁洙와 山에서 만나본 後 그 다음 時間에 다른 機會에 밀어야 할 것이다. 그 歸着点만 바라보고, 너머 急히 다라난 弊가 잇다. 그리고 簡單히라도 人物 描寫에 努力하기를 바란다.[28]

'당용일기도 예술품이 될 수 있다'고 단언하고 「자연의 자각」이 당용일기가 아니라 소설이라고 주장하던 김동인은 '감상인지 소설인지

27 김동인, 「글동산의 거둠」, 『창조』, 1920.7, 66면.
28 염상섭, 「월평」, 『폐허』, 1921.1, 94-95면.

모를 한 작품(월야생, 「테니쓰의 후」, 『신청년』, 1920.12)에서 예술적 천분을 발견했다는, 다분히 의식적인 진술을 하고 있다. 작자의 의도와는 무관하게 작품이 이미 소설적인 묘사를 획득하고 있다는 주장인 것이다. 형상화해야 할 대상의 요체를 파악하여 간결하게 묘사하기를 선호하는 김동인의 관점이 잘 드러나 있다.

그런가 하면 염상섭은 새얼의 「救助한 사랑」을 평하면서 발 빠른 전개가 초래하는 부자연스러움을 경계하고, '설명'이 아닌 '묘사'를 주문하고 있다. 침착하게 문제시되는 장면을 지적하고, 비판의 근거를 작품 속에서 구함으로써 논란의 여지를 피하려는 모습을 보여주고 있다. 염상섭에게 '묘사'란 뼈대에 달라붙은 살과 같아서 상세하고 풍부할수록 가치 있는 것이었다. 염상섭이 몇 개월 전 김환 작품의 묘사를 비판한 것도 결국은 피와 살 없이 뼈대만 남은 듯한, '개념'뿐인 '설명'이나 다름없었기 때문이다.

5. 마무리

1920년 염상섭과 김동인이 비평의 범주와 역할을 두고 논전을 벌인 후 1921년까지 두 사람뿐 아니라 많은 논자들이 소설론과 비평론, 작법론을 우후죽순 격으로 제출하였다. 이전까지 이광수 등에 의한 교과서적이고 계몽적인 문학 개론을 접하고 있던 당대의 독자들에게 세련되지는 못하나마 실천비평의 본격적 시작을 알리는 사건이었다고 할 수 있다. '심각한 관찰과 여실한 묘사가 중요하다'는 말은 누구나 할 수 있고 하고 있던 말이었지만, 무엇이 여실한 묘사이고 어떻게 묘사해야 하는지는 실제 텍스트를 거울삼지 않고서는 할 수 없는 말이었다.

당대의 문인들은 그러나 자신의 소설론을 개진하기에 충분한 소설 텍스트를 가지지 못했다. 그럼에도 불구하고 논의의 장은 일찍이 펼쳐졌고, 김유방과 박종화 등은 문예사조와 관련된 비평의 갈래를 제 나름대로 해석한 것으로, 현철은 소설의 요소를 기준으로 한 작법과 연구법 소개로 동시대의 소설론과 비평론을 채워나갔다. 그러나 결국 그러한 논의들은 구체적인 실체로서의 텍스트를 세심하게 분석한 것으로서의 의미를 지니지 못한, 일본 유학생의 수업 필기 노트 수준에 지나지 않았다. 그들의 지식이 자신의 무기요 비평적 관점이 되기 위해서는 더 긴 시간과 더 많은 공부가 필요했을 뿐만 아니라, 분석할 만한 작품이 필요했다.[29]

그들의 성에는 차지 않으나마 구체적인 작품을 평하는 자리에서도 문제가 없지 않았다. 그들이 생각하기에 근대소설의 요체는 '묘사'와 긴밀히 연관되어 있었는데, '묘하게'든 '여실하게'든 '허투로'든 '묘사'를 기준으로 작품을 평할 때 할 수 있는 말이란 '잘 되었다' 혹은 '잘못 되었다'의 뜻을 가진 술어로 치환될 뿐이었다.

이러한 문단적 형편에서 기왕에 염상섭을 소설작법에 무지한 극하열한 비평가로 낙인찍은 바 있는 김동인은 자신에게 주어진 혹은 자신이 자초한 과제에 대해 '일원묘사'라는 개념을 득의의 해답으로 여기고 비평과 창작에서 공히 증명해내려 노력했다. 비평가의 입장에서

---

29 그럼에도 불구하고 『개벽』지에 연재된 현철의 「소설개요」와 「현당독폐(소설연구법)」에 대해서는 상론할 가치가 있다. 현철은 해당 텍스트를 통해 소설 비평에 응용할 만한 수많은 용어들을 동원하고 비교적 일관되게 각 개념 술어의 대상을 범주화하였다. 술어의 대상이 명확해진다는 것은 해당 비평용어의 독자적 의의가 그 외의 것들과 구분되어 인식될 수 있다는 점에서 중요한 것이라고 할 수 있다. 이와 같은 현철의 노력이 그 자신의 실천비평 즉 '선후감(選後感)' 등을 통해 제대로 구현되지 않은 것은 안타까운 일이지만, 동 기간에 염상섭과 김동인뿐 아니라 소설론과 소설비평론을 개진하기 시작한 젊은 문인들에게 긍정적인 자극을 주었을 개연성은 충분하다. 후속 연구를 통해 분석하겠다.

1925년 「소설작법」을 나름대로의 체계로 완성하여 선보인 것은 주지의 사실이다. 또한 작가의 입장에서 첫 작품부터 '일원묘사'를 시도하고 있었음은 김동인 자신이 1925년 이후의 여러 비평 텍스트를 통해 밝히고 있으나, 1920년대 초반까지는 스스로 만족할 만한 수준에 도달하지 않았던 듯하며, 그럼에도 숱한 시행착오의 과정에 있었음은 「마음이 여튼 자여」에 대한 "어듸ᄭᅡ지던지 一元的 描寫에 執着ᄒᆞᆫ 結果인지도 모르나 作者가 만일 巧妙히 이 女性을 使用ᄒᆞ엿던덜 作品의 時代的特色이 더욱 明確히 表現되엿을 걸을 하엿다"[30]는 주요한의 평으로써 넉넉히 짐작된다. 주요인물 한 사람의 시선에 비친 것만을 묘사한다는 '일원묘사'의 원칙을 지키려다가 작품의 시대적 특색을 희생시켰다는 요지의 비판이다. 즉 김동인에게 '일원묘사'가 비평에서도 훌륭한 무기가 되기 위해서는 스스로의 창작을 통한 검증이 필요했다고 볼 수 있다.

논쟁 이전 공공의 장에 소설을 상재한 일이 없던 염상섭에게도 창작에 직접 나서야 할 동기는 넉넉히 생겼다. '소설작법에 대한 지식이 제로'라는 비판을 반박하기 위해서는 비평문이나 논문을 통해 소설 작법 강화를 펼치는 것보다 좋은 소설 한 편을 써 내는 일이 훨씬 요긴할 것이라는 계산을 했을 법하다.

> 一時는 구치안은 職業만 버리면 조곰은 '虛言'도 할 수 잇스리라고 生覺하고 二三個朔도 못되야서 내던젓다. 그러나 역시 한 모양이다. (중략 - 인용자) 萬一 누가 '너의 運命에는 아모 것도 하지 안는 烙印이 찍켯더라'고 奇別을 하야 준다면 나는 쏙 氣絶을 할 것이다. 더구나 '너의 運命에는 '虛言'조차 할 免許狀도 세워 잇지 안트라'고 귀속을 하야 준다면 다

30 주요한, 「성격파산」, 『창조』, 1921.1, 8면.

시는 蘇生도 못할 것 갓다.[31]

얼마 지나지 않아 염상섭은 「표본실의 청개구리」를 세상에 내어놓았고, 더는 김동인도 그를 소설작법에 무식한 비평가로 무조건 매도할 수 없게 되었다. 김동인이 의미한 혹은 선호한 '묘사'와 염상섭의 그것은 그들의 작품으로 가장 잘 설명될 수 있게 되었다. '날렵한 묘사'든 '둔중한 묘사'든 그것이 당대의 '묘사'였다. 결국 그들이 만든 것은 묘사의 좌표였고, 이후의 작가와 비평가들은 그 좌표 부근에 수많은 점들을 찍을 수 있게 된 것이다.

31 염상섭, 「저수하에서」, 『폐허』, 1921.1, 60-61면.

근대 초기 서사 텍스트의 저작, 번역, 번안 개념에 관한 고찰
– 근대 초기 신문연재소설을 중심으로

1. 서론

1920년대와 그 이전의 한국소설사는 '소설'이라는 근대적 양식과 그 개념의 형성 과정이라는 큰 틀에서 접근하기에 용이한 다수의 흥미로운 자료들을 포함하고 있다. 1920년대 중반을 근대 소설 문단의 정립 시기로 본다면, 1920년대 전반기까지의 서사 텍스트들과 문예 비평적 담론들은 개념과 작법의 정립을 위한 당대 문인들과 독자들의 적극적 토론 및 점진적 합의의 양상으로 드러난다. '소설'과 '비소설'의 경계를 모호하게 하는 수많은 서사 텍스트들이 존재하는 만큼 당대의 문인들이 지니고 있던 '소설' 개념 또한 제각각이었을 것이며, 그러므로 스스로를 근대적 의미에서의 '작가' 개념으로 동일시하는 문인이 누구누구였던가를 따져 보는 일마저도 쉽지는 않은 실정이다.

'소설을 창작하는 것을 업으로 삼는 사람'을 소설가 혹은 작가라고 할 때 우리 근대문학사에서 최초의 소설가라고 부를 수 있는, 최초로 소설가로 자임하고 본격적으로 창작 활동을 했던 문인은 김동인일 것이라고 본다. 김동인이 자신의 비평적 저술에서 예거한 이인직이나 이광수, 그 외 당대의 신소설 작가들은 작가 혹은 소설가라기보다 포괄적인 의미에서의 근대 문인이었으며, 그들이 생산한 텍스트 또한 본격적 작가의식의 산물로 보기 어려운 계몽적이고 통속적인 독물인 경우가 허다하다.[1] 그렇다면 당시의 문인들이 계몽적이고 대중적인 서사 텍스트들을 생산·유통시키는 과정에서 자신의 텍스트와 필자로서의 자신을 어떠한 정체성으로 규정했는가를 따져볼 필요가 생긴다.

단적으로 말해 근대 문단 성립 이전의 문인들은 창작과 번역 및 번안에 대한 개념 구분이 명확하지 않았다고 보아야 할 것이다. 그들이 자신의 텍스트에 제목을 붙이고 저자 혹은 필자에 해당하는 인명 표지를 부기할 때 본명보다 별호가 많이 쓰이고, 독자들이 쉽게 동일시하지 못할 다수의 임시 필명을 사용하기도 했음을 유의해 보아야 한다. 물론 그보다 더 많은 텍스트가 작가 미상으로 남아 있는 것이 현실이다.

또한 텍스트의 표제 뒤 혹은 옆에 필명을 부기하는 과정에서 '저(著)', '술(述)', '작(作)', '역(譯)', '번안(飜案)', '산정(刪定)' 등의 표지가 발견되는 경우가 많은데, 이에 관한 본격적인 정리가 이루어지지 않은 것은 시급히 해결해야 할 문제이다. 많은 연구들이 작품과 작가를 고증하고 난 후 작품의 성격에 대해서는 현대의 기준을 적용한 연구자의 규정을 따르고 있는 것이다. 당시의 작가가 자신의 작품을 번역으로 생각했는지 번안으로 생각했는지를 가리는 일은 뒷전으로 밀리고 있다.

---

1 예컨대 이광수의 문사 의식, 이해조의 기자로서의 정체성과 의식은 소설 창작을 업으로 하는 작가 의식과 차이가 있다고 볼 수밖에 없다. 특히 이해조 등의 경우는 번역이든 번안이든 편집이든 간에 읽을거리의 생산이라면 가리지 않고 집필활동에 임하였으며, 자신의 각 행위를 뚜렷이 구분하여 의식하지 않았다고 보인다.

당시의 작가가 번역이라고 했지만 지금 살펴본즉 사실상 번안이거나, 당시의 작가는 창작이라고 표기했으나 외국 무슨 작품의 번안으로 밝혀졌다는 식의 정리 및 연구는 점증하는 데 비해 당시의 상황을 기준점으로 한 연구는 많지 않다는 것이 연구자의 판단이다. 작가가 자신의 작품을 어떻게 규정하고 어떤 방식으로 표기하였느냐는 대단히 중요한 문제라고 본다. 왜냐하면 이는 당대 문인들의 인식 수준을 평가하는 것을 넘어 인식의 본질을 탐구하는 작업이기 때문이다.

창작이라고 생각했다면 그 이유는 무엇인지, 그렇다면 텍스트 필자가 생각한 번안은 무엇인지, 그의 개념 인식 틀에서 번안과 창작의 경계는 어디쯤인지를 따지는 작업이 이어질 수 있다. 더 나아가면 동시대 다른 문인의 번안 개념과는 어떤 차이가 있는지 궁금해질 수 있으며, 차이가 있다면 그 차이가 어떠한 방식으로 모종의 합의를 이루어 가는 것인지 문학사적 견지에서 살펴볼 수 있을 것이다.

많은 경우 당대의 작가들은 번역 혹은 번안에 대한 개념 인식이 박약한 상태였고, 그래서 그 경계를 모호하게 하여 일반적인 저술 행위를 했다는 것이 지금의 통념인 것으로 보인다. 따라서 필자서명 뒤에 덧붙여진 '작', '역', '번안' 등의 지표들은 지금까지 적극적인 해석의 대상으로 여겨지지 않았다. 일관된 기준으로 제시되지 않았다는 이유에서일 것이다.

그러나 산재해 있는 텍스트들을 모으고 그 안에서 일관성 및 통일성을 발견하는 일은 연구자의 몫이 되어야 한다. 한 사람의 작가가 여러 텍스트를 남겼을 경우라면 매체 특성을 고려하여 작품을 분류하고 본문 앞뒤의 모든 지표들을 세심히 분석해야 한다. 이들은 다름 아닌 근대 초기의 당대적 징표들이기 때문이다. 특히 신문 등 일관된 편집 방침을 고수하는 매체에 실린 텍스트의 경우부터 살펴 나름의 규칙과 질서를 찾아내야 할 것이다. 혼란되어 있다면 혼란되어 있는 그대로 정리하고 문단적이고 사회적인 의견 수렴과 합의의 과정을 추적하면 될 일이다. 요컨대 "우리 문학사에서 '번안'이라는 표현이 처음 쓰인 예는 어느 텍스트를 통해서인가?", "우리 문단에서 '번안'의 개념이 요즘에 통용되는 식으로 분명하게 합의되어 쓰이고 있는 것은 언제부터인가?" 등의 물음에 답할 수 있어야 할 것이다.

2. 저(著), 작(作), 역(譯), 번안(飜案)

'저(著)'나 '작(作)', '역(譯)' 혹은 '번안(飜案)'의 경계를 논하고자 할 때 비교적 가장 명확하게 구분되는 개념은 '작'과 '역'일 것이다. 아무리 저작 개념이 불분명한 근대 초기라 할지라도 창작과 번역의 차이는 쉽사리 인식될 수 있는 성질의 것이기 때문이다. 원작과 그것을 대본으로 한 번역 텍스트의 관계는 또한 자연스럽게 원작자와 역자의 행위의 의미에 차이를 만들어낸다. 해당 텍스트의 필자에게 자신의 집필 행위가 글을 짓는 것인지 주어진 글을 옮기는 것인지 혼동될 가능성은 지극히 낮다.

이에 비해 번역의 반대쪽에 있는 '작'의 개념을 '저'의 개념과 구분하는 일은 상대적으로 쉽지 않다. 저작자라는 말에서처럼 '저'는 '작'과 곧잘 어울려 쓰이기도 했던 데다가, 근대 초기뿐 아니라 현재까지도 저자와 작자를 명확히 구분하여 쓰고 있지는 않기 때문이다.

특별히 애매모호하여 문제가 되는 것은 '저작과 번안의 경계', '번안과 번역의 경계'이다. 근대 초기의 작가들에게 '번안'의 개념이 분명하지 않았음은 여러 정황을 통해 드러난다. 현대의 개념으로 따지면 번안에 해당하는 집필 행위를 하면서, 번안에 대한 개념이 없었거나 분명치 않았던 당대의 문인들은, 자신의 작업이 저작에 해당하는 것인지 번역에 해당하는 것인지 판단하고 드러내기 어려웠던 것이라고 볼 수 있다.

2.1. '번역이 아닌' 저작으로서의 번안 – 1910년대

『매일신보』의 본격적이고 지속적인 소설 연재를 처음 담당한 사람은 이해조였다. 이해조의 1910년대 초반 신문 연재물 집필은 그 소재나 작법 및 주제 면에서 당대의 수준을 대표한다고 볼 수 있다. 또한 그가 다루지 않은 소재와 모티프를 생각하기 어려울 만큼 범위가 넓고, 다수의 작품에서 순수 창작이라고는 보기 어려운 인용, 모방, 번안의 부분이 발견되므로, 이해조의 『매일신보』 소설 연재와 작가 표기 방법을 살펴보는 것으로 논의의 실마리를 찾아보려 한다.

〈표 1〉『매일신보』 소재 이해조 연재물의 제목 및 필자 표기

순번	작품(연재기간)	제목 및 필자 표기
1	「화세계」(1910.10.12-1911.1.17)	新小說 花世界, 善飮子
2	「월하가인」(1911.1.18-4.5)	新小說 月下佳人, 遐觀生
3	「화의혈」(1911.4.6-6.21)	新小說 花의血, 惜春子
4	「구의산」(1911.6.22-9.28)	新小說 九疑山, 神眼生
5	「소양정」(1911.9.30-12.17)	新小說 昭陽亭, 牛山居士
6	「춘외춘」(1912.1.1-3.14)	新小說 春外春, 怡悅齋
7	「옥중화」(1912.1.1-3.16)	獄中花(春香歌 講演), 解觀子 刪正
8	「탄금대」(1912.3.15-5.1)	新小說 彈琴臺
9	「강상련」(1912.3.17-4.16)	江上蓮(沈淸歌), 解觀子 刪正
10	「연의각」(1912.4.29-6.7)	鷰의脚(朴打令), 解觀子 刪正
11	「소학령」(1912.5.2-7.6)	新小說 巢鶴領
12	「토의간」(1912.6.9-7.11)	兎의肝(토끼타령), 解觀子 刪定
13	「봉선화」(1912.7.7-11.29)	鳳仙花, 解觀子
14	「비파성」(1912.11.30-1913.2.23)	비파셩琵琶聲, 解觀子

15	「우중행인」(1913.2.25-5.11)	雨中行人

위 표에 거론된 작품 중 「탄금대」, 「소학령」, 「우중행인」은 필자 표기가 생략되어 있다. 나머지 12편의 작품에는 연재 지면에 필자 표기가 되어 있는데, '해관자' 이외의 필명은 모두 해당 작품에만 일시적으로 쓰인 것들이다. 또한 판소리계 신소설로 회자되고 있는 「옥중화」, 「강상련」, 「연의각」, 「토의간」 외에는 필명 뒤에 다른 표지가 삽입되어 있지 않다. 작품 표제와 필자를 간명하게 표기한 대부분의 작품과 필자 서명 뒤에 '산정'이라는 예외적인 표지를 둔 4편의 작품 간에 성격상의 차이가 있음은 분명하고, 이 차이를 이해조가 인식하고 있었다는 것도 의심할 여지가 없다. 1면과 4면으로 구분된 해당 신문 게재 지면의 차이도 물론이려니와, 작가 스스로도 '저술' 행위와 구술된 텍스트를 '산정'[2]하는 행위에 차이가 있다는 것을 자각하고 있었음에 틀림없는 것이다.

1910년대 초반의 이해조가 소설 창작과 판소리 산정을 구분하여 인식했다는 사실이 중요한 것은 아니다. 나머지 11편의 각기 성격이 다른 텍스트를 별다른 구분 없이 자신의 저술로 인식했다는 사실이 어쩌면 더 중요하다. 주지하다시피 이해조의 작품 중에는 후세의 연구에 의해 번안작으로 간주되는 텍스트가 다수 존재하는데[3], 물론 번안의 대본이 된 원작과의 거리를 따져 보아야 할 문제이지만, 당대의 이해조는 문장 하나하나를 우리말로 바꾸어 번역하는 행위가 아닌 이

---

2 이해조의 작품 또는 책에 '산정'이라는 표기가 삽입된 예는 1921년 박문서관에서 발행된 『누구의 죄』에서 다시 찾을 수 있다. 영남대 도서관에 소장되어 있는 해당 판본의 본문 첫 장에는 '누구의죄 解觀 删正'이라고 표기되어 있다.

3 예컨대 〈표 1〉의 작품들 중 「구의산」은 고전소설 「김씨열행록」의 번안으로, 「소양정」은 중국 고소설 「금고기관 권24」의 번안으로, 「탄금대」는 고전소설 「김학공전」의 번안으로 보는 견해가 있다.

상 스스로 짓거나 쓴 부분을 포함한 텍스트라면 자신의 저작으로 보아 마땅하다는 의식을 가지고 있었다고 볼 수 있다.

그렇다면 이해조가 『매일신보』를 퇴사한 이후의 사정은 어떠했는지 살펴볼 차례다. 많은 연구자들이 이미 주목한 바와 같은 『매일신보』가 주도한 번역·번안 시대의 양상이다. 조중환, 이상협, 민태원, 심우섭 등의 소설 텍스트가 이해조의 작품이 차지하고 있던 자리를 물려받았다. 이들 텍스트가 실린 신문 지면의 필자 표기 방식에는 어떤 변화가 있었는지, 변화가 있다면 그 의미는 어떻게 해석해야 하는지 따져볼 필요가 있다.

〈표 2〉 1912-1920년 『매일신보』 소재 번안 연재물의 제목 및 필자 표기

순번	작품(연재기간)	제목, 필자 표기
1	「쌍옥루」(1912.7.17-1913.2.4)	雙玉淚, 趙一齋 著
2	「장한몽」(1913.5.13-10.1)	長恨夢, 趙一齋 作
3	「눈물」(1913.7.16-1914.1.21)	눈물, 天外小史
4	「국의향」(1913.10.2-12.28)	菊의香, 趙一齋 作
5	「단장록」(1914.1.1-6.10)	斷腸錄, 趙一齋 作
6	「형제」(1914.6.11-7.17)	兄弟(형뎨), 沈天風 著
7	「비봉담」(1914.7.21-10.28)	飛鳳潭, 趙一齋 著[4]
8	「정부원」(1914.10.29-1915.5.19)	貞婦怨, 何夢
9	「속편장한몽」(1915.5.25-12.26)	續編長恨夢, 趙一齋
10	「해왕성」(1916.2.10-1917.3.31)	海王星, 何夢
11	「홍루」(1917.9.21-1918.1.16)	紅淚, 瞬星[5]
12	「홍루몽」(1918.3.23-10.4)	紅樓夢, 菊如
13	「애사」(1918.7.28-1919.2.8)	哀史, 閔牛步
14	「설중매」(1919.6.1-8.31)	雪中梅셜즁미, 富春山人

4 연재 1회에 위와 같이 표기하였으며, 2회부터는 '飛鳳潭, 趙一齋'라고 표기하여 '著'를 삭제했다.

우선 눈에 띄는 것은 조중환과 심우섭의 연재물 제목 뒤에 부기된 '著' 혹은 '作'이라는 표지이다. 자신의 본명이나 필명 뒤에 '저', '작'이라고 표기하는 행위의 의미는 물론 스스로가 해당 텍스트의 주인이라는 의식의 반영이다. 그렇다고 해서 해당 텍스트의 필자가 자신의 순수 창작임을 표방한 것이라고 보기는 어렵다. 조중환 등의 전문 번안 작가가 등장하기 이전 이해조가 필명 이외의 특별한 표기를 하지 않은 것과 비교해 볼 필요가 있다. 1910년대 초반 당대 상황을 감안하여 보면 여기서의 '저', '작' 표기는 특별한 의도가 개입된 것이리라 추정되는 것이다.

조중환의 「쌍옥루」는 일본 작가 菊池幽芳의 『己が罪』(1900)를 번안한 작품이다. 「장한몽」은 일본 작가 尾崎紅葉의 『金色夜叉』(1897-)를 번안한 것이며, 「단장록」은 일본작가 柳川春葉의 『生さぬ仲』(1912)를 번안한 것이다. 제목부터 원작을 따르지 않고 있음을 확인할 수 있다. 그 내용을 살펴보아도 인명과 지명 등이 모두 조선의 당시 사정에 맞도록 바뀌어 있는 것을 확인할 수 있다. 참고로 조중환이 번역한 「불여귀」의 경우와 비교해 보는 것도 의미 있다. 「불여귀」가 출판된 것은 1912년 8월의 일이다. 즉 조중환이 『매일신보』에 번안소설을 연재하던 시기 이전에 번역에 착수하여 탈고했을 가능성이 매우 높다고 볼 수 있다. 원작은 德富蘆花의 「不如歸」(『國民新聞』, 1898.11-1899.5)이다. 제목뿐만 아니라 인명 지명 등을 원작에 충실하게 번역한 예이다.

조중환 「불여귀」의 번역 당시 단행본 표지에는 '德富蘆花 原著 趙重桓 譯述'이라 하여 필자 표기 뒤에 '역술'이라는 표지를 부기한 바

---

5 1회부터 4회까지는 필자명이 '瞬星'으로 되어 있으나, 5회부터 '秦瞬星'으로 바뀌었다.

있다. 또한 판권지에도 '譯者 趙重桓'이라고 표기해 놓았다. 주목해야 할 것은 번역자 조중환과 저작자 조중환의 차이이다.[6]

「불여귀」 출판을 통해 번역자로서의 역량을 과시한 조중환이 「쌍옥루」 이후 성격이 조금 다른 번안 행위에 몰두하게 된 배경은 무엇인가. 당대 조선의 실정을 반영한다는 공리적 의도를 부정할 필요는 물론 없겠으나, 역자 혹은 역술자로서의 지위와는 현격하게 다른 저작자로서의 지위를 염두에 둔 것이라고 판단하지 않을 수 없다. 번역 행위가 원작의 오리지널리티를 인정하고 따르는 태도라고 한다면, 1910년대 당시의 번안 행위는 집필자가 스스로의 텍스트에 오리지널리티를 부여하는 태도라고 볼 수 있다. 즉 조중환이나 심우섭이 사용한 '저', '작'이라는 표기는 '번역'과의 차이를 강조하기 위한 당대적 지표로 읽어야 한다.

이와 관련하여 서양의 원작을 직접 대본으로 한 번역이나 번안이 아닌, 일본어 번안본의 중역 행위에 대해서도 살펴볼 필요가 있다. 1910년대의 『매일신보』에서 연재된 서사 텍스트의 다수는 서양 소설의 일본어 번안물을 중역한 것임이 이미 밝혀져 있다. 이상협의 「정부원」과 「해왕성」, 민태원의 「애사」 등을 대표적인 예로 꼽을 수 있다. 위 표에서 볼 수 있듯 어느 텍스트에도 '역' 혹은 '번안'이라는 표지는 발견되지 않는다. 필자 스스로 자신이 집필한 텍스트의 저작에 대한 권리를 소유하려는 의식의 반영이다.

---

6 권정희의 논문 「식민지 조선의 번역/번안의 위치 - 1910년대 저작권법을 중심으로」(『반교어문연구』 28, 2010)를 참고할 수 있다. 조중환의 번역본 『불여귀』와 선우일의 번안본 『두견성』의 차이는 텍스트 내적인 부분에서뿐만 아니라 당시의 저작권법을 둘러싼 시대적 분위기와 관련하여 텍스트 외적으로 분석될 필요가 있다는 점에 동의한다.

2.2. '창작이 아닌' 집필 행위로서의 번안 – 1920년대

『조선일보』와 『동아일보』가 창간되어 『매일신보』와 경쟁하게 된 1920년대에는 어떤 변화가 있었을까. 『매일신보』, 『동아일보』, 『조선일보』의 차례로 연재소설의 제목 및 필자 표기 방식을 정리해 보면 유의미한 차이를 발견할 수 있다.

〈표 3〉 1920년대 『매일신보』 소재 번안 연재물 제목 및 필자 표기의 예

순번	작품(연재기간)	제목, 필자 표기
1	「유정」(1922.5.13-7.14)	有情, 白大鎭 飜案
2	「불꽃」(1923.12.5-1924.4.5)	불쏫, 李極星 譯
3	「귀신탑」(1924.6.3-1925.1.7)	探偵小說 귀신탑, 리상수 역
4	「바다의처녀」(1925.5.9-1926.2.26)	바다의 처녀, 星珠 譯
5	「제2의접문」(1926.3.1-6.27)	第二의 接吻, 李瑞求 譯
6	「애의개가」(1927.1.22-1927.8.8)	愛의 凱歌, 碧岡生 翻案
7	「순정」(1928.2.18-5.27)	純情, 雨亭 飜案

서사 텍스트를 연재하면서 신문 지상에 '번안(飜案)'이라는 표지를 처음 사용한 예는 1922년 『매일신보』에서 발견된다. 그만큼 근대 초기의 소설사 자료에서 '번안'이라는 용어는 낯선 것이다. 번안의 시대에 번안이라는 말은 없는 모순적 상황이 지속되었다. 번역과 구분되는 번안이라는 의식은 존재했을지 모르나 저작과 동일시하는 과정에서 왜곡되었고, 따라서 번역 행위와 관련한 의식만이 명징했을 뿐 창작과 번안의 경계는 계속 모호한 상태로 남아 있었다.

「유정」의 『매일신보』 연재 지면에는 '有情 白大鎭 飜案'이라고 표기되어 있다. 연재 예고에서 필자는 이 소설이 영국 일류 소설가의 작품에서 모티프를 빌려 우리의 생활에 맞게 고쳐서 창작한 소설이라고 밝히고 있지만, 원작자와 원작을 확인할 수 없다. 번안자 표기는

'白大鎭'과 '白雪園'이 혼용되고 있다.

이후 다수의 번역 및 번안 작품에서 연재물의 필자가 필명 뒤에 '역' 혹은 '번안'의 표지를 부기하고 있는 것을 확인할 수 있다. 1910년대와 비교하면 확연히 달라진 양상이다.[7] 「유정」을 둘러싼 제반 사실들에서 알 수 있는 것은 번안 작품에 번안이라고 드러나게 밝히기 시작했을 뿐 아니라 당대의 문인들이 '번안' 개념을 '저작' 개념과 구분하여 인식하기 시작했다는 점이다. '외국 작품에서 모티프를 빌려 자국의 실정에 맞게 고쳐 쓴다'는 행위를 번안이라는 개념어와 동일시하는 것이다. 사실상의 번안 행위는 있어도 번안자라는 지위는 관습적으로 통용되지 않았던 과거와 비교할 때 이는 뚜렷한 차이라고 하지 않을 수 없다.

바꾸어 생각해 보면 1922년 무렵 번안 행위와 그 필자에게 오리지널리티를 부여하는 것을 거부하려는 움직임이 나타난 것이라고 볼 수도 있다. 제목이나 인명, 지명을 바꾸는 정도의 번안이나 외국 번안작의 중역으로서의 번안이 저작의 지위와 권리를 쉽게 획득하는 것을 더 이상 납득하지 않는 저항의 양상이다. 번안 행위와 번안자를 일단 번역 행위 및 번역자와 구분하는 인식이 선행한 것이며, 이후 창작 행위 및 저작자와도 따로 떼어 생각하게 된 것이라 할 수 있다. 이 같은 인식의 저변에는 필자 스스로의 자각보다 문단을 둘러싼 외부 환경의 변화가 크게 작용한 것으로 판단된다.[8]

아무튼 1922년 이후의 『매일신보』 소설 연재 난에서는 '번역' 아니

7 번역이든 번안이든 우리 문단이 스스로 만들어 사용한 용어는 아닐 것이고, 결국 번역어로 간주할 수밖에 없다고 할 때, 이와 같은 개념이 수입된 경로를 고찰하는 것은 중요하지만, 일단은 차후의 과제로 남겨 두기로 한다.

8 문단의 분위기 등 외부 환경의 변화에 대해서는 다음 절에서 소상히 서술하기로 한다.

면 '저작'이라는 구분으로부터 '창작' 아니면 '번역 · 번안'이라는 구분으로 인식의 틀이 이행해 가는 양상이 여실하게 드러난다. '번역'이냐 '번안'이냐 하는 구분은 때에 따라 모호하게 처리되더라도 순수 창작의 독점적 지위는 전에 없이 강조되는 것을 알 수 있다.

〈표 4〉 1920년대 『동아일보』 소재 번안 연재물 제목 및 필자 표기의 예

순번	작품(연재기간)	제목, 필자 표기
1	「부평초」(1920.4.1-9.4)	浮萍草, 閔牛步
2	「무쇠탈」(1922.1.1-6.20)	무쇠탈, 閔牛步
3	「소의암영」(1922.1.2-4.14)	小의 暗影, 瞬星生
4	「미인의한」(1924.8.28-11.8)	美人의恨, 柳雲人 譯
5	「유랑인의노래」(1925.5.11-6.19)	流浪人의 노래, 金東仁 飜案
6	「사막의꽃」(1929.12.3-1930.4.12)	沙漠의꽃, 狼林山人 作

『동아일보』 자료에서 확인할 수 있는 최초의 '번안' 표지는 김동인의 연재 작품 「유랑인의 노래」에서 발견된다. 연재 지면에 '流浪人의 노래 金東仁 飜案'이라고 표기되어 있다. 김동인은 '머리말'에서 "이것은 전역(全譯)이 아니외다. 그렇다고 개역(槪譯)이랄수도 업습니다"라고 설명하고 있다. "原名은 「驚異의 再生」이라하는 것으로서 원작자 「윗츠썬튼」은 이 작품 하나로서 일홈이 세계뎍으로 된 작가"라 하여 원작자와 원작에 대한 정보를 제시했다. "원작(原作)에 있는 서양인의 일홈대로" 적으면 "독자들을 괴롭게 할가하여 인물들의 일홈만은 긔억하기 쉬웁게 조선일홈으로 고치기로 하였"다는 서술로 번안의 태도를 밝히고 있다. 원작은 영국 작가 던톤Theodore Watts-Dunton의 『Aylwin(The Renascence of Wonder)』(1898)이다.[9]

9 김병철, 『한국근대번역문학사연구』, 을유문화사, 1975, 645면 참조.

'첫째 원작자와 원작을 명기하고, 둘째 자신이 집필한 텍스트가 전역이나 개역이 아니라고 규정하고, 셋째 원작의 인명과 지명 등을 조선식으로 고친 것'을 번안 행위로 인식한 김동인의 경우와는 달리 『매일신보』에서 『동아일보』로 활동 무대를 옮긴 민태원은 「부평초」(1920), 「무쇠탈」(1922) 등에서 여전히 이전의 필자 표기 방식을 고수하고 있었다. 「소의 암영」(1922)의 진학문도 마찬가지였다. 그렇다면 1920년대 초반 더 자세히 말한다면 1922년 『매일신보』 연재 「유정」의 '번안' 표지가 처음 기록되던 무렵 어떠한 움직임이 있었는지 자료의 범위를 확대하여 살펴볼 필요가 생긴다.

〈표 5〉 1920년대 『조선일보』 소재 번안 연재물 제목 및 필자 표기의 예

순번	작품(연재기간)	제목, 필자 표기
1	「박쥐우산」(1920.7.14-9.5)[10]	뎡탐소설 박쥐우산
2	「발전」(1920.12.2-1921.4.21)	쇼셜 發展발뎐, 擊空生
3	「백발」(1921.5.14-9.30)	白髮, 靑黃生
4	「처녀의자랑」(1921.12.6-)[11]	小說 處女의 자랑, 泡影生
5	「형산옥」(1922.12.1-1923.6.20)[12]	荊山玉, 碧霞 著[13]
6	「몽중몽」(1923.9.29-1924.1.9)	小說 夢中夢, 朴永德 譯述
7	「낙화」(1925.3.2-8.30)	落花, 봄바람 번역

『조선일보』 소재 연재물에서는 '번안'이라는 표지를 발견하지 못했다. 해당 신문 초창기의 「박쥐우산」은 이해조의 작품이며,[14] 번안작

10 43회에 걸쳐 연재되다가 9월 5일 이후 『조선일보』의 정간으로 중단되었다.

11 『조선일보』 자료 유실로 1921년 12월 16일 연재 11회 이후의 자료를 확인할 수 없다.

12 1922년 12월 1일자에 게재된 텍스트는 연재 65회분이다. 『조선일보』 자료 유실로 1회-64회의 연재 기록은 확인할 수 없다.

13 1922년 12월 15일자 77회분까지는 '荊山玉 碧霞 著'라고 표기되어 있으나, 12월 16일자 78회분부터는 '荊山玉 碧霞'라고 하여 '著' 표기가 빠져 있다.

「발전」, 「백발」, 「처녀의자랑」은 모두 현진건의 솜씨인데,[15] 이해조는 자신의 필명조차 기록하지 않았고, 현진건은 '격공생', '청황생', '포영생' 등의 임시 필명을 단독 표기하였을 뿐 번역이나 번안이라는 표지는 넣지 않았다.

그런데 현진건의 위 작품들에는 연재 개시 이전에 공통적으로 필자의 머리말이 게재되어 있어 주목을 요한다.

> 이 소설은 격공생이 새로 지은 소설이 아니요, 영국 사람이 만든 소설이올시다. 그러나 요사이 항용 쓰는 신문 소설 격식으로 하면 남의 소설을 땅의 이름과 사람의 이름만 고치고 자기가 지은 것같이 하는 일이 종종 있으나 이는 글을 좋아하는 우리네들의 차마 못할 일이올시다.[16]

> 필자로부터 독자에게. 이 소설은 필자의 창작한 것은 아닙니다. 그러면 번역인가? 번역도 아닙니다. 번안인가? 완전한 번안이라고도 할 수 없습니다. 이것도 아니고 저것도 아닌 이상야릇한 무엇이 될 것 같습니다.[17]

1920년 말의 현진건은 자신의 집필 행위가 창작의 범위에 들 수 없다는 것을 알고 있었고, 번안물로 저작의 지위를 획득하는 일에도

---

14 최성윤, 「은국산인의 「누구의 죄」와 무서명 「박쥐우산」의 필자 문제」, 『우리어문연구』 45, 2013 참조. 「박쥐우산」은 에밀 가보리오의 원작 「르루즈사건」을 이해조가 은국산인이라는 필명으로 번역한 「누구의 죄」의 재번안 작품으로 간주할 수 있다.

15 최성윤, 「『조선일보』 초창기 연재 번역 · 번안소설과 현진건」, 『어문논집』 65, 2012 참조.

16 격공생, 「'발전' 서문」, 『조선일보』, 1920.12.2, 4면.

17 포영생, 「'처녀의 자랑' 서문」, 『조선일보』, 1921.12.6, 4면.

반감을 가지고 있었다. 또한 1921년 말에는 창작도 아니고 번역도 아니며 완전한 번안도 아니라고 하여 '번안'이라는 개념 또한 의식하고 있었음을 알 수 있다. 어쨌든 현진건은 자신이 집필한 텍스트에 '저', '작' 등의 표지를 넣지 않았으나, '역', '번안' 등의 표지를 부기하지도 못했다.

최초의 '번안' 표기를 선보인 『매일신보』의 「유정」 연재 시기 직전에 발표된 『동아일보』 연재 「소의 암영」에서도 다음과 같은 정보를 확인할 수 있다. 연재 지면에는 '小의 暗影 瞬星生'이라고 표기되어 있다. 역자는 연재 첫 날 지면에 "飜譯이냐하면 完全한 번역도 아니요, 그러면 創作이냐하면 물론 創作도 아니"[18]라는 필자의 서문을 게재했다. 원작이나 원작자에 대한 정보는 제시되어 있지 않다.

이를 현대의 관점에서 보면 원작 미상의 작품을 진학문이 '순성생'이라는 필명으로 번안하여 『동아일보』에 연재한 것이다. 그러나 당대의 관점에서 본다면 진학문은 번역도 아니고 창작도 아닌 자신의 텍스트에 '번안'이라는 표지를 부기하는 것을 생각지 않았거나 생각지 못한 것이다.

〈표 6〉 1926-1928년 『중외일보』 소재 번안 연재물 제목 및 필자 표기의 예

순번	작품(연재기간)	제목, 필자 표기
1	「번롱」(1926.11.30-12.24)[19]	小說 翻弄, 金基鎭 飜案
2	「광야를가는자」(1927.6.14-7.28)	曠野를가는者, 金雪月 飜案
3	「최후의승리」(1928.1.30-5.15)	探偵小說 最後의 勝利, 金浪雲 飜案
4	「사랑의원수」(1928.5.16-8.3)	사랑의 원수, 崔曙海 飜案

18 순성생, 「소의 암영」, 『동아일보』, 1922.1.2.

19 『중외일보』 1926년 11월 30일자 이전의 자료가 유실되어 연재 시작 일자를 단정하기 어려우나, 신문이 1926년 11월 15일에 창간되었고, 11월 30일자의 연재

1926년 창간된 『중외일보』 연재 번안소설의 제목과 필자의 표기 방식을 보면 '번안'이라는 개념을 분명히 인식하고 명확하게 드러내는 모습을 확인할 수 있다. 1920년대 후반기에 이르면 『중외일보』뿐 아니라 각 매체와 문인들의 사이에 번안 행위와 번안 작품의 지위를 순수 '창작'과 구별하여 받아들이는 양상이 보편화된 것이라고 해석할 수 있다.

1920년 이후 특히 1920년대 중반 이후에는 신문의 연재 지면에 번안 작품의 비중 자체가 줄어드는 것은 물론 번안작의 필자가 저작자의 지위를 획득하려는 움직임도 빠르게 소멸해 갔다. 1920년대 초반의 현진건 등 근대적 순수문예를 지향하는 작가들의 경우에는 자신의 통속물 번안 행위를 애매모호한 집필 행위로 이해하고 자신의 이력에서 지워 버리려 노력하는 양상마저 드러낸다. "남의 소설을 땅의 이름과 사람의 이름만 고치고 자기가 지은 것같이 하는 일"은 근대 문인으로서 "차마 못할 일"이었던 것이다. 번안과 저작의 경계를 모호하게 하여 정체불명의 텍스트로 독자를 만나는 관성적 매체 환경에 반발하는 심리이다. 그로부터 불과 몇 년 후 각 매체의 연재 지면에서 원작과 원작자를 명기하고 '번안'이라는 표지를 드러내는 것이 일반화되는 양상은 이러한 문인들의 의식이 조금씩 표출되고 문단적 합의를 이룬 결과라고 하겠다.

요컨대 1910년대의 번안소설 융성과 1920년대 이후 번안소설의 쇠퇴는 창작 근대소설의 주류화에 의한 것이기도 하지만, 번안 집필에 저작의 지위를 보편적으로 인정하던 1910년대 당시의 문단과 매체 환경이 1920년대 이후 급속히 변화한 것에 큰 영향을 받았다고 할 수 있다.

횟수가 15회인 것으로 미루어 볼 때 창간호부터 연재되었을 가능성이 높다.

3. 「형산옥(荊山玉)」 논란의 의미

1920년대 초의 문단은 번안이 번역과 다를 뿐만 아니라 저작과도 다른 것이므로 마땅히 구분되어야 함을 인식하기 시작했다. 이와 같은 인식이 1920년대 중반 이후 일반화되기까지의 과정에서 기존의 포괄적이고 모호한 필자 표기 방식에 대해 문제제기가 이루어지는 것은 우연이라고 할 수 없다. 앞 절에서 언급한 진순성의 「소의 암영」은 월탄 박종화에 의해 다음과 같이 비판받는다.

> 나의 기억 속에 남어잇는 것은 秦瞬星 씨의 「「小」의 暗影」이란 소설이 작년 봄에 東亞日報에 연재되엇든 것이다. 그 때 나의 읽은 생각은 퍽 滋味잇게 읽엇다 생각된다. 그 섬세한 묘사와 安詳한 필치가 나의 마음을 이끌게 하얏다. 그러나 나종에 상당히 신용할 만한 이에게로부터 그것이 번안이라는 소리를 듯고 난 뒤에는 압서 생각한 잘 지엇다 하든 마음은 남향 대문 집마당에 싸힌 봄눈 슬듯 슬어지고 말엇다.[20]

만약 해당 작품이 창작이었다면 박종화는 1년 동안의 발표 작품을 개관하는 자리에서 좋은 작품의 예로 손꼽았을 것이 틀림없다. 그러나 그것이 번안작이라는 것을 알고 나니 호감이 사라졌다는 말이다. 그런데 내밀한 사정을 들여다보면 박종화가 느낀 실망은 '해당 작품이 창작이 아닌 번안이라서' 정도에 그치지 않는 것으로 보인다. 진순성은 「소의 암영」 연재 지면에 '순성생'이라고 필자명을 표기한 후 번역이나 번안이라는 표지를 부기하지 않은 것이다.

---

20 박월탄, 「문단의 일 년을 추억하야 현상과 작품을 개평하노라」, 『개벽』, 1923.1, 14면.

사실 1910년대 『매일신보』의 번안 전성시대에서라면 진순성이 필자명만을 표기했든, 그 뒤에 '작'이나 '저'라고 부기했든 그다지 문제되지 않았을 것이다. 당시의 저작 개념은 번안을 포함한 것으로 이해되었거나 통용되었고, 단지 번역과 구분되는 행위였기 때문이다. 게다가 진순성은 앞 절에서 서술한 것처럼 연재 개시의 시점에 '번역도 아니고 창작도 아니'라는, 자신의 집필 행위와 텍스트의 정체성에 대한 고민을 피력한 바 있는 것이다. 박종화가 「소의 암영」의 연재 서문을 읽지 못한 것일 수는 있지만, 어쨌든 위 비판은 진순성의 애매한 의식과 태도에 대하여 필자 표기 방식이라는 구체적 근거를 염두에 두고 가해진 것이다.

박종화의 같은 글 안에서는 「소의 암영」보다 훨씬 강하게 비판되는 작품을 발견할 수 있어서 번역이나 번안의 표지를 요구하는 평자의 관념을 더욱 분명히 알 수 있다. 박종화가 해당 비평문을 작성하던 바로 그 당시 『조선일보』에 연재되고 있던 「형산옥」에 관해서이다.

> 처음으로 일어나는 문단에 적지 안흔 예술의 모독자들이 잇슴은 가장 不祥한 조짐이다. 일일이 그것을 들어 말할 수 업스나 가장 큰 예를 들면 조선언론계에 큰 신문이라 自任하는 朝鮮日報에 매일 연재되는 「荊山玉」이라 하는 장편소설이 잇다. 누구의 작품인가 하고 보니 碧霞生著라고 대서특서하얏다. 어떠한 소설인가 하고 우선 꼭댁이 서너줄을 읽어보니 이상하게도 어대서 한번 읽어본 듯한 생각이 난다. 가만히 생각해 보니 일본 大阪每日新聞에 연재되엇든 菊池寬의 作 『眞珠夫人』의 번역이다. 그나마 그 譯文이 暢達하얏스면 얼마간 용서할 점이 잇겟스나 修辭의 거칠고 말 안되는 것과 風俗人情이 懸殊되는 것을 서투른 솜씨로 彌縫한 데는 더욱 기막힘을 막을 수 업다. 웨 率直하게 眞珠夫人의 번역이라 하지 아니하고 恬然히 碧霞著라 하얏는가.(중략 - 인용자)

朝鮮日報社에 뭇노라. 아모리 문예의 상식이 업는 사람이라 할지라도 第4面을 대표하는 소설을 「荊山玉」가튼 절도질한 소설을 실는대서야 그 넘우도 창피하지 안흔가. (중략 - 인용자) 맛당히 그 문단을 향하야 사죄할 바이라.[21]

앞의 〈표 5〉에서 보듯 「형산옥」은 1922년 12월 1일부터 1923년 6월 20일까지 『조선일보』에 연재된 자료를 확인할 수 있다. 그러나 1922년 12월 1일자의 자료는 연재 65회분으로, 1회-64회분의 자료는 발견되지 않았다. 위 인용문에서 박종화는 '벽하 저'라는 필자 표기에 대해 강력히 비판하고 있다. 박종화가 판단하기에 해당 텍스트는 '菊池寬의 作 『眞珠夫人』의 번역'인 것이다. 이러한 텍스트에 '저'라는 표지를 부기한다는 것은 '절도질'이며 그 책임은 필자인 벽하뿐만 아니라 조선일보사에도 있다는 것이 박종화의 주장이다.

「형산옥」의 필자 벽하(碧霞)가 누구인지에 대해서는 정확히 밝혀진 정보가 없다. 「형산옥」 연재 이외에 다른 자료에서 '벽하'라는 필명이 다시 등장하지는 않는 것으로 보인다.[22] 『조선일보』의 현존자료 부실로 인해 단지 예측만이 가능할 뿐이지만, 이 작품은 1922년 9월쯤 연재를 개시한 것으로 보인다. 박종화가 연재 초기부터 「형산옥」에 관심을 가졌는지는 알 수 없고, 현진건이 앞서 재직 중 연재물을 집필할 때 그랬던 것처럼 연재 직전에 광고나 서문을 게재했는지도

---

21 박월탄, 위 글, 2-3면.

22 사실 「형산옥」이전 『조선일보』의 4면 소설에는 중복되는 필명이 없다. 외부 필진의 집필이라 여겨지는 것을 제외하고 보면, 「춘몽」의 '관해생', 「발전」의 '격공생', 「백발」의 '청황생', 「처녀의 자랑」의 '포영생'은 당시 『조선일보』의 기자였던 이해조와 현진건의 필명이다. '벽하' 또한 이해조 및 현진건이 퇴사한 이후 1922년 당시 『조선일보』의 편집 담당 기자의 집필인지 아닌지는 확증하기 어렵다.

알 수 없다. 지금 남아 있는 것은 '진주부인'이 아닌 '형산옥'이라는 작품 제목과 '벽하 역'이 아닌 '벽하 저'라는 필자 표기뿐이다.

박종화의 상기 비평이 「개벽」 1923년 1월호에 게재되기 전 『조선일보』의 「형산옥」 연재 지면에는 작지만 큰 변화가 발견된다. 1922년 12월 15일자 77회분까지 '荊山玉 碧霞 著'라고 표기되던 것이 12월 16일자 78회분부터는 '荊山玉 碧霞'라고 하여 '著'가 빠지게 된 것이다. 박종화 등의 비판이 『조선일보』와 벽하에게 직·간접적으로 전해졌을 가능성이 있다고 보인다. 1922년 초까지 『조선일보』에 재직하고 있던 현진건이 『개벽』이나 박종화와 가까운 관계를 맺고 있었던 점으로 미루어 보아도[23] 박종화의 글과 비판의 요지가 『조선일보』의 차기 편집진에게 전해졌을 가능성은 대단히 크다. 아무튼 박종화의 글이 『개벽』에 실린 1923년 1월에는 『조선일보』의 「형산옥」 연재 지면에 '저' 표기가 이미 사라졌다.

위와 같은 비판에 직면하기 전 어쩌면 벽하는 제목을 바꾸고 인명, 지명을 바꾸어 윤색하는 것으로 번역이 아닌 저술 행위를 하고 있다는 의식을 가졌을지 모른다. 이는 1910년대 『매일신보』의 번안 작가들이 가지고 있던 의식과 다르지 않은 것이다. 벽하는 「형산옥」의 집필이 스스로 생각하는 번역 행위와 다르기에 '저'라고 표기한 것이며, 박종화는 「형산옥」을 벽하의 창작으로 간주할 수 없기 때문에 '저'라는 표기에 문제제기를 하고 있는 것이다. 즉 벽하의 의식 및 표현은 번역과 구분되지만 저작과의 경계는 모호하던 1920년대 이전의 번안 개념을 대변하는 것이며, 박종화의 의식 및 표현은 번역과의 경계는 모호하지만 순수 창작과는 뚜렷이 구분되는 1920년대 중반 이후의 번

---

23 주지하다시피 『개벽』은 『조선일보』 입사 이전부터 현진건의 문학적 요람이었으며, 박종화는 현진건과 함께 『백조』의 동인으로 활동한 문인이다.

안 개념을 대변하는 것이라고 할 수 있다.

1920년대 초 우리 문단은 번역 대 저작의 구도에서 번안을 저작의 범주에 포함시키던 기존의 관행에서 탈피하려는 움직임을 보인다. 번안 또한 번역과 마찬가지로 저작의 범주에 포함시킬 수 없으며, 따라서 순수 창작의 독점적 지위를 강화해야 한다는 새로운 방향성이 강조되기 시작한 것이다. 창작 및 번안 텍스트에 광범위하게 인정되던 저작물의 오리지널리티는 번안물을 제외한 순수 창작물에만 귀속되어야 한다는 주장이라고 볼 수 있다.

4. 결론

1920년대 초 몇 년간은 우리 문단과 문인들에게 있어 저작 및 번역, 번안의 개념이 토론의 의제로 제기되고 점진적 합의에 의한 방향성을 획득해 가던 시기였다. 특히 번안이라는 행위의 개념은 그 자체로 애매모호한 것이어서 이 시기 이전과 이후 양상이 미묘한 차이를 드러낸다.

본 논문은 1910년대와 1920년대의 신문 자료를 중심으로 번안 소설 텍스트의 연재 당시 작가(필자) 표기에 주목하였다. 그 결과 신문 연재 지면에 '번안'이라는 표지가 생성되는 시점으로서의 1920년대 초를 분기점으로 하여 그 이전과 이후의 양상을 구분하여 해석해야 한다는 판단에 이르렀다.

연재물의 필자 표기에 '번안'이라는 용어가 부기된 첫 번째 사례는 『매일신보』의 1922년 번안소설 백대진의 「유정」이다. 1910년대 초 『매일신보』의 4면 연재소설 난을 제도화하고 독점한 이해조나 번안소설의 전성시대를 이끈 조중환 등의 텍스트에서는 발견할 수 없는 표지이다. 이해조의 경우는 제외하더라도 조중환, 민태원, 진순성, 이상협 등 1912년 이후 연재 번안소설의 어디에도 '번안'이라는 표지는 찾을 수 없다. 이는 당대 작가들이 '번안' 행위를 '번역'과 구분하여 포괄적인 저작의 하위 개념으로 간주하고, 스스로 텍스트의 오리지널리티를 획득하려는 의식에서 기인한 것으로 해석할 수 있다.

이에 비하면 1920년대 이후의 문단적 환경은 '번역 및 번안'을 한데 묶어 창작과 구별하려는 의식을 드러낸다. 순수 창작이 아니라면 번역이든 번안이든 저작물의 오리지널리티를 부여할 수 없다는 의식의 반영이다. 상기한 백대진의 「유정」뿐만 아니라 벽강생의 「애의 개가」, 우정의 「순정」, 김동인의 「유랑인의 노래」, 김기진의 「번롱」 등을 통하여 '번안'이라는 분명한 표지를 발견하게 된다. 번안이 저작의 범주에서 떨어져 나오자, 번안과 번역의 개념 차이는 이전보다 애매해진 측면이 있다. 아무튼 번안 행위의 개념은 '번역이 아닌 것'에서 '창작이 아닌 것'으로 강조점이 이동한 것이다.

이와 관련하여 박종화의 「형산옥」 비판을 주목하였다. 박종화는 1922년부터 1923년까지 『조선일보』에 연재된 「형산옥」의 필자 '벽하'가 원작이 있는 번역 혹은 번안 텍스트에 '저(著)'라고 쓴 것을 두고 통렬한 비판을 가했다. 그러한 어간에 『조선일보』의 「형산옥」 연재 지면에서 '저' 표기가 사라진 것은 상징적인 의미가 있다. 저작에 대한 권리를 포함하여 창작과 번역 및 번안의 개념을 확립하여야 한다는 당대 문인들의 요구가 공론화되고, 이후의 텍스트 집필 행위에 반영되기 시작했다는 뚜렷한 증좌이기 때문이다.

해방기 좌익 문학단체의 성격과 '민족문학론'의 전개

1. 해방기[1]의 문학사적 의의

1945년 8월 15일, 우리 문학사에 급작스럽게 던져진 해방은 일제 식민지 말기를 무기력하게 견디고 있던 문인들에게 감당하기 어려울 만큼의 무게로 다가왔다. 특히 1935년의 카프 해산 이후 전향문학[2], 나아가서는 친일 문학 작품을 그나마 간간이 생산해 내던 전향자들의 경우는 급변한 정세에 능동적으로 대응해 나가기가 더욱 힘들었다. 그들은 해방의 기쁨을 만끽하기에 앞서 하루 전까지의 자신의 태도에 대해 반성해야 했으며, 하루라도 빨리 공적인 자리에서의 자기비판 과정을 거쳐 새로운 시대에 적응해야 했던 것이다.

그뿐만 아니라 모국어를 저버리고 일본어로 작품을 창작한 작가, 붓을 꺾고 현실에서 등을 돌린 작가, 시대 현실과는 무관한 통속적

---

1 해방 직후부터 단독정부 수립까지의 기간 즉 1945년 8월15일로부터 1948년 8월 15일까지의 기간을 지칭한다.

2 여기서의 '전향문학'이라는 용어는 사회주의 혹은 공산주의의 이념을 포기하고 일상 잡사에 눈을 돌린 작품이나 전향자의 후일담을 기술한 탈이념적 성격의 문학작품들을 일반적으로 지칭하기 위한 것이다.

작품 생산으로 연명한 작가들도 자신의 행동을 합리화하기 위해 변명하기보다는 과오를 인정하고 회개의 염을 드러내는 편이 대세에 편승할 수 있는 빠른 길이었다. 그들은 앞다투어 자기비판의 장에 나섰고 쉽게 서로를 용서했다.[3] 한 점의 과오도 가지지 않은 사람은 없었으며, 이해하지 못할 정도의 죄를 저지른 사람도 많지 않았다.

그것이 긍정적이든 부정적이든 이러한 일시적인 화해 무드는 그러나 곧 깨어지고 말았다. 그들의 용서는 섣부른 것이었으며, 그들의 자기비판은 충분히 철저한 것이 아니었다. 그들은 새 시대를 나름의 힘으로 열고 나간 것이 아니라, 재빨리 적응하여 분위기에 편승했던 것이다.

해방 후 문인들은 누구보다도 먼저 단체를 조직했다. 1945년 8월 16일 문을 연 〈조선문학건설본부〉가 그것이었다.[4] 〈조선문학건설본부〉 조직의 주역은 임화, 이원조, 김남천 등 좌익 계열의 문인들이었지만, 외형상으로는 좌·우익을 망라한 통합적 문인 단체였다.[5] 이어

---

3 1945년 12월에 있었던 봉황각의 좌담회는 「문인들의 자기 비판」이라는 주제로 이루어졌다. 이 좌담회에는 김남천, 이태준, 한설야, 이기영, 김사량, 이원조, 한효, 임화 등이 참석했는데, 이 좌담회의 기본 태도는 한효의 발언에 구체적으로 드러난다. 곧 조선사람 치고 일본에 협력적인 태도를 취하지 않은 사람은 없다 해도 무방할 것이며, 따라서 과거를 조금도 감춤 없이 준열한 자기 비판을 한다는 것은 결코 불명예스러운 일이 아니라는 것이다. (김윤식, 『해방공간의 문학사론』, 서울대출판부, 1989, 3-8면 참조)

4 이 단체가 발족한 날짜에 대해서는 8월 16일 설과 8월 17일 설이 있다. 김윤식은 백철의 『문학자서전』(박영사, 1975)을 근거로 들어 여타 논저의 8월 16일 설을 부정한다. (김윤식, 앞의 책, 56-60면 참조) 그러나 분명한 자료를 통해 실증적으로 확인하기는 힘든 상태이다. 1947년 판 『예술연감』(예술신문사, 1947)과 조연현의 「해방문단 5년의 회고」(『신천지』, 1949.9)등에도 8월 17일로 되어 있지만, 제1회 문학자대회의 회의록인 『건설기의 조선문학』의 「경과 보고」 및 「조선문학가동맹운동사업개황보고」(『문학』, 1946.7)에는 8월 16일로 되어 있다. 중요한 것은 8월 16일이든 8월 17일이든 문인들의 발빠른 행보를 짐작하기에는 충분하다는 것이다.

일제강점기 카프의 정통성 계승을 표방한 〈조선프롤레타리아문학동맹〉[6]이 결성되고, 두 단체는 〈조선문학가동맹〉[7]으로 통합된다. 좌익 측의 발빠른 행보에 선편을 빼앗긴 우익 측에서도 〈전조선문필가협회〉[8], 〈청년문학가협회〉[9] 등을 속속 발족시켰다. 38선 이북에도 탈이념적인 자생적 문화예술단체가 생겨났다. 〈평양예술문화협회〉[10]가 그 대표적 예인데, 이 단체는 소련 군정당국과 공산당의 간섭으로 자진 해체하여 〈북조선문학예술총동맹〉[11]에 흡수되었다.

이들 문학단체들의 개별적 성격과 긴장·갈등 관계를 해명하기 위한 연구가 1980, 1990년대에 어느 정도 이루어졌다.[12] 해방기 문학사

---

5 식민지시기에 좌익 문학운동과 아무 상관이 없었지만 해방 이후 끝까지 〈조선문학건설본부〉의 요인들과 행동을 같이한 문인의 대표적 예가 이태준이다.

6 1945년 9월 17일 발족한 단체로 구 카프 계의 인사들이 대부분 가담하였으며, 이기영, 한설야, 한효 등이 대표성을 띠었다.

7 1945년 12월 13일 양 단체는 남로당의 간섭 하에서 〈조선문학동맹〉으로 통합되는데, 〈조선문학건설본부〉가 〈조선프롤레타리아문학동맹〉을 흡수 통합하는 형식이었다. 그러나 〈조선프롤레타리아문학동맹〉의 주요 맹원들은 이미 북한을 주요 무대로 활동하고 있었다. 〈조선문학동맹〉은 1946년 2월 8-9일 '전국문학자대회'를 계기로 〈조선문학가동맹〉으로 개칭한다.

8 1946년 3월 13일에 결성되었다. 이 단체의 회장은 정인보, 부회장은 이헌구, 김광섭, 이하윤, 오종식이 맡았다.

9 김동리, 김달진, 유치환 등이 중심이 되어 1946년 4월 4일 결성된 단체이다. 기존의 우익 문학단체가 친목 단체나 다름없는 실속 없는 단체였다면 〈청년문학가협회〉는 논쟁에 나서는 등 명실상부하게 좌익 문학단체에 대항할 수 있는 거의 유일한 우익 문학단체였다.

10 해방이 되었을 때 북한에서 가장 먼저 만들어진 문학단체로 알려져 있다. 최명익을 회장으로 유항림, 주영섭, 김동진 등 순수 예술가들이 참여하였다.

11 〈평양예술문화협회〉에 맞서서 만들어진 것이 〈프로예맹〉이었으며, 김창만의 지도 아래 이들 두 단체가 〈북조선예술총동맹〉으로 확대된 것은 1946년 3월이었다. 철원에서 이기영, 함흥에서 한설야, 해주에서 안함광, 서울에서 박팔양, 박세영, 윤기정, 안막, 연안에서 김사량 등이 와서 이에 가입하였다. 이러한 조직은 소련 군정의 문화담당관인 꾸세프 중좌와 김창만에 의해 이루어졌다. (김윤식, 위 책, 26면 참조)

12 권영민, 『해방직후의 민족문학운동연구』, 서울대출판부, 1986.

를 조감하기 위해서 이러한 작업은 반드시 필요한 것이 사실이다. 그러나 이와 같은 일종의 선행 작업은 해방기 문학사의 전모를 드러내기 위한 후속 작업의 진척으로 확대, 이행되어 나가기 어려웠다. 무엇보다도 1990년대에 이르러 현실사회주의가 몰락하고 탈근대주의 사조가 본격적으로 이입되기 시작[13]하면서 해방기뿐만 아니라 민족문학론, 민족문학사론에 대한 비판이 제기된 것을 중요한 이유로 들지 않을 수 없다.

이 글은 일차적으로 해방기에 존재했던 문학단체들의 성립·전개·해소과정과 해방기 문학론의 성격을 고찰하는 것을 목적으로 한다.[14] 그러나 이 작업의 결과가 분단문학사의 현실, 남한문학사와 북한문학사의 개별적 성립 과정에 직대입될 수는 없을 것이다.

해방기의 문학사를 갈등과 투쟁의 장으로 인식하는 태도는 부분적으로 수정될 필요가 있다. 그 자체 긴장과 갈등의 성격을 내포하지 않았던 것은 아니지만, 해방기는 외세의 억압에서 벗어나 '민족문학론'이라는 명제 아래 전조선의 문인들이 한데 묶일 수도 있었던, 역사적으로 유일한 순간이었던 것이다. 이러한 가능성의 역사가 실패와 좌절의 역사로 귀결될 수밖에 없었던 것은 안타까운 일임에 틀림없지만,

---

신형기, 『해방직후의 문학운동론』, 화다, 1988.
김윤식 외, 『해방공간의 문학운동과 문학의 현실인식』, 한울, 1989.
김윤식, 『해방공간의 문학사론』, 서울대출판부, 1989.
이우용, 『해방공간의 문학사론』, 태학사, 1992.
김재용, 『북한문학의 역사적 이해』, 문학과지성사, 1994.
김윤식, 『북한문학사론』, 새미, 1996.

13 김명인, 「민족문학론과 동아시아론의 비판적 검토 - 해방의 서사를 기다리며」, 『민족문학사연구』50, 2012, 462면.

14 위에서 든 문학단체들 중 특히 좌익 문학단체를 중심으로 고찰하는 이유는 우익 문학단체의 경우 좌익 단체들에 대항하기 위한 목적으로 생겨난 것이어서, 고유의 문학론을 가지기도 어려웠을 뿐더러 좌익 문학단체에 반대하는 것 이상의 존재 이유를 찾기가 힘들기 때문이다.

이제 다시 민족문학사, 통일문학사로서의 한국문학사를 논의해야 할 시점에서 우리에게 존재했던 유일한 가능성을 객관적으로 해명하는 일은 중요한 과제가 될 것이다.

2. 〈조선문학건설본부〉와 〈조선프롤레타리아문학동맹〉

좌익 측은 해방 직후를 '부르조아민주주의 혁명 단계'로 규정했다. 해방된 조선은 자본주의로의 이행이 완전치 않은 전(前)자본주의 사회이며, 그러므로 먼저 부르조아민주주의 혁명이 수행되어야 한다는 판단이었다.[15] 그들은 '민족의 완전한 독립'과 '토지 문제의 혁명적 해결'을 이 단계의 목표로 들었는데, 이는 곧 '반제'와 '반봉건'의 명제에 상응하는 것이라 볼 수 있다. 민족통일전선론은 이 부르조아민주주의 혁명 단계론의 전술에 해당한다. 프롤레타리아와, 여전히 인민대중의 상당수를 차지하고 있던 농민과, 아직도 어느 정도는 진보적 성격을 지니고 있다고 보이는 일부 중간층, 그리고 지식인을 묶는다는 민족통일전선론은 부르조아민주주의 혁명의 주체가 될 광범한 인민층의 규합을 노린 것이었다.

이러한 민족통일전선론은 좌익 문단의 시각에 바로 영향을 끼쳤다. 민족통일전선에 의해 묶여지는 광범한 인민층을 바탕으로 육성될 신문화가 곧 좌익 문단이 지향하는 민족문화로 인식된 것이다. 편협한 계급 대신 민족을 앞세움으로써, 그리고 '토지의 균등한 재분배'와 '일

15 이와 같은 좌익 측의 입장을 가장 잘 보여 주는 자료는 박헌영의 '8월 테제' 「현 정세와 우리의 임무」에 잘 나타난다. 이 자료는 김남식 편 『남로당 연구 자료집(1)』(고대 아세아문제 연구소, 1974)에서 찾아볼 수 있다.

반 근로 대중 생활의 급진적 개선'을 주장함으로써 좌익 측은 오랜 압제 끝에 해방을 맞아 새로운 개혁을 요구하는 많은 사람들의 기대에 부응할 수 있었다. 그것은 곧 식민자본주의체제의 종식 및 그 부산물인 모순적 사회제도의 청산을 의미했다. 농민의 절대 다수가 소작농이었음을 감안하면 토지의 균등한 재분배는 핵심적인 과제가 아닐 수 없었다. 좌익 측이 제시하는 비전은 많은 사람들의 요구를 대변한 것으로 인식되었으며, 하루바삐 설 자리를 찾아야 하는 문인들의 현실적 요구에도 부합하는 것이었다.

문인들이 정치적 열정을 드러내게 된 것은 자신들이 처한 시대상황과 문학의 역할에 대한 세심한 통찰에 의해 비롯되었다기보다 오랜 압제로부터의 해방에서 오는 흥분의 표현에 가까운 것이었다. 그들은 해방의 의미에 대해 충분히 성찰하지 않았고, 친일 혹은 부일의 문제에 대해서도 심도 있는 비판에 이르지 못했다. 당시의 상황은 지식인 자신의 내면 풍경만큼이나 혼란스러웠고, 그럴수록 진보적인 편에 서는 행위는 그들에게 심정적 위안을 줄 수 있었다.[16] 문제는 여기서 발생하는 것인데, 그들의 이 같은 정치적 열정이 정치세력에의 예속으로 귀결될 수밖에 없었다는 사실이다.

해방 직후 처음으로 등장한 문학단체는 〈조선문학건설본부〉였다. 임화, 김남천, 이원조, 이태준 등의 문인들은 해방된 지 불과 하루만인 1945년 8월 16일, 일제강점기 말기의 부일문학단체인 〈조선문인

16 해방기의 혼란된 상황과 문인들의 성급한 위치 선점 욕망은 이태준의 소설 「해방 전후」에 잘 드러나 있다. 이태준은 해방 이전 좌익계열의 활동에 전혀 가담하지 않았던 문인이었으나, 해방 직후 임화, 김남천 등과 같이 〈조선문학건설본부〉의 수립에 앞장선다. "조선문화의 해방, 조선문화의 건설, 문화전선의 통일을 부르짖는 그들의 주장엔 한 군데도 이의를 품을 데가 없었다"는 작품 내의 독백은 이태준의 노선 선택이 순진한 것이었음을 단적으로 보여 주는 예이다.

보국회〉[17]가 있던 종로의 한청 빌딩을 접수하고, 바로 그 자리에 〈조선문학건설본부〉의 간판을 내걸었던 것이다. 이 단체의 결성이 놀랍도록 빠른 것이었다는 사실은 그것이 몇몇 주동인물들과 소수의 동조자들에 의해 급조된 것이었음을 쉽게 추측하게 해 준다.

〈조선문학건설본부〉의 수뇌부는 매우 포용적인 태도를 표방하였다. 우선 그들은 좌익 활동의 전력을 갖지 않은 문인들에게도 단체의 문호를 개방했을 뿐 아니라, 그 자격이라는 점에서도 과거의 〈문인보국회〉 간부만을 제외했을 뿐 별다른 제한을 두지 않았다.[18] 인적 구성에 있어서의 이같이 지나치게 포용적인 태도는 조직의 결속력을 약화시킬 우려를 처음부터 내포하고 있었으며, 〈조선프롤레타리아문학동맹〉 등의 비판 근거가 되었다.

이와 같은 〈조선문학건설본부〉측의 포용적 태도는 당시 강조되고 있던 '8월 테제'의 주장에 잘 부합되는 것이었다. 민족통일전선전술과 부르조아민주주의 혁명 단계론에 입각하여 보자면, 진보적 문인층을 광범위하게 포섭하려는 의도는 나름의 명분을 얻을 수 있었다. 조직력의 약화를 초래할 수 있었음에도 불구하고 인사 영입의 제한을 강화하지 않은 〈조선문학건설본부〉의 방침은 당의 노선에 상응하는 것이었고, 이후의 좌익 문단 내의 파쟁 구조에서 유리한 고지를 선점하는 계기가 되었다고 보인다.

박헌영의 '8월 테제' 즉 「현 정세와 우리의 임무」에 뒤이어 임화가 「현하의 정세와 문화운동의 당면 임무」[19]를 내놓은 사실은 〈조선문학

17 〈조선문인보국회〉는 〈조선문인협회〉, 〈조선배구작가협회〉, 〈조선천유협회〉, 〈국민시가연맹〉 등 4단체가 발전적 해소를 하여 1943년 4월 17일 발족한 단체이다. (김윤식, 『해방공간의 문학사론』, 서울대 출판부, 1989, 57면 참조)

18 실제로 〈문인보국회〉를 접수하고 간판을 바꾸어 달았던 임화와 이원조, 김남천, 이태준 등이 모두 문인보국회에 관계된 인물이라는 점을 상기할 필요가 있다.

건설본부〉의 노선이 조선 공산당의 그것에 맞추어져 있음을 보여주는 것이다. 그러나 이것을 두고 〈조선문학건설본부〉 설립의 성격을 추론하는 근거로 삼아서는 곤란하다. 〈조선문학건설본부〉의 포용적 태도가 조선공산당의 정세 인식에 부합할 수 있는 것이었다는 점이 당의 외곽단체로서 〈조선문학건설본부〉가 처음부터 지도되고 있었다는 추측의 근거는 될 수 없는 것이다. 임화 등이 박헌영과 구체적으로 언제부터 접촉하였는가를 실증할 자료는 발견되지 않았다.

물론 '8월 테제'가 발표된 이후 임화와 〈조선문학건설본부〉가 박헌영의 노선을 적극적으로 추종하였으리라는 개연성은 「현하의 정세와 문화운동의 당면 임무」에서 발견할 수 있다. 그러나 〈조선문학건설본부〉의 발족은 해방 이튿날 이미 이루어져 있었고, '8월 테제'는 8월 20일에 통과된 것이었다. 게다가 재건파의 박헌영이 장안파와의 대결에서 실질적으로 승리하고 조선공산당 결성을 공포한 것은 9월 11일의 일이었다. 최소한 〈조선문학건설본부〉의 발족 당시에 박헌영 등의 영향이 있었다고 보기는 힘들다.[20] 요컨대 〈조선문학건설본부〉의 노선 선택이 박헌영과 조선공산당의 그것에 맞추어져 있음은 틀림없다 하더라도, 조직 구성의 포용성은 외부로부터 지도된 것이라고 볼 수 없다는 것이다.

〈조선문학건설본부〉의 문학이론 전개는 임화, 김남천, 이원조 등에

---

19 임화, 「현하의 정세와 문화운동의 당면임무」, 『문화전선』, 1945.11.15.

20 해방 직전 당시 임화와 이원조는 〈문인보국회〉의 평론, 수필부의 평의원이었으며, 김남천은 소설, 희곡부의 평의원이었다. 적극적 친일문인으로 분류할 수는 없겠지만, 그들은 부일문학단체의 멤버였으며, 이 같은 전력으로 볼 때, 박헌영과의 관계는 해방 이후에 시작되었다고 보인다. 이에 대해 이기봉은 박헌영의 재건파가 장안파를 누르고 남한 공산주의운동의 주도권을 잡게 되자, 임화 등이 박헌영에게 다가간 것이라 판단한다. (이기봉, 『북의 문학과 예술인』, 사사연, 1986, 54면 참조)

의해 수행된다. 그 골자를 보면 1) 정치혁명과 아울러 문화, 혹은 문학의 혁명이 이루어져야 한다는 점, 2) 현 단계가 정치적으로 부르조아민주주의 혁명 단계인 만큼 문학혁명 역시 프로문학이 아닌 인민적 신문학 건설을 의도해야 한다는 점, 3) 현단계의 과업으로 일제 잔재와 봉건 유제의 청산, 국수주의의 배격, 부패한 시민문화의 삼제를 들고 있는 점, 4) 그 구체적 방략으로 문학통일전선의 형성을 주장하며 대중화 및 계몽운동에 역점을 두고 있다는 점 등이 그것이다. 여기서 알 수 있는 것은 〈조선문학건설본부〉가 지향하는 '민족문학'이 '인민적 신문학'이라는 말로 집약된다는 점이다. '8월 테제'가 이미 민족통일전선전술에 의한 하층 합작의 대상, 즉 프롤레타리아를 위시한 농민, 그리고 지식인과 진보적 시민을 은연중에 민족으로 한정하고 있거니와, 임화 등이 말하는 '인민적 신문학' 역시 이 범주를 벗어나는 것이 아니었다.

이러한 문학혁명은 프롤레타리아 이데올로기에 입각함으로써 이루어져야 할 성질의 것이며, 통일전선이 프롤레타리아에 의해 주도되어야 한다는 주장은 이에 따른 불가피한 전제조항이었다. 그러나 〈조선문학건설본부〉에서 제출한 문학이론의 합리성 여부를 떠나 이 단체 조직의 태생적 무원칙성은 이 전제조건을 충족시킬 수가 없었다. 〈조선문학건설본부〉의 이러한 측면은 곧 프로문학운동의 본질을 흐리는 불필요한 우회전략 내지는 비혁명적 절충안이라 하여 〈조선프롤레타리아문학동맹〉 측의 비난을 면할 수 없었다.

임화 등이 〈조선문학건설본부〉를 만들면서 구 카프계 인사들을 망라하지 않은 것, 혹은 망라하는 데 실패한 이유는 무엇일까. 이 물음에 대해서 많은 논자들은 나름의 추측을 하고 있지만 확증할 수는 없는 문제임에 분명하다. 다만 몇 가지 가능성들을 꺼내 보는 것은 흥미로운 일인데, 그 중의 하나는 임화의 정치적 야망에 대한 것이다.

임화는 구 카프 후기의 중심인물이었지만 경력 면에서는 김남천 등과 함께 소장파에 속했다. 이들 소장파가 주동이 되어 발족시킨 〈조선문학건설본부〉에서 이기영, 한설야 등의 거물급 인사를 영입한다는 것은 곧 실질적 대표의 자리를 양보해야 함을 의미했던 것이다. 어쨌든 임화는 해방기의 서울에서 유리한 고지를 선점하는 데 성공했으며, 이에 반발하여 나타난 〈조선프롤레타리아문학동맹〉과의 세 싸움에서도 실질적 승리를 거둔다. 〈조선문학건설본부〉와 〈조선프롤레타리아문학동맹〉의 대립은 오래 지속되지 않았지만, 두 단체 사이의 관계는 역사적인 맥락을 띤 것이어서 주목되어 왔다.

〈조선문학건설본부〉를 카프 해소파의 단체로, 〈조선프롤레타리아문학동맹〉을 카프 비해소파의 단체로 규정하는 논의에 대해 일단 신중하게 검토할 필요가 있다.[21]

카프의 존재는 1935년 5월21일 임화, 김남천에 의해 해산계가 제출됨으로써 소멸되었다. 임화와 김남천 뿐 아니라 신유인, 이갑기, 박영희, 백철 등이 카프의 해산에 앞장선 문인들이었다. 이들이 카프 해소파로 거론된다. 반대로 해방 이후 카프 비해소파로 지목되고 있는 인물들은 윤기정, 홍구, 박아지, 박세영, 한설야, 이기영, 한효, 김두용, 권환 등이다. 물론 이들 개개인의 성격을 해소, 비해소의 두 가지로

---

21 두 단체의 성격을 해소파와 비해소파로 구분하여 논한 대표적 연구자는 김재용이다. 이 논의는 이우용 등에 의해 비판되었으며, 몇 차례의 논쟁이 있었으나 뚜렷한 결론을 내지는 못한 상황이다. 김재용은 최근 자신의 논의가 카프 해소파와 비해소파의 기계적 구분을 위한 것이 아니며, 그 문학론의 특성에 관계된 것이라 해명하기도 했다.
김재용, 「카프 해소 비해소파의 대립과 해방 후의 문학운동」, 『역사비평』, 1988. 겨울.
이우용, 「문건과 프로문맹의 문학운동론과 조직노선」, 『실천문학』, 1989. 가을.
임규찬, 「카프 해소 비해소파를 분리하는 김재용에 반박한다」, 『역사비평』, 1988. 겨울.

유형화하는 데에는 무리가 있다. 카프 해소파, 카프 비해소파라는 용어가 적당치 않다면, 카프 해산을 둘러싼 식민지시기 당대의 이들의 행보에 주목해 볼 수는 있을 것이다.

임화와 김남천이 김기진과의 논의 끝에 카프의 해산계를 제출할 당시 카프는 이미 유명무실해진 단체였다. 대부분의 맹원들이 '전주사건'에 의해 구속되어 있었거나, 이미 전향을 해 버린 상태였기 때문이다. 카프 해산의 책임을 임화와 김남천에게만 돌릴 수는 없었다는 이야기가 된다. 물론 어쨌든 책임을 회피할 수는 없는 입장에 있던 이들이 해방 직후 〈조선문학건설본부〉를 조직하고 실세로 군림하려 했을 때, 감정적인 대응이 없었으리라고는 볼 수 없다. 그러나 카프의 해산에 끝까지 반대하고 지하활동을 한 것으로 알려져 있는 윤기정, 홍구, 박아지, 박세영 등을 제외한 한설야, 이기영, 한효 등이 임화와 김남천을 매도할 수 있을 정도로 일제 말기를 순결하게 살아갔는가를 묻는다면 이들 구분의 기준을 카프의 해소와 비해소로 설정할 수 있겠는가의 문제가 생길 수 있다.

중요한 문제는 해소파, 비해소파 등의 용어나 개념 규정에 있지 않다. 결과적으로 임화, 이원조, 김남천 등의 〈조선문학건설본부〉의 핵심인물들은 이기영, 한설야 등 거물급 인사들 뿐 아니라 대다수의 카프 맹원들을 배제한 채 독자적 행동을 한 것이 사실이었기 때문이다. 이기영, 한설야를 위시한 〈조선프롤레타리아문학동맹〉이 〈조선문학건설본부〉에 대립하여 좌익 문단을 양분하게 된 것은 〈조선문학건설본부〉 조직의 무원칙성에 반발한 결과일 뿐만 아니라, 카프를 계승하는 프로문학의 정통성을 염두에 두었던 것임을 고려하지 않을 수 없다. 그러므로 이들의 구분은 카프의 해산을 둘러싼 저간의 사정을 기준으로 삼을 것이 아니라, 카프 노선의 과오를 비판하면서 극복을 꾀한 부류의 인물들과 카프를 계승하는 입장에서 궁극의 목표점에 도달할 것을 기도한 부류의 인물들로 식민지시기와의 관련성 속에서 맥락화되어야 할 것이다.

1945년 9월 17일 〈조선프롤레타리아문학동맹〉은 이처럼 〈조선문학건설본부〉를 비판하는 입장에서 조직되었다. 이기영의 이름을 맨 위에 놓고 윤기정, 한효, 한설야, 이동규, 권환, 윤규섭 등이 주동이 된 이 단체는 그 명칭부터 그러하듯이 카프의 정통성을 계승한다고 표방하면서 현 단계의 문화혁명은 곧바로 프롤레타리아 문화 건설을 목표로 해야 한다는 입장에 섰다. 이는 당대의 상황에서 프로문화의 건설은 무리라는 전제 하에 '인민적 신문학'을 주장한 〈조선문학건설본부〉와 대립되는 입장이었으며, 인적 구성에 있어서는 대다수의 구좌익계 인사들을 망라한 점에서 결속력이 약했던 〈조선문학건설본부〉의 조직과 대비되었다.

〈조선프로문학동맹〉의 논자들도 당대가 부르조아민주주의 혁명 단계라는 것에는 동의했다. 그러나 정치적 혁명 단계론을 그대로 문화혁명에 대입시키는 것은 정치와 문화를 혼동한 데서 오는 오류라고 지적하고 나섰다. 문화는 이데올로기의 형식이므로 이데올로기가 갖는 계급적 성격을 벗어날 수 없다는 주장이었다.[22]

〈조선프로문학동맹〉의 '프로문학론'과 〈조선문학건설본부〉의 '인민문학론'은 이처럼 대립하고 있었던 것이 사실이지만, 당대의 정치적 상황을 인식하는 면에서는 공통점을 보이고 있었으며, 이는 그들의 논쟁이 한 곳으로 수렴될 가능성이 있었다는 것을 의미한다. 그러나 〈조선문학건설본부〉는 정통성 시비와 관계없이 좌익 문단의 실권을 장악한 상태였으며, 이후 두 단체의 통합 과정에서 기득권을 행사하

22 한효, 「예술운동의 전망 - 당면문제와 기본방침」, 『예술운동』 창간호, 1945.12 참조.

게 된다. 1945년 12월 3일 두 단체의 대표들은 합동위원회를 연 후, 12월 6일 양 단체를 해소하고 〈조선문학동맹〉으로 통합할 것을 결의하는 성명서를 발표한다.[23] 이어 12월 13일 통합 결성식을 겸한 합동총회가 열린다.

이 통합의 과정에는 당의 명령과 김태준[24]의 중재가 큰 역할을 한 것으로 알려지고 있다. 그러나 〈조선프로문학동맹〉의 핵심에 있었던 이기영과 한설야가 합동위원으로 선정되지 않은 것만 보아도[25] 〈조선문학동맹〉은 서로 의견일치를 본 대등한 관계 속에서의 통합단체가 아니었다는 사실이 드러난다. 〈조선문학건설본부〉가 주(主)가 되고 〈조선프로문학동맹〉이 종(從)이되는 관계 속에서의 통합이었던 것이다.

통합에 협력하지 않은 문인들의 경우, 이기영이나 한설야처럼 서울 문단을 떠나 버리거나[26], 윤규섭이나 한효처럼 통합 후에도 〈조선문학

---

23 〈조선문학건설본부〉 측의 합동위원은 임화, 김남천, 이원조, 김기림, 안회남이었고, 〈조선프로문학동맹〉 측은 윤기정 한효, 권환, 박세영, 송완순이었다. (신형기, 앞의 책, 60면 참조)

24 김태준은 박헌영 계로 과거 경성 콤그룹의 인민선전부장이었으며 해방 후엔 재건파의 서기국원이었다. (신형기, 위 책, 61면)

25 이기영과 한설야는 이때 이미 서울의 문단을 떠나 지방에서 독자적인 활동을 준비하고 있었던 것으로 보인다. 이들은 〈조선문학동맹〉의 결성 과정에 참여하지 않고, 〈조선문학가동맹〉에도 가담하지 않으며, 다음해 3월 〈북조선문예총연맹〉에 합세한다.

26 이기영, 한설야를 비롯하여 6 · 25 종전 이후 북한에서 활동한 문인들의 월북시기, 동기 등을 묻는 논의가 있어 왔다. 그러나 납북이나 재북 문인들이 아닌 월북문인들로 분류되고 있는 사람들의 경우 그 시기를 따지고 성향에 따라 분류하는 것은 재고될 필요가 있다. 해방기에도 역시 문학예술의 본산은 서울에 집중되어 있었지만, 38선 이북에 고향이나 근거지를 가지고 있던 문인들은 월북문인이라는 용어로 규정하기가 애매하기 때문이다. 해방기는 분단되기 이전부터 문단의 이분화 가능성을 내포하여 조금씩 그 실체를 드러내고 있었으므로, 서울을 근거로 문학 활동을 하고 있던 문인들이 또 하나의 중심지로 부상한 평양문단에 합류하는 일이 잦았다. 최명익과 『단층』파의 경우 서울을 주요 활동무대

건설본부〉 비판에 나섰다. 그러나 서울에서의 좌익 문단 내 갈등은 1945년 말에 외부적 압력에 의해 종료되었으며, 1946년 초부터는 〈조선문학동맹〉의 발전태인 〈조선문학가동맹〉과 북한에서 성립된 〈북조선문화예술총동맹〉으로 각자의 길을 걷게 된 것이다.

3. 〈조선문학가동맹〉과 〈북조선문학예술총동맹〉

그러나 (〈프롤레타리아동맹〉 측이 - 인용자) 아무리 목청을 돋우어도 통합과 함께 주도권은 이미 〈문건〉(〈조선문학건설본부〉 - 인용자)에 의해 장악된 상태였다. 더구나 〈노동조합전국평의회〉라든지 〈농민조합총연맹〉 그리고 청년, 부녀 동맹에 이르는 외곽단체의 결성이 이미 45년 말에 완수된 마당이었으므로 문화전선의 통합과 조직화 또한 이에 보조를 맞추어야 한다고 했을 경우, 당의 결정에 대한 불만과 비방은 무한정 계속될 수 없었다. 〈동맹〉(〈조선프로문학동맹〉 - 인용자)의 일원이었으나 통합에 협조했던 권환이 유독 문화전선에만 완전한 통일이 이루어지지 못했음을 지적하고 그 책임을 "정당한 정책을 아직 이해하지 못한 일부 문화인"에게 물은 것은 더이상의 비판이 무용함을 자인한 결과였다. 아무리 생각이 다르다 할지라도 이미 당의 결정이 내려진 뒤인 만큼 좌익 내부의 반목이란 피차에게 바람직하지 않다는 것이 권환의 생각이었던 것이다.

그러나 상황은 여전히 유동적이었다. 당활동은 내외의 여러 문제점에

로 삼지 않고 있었으므로 일찍부터 재북문인으로 분류되고 있었던 바, 문학활동의 공간과 생활의 공간이 분리되어 있었던 이북 출신 작가들의 경우를 고려하는 태도가 필요하다.

> 부딪혀야 했으며 한때는 훤히 뚫려 보이는 것 같던 앞날이 점차 불투명해져 가기 시작했다. 남한도 남한이었지만 북한의 움직임은 당의 이원화를 암시하고 있었다. (중략 - 인용자) 문단 헤게모니 장악에 실패한 〈동맹〉 수뇌부가 일찌기 북쪽에 눈을 돌린 것은 이러한 변화를 읽었던 때문이었다. 이기영과 한설야가 월북한 것은 45년 말경으로 보인다.[27]

위 인용문은 〈조선문학건설본부〉와 〈조선프로문학동맹〉의 논쟁이 정치적 압력에 의해 종료된 시점이 1945년 말경이라고 밝히고 있다. 양 단체의 통합은 당의 요구에 의한 것이었으며, 〈조선문학건설본부〉 측의 실질적 승리로 귀결되었다. 그러나 통합된 형태로 출범한 〈조선문학동맹〉은 〈조선프로문학동맹〉 주요 인물들의 불참과 평양행으로 인해 처음부터 통합의 진정한 의미를 획득할 수 없었다. 이기영, 한설야 등이 평양을 택한 것을 두고 변화의 조짐을 읽은 탓이라는 진술은 일견 타당하지 않은 것은 아니지만, 당의 이원화에 편승한 것이라거나 김일성의 승리를 처음부터 점치고 있었다고 하는 해석에까지 나아가기에는 근거가 부족하다.[28]

1946년 2월 8~9일 전국 문학자대회를 열고 〈조선문학가동맹〉으로 이름을 바꾼 서울의 좌익 문단은 우여곡절 끝에 단일화에 성공하였지만, 바로 그 다음달 평양에서 시작된 〈북조선문예총〉의 견제에 직면해야 했다. 해방 직후 평양에서 활동하던 문인들은 소수였고, 또

27 신형기, 앞의 책, 63-64면.

28 임화와 박헌영의 관계만큼이나 한설야와 김일성의 관계는 주목하지 않을 수 없는 사항인데, 한설야가 언제 처음 김일성을 만났으며, 김일성에 의해 인정을 받았는지를 실증할 자료가 확인되지 않는 것은 안타까운 일이다. 해방기의 성격상 하루나 한 달이 다르게 상황이 바뀌고 있었으므로, 보다 정확한 문학사적 연보가 구성되어야 할 것이다.

대부분 일제시대에 순수문학을 지향하던 사람들이었지만, 전국 각지에서 도착한 구 〈조선프로문학동맹〉의 멤버들이 합세함으로써 〈북조선문예총〉은 〈조선문학가동맹〉과 대등한 세를 과시하게 되었다.

과거 〈프로문학동맹〉의 맹원들이 대거 평양으로 향해 떠난 후 〈문학가동맹〉은 비교적 단일한 입장을 견지하는 조직으로 변하였다. 상대적으로 〈문학가동맹〉과 〈북조선문예총〉 간의 대립 관계가 설정되었던 것인데, 〈북조선문예총〉의 중심에 〈프로문학동맹〉의 요인들이 대부분 포진하고 있었으므로 두 단체의 대립 관계는 〈문학건설본부〉와 〈프로문학동맹〉의 갈등을 상당 부분 내포한 채 시작된 것이라 보아도 무방할 것이다.

게다가 비슷한 시기에 〈전조선문필가협회〉, 〈청년문학가협회〉 등의 우익 문학단체들도 속속 생겨났다. 〈문학가동맹〉측은 우익 논자들과의 세 싸움에도 그때그때 대응해야 하는 형편이었다. 그러나 무엇보다도 가장 큰 난관은 박헌영의 월북이었다. 박헌영이 월북한 후 〈문학가동맹〉의 거점은 해주로 이동하게 되었다. 평양에서 박헌영이 지령을 내리면 해주에서 그에 따라 서울을 지도해야 하는 형편이었다.

> 박헌영이 월북한 것은 1946년 10월이었으며, 평양에 머물면서 해주에다 전초기지를 만들어 남로당을 총지휘하였다. 해주 제1인쇄소가 그 전초기지였는데, 여기서 『민주조선』, 『인민조선』 등의 선전물을 만들어 서울에 밀송하였는 바, 이 인쇄소의 중요 인물은 박승원, 박치우, 이태준, 이원조, 임화 등이었다. 이 거점이 6·25 때까지 지속된 것으로 알려져 있다. (중략 - 인용자) 임화를 포함한 이들 중심분자들이 월북한 것은 1947년(1946년의 오식일 것이다 - 인용자) 가을경으로 추측된다.[29]

---

29 김윤식, 앞의 책, 20면.

위 인용문에 비추어 보면 서울의 〈문학가동맹〉은 1946년 가을 이후 해주의 〈분국〉 정도의 위상만을 가진 것으로 이해된다. 〈문학가동맹〉은 1946년 11월 8일 조직의 임원을 개편한다. 부위원장 이기영·한설야, 중앙집행위원 윤기정·한효·이동규·박세영·안함광 등이 제외되었고[30], 이병기·양주동·염상섭·등이 보선되었다. 보선된 인물들의 면면을 보면 〈문학가동맹〉의 좌익 경향이 상당 부분 탈색되었음을 쉽게 확인할 수 있다. 김남천은 서기장으로 뽑혔는데, 그는 바로 월북하여 해주 진영에 합류하였다. 그럼에도 불구하고 김남천을 서기장으로 내세웠던 것은 〈문학가동맹〉이 해주 진영에 의해 지도되고 있음을 표시하기 위한 형식적 조치였다.

좌익문학운동의 노선은 3분화되었다. 일찍 평양에 근거를 잡은 〈북조선문예총〉과 해주 제1인쇄소의 〈문학가동맹〉 지도부, 그리고 서울의 〈문학가동맹〉이 그것이다. 이 중 서울의 〈문학가동맹〉은 간접적으로 해주의 지령을 받고 있기는 했지만, 서울에서 해주까지의 거리 문제도 있었고, 미 군정의 탄압이 점차 강해지기 시작했으므로, 나름의 독자적 노선을 모색할 수밖에 없었다. 1946년의 임원 개선은 이를 가장 극명하게 보여 주는 사례라 할 것인데, 이미 〈문학가동맹〉은 해방기 유일의 승인된 좌익문학단체이기를 포기한 것이라고도 볼 수 있다.

'인민문학론'의 노선은 여전히 견지하고 있었다고 할지언정 그 가맹 수준은 더욱 저하되었다. 게다가 몇 명 남지 않은 소장파 이론분자들의 역량은 우익문학단체와의 논쟁에 뛰어들기에도 힘든 형편이었다.[31]

---

30 이기영, 한설야, 안함광 등은 애초부터 〈문학가동맹〉에 참여하지 않았다. 그럼에도 불구하고 〈문학가동맹〉측이 이들을 임원진의 명단에서 빼지 않고 있었던 것은 〈북조선문예총〉의 존재를 인정하지 않았다는 증거이며, 당이 인정하는 유일한 문학단체라는 것을 시위하기 위한 것이었다고 생각된다.

얼마 있지 않아 〈문학가동맹〉은 정치적 요인에 의해 〈프로문학동맹〉에 승리했던 것처럼, 정치적 요인에 의해 우익문학단체들에게 패배하고 말았던 것이다.

이에 비하면 해주의 〈문학가동맹〉 지도부 즉 남로당계 문인들은 (특히 임화의 경우) 구 〈문학건설본부〉와 통합 〈문학가동맹〉 시절의 자신들의 문예이론을 점검·성찰하고 '민족문학론'의 성격에 대해 보다 심도 있게 고민한 흔적을 보여 준다. 임화의 심화된 이론의 요체는 '인민문학'을 논리적 모순 없이 '민족문학'으로 규정할 수 있는가에 초점이 맞추어져 있었다.

과거 〈문학가동맹〉의 민족문학론은 두 가지 방향을 비판의 표적으로 삼고 있었다. 그 하나는 국수주의적 민족주의 문학론[32]에 대한 비판이고, 다른 하나는 극좌적 경향의 무산계급 문학에 대한 비판이었다. 두 가지 중 후자는 같은 좌익 계열의 문학단체에서 비롯된 것이었으며, 그 단체 또한 '민족문학론'을 전개한다는 것이었던바, 〈북조선문예총〉이 그 존재였다. 〈문학가동맹〉은 '인민문학'을, 〈북조선문예총〉은 '계급문학'을 각각 '민족문학'으로 논리화시키려 애쓰고 있었던 것이다.

〈조선문학가동맹〉의 논리의 문제는 민족문학 수립의 영도자가 프롤레타리아이되 그것이 곧 프로 문학이 아니고 민주주의민족문학이어야 할 이유를 명확히 제시하지 못한 데 있었다. 임화의 「민족문학의 이념과 문학운동의 사상적 통일을 위하여」[33]는 자신과 〈문학가동맹〉

---

31 우익 측의 주요 이론가는 김동리, 조연현, 조지훈 등이었으며, 서울에 남아 이들과 이론 투쟁을 벌인 〈문학가동맹〉의 맹원은 김동석, 김병규 등이었다.

32 좌익에 대항하여 조직된 우익측의 문학론을 말하는 것이다. 좌익측의 논자들은 자신들의 '민족문학론'을 '민족주의 문학론'과 엄격히 구분하였다.

33 임화, 「민족문학의 이념과 문학운동의 사상적 통일을 위하여」, 『문학』, 1947.4.

측의 고민을 반영하는 글이면서 어느 정도 발전된 단계의 민족문학론을 제시한 예로 이해된다. 그는 자기 민족의 힘으로 봉건 사회를 타파하고 근대 사회로 넘어가지 못하고 제국주의 국가의 침탈을 받은 나라에서는 반제·반봉건의 과제가 제기되며 이것은 인민의 힘에 의해 이루어진다는 것을 일단 전제한다. 여기까지는 〈조선문학가동맹〉 초창기의 논의에서 크게 벗어나지 않고 있다고 볼 수 있을 것이다. 그런데 임화는 이에 덧붙여 '민족문학'은 인민의 영도 세력이 되는 노동자 계급의 이념에 입각할 수밖에 없으며 그렇기 때문에 노동자 계급의 이념이 민족의 이념으로 될 수밖에 없는 것처럼 노동자 계급의 이념이 민족문학의 이념이 될 수밖에 없다는 주장을 편다.

여기서 중요한 것은 노동자 계급의 이념이 민족문학의 이념이 될 수밖에 없다는 것 못지않게 노동자 계급의 이념에 입각한 문학이 왜 계급문학이 될 수 없는가의 문제이다. 임화는 노동자 계급의 이념에 입각한다는 것이 편협한 자기 계급의 이해라든가 해방의 문제로만 머무는 것이 되어서는 안 되며 인민과 민족의 전체 해방과 필연적으로 이어질 수밖에 없다는 것을 근거로 해서 앞으로의 문학이 노동자 계급의 이념에 기초해 있으면서도 프로 문학이 아니라 민족문학이 될 수밖에 없음을 주장한다. 그러므로 노동자 계급의 세계관과 당대 민족 현실의 전체적 발전 과정을 파악하는 것 사이에는 모순이 없다는 것이다.

그런가 하면 〈북조선문예총〉의 민족문학론은 안함광에 의해 촉발되었다. 1946년 3월 25일 결성된 〈북조선문예총〉의 결성식에 보고된 「민족문화론」에 이르러 그들의 독자적인 민족문학론을 갖게 된 것이었다.[34] 안함광이 내세운 민족문학은 과거의 프로문학운동을 단순하

34 김재용, 앞의 책, 58면 참조.

게 계승하는 것이 아니라 그 이념을 현단계적 특질 위에서 이어받자는 것으로, 현 단계적 특질이라는 것은 노동자 계급을 위시한 민중이 반제·반봉건의 과제 아래서 진보적 민주주의국가를 수립하는 것을 의미했다.

1년 정도가 지난 후 안함광은 자신의 「민족문화론」을 더욱 구체화시킨 「민족문학 재론」을 발표한다.[35] 이 글에서 그가 강조하는 것은 올바른 계급의식을 갖는다는 것이 당대 민족의 전체적인 발전 과정을 파악하는 것과 결코 모순되지 않는다는 점이다. 즉 노동자 계급의 세계관에 입각한다는 것이 노동자 계급의 이익만을 챙기는 이기주의가 아니라 민족 전체의 현실과 교섭하면서 그것의 필연적 발전 과정을 전체적으로 그려내는 것임을 강조하는 것이다. 그는 계급이 일반 사회의 전 존재를 인식하는 데 있어서는 해당 시기의 역사적 조건에 따라 다를 수밖에 없으나 공통적인 것은 해당 시기에 있어 현실사회의 필연적 발전 과정과 동궤에 놓이는 계급만이 그러한 능력을 가질 수 있으며 역사적으로 보면 발흥기의 부르조아 계급이 그러했지만, 지금은 무산계급이 그러한 역할을 담당할 수밖에 없다고 주장한다. 당대에 있어서는 노동자 계급의 이념에 입각한 자만이 현실을 그 전체에서 그려낼 수 있다는 것이다.

임화와 안함광의 주장은 상충되는 면이 없지 않지만 한 곳으로 수렴될 수 있는 명확한 방향을 보여 주고 있다. 임화가 '인민문학론'의 입장에서 출발하여 '민족문학론'으로 나아갔으므로 편협한 계급의 이념을 경계하였다면, 안함광은 '계급문학론'으로부터 '민족문학론'으로 나아갔으므로 느슨한 민족 규정을 경계하였던 것이다. 그럼에도 불구

35 「민족문화론」과 「민족문학 재론」은 안함광의 『민족과 문학』(문화전선사, 1947)에 수록되었다.

하고 두 논자의 결론은 '노동자계급의 이념에 입각한 민족문학'이라는 지점에서 만나고 있다. 임화는 계급 이념의 불철저함을 극복하였던 것이고, 안함광은 역사적 발전 단계와 문학 이념 간의 모순을 극복한 것이다.

양자 간의 토론이 보다 활발하게 지속될 수 있었다면 갈등과 대립의 관계는 생산적이며 상호보완적인 관계로 발전할 수 있었을는지도 모른다. 하지만 정세의 급속한 악화로 인해 두 논자는 그 계파의 성격에 따라 각각 다른 운명을 맞이해야 했으며, 민족문학론의 전개도 더 이상 이루어지지 않았다. 남북에 개별적인 정부가 수립되고 전쟁 이후 김일성이 북쪽을 장악하는 과정에서 남로당계로 분류된 임화 등의 문인들은 숙청되고 만 것이다. 안함광 또한 지속적으로 민족문학론을 개진시킬 수 없었으며, 해방기와는 전혀 다른 논리를 펴면서 임화를 비판하기까지 했다. 그의 부정과 비판은 임화 등 남로당계 문인들을 향한 것이었지만 논리적으로는 자신까지를 부정하는 결과로 나타나고 말았다.

잠시 수면 위로 떠올랐던 '민족문학' 논쟁의 합치점은 외부적 요인의 개입을 이기지 못하고 전면적으로 무효화되었다. 그것은 3년 동안의 해방기에 힘들게 얻어낸 문학사적 유산이었으나, 이를 우리 문단이 공유하고 혹은 비판적으로 계승할 기회는 달리 주어지지 않았다.

4. 해방기 민족문학론의 의미

해방기에 좌익 문학단체들에 의해 전개된 민족문학론은 식민지시기 카프 문학론의 연장선상에서 파악할 수 있을 것이다. 카프 해산 이후 식민지 조선의 문인들은 (자의 반 타의 반으로이긴 하지만) 새로운 문학에 대해 그리고 이전 카프 문학의 맹점에 대해 심각하게 고민하였다. 카프 문학의 실패는 카프의 해산과 그에 의해 촉발된 전향문학 등에 의해 상징적으로 대변된다. 실패를 거듭하지 않기 위한 노력이 해방기에 일어났을 것임은 자명한 이치이며, 그러한 노력이 몇 가지로 분기되어 나타날 수 있다는 것도 어쩌면 자연스러운 일이라 할 수 있다.

문제는 일군의 문인들이 해방의 흥분이 채 가라앉지도 않은 상황에서 문학단체의 설립을 기도하였던 것으로부터 생겨났다고 볼 수 있다. 그들은 자신들의 내면에서 해방이 역사적으로 정리될 정도의 성찰 과정을 거치지 않았으며, 일제 말기의 엄혹한 탄압을 핑계로 삼음으로 해서 자신들의 과오를 철저히 반성하지도 않았다. 하지만 기왕에 단체가 발족된 이상 일종의 이념과 노선을 표방할 필요가 있었던 것이다. 성찰 과정이 생략된 채 무원칙하게 모인 집단에서 확고하게 정리된 입장을 견지하기란 처음부터 어려운 일이었고, 이들에 반발한 다른 문인들이 별개의 단체를 조직하게 되는 것도 무리는 아니었다.

이들 두 단체는 대립과 갈등의 과정에서 나름의 이론 논쟁을 전개하지 않은 것은 아니지만, 유리한 고지를 선점하기 위해서는 정치적 세력의 후광을 입을 필요도 있었을 것이다. 공산당의 지령에 의해 흡수통합을 강요당한 한 단체의 요인들이 평양에서 집결하기 시작했으며 갈등과 대립의 관계는 새로운 국면을 맞는다.

그러나 이 과정에서 문인들은 '민족문학'이라는 공통분모를 찾아내기도 했다. 민족의 범위와 민족문학 개념의 논의 수준은 임화, 안함광 등에 의해 고양되고 있었다. 이들은 각각 '인민문학론'과 '계급문학론'에서 출발하였지만, 노동자 계급의 이념을 기초로 한 '민족문학'이 역사적으로 요구되는 시점이라는 데에는 의견을 같이했던 것이다.

해방기 좌익 측의 두 가지 문학론은 '계급문학과 인민문학을 상호

지양 극복한 민족문학'이라는 접점을 끝내 찾아내었지만 때는 늦어 있었다. 해방된 지 2년도 채 되지 않아 얻어낸 비전이 '너무 늦었던 것'으로 한정될 수밖에 없었던 혼란기가 바로 해방기였다.

해방기의 민족문학론은 실패한 역사의 부산물이다. 그럼에도 불구하고 이를 다시 한번 조명해야 하는 이유는 이 시기가 우리 문학사 전체에서도 찾기 힘든 가능성의 시기였기 때문이다.

전후 비평의 과도기적 성격과 창작방법론의 모색
– 1950, 1960년대 소설 비평의 흐름

1. 서론

1950년대와 1960년대 평론에서 눈에 띄는 것은 비평가들이 한국 소설의 왜소성을 나름대로의 기준으로 지적하고 있다는 사실이다. 전후 한국 소설이 세계 현대 문학의 보편성에 대응하지 못하고 있었다는 것이 그들의 실질적인 주장이라면, 반세기가 지난 지금 당시 비평가들 나름의 논거를 세심히 고찰하는 일은 해방 이전의 근대 소설과 1970년대 이후의 한국 소설을 사적(史的)으로 총람하는 과정 속에서 일정한 현재적 의의를 가질 수 있을 것이다.

비평가들은 한국 소설의 왜소성을 현상적으로 지적하는 것은 물론 그 왜소성의 근본적인 원인을 구명하기 위해 애쓰기도 하고, 그 극복 방향에 대해 나름의 대안을 제시하기도 했다. 당대의 한국 소설이 비평가들의 눈에 무엇인가 부족한 것으로 느껴졌다면, 그들의 평론을 통해 드러나는 원인과 대책은 저마다의 이상적 소설의 형태와 연관되지 않을 수 없고, 이 과정에서 알 수 있는 사실은 평론가들이 창작을 선도하는 비평으로서의 직업의식을 가지고 있었다는 점이다.

창작과 비평 중에 어느 것이 우위에 있는 것인가는 논외로 치더라도 그 두 가지가 상호 영향과 견제 속에서 문학사를 구성해 나간다는 것은 일반적으로 납득될 수 있는 사항에 속한다. 게다가 우리의 근대 문학사가 현장비평에 지대한 영향을 받고 있는 작품의 양식을 보여 주고 있었다는 점을 감안한다면, 그리하여 시기별로 주류와 비주류의 뚜렷한 구분을 나타내고 있었다는 점을 부정하지 않는다면 한국문학사에 있어서의 확고한 비평의 입지를 짐작하기 어렵지 않다. 한국의 비평사는 논쟁의 역사이거나 그렇지 않으면 한 쪽의 우세 혹은 압도의 형태로 드러나는 역사인 것이다.

1950년대와 1960년대의 비평은 그 당대가 논쟁의 역사를 형성함으로써 전체 한국 문학사의 일부분을 이루고 있다는 것을 보여 준다. 논쟁은 과도기의 형식이다. 주류가 무너졌을 때 논쟁의 장은 마련된다. 무너진 주류적 형식이 무엇이었던가, 당시의 논쟁이 다시 무슨 주류로 수렴되었는가는 후세 연구자들의 관심 영역으로 편입된다.

논쟁기의 비평가들은 저마다의 모색 과정을 보여 주기 마련이다. 물론 1950, 1960년대 비평가들의 모색이 어떤 기준과 수준에서 이루어졌던가를 살피는 일은 논쟁기의 성격을 염두에 둔 상태에서 이루어져야 한다. 그들이 사용한 당위적 명제나 용어는 각각의 비평적 입장, 즉 차이를 고려한 상태에서 분석되어야 하는 것이다. 이는 생각만큼 쉽지 않은 일인데, 어쩌면 그들의 주장은 다양한 스펙트럼 속에서 존재하다가 논쟁의 격화에 따라 일정한 두 줄기로 수렴된 것일 수 있기 때문이다.

소설론에 국한하여 비평가들의 입장을 정리하고자 할 때 고려하지 않을 수 없는 논쟁의 양상은 세대론, 민족문학론, 순수론, 참여론 등과 관련된 것들이다. 연구자는 세대론 속에서 당시 신진 비평가들의 현대문학적 기준, 즉 근대문학 부정의 방법론을 읽을 수 있다. 순수와 참여의 대립 속에서는 소설의 본질과 관련된 양자의 상대방 부정의 논리를 파악해야 한다. 이때 중요한 것은 그 부정의 논리가 끊임없이 한국소설의 왜소성과 편향성 인식에 맞닿아 있음을 먼저 확인하는 일이다. 그들은 모두가 자신의 기준을 만족시킬 만한 작품을 당대 한국 소설 속에서 찾아내지 못하고 있었다.

세계적 수준에 부합하는 현대 한국 소설을 찾아내는 것, 없다면 그것으로 이끌어 가는 것이 그들의 소명의식이었다고 볼 때, 각각의 불만과 지향점을 논쟁의 외연과 결과의 측면에서 살피는 것과는 별도로 평론 텍스트의 분석을 통한 동일성과 차이의 해석이 필요한 시점이다. 20세기 한국 소설과 소설 비평의 주류가 리얼리즘에 입각한 창작과 비평으로 이끌어져 왔다는 성급한 결론을 내리기보다는, 다양한 목소리들이 공존하는 모색의 시기를 되짚어보며 실현되지 못한 가능성들을 다시 한번 스펙트럼으로 구성해 보는 일이 요긴하게 느껴지는 시대를 살고 있는 탓이다.

2. 사상성과 예술성의 이율배반 지적

소설이 타 문학 장르와 구분되는 명확한 기준은 산문정신이다. 가장 근대적인 장르로서의 소설의 위치는 그 속성인 산문정신과 밀접하게 연관되어 있다. 산문정신은 역사와 현실을 분석하고 작가의 사상을 논리적으로 현현하는 기본적 바탕이 된다. 그러나 소설 또한 문학이며 예술이므로 예술성을 포함하고 있어야 한다는 요구가 따른다. 산문정신은 그것의 이성적, 논리적인 특성 때문에 미적 감수성을 자극하는 매체로서의 예술의 속성을 배반할 수도 있다.

1950, 1960년대의 비평가들은 작가의 사상을 담는 그릇으로서의 소설과 문학예술의 한 갈래로서의 소설이 한국 전후소설사에 있어 지

속적으로 갈등, 충돌하고 있다고 판단한다. 다음의 인용문에는 위와 같은 두 가지 성격이 총화된 소설미학을 획득하고자 하는 한 비평가의 고민이 나타난다.

> 유력한 비평가들은, 대개 소설이 비예술적인 방향으로 나가는 것이 본연의 자세라고 말하고들 있다. 이것은 소설이 예술에만 충실하려고 하면, 오히려 소설이 인생적, 사회적 방면에서 수행할 수 있는 기능을 충분히 발휘할 수 없다는 것으로 해석된다. (중략 - 인용자) 소설의 인생적, 사회적 기능은 예술성과는 전연 배반적인 것인가? 어떻게 양자가 합칠 수 있는 그러한 소설의 미학은 성립할 수 없는 것인가?
>
> 원래 소설은 미적=예술적인 욕구보다도 오히려 인생적, 사회적인 욕구에서 발생한 것이 아닐까 한다. 이 점은 근대의 선구적인 소설들을 보아도 분명하다. (중략 - 인용자)
>
> 이 사정은 우리들도 마찬가지다. 작가들은 그의 작품을 위대한 예술을 창조하기 위해 쓴다고 말하기보다는 사회를 올바로 교정하고 인생을 바른 길로 이끌겠다는 포부를 말한다. 그래서 어떤 작가의 문학적 중량을 말할 때에도 휴머니즘이니, 민족주의의 또 무엇 무엇 등 인생적, 사회적인 방면의 지도적 역할을 어느 정도로 일구웠는가를 따지는 것이 우리들의 습성으로 되어 있다.
>
> 소설의 인생적, 사회적 역능이 예술성을 배반하는 것이라면, 우리들의 이러한 경향은 분명히 예술성을 무시한 행위라고도 말할 수 있겠다. 그러면 소설의 인생적, 사회적인 기능은 절대로 예술성과는 부합될 수 없는 것일까?[1]

---

1 정태용, 「소설의 미학」, 『현대문학』, 1968.11, 270-271면.

일군의 문학사가들이나 비평가들이 작품을 논하면서 인생적, 사회적 측면을 편향적으로 부각시켰다는 것은 일리가 있는 말이다. 그러나 그것이 한국 비평사의 전반적 현상인 양 확대해석되어도 좋은 것은 물론 아니다. 어쨌든 예술로서도 성공을 거두면서 작가의 고매한 사상까지를 뚜렷이 드러내는 서사 작품을 한국의 비평가들이 기다리고 있었던 것은 보편적으로 인정될 수 있는 사실인 듯하다. 이와 같은 비평가들의 '고매한' 수준에 값할 수 있는 작품이 당시 그들 사이에서는 좀처럼 거론되지 않고 있음 또한 사실이다.

예술성의 어떤 측면에 매달려 역사 현실에 등을 돌리는 것은 근대적 양식인 소설의 산문정신이라는 무기를 스스로 팽개쳐 버리는 결과로 나타날 수 있다. 그러나 작가가 자신의 사상을 드러내는 데 치중한 나머지 문학성 혹은 예술성을 등한시했다면 그 또한 직무유기로 판단될 수 있는 것이다. '무엇'을 '어떻게' 표현할 것인가. 작가들의 고민 또한 이와 같은 질문에서 자유로울 수 없었고, 대부분의 작품이 비평가들로부터 합격점을 받지 못했다.

사상성과 예술성을 아우르는 창작과 비평에 대해 고민한 1950년대 중반 평론의 실례로 홍사중과 정창범의 글을 들 수 있다.[2] 이들은 현대소설의 맹점을 기법의 측면에서 파악했다는 점에서 공통점을 가진다.

홍사중은 우리 현대문학이 기술의 측면을 도외시하고 있다는 문제제기를 한 뒤, 20세기 전반기 이후 기술의 문제가 부각되어 온 서구의 문학사를 푸르스트, 조이스 등의 예로 설명한다. 그에 따르면 "20세기로 접어들면서부터 정신적 제가치의 붕괴와 사상의 상극의 와중에 휩

---

2 홍사중, 「창작수법을 위한 시론」, 『현대문학』, 1955.10.
정창범, 「현대소설과 그 작용력에 대한 반성」, 『현대문학』, 1957.5.

쓸린 작가들에게 있어서는 단순히 아이디아 자체만에 몸을 의탁하기 이전에 이를 확증할 수 있는 현실 응시의 가장 정확한 방법을 몸에 지니는 것이 급선무"[3]였다는 것이다.

홍사중이 파악하는 문학적 기술이란 "작가가 한 주제를 발견하고 이를 추구하고 확충시키는 동시에 이 주제가 갖는 의미를 평가하고 논증하기 위하여 작가가 사용하는 모든 수단"이며 "감성과 지성에 의하여 현실사회의 제 사상 가운데서 어느 주제를 선택하고 소설로서 구성하고 조형의 조작을 가하고 또 이들을 담기에 가장 적효한 형식에 집어넣는 것"이다. "문학적 기술이란 작가의 사회적 문학적 경험을 바탕으로 하여 그가 필연적으로 선택하게 되는 수단=자세"[4]이다.

홍사중의 견해로부터 주목할 점은 그가 문학적 기술을 자세 혹은 태도의 문제로 간주하고 있다는 점이며, 그 자세나 태도를 현실사회의 제 사상을 주제로 구현하기 위한 것으로 판단하고 있다는 점이다. 즉 홍사중은 문학적 기술을 강조하고 있으나 소설이 현실사회를 떠나서는 의미 있는 주제를 구현하기 어려운 것이며, 역사와 현실을 제대로 응시하는 방편이 될 때에만 문학적 기술의 효용이 발휘되는 것임을 강조한 셈이다.

정창범은 당대 전후소설이 독자로부터 멀어지고 있는 현상을 소재 선택과 형상화 방법의 오류에서 찾는다. 그는 현대소설의 답보 상태를 - 발자크의 용어를 빌려 - "장엄한 허위를 제시하는 데 필요한 세부의 진실을 탐색함에 있어 집중적이 못 되었거나, 혹은 틀에 박힌 세부의 진실만을 아무 융통성 없이 파들어 가거나 한 나머지의 부작용"[5]으

3 홍사중, 위 글, 185면.
4 위 글, 186면.
5 정창범, 위 글, 200면.

로 이해한다. 전후 현대 작단에서 쓰이고 있는 소재의 문제에 대해서는 "신변에 벌어진 무의미한 사건을 의미화한 것"[6]일 뿐으로, 영화나 통속잡지에 매료되어 있는 독자대중의 흥미를 끌 수 없는 것으로 단언한다. 결국 과제는 기발한 소재를 추구하거나 관념적 조작 등의 기술을 개발하는 데 있는 것이 아니라 일상현실을 초월할 수 있는 상상력의 복원을 모색하는 데 있다는 것이 그의 판단이다.

홍사중과 정창범의 견해는 현대사회가 혼돈과 모색의 과정을 보여주고 있으며 그에 따라 소설이 새로운 방법론을 개척해야 한다는 것으로 요약된다. 전자가 역사와 현실을 정확히 파악하는 자세, 현실 응전력으로서의 문학적 기술을 요구했다면, 후자는 소설에서의 '로마네스크'의 거세를 경계하면서 일상 현실에서 비약한 허구적 질서를 창조할 수 있는 상상력을 내세웠다는 점에서 차이점을 드러낸다. 그러나 이들은 모두 사상성과 예술성을 분리하여 이해하는 것을 거부한다는 점에서 공통되며, 이에 따라 한 사람이 기술을 옹호했다거나 한 사람은 기술을 부정했다거나 하는 피상적 해석은 의미가 없다.

2.1. 순수문학 전통의 현실도피적 성격 비판

홍사중과 정창범의 공통점과 차이점은 1950년대 후반 이후 1960년대의 순수와 참여의 대립 양상과 연관지을 때 시사하는 바가 있다. 두 글이 발표된 이후의 논쟁사가 극한대립으로 치달아 가면서 소설의 두 속성 중 어느 한 가지에 치중하는 비평적 태도가 범람하기 시작한 것이다. 마치 두 개의 입장 중 어느 한 쪽을 지지하도록 강요받고 있었다는 생각마저 들 정도이다.

---

6 위 글, 204면.

소설의 사회적 기능을 중요시하는 태도가 있을 수 있다. 소설의 문학성 내지는 예술성을 강조하는 태도 또한 있을 수 있다. 그러나 그것이 상호 대립의 양상으로 나타나야만 하는 것인지에는 의심을 가져볼 만하다. 사회적 효용성을 강조하는 비평가는 참여파로, 예술성을 내세우는 비평가는 순수파로 무조건 재단되는 것에는 분명 무리가 있다. 참여파는 예술성을 부정해야 하며 순수파는 현실에 밀착된 사상을 부정해야 한다는 논리는 더더구나 있을 수 없다. 비평가들의 격앙된 진술에 의거하여 그들의 소설론을 살피는 것에는 세심한 주의가 요망된다. '어떤 소설이 필요한가?'와 '어떤 소설이 이상적인가?'는 분명 다른 물음일 것이기 때문이다.

유종호는 문학의 공리성을 강조하면서 "모든 작가 시인들이 일률적으로 그래 달라는 것은 아니"[7]라는 말로 한국 전후 문학에 현실에 적극적으로 대응하는 문학도 필요하다는 것을 피력하고 있다. 그가 보기에 한국 문학은 도피적 색채로 메워져 있으며, 문학의 예술성과 공리성이 전혀 상반되는 개념은 아닌데도 공리성을 부정하는 흐름이 있어 왔다는 것이다.

> 창조된 문학은 그것이 독자에게 영향을 미칠 수 있고 나아가선 더욱 광범한 사회적 영향을 끼칠 수 있다는 점에서 작가의 願 不願에 불구하고 어쩔 수 없이 공리성을 획득한다. 작품의 가치는 물론 그 공리성에 좌우될 수 있는 성질의 것은 아니다. 오히려 그러한 공리성을 의식하지 않는 경우일수록 작품이 빛나고 있는 경우가 많다는 것을 강조한다는 것은 구차스러운 얘기다. 그러나 인간적 현실에서 도피하여 창조한 예술이란 「현실」의 문제가 결국 인간적인 것이라는 사실은 근본적으로 예

7 유종호, 「작가 · 창조 · 현실」, 『현대문학』, 1959.3, 76면.

술이란 인생을 위한 것이라는 것을 방증해 주고 있는 것이다. 그리고 사회성과 역사성을 거세한 순수인간이란 현존할 수 없는 것이다.[8]

공리성을 부정하는 흐름의 결과 우리 문학은 "패배의 정조"를 띠게 되었다. "생생한 인간적 현실이 강인한 원색의 현실감각으로써, 불의에 대한 휴매니스트의 숭고한 항거의 정신으로 절규기록되기를" 그러므로 요망하게 된다는 것이다.[9]

전후소설의 사상성 부족이 공리성의 약화를 가져왔으며 그 원인이 순수문학의 전통과 그 현실도피적 성격에 있음을 보다 강경하게 주장한 비평가로 김우종을 들 수 있다. 김우종은 한국 소설의 가장 뚜렷한 결점으로 사상성의 부족을 들고 있는데, 그가 말하는 사상이란 역사와 현실에 정면으로 대응하여 행동하는 '참여론'과 따로 떼어 생각할 수 없다. 그러므로 김우종이 생각하는 사상성이 부족한 문학은 곧 현실 도피적 문학이 된다. 좀더 과장하여 말하자면, 현실을 그리고 있는 작품이라도 참여적 성격을 띠지 않으면 그 역시 현실 도피적 순수문학의 세례를 받은 사상성 부족의 문학에 귀속되고 마는 것이다.

현실에 눈이 먼 문학, 현실 참여의 의욕이 전연 거세된 이들의 문학을 우리는 한 번도 분명한 의식으로 거부해 온 일이 없이 오늘에 이르렀다.

물론 오늘의 우리 문학이 이것을 전적으로 답습하고 있는 것은 아니지만, 문제제시에만 그치는 문학, 양심과 지성에의 호소로 그치는 문학, 그리고 작가 자신이 현실 속에 뛰어들어 道標를 세우고, 현실 문제 해결의 방편으로서, 그러한 목적의식 하에서 하는 문학을 기피해 온 것은 모

8 위 글, 76면.

9 위 글, 76면 참조.

두 그 인습적인 '순수'관에 매였던 탓이라고 볼 수밖에 없다.[10]

김우종이 처음부터 참여의 문학만을 고평가한 것은 아니었다. 그의 「복종과 반항」은 서구의 전통적 정신을 '반항'으로, 한국의 전통적 정신을 '복종'으로 보고 양자가 상호 보완적 틀 속에서 공존해야 함을 지적하고 있었던 것이다.[11] 그러나 「생활과 문학」에서는 작가들의 도피적 행태가 인간에 대한 애정 상실의 결과라고 비판하고, 기교적 측면에 치중하는 것을 경계하였다.[12]

한국문학의 사상성 결핍을 순문학 전통에 연관시켜 이후의 당면과제가 사회 참여에 있음을 본격적으로 주장한 글은 「당면과제의 사적 고찰」이다. 여기서 김우종은 우리 문학사의 개요가 문학의 효용성을 강조하는 측면과 문학의 순수성을 강조하는 측면으로 정리되고, 1960년대 당대에 순문학의 승리로 귀결되었다고 판단한다. 문학의 순수성을 무조건 부정할 것은 아니지만, 그것만을 지나치게 강조한 나머지 사상성의 결핍이라는 중대한 결점을 노정하게 된 것이 현실이므로, 앞으로의 당면 과제는 사상성의 획득과 표현에 있다는 것이다.[13]

「복종과 반항」에서 「유적지의 인간과 그 문학」에 이르는 동안 김우종은 지속적으로 사상성과 예술성이 조화된 것으로서의 이상적 소설을 생각하고 있다. 얼마간 추상적인 이 소설관은 논쟁이 격화되는 과정을 따라 조금씩 구체화되는 양상을 보이지만, 결국은 한 쪽을 지나치게 강조하는 태도로 귀결되고 말았다는 것은 저간의 논쟁이 어떤 성격을 지니고 있었던가 짐작할 수 있게 해 준다. 김우종과 유종호의

10 김우종, 「유적지의 인간과 그 문학」, 『현대문학』, 1963.11, 235면.
11 김우종, 「복종과 반항」, 『현대문학』, 1959.1 참조.
12 김우종, 「생활과 문학」, 『현대문학』, 1959.11 참조.
13 김우종, 「당면과제의 사적 고찰」, 『현대문학』, 1960.8 참조.

논의는 구세대의 산물인 순수문학의 전통을 부정한다는 측면에서 당시의 세대론 논의에도 얼마간 영향을 받고 있다고 판단된다. 그러나 김우종과 유종호는 구세대 문학만이 아닌 신세대의 문학도 패배주의적이기는 마찬가지라 주장하고 있다는 점에서 도식적인 신세대론에서는 어느 정도 비켜나 있다.

김우종, 유종호와 함께 최일수는 과거에 이어 당대까지 지속되고 있는 현실 도피적 문학의 양상을 '패배주의적'이라는 말로 규정한다. 최일수는 「현대소설의 행방」에서 우선 젊은 작가들의 소설이 새로운 역사적 현실에 대한 적응의식을 보여준다고 하여 기성 작가들과 차별화시킨다.

> 참으로 이제까지 우리 소설의 기성작가들은 6·25라는 엄청난 역사적 경험을 겪었음에도 불구하고, 또한 삼팔선이라는 민족분단의 쓰라린 현실 밑에 놓여져 있었음에도 불구하고, 나아가서 휴전선이라는 전쟁 재발의 위기를 노상 눈앞에 두고 있음에도 불구하고, 이러한 상황과는 아랑곳없이 일제 폭압에 짓눌려만 왔던 과거의 패배주의적인 고독감을 씻어버리지 못하고 현실에 둔감해 버린 도피증 환자처럼 순수한 인생성이라는 머언 하늘만 쳐다보고 있는 것이다.[14]

최일수는 손창섭, 장용학, 김성한 등의 작가를 거명하면서 그들이 기존의 도피적이고 패배적인 문학에서 어느 정도 벗어나 있음을 평가한다. 유종호나 김우종이 기성과 신진을 포함한 한국문학 전반이 패배주의적 정조에 머물러 있음을 비판적으로 해석한 것과는 그러므로 이 지점에서 차별된다 할 것이다. 그러나 최일수가 신진의 작품에 대

---

14 최일수, 「현대소설의 행방」, 『현대문학』, 1966.2, 71면.

해 전적으로 긍정하고 있는 것은 아니다. 신진 작가들의 소설은 역사적 현실에 등을 돌리지 않았다는 점에서 긍정적이지만, 그들의 내면적 리얼리즘이 "주인공의 내적 독백이나 심상적인 기술로만 시종일관된 이른바 과잉관념의 포화 속에서 주관 편중에 사로잡힌 나머지 객관세계를 너무나도 무시해 버렸다는 치명적인 결함"[15]을 가지게 되었다는 것이다.

2.2. 내면 진술 흐름의 과잉관념 조작 비판

최일수의 신진 전후 작가 비판은 그들이 내면의 세계에 칩거해 버렸다는 것으로 요약될 수 있다. 그들은 "인간 그 자체를 어떤 사회적인 유기적 연관이나 인과성에서보다는 그러한 것들이 사상되어져 버린 인간 그 자체의 내면적인 심상만을 표현"[16]하고 있다는 것이다. 그 결과는 "反近代가 反客觀으로 흐르고, 그 反客觀이 드디어는 과잉관념의 주관 편중이라는 내실 속에 밀폐"[17]되어 내용보다는 현상, 소재보다는 기교, 의미보다는 감각에 치우쳐 버리는 것으로 나타났다.

최일수와 마찬가지로 정창범도 기성 작가의 소설세계와 신진 작가들의 그것을 명확히 분리되는 것으로 인식한다. 정창범은 「전통의 허약성」에서 기성 작가들의 세계를 '소박한 리리시즘'으로, 신진 작가들의 세계를 '무방향성'으로 각각 진단한다. 그러나 그가 보여 주는 신진 작가들의 전후소설 인식은 기성의 소박한 리리시즘의 경계를 넘어선 것이기는 하지만, 형상화 방법의 미숙으로 무방향성을 노정하고 말았

15 위 글, 75면.
16 위 글, 75면.
17 위 글, 76면.

다고 함으로써 최일수의 그것과는 구별된다 할 것이다.

> 전후 신진들은 우선 자세에 있어서 기성과 구별된다. 그들은 시선을 현실에 밀착시키고 현실을 파악한다. 그들은 문제성 있는 소재만을 선택하려고 한다. 그래야만 주제의 문제성을 기할 수 있다는 생각에서. 그들의 언어는 태반이 지적 개념의 언어이다. 그들의 주인공은 논리적 사고력을 가진 개인이다. 그들의 상황은 구조화되어 있는 현실사회다. 이미 울타리는 아니다. 리리시즘의 메아리는 없다. 기성의 일부 아류를 제외하곤 많은 신진들의 기조는 거의 비슷하다.
>
> 그러나 문제는 방법이다. 그들의 방법은 무방향적이다.
>
> 어떤 작가는 서구적 의미의 분석적 리얼리즘이 아닌 염상섭 이후의 평면적 리얼리즘을 고수한 채로 긴박한 현실을 소재로 정해 놓고도 그것을 마치 평범한 풍속도처럼 그려 놓는다. 어떤 작가는 인간의 내면풍경을 미시적 방법으로 투시하지 않고 망원경으로 전망하면서 그것을 설명해 준다. 어떤 작가는 한국적인 상황 속의 한국적인 인간상의 행동을 프랑스적 인간상의 행동처럼 그려 준다. 어떤 작가는 작품에 사상성을 부여하려는 나머지 작가 자신도 모를 난해한 관념적 개념의 언어를 나열하면서 아포리즘의 전시장을 꾸민다. 어떤 작가는 프롯트가 아닌 작품 설계도를 미리 꾸며 놓고 인간의 성격과 심리와 행동을 도식화한다. 어떤 작가는 실존주의의 영향을 받았다고 자처하면서 에세이를 써놓고도 소설을 썼다고 한다.[18]

다소 긴 위 인용문은 관념에 치중한 나머지 소설 형상화의 방법을 체득하지 못한 전후 신진 작가들의 미숙성을 정창범 나름대로의 시각

18 정창범, 「전통의 허약성」, 『현대문학』, 1964.8, 238면.

으로 제시한 부분이다. 신진 작가들은 현실에 시선을 밀착시키고 나름대로 작품에 사상성을 부여하려는 노력을 하고 있는바 리리시즘의 영역을 벗어나지 못한 기성과는 구별되지만, 문학적 형상화 방법론을 찾지 못함으로써 반쪽의 성공만을 거두고 말았다는 요지이다. 그 결과는 소설의 수준에 미달되는 풍속도이거나 조감도이거나 아포리즘의 전시장이거나 에세이이거나 도식적 조작의 설계도이거나 우화로 나타난다.

이와 같은 주장을 달리 보면 신진 작가들이 현대라는 시대에 압도된 나머지 현대적 소재의 선택을 현대적 사상성 발현의 유일한 도구로 생각하고 있었다는 비판이기도 하다. 현대적 사상이라고 하는 것이 우리의 현실에서 해석되지 못하고 서구에서 수입된 의장을 통해서만 표현되고 있다는 것도 문제이다. 결국 현대적 제 사상을 표현하려는 의지가 과잉되어 한국적 현대의 특수성을 도외시하고 말았다는 것을 지적할 수 있다. 정창범은 자신이 규정한 무방향성의 원인을 논리적 주체성보다 리리시즘이 주류를 이룬 전통의 허약성에서 찾고 있다.

원형갑의 「소설의 제문제」는 좀더 강경한 어조로 신진들의 전후 현대문학을 비판하고 있는 예에 속한다. 그는 현대소설의 기조가 푸르스트나 헨리 제임스 등 서구 작가의 영향을 받아 의식 기술과 관점(point of view)의 강조로 특징지어지고 있다고 판단한다. 그는 이른바 '의식의 흐름'이나 내면 추구에 적합한 관점 이론이 현대적이고 매력적인 것이기는 하지만 정당한 현실 인식의 도구로는 부적합하다고 단언한다. 그는 '현실'을 중시하는 비평가들에게 도대체 '현실'의 개념이란 어떻게 한정되는 것인지 질문하면서, "말하자면 현실은 몇 발자국 떨어져서만 그 전 화폭에 있어 조화적이고 통일을 이루며 드러내주는 한 폭의 그림과도 같다"[19]고 주장한다. 현실에 밀착하려는 노력은 도로에 그칠 수밖에 없으며, 그 현실이란 대상은 주체와의 일정한 거리를 확보한 상태에서 조감될 수 있는 것이라는 주장이다.

원형갑은 장용학의 『원형의 전설』을 거론하면서, "그렇게까지 지독하게 한 사람의 의식이나 작중세계가 하나의 고정된 관념으로 착색될 수가 있느냐"[20]고 비판한다.

> 『원형의 전설』은 조이스적 의식 추구와 까뮤적 부조리와 싸르뜨르적 실존이론 일부와 그리고 프로이드적 세계의 따글따글한 안배물이라고 할 수 있다. 말하자면 위화적인 聚集인 것이다. 작중인물의 일편향적 의식의 집착도 결국은 이 위화적 취집에서 비롯된 것이라고 하겠다. (중략 - 인용자) 인물과 상황은 그 모두가 주제를 연역제시하기 위해서 조종됐고 조직되었다. 그 결과 주제는 인물과 상황의 전체적 분위기에 용해되지 못하고 (중략 - 인용자) 논설조의 설명은 독자의 정서적 憑移를 저해했다고 하는 것이 옳을지 모르겠다.[21]

생경한 소재나 주제, 관념적 조작에 의한 인물과 상황의 도식적인 설정, 주인공의 과잉의식과 논설조의 설명 등이 원형갑의 『원형의 전설』에 대한 불만의 세목이다. 위 인용문에서 주목해야 할 용어는 "독자의 정서적 憑移"일 것이다. 장용학의 『원형의 전설』 같은 작품은 독자의 소설적 요구를 충족시켜 주기 어렵고, 이때 독자가 소설에 요구하는 것이란 정서적인 감정이입의 과정을 포함한 것이라야 하며, 그런 면에서 소설의 세계는 일단 현실을 부정하는 토대 위에서 창조된 것이라야 한다는 것이다.

---

19 원형갑, 「소설의 제문제」(完), 『현대문학』, 1963.9. 279면.

20 원형갑, 「소설의 제문제」(4), 『현대문학』, 1963.7, 100면.

21 위 글, 100면.

2.3. 현실참여의 요구와 휴머니즘의 메커니즘화 비판

결국 원형갑의 주장은 현실 그 자체에 착목할 것이 아니라 - 그것을 부정하는 과정을 거쳐 - 내적 변화와 발전의 동력을 지닌 소설적 현실을 창조해야 한다는 것이다. 그는 일련의 참여론자들의 주장을 결국은 '비문학적'이라는 것으로 단정하고 있는 셈이다.

> 현실의 폭로, 기술 또는 단순한 의식추구나 성적인 것에의 관심이 그대로 문학에 있어서의 현실 참여가 될 수 없다. 또한 그 어떤 진지한 것이더래도 사회적 현실이나 역사적 현실에 대한 실천적 논리적 비평가담이 곧 그대로 문학에 있어서의 현실 참여일수는 없는 것이다. 그렇다고 해서 그 현실의 비극적 의미나 인간적 디렘마를 피하거나 단념하거나 방관하는 입장이라는 말은 물론 아니다. 그러는 것이야말로 안일한 문학에 빠지는 원인이다. 고뇌 없는 문학을 현대의 우리는 생각할 수도 없다. 인간적 현실이라는 궁극적인 의미에 있어서의 고뇌야말로 문학이 그 존재가치를 이어온 왕국인 것이다. 그러나 우리가 결정적으로 다짐해야 되는 점도 바로 여기에 있다. 그 고뇌를 현실적으로 해결하기 위해서 문학이 있어온 것은 아니며 오히려 그 현실적 해결을 위해서 뛰어들었을 때 문학은 벌써 그 존재의미를 상실하는 것에 다름 아닌 것이다. 그런 점에 있어서의 현실 참여야말로 문학의 자살행위다.[22]

다소 과장되고 왜곡된 것이기는 하지만 원형갑의 위 주장은 당대 소설과 비평의 일정한 한계를 지적하고 있다는 점에서 의미가 있다. 현실 참여를 부정한다고 해서 현실 도피적 문학을 긍정한다는 것은

---

22 원형갑, 「소설의 제문제」(完), 『현대문학』, 1963.9, 288면.

아니며, 그릇된 의미에서의 현실 참여의 방법이 문제라는 것이다. 원형갑이 판단하는 잘못된 현실 참여의 방법론은 현실의 폭로나 기술에 그치거나 단순히 자의식을 추구하거나 성적인 것에 집착하는 것으로 나타난다는 것이다. 게다가 인간의 고뇌를 해결하기 위해 현실에 뛰어든다는 명목으로 안일한 화해의 휴머니즘을 도입하는 것도 문제다.

> 어쨌든 악을 다루지 못하는 것은 우리 작가의 결정적인 결함이다. 작가에 따라서 이같은 결함은 서너 가지의 원인을 가지는 것 같다. 생리적으로 악을 받아들이지 못하는 이, 인간적 현실에 대한 추구를 도피하는 이, 그리고 악의 자체내 소화로 하여금 선으로 변용하는 이가 그것이다.[23]

> 이러저러한 이유에서 그녀는 불행에 빠졌다는 구성요소들의 인과적 타당성이 아니라 그 현실적 인과의 타당성까지도 지양된 차원에서 그녀의 불행이 누군가 준 것도 아닌 어떤 이유에서 명백히 제시된 것도 아닌 알 수 없는 타당성이 각광을 받고 나타나는 정서적 마술의 현현을 일으킬려고는 하지 않는다는 것이다.[24]

원형갑의 주장은 우리 소설이 화해와 낙천의 서정적 공간 속에서만 문학적 기능을 발휘하고 있다는 것으로 해석될 여지가 있다. 갈등과 투쟁의 형식으로서의 소설은 그 예를 찾기 어렵다는 것이다. 문학이 화해를 추구해서 안 될 것은 없지만, 그 화해가 치열한 투쟁·갈등의 과정을 거치지 않고 마련된 도식적인 것이라면 문제가 없을 수 없다.

---

23 위 글, 281면.

24 원형갑, 「현실과 문학의 구조」, 『자유문학』, 1960.11, 208면.

그런 면에서 문학의 현실 참여를 주장했던 유종호의 견해를 함께 살펴보는 것도 좋겠다.

> 공식성은 위선 현실의 다양성을 부정하고 들어간다는 점에서 계기적이며 비사색적이다. 물론 써먹을 땐 아주 편리한 것이기도 하다. 그런데 우리는 최근 공식적이라고 확언은 할 수 없겠지만 공식에의 의지로 화할 위험성이 다분히 있는 경향을 발견하게 된다. 그것은 소위 '휴매니티'라고 불리워지는 것이다. 가령 작중인물이 어떤 사건에 부딪치거나 행동을 하거나 혹은 심리적 갈등에 부딪쳤을 때, 설령 비인도적인 방향으로 탈선했다가도 결말에 가선 인간에의 신뢰를 나타낸다거나 인정을 쓴다거나 하는 식으로 끝나는 수가 많다. (……) 하지만 공식적인 '人情' 행위로 끝내는 게 반드시 휴매니스트의 결론이라고는 생각되지 않는다. (……) 소위 '휴매니즘'의 발현이라는 것이 작품 결론의 '메커니즘'으로 화하고 있다는 안이한 공식성만은 모든 작가들이 심심한 배려를 기울여야 할 것이라고 본다.[25]

> 소극적인 인간성의 수효를 넘어서 이른바 인간의 자기소외에 항거하는 적극적, 실천적 휴머니즘에의 길을 가는 것은 어디에서나 용기를 요하는 일이다. 문학자들이 이른바 순수한 문학적인 가치만을 고집하는 한 휴머니즘이란 영원한 피안의 언어로 남아 있을 것이다.[26]

이들이 지적하고 있는 실질적 사항은 공통된 부분을 많이 가지고 있다. 우선 눈에 띄는 것은 인정적 화해주의적 결말이 공식화되는 데

---

25 유종호, 위 글, 254-255면.

26 유종호, 「한국문학에 있어서의 휴머니즘」, 『사상계』, 1962.9, 81면.

대한 우려이다. 이들은 각각 순수론과 참여론의 입장을 대변하고 있으면서도 공식화된 휴머니즘에 대해서는 같은 목소리로 경계하고 있는 것이다.

그러나 동일한 양상에 대해 지적하고 있는 원형갑과 유종호의 차이점은 나름의 해결책을 제시하는 데서 뚜렷한 대조로 드러나고야 만다. 원형갑은 "정서적 마술의 현현"을, 유종호는 "적극적, 실천적 휴머니즘"을 주장하고 있는 것이다. 양 진영은 소설 문학의 본질에 대한 확연한 입지점의 차이에도 불구하고 자신이 주장하는 소설 혹은 문학이 진정한 휴머니즘이라고 믿고 있었다.[27]

기성의 작가들과 신진 작가들이 차별된다는, 최소한 차별화를 지향하여야 한다는 비평가들이 많았다. 일군의 비평가들은 근대와 현대를 구분하고 현대적 제사상이 산문정신에 입각하여 소설 속에 드러날 때 묵은 근대문학의 잔재를 씻을 수 있으리라고 생각했다. 이 과정에서 외국문학의 사례가 긍정적으로든 부정적으로든 지대한 영향을 끼치고 있었음을 추측하기란 어렵지 않다. 세계문학의 수준에 걸맞은 한국문학을 그들은 대망했고, 신진들만이 그것을 감행하고 성취할 수 있으리라 생각했다. 그런데 신진들의 작품에서도 비평가들이 요구하는 사상성과 예술성이 조화된 소설은 보이지 않았던 것이다. 어떤 이들은 그것을 현실 도피적인 순수문학의 전통 때문이라고 생각했고, 다른 이들은 섣부른 외국문학의 수용과 잘못된 현실 참여의 결과라고 주장했다.

27 김우종과 이형기의 논쟁을 통해 저간의 사정을 짐작할 수 있을 것이다.
김우종, 「유적지의 인간과 그 문학」, 『현대문학』, 1963.11.
이형기, 「문학의 기능에 대한 반성」, 『현대문학』, 1964.2.
김우종, 「저 땅 위에 도표를 세우라」, 『현대문학』, 1964.5 참조.

3. 한국적 특수성과 산문정신의 모순 관계 인식

이와 같은 논쟁 상황에서 어느 정도 거리를 두고 한국 소설을 장르적 속성이나 역사적 사회적 특수성에서 비롯된 한국적 본성에 근거하여 진단한 논의들도 있었다. 물론 순수론자 혹은 참여론자들이 비슷한 견해를 가지고 있지 않았던 것은 아니다. 그러나 순수론자나 참여론자의 경우 당대 한국소설의 현황을 사적으로 혹은 학적으로 고찰하는 과정에서도 자신이 입각한 당파적 당위적 태도에 귀결시키기 위한 것이 대부분이었다고 볼 수 있는 것이다.

천이두의 「한국소설의 이율배반」에 다음과 같은 부분이 있다.

> 말하자면 무조건 모든 것을 긍정한다는 것이다. 무조건 선의로 받아들이며, 선의의 자세로 바라보자는 것이다. 이것은 우리나라의 특유한 체온이다. 이런 체온을 일컬어 한국적 '인정'이라 할 수 있을 것이다.
>
> 이러한 한국적 인정은 오영수 씨의 모든 작품에서 느끼게 되는 것이다. 그리고 오유권 씨나 하근찬 씨 같은 분들의 작품에서도 한결같이 느끼게 되는 체험들이다.
>
> (중략 - 인용자) 이 다시없는 소중한 쾌락을 즐기는 동안 우리 정신의 영역에는 어딘가 빈 자리가 생기는 것이다. 아름다운 서정시를 읽었을 때나 노련한 가야금의 산조를 들었을 때의 그 아늑하고 다사롭고 부드러운 감촉을 누리는 것은 사실이다. 그러나 그 다음에 오는 것, 정신의 집중화, 의식의 고양……이라는 탁월한 산문에서 얻게 되는 체험은 생겨나지 않는다. (중략 - 인용자)
>
> 가령 A의 소설은 매우 재미있다. 우리 생리에 맞는다. 소박한 시적 분위기도 마음에 든다. 그런데 테마가 너무 빈곤하다. ……
>
> B의 소설은 소재나 테마가 새롭다. 현대적 명제를 박력 있게 추구한

점도 마음에 든다. 그런데 작품으로서는 실패한 느낌이다. ……[28]

천이두 역시 사상성과 예술성이 조화된 양식으로서의 소설을 기대하고 있는 것만은 틀림없다. 그리고 당대의 상황에서 그러한 기대를 충족시키는 작품을 찾기 어렵다는 인식을 보이고 있는 것 역시 다른 비평가들과 차이를 보이지 않는다고 할 수 있다. 천이두가 여타 비평가과 구별되는 점은 한국 소설이 지니는 왜소성의 원인을 분석함에 있어 한국인의 체질적 특성에 의거하고 있다는 점이다. 그 또한 한국 소설에 대해 일종의 불만을 갖고 있지만, 그 책임을 순수문학의 전통에 돌린다든가 잘못 이해된 휴머니즘의 결과로 단정하기에 앞서 한국적 특수성이 논리적 산문정신과는 잘 부합하지 않는다는, 일종의 기질적 특성을 이해하는 것이 필요하다는 주장을 하고 있다.

3.1. 단편 양식의 문제

단편 양식이 한국 소설의 주류였다는 것을 많은 비평가들이 인정하고 있었다. 그에 따라 웅장한 스케일의 남성적 장편소설을 바라는 목소리들도 많았다. 유동준은 「소설문학의 양상」에서 한국 소설사가 단편 위주로 구성된 원인을 다음과 같이 정리하고 있다.

> 첫째 소설문학의 전통이 전혀 없었으므로 장편소설을 창조할 만한 역량이 작가들에게 없었다는 점.
> 둘째 문학행위에 있어서의 구체적인 방법을 일본문학에서 배웠다는 점.
> 셋째 장편소설의 발표를 보장하는 기관이 없었다는 점.[29]

28 천이두, 「한국소설의 이율배반」, 『현대문학』, 1964.3, 225면.

그는 "우리의 문학이 오늘날까지 어떠한 인물을 보여 주지 못하고 어떠한 문제를 제기하지 못한 채 걸어 왔으며, 현재 그대로 존재하여 나간다는 것은 그 근본적인 원인이 단편소설적인 소설문학에 안착되어 있는 것으로 볼 수박에는 다른 해석이 없을 것"[30]이라 주장한다. 왜냐하면 "하나의 문학으로서 한 편의 작품으로서 그 통일된 정신과 성격을 표현하자면 장편소설의 형식이 아니고서는 처리할 수 없"[31]기 때문이라는 것이다.

정창범은 "흔히 장편소설을 서사시, 단편소설을 서정시에 비유하는데, 우리 문학사의 경우에도 단편에 한해선 들어맞는 얘기"[32]라고 진술했다. 우리의 단편소설은 서정성을 간직하고 있는데, 우리 장편소설은 서사시처럼 웅대한 스케일을 가지지 못했다는 뜻으로 해석할 수 있다.[33] 그는 단편 위주의 소설사의 원인을 사회적 여건의 미숙성에서 찾고 있다. 장편은 개인과 사회의 관계를 다루는 양식인데, 우리 소설문학의 형성기는 일제의 지배기와 겹쳐지므로 근대소설로서의 장편을 기대할 수 없었고, 작가들은 일제 지배 하의 현실을 외면한 채로 지면을 아끼는, 즉 단편의 길을 택할 수박에 없었다는 논리이다.

홍사중 또한 한국소설의 단편소설적 한계를 지적하였다. 서구 소설의 기본적인 형식은 장편임에 반해 한국소설의 그것은 단편인 관계로, 서구문학에서 단편에 기대하는 바와 한국문학에서 단편에 기대하는 바와는 적지 않은 차이점이 생기게 되었다는 것이다. 그렇다면 작가

29 유동준, 「소설문학의 양상」, 『현대문학』, 1957.9, 119면 참조.

30 위 글, 120면.

31 위 글, 118면.

32 정창범, 위 글, 236면.

33 물론 정창범의 이 진술이 단편을 옹호하고 장편을 폄하하기 위한 것은 아니다. 장편은 서사시의 무게에 값하지 못하고 있으며, 단편은 서정적 세계에 안주하여 소설로서의 기능을 다하지 못하고 있다는 전반적 부정의 견해라고 할 수 있다.

의 입장에서는 착상과 소재 선택, 주제 처리 방법 등에 있어서 서구 작가와의 차이가 발생하지 않을 수 없다.

> 근래에 이르러 이러한 차이는 많이 감소되었다. 그래도 장편소설과 같은 단편소설이나, 단편소설과 같은 장편을 여전히 볼 수 있는 것은 단편소설만을 위주로 하고 있던 어제까지의 문학의 기형적 발전이 남겨 놓은 영향을 벗어나지 못한 때문이다.[34]

> 표현이나 성격 묘사에 있어서도 그렇다. 우리가 생리적으로 그래서인지, 또는 합리주의의 세례를 충분히 받지 못해서인지 논리보다는 정서에, 객관성과 정확보다는 주관성과 시적 이미지에 기울어지기 쉬운 것이다.[35]

결국 한국소설사의 단편 양식적 전통이 작품을 시적 세계에 함몰시켜 버리는 편향적 양상을 초래했다는 결론을 얻을 수 있다. 소설이 서정의 세계에 가두어질 때, 개인과 사회의 관계를 다루는 측면은 뒷전으로 밀리고 만다. 홍사중의 견해에 의하면 한국소설의 표현이나 성격 묘사가 정서와 시적 이미지에 기울어지기 쉬운 것은 합리주의의 세례를 충분히 받지 못해서일 수도 있고, "우리가 생리적으로 그래서" 일 수도 있다. 한국적 특수성으로서의 한국인의 생리란 무엇을 말하는가, 이 점에 관해 비교적 상세한 논의의 전개를 보여 주는 평론은 천이두에게서 찾아 볼 수 있다.

---

34 홍사중, 「어제와 오늘의 친화력」, 『현대문학』, 1964.8, 220-221면.
35 위 글, 221면.

3.2. 서정성과 패배주의의 문제

천이두는 우리 문학의 전통이 서정시에 의해 유지되고 있었을 뿐 장엄한 남성적 정신의 미학, 산문의 정신은 성립될 수 없었다고 지적하고 그 원인을 다음과 같이 들고 있다.

> 첫째 우리의 근대화의 과정이 늦었기 때문이라는 것.
>
> 둘째 우리 말의 구조가 논리적 산문적인 것이라기보다 윤리적 정서적인 것이기 때문이라는 것.
>
> 셋째 한국적 기질 자체가 시적 정서적인 것이며 한국소설의 주조인 '인정' 또한 지나치게 파토스와 밀착되어 있어서 좀처럼 우람한 남성성이 성장할 수 없기 때문이라는 것.[36]

천이두에 의하면 한국시의 주조인 '한' 뿐만 아니라 한국소설의 주조인 '인정'도 로고스보다는 파토스에 밀착된 것이기 때문에, 로고스에 밀착된 산문정신에 의한 남성적 문학세계로 나타나기 어렵다는 것이다.

그는 한국적 생리를 두드러지게 나타내는 대표적 현역작가로 황순원, 오영수, 오유권, 하근찬 등을 거론하고 있다. 그들의 소설은 '따뜻하고 아늑한 체온'이 느껴지는 세계 위에 구축되어 있으며, 독자에게 낙천적 무드를 제공해 준다. 그들의 낙천적이고 해학적인 무드는 평화로운 결말과 관련된다. "서구의 권선징악은 언제나 냉혹하고 결정적인 징벌주의로 나타나 있지만, 우리 소설에 있어서의 권선징악은 대부분 선의적인 화평으로 나타나 있다"[37]는 천이두의 지적은 한국 현

36 천이두, 위 글, 232면.

대소설의 주조인 '인정'이 얼마나 뿌리 깊은 것이었는가를 보여주는 근거이다.

> 그러나 이 '인정'은 산문에 있어서는 어쩔 수 없는 악덕이다. 正과 反, 선과 악, 흑과 백……을 한결같이 따스한 선의의 손길로 무마하는 이 인정의 자리에서는 자기의 가장 가까운 벗이나 애인조차도, 아니 자기자신조차도 먼저 비판과 부정의 눈으로 바라봐야 하는 냉혹하고 날이 선 산문정신은 자라나기 어렵다. (……) 우리에게 생리적 충족, 시적 충족을 가져다 주는 일련의 가장 한국적인 작품들에서 정신적 충족(산문적 충족)을 기대할 수 없는 이유가 여기 있다.[38]

한국문학에서 전통의 명맥을 잇는 것이 서정 장르의 쪽에서이고 서사 장르까지 서정적 특성을 가질 수밖에 없는 원인을 천이두는 한국적 생리에서 찾고 있다. 그 두 측면이 '한'과 '인정'이다. 두 가지 모두 로고스보다는 파토스에 밀착된 것이므로 한국문학은 시적 서정적 성격을 가지기가 쉽다는 논리이다. 특히 서사적 전통의 인정주의는 모든 것을 긍정하는 낙천적 성격을 띠게 되므로 비판적 부정정신을 토대로 한 산문이 성장하기 어렵다는 것이다.

서정성(파토스)과 밀착된 '인정'의 서사가 패배주의와 만나는 지점을 천이두의 '처용 설화' 해석에서 찾을 수 있다. 그에 의하면 처용 설화의 내용은 "산문적 서사적 액션의 드라마가 아니라, 정서적 시적인 인종의 미화"[39]이다. 처용의 행동은 분명 패배주의로도, 체념에서

---

37 위 글, 234면.

38 위 글, 235-236면.

39 위 글, 231면.

얻어지는 낙천으로도 이해될 수 있는 것이다. 그것을 패배로 보느냐 낙천으로 보느냐가 중요한 것이 아니라, 패배와 낙천이 같은 뿌리를 지닌, 동전의 양면과도 같은 개념이라 이해할 수 있다는 것이 중요하다. 그 뿌리는 물론 '인정'이다.

「한국소설의 이율배반」이 황순원, 오영수, 오상원, 하근찬 등의 서정적 소설의 계보를 고찰한 것이라면, 「내성적 자의식적 소설론」은 이상, 최명익, 손창섭, 장용학 등이 보여주는 내성적 자의식적 소설의 전개 과정을 고찰한 글이다. 천이두는 후자의 흐름을 '불안문학의 계보'라고 불렀다.

20세기 서구의 불안의식은 '하나의 구극적 원리'를 상실한 것에서 비롯되었다. 그 구극적 원리라는 것이 '인습'이라는 외적 권위에 불과했음을 깨달은 인간은 더 이상 하나의 원리에 종속되어 〈자기〉를 희생하는 것을 거부하고 반항을 시도하게 되었다. 일체의 외적 권위를 부정하는 인간은 정신적 아나키즘 상태에서 니힐과 불안을 만나지 않을 수 없었다. 그들의 불안의식은 암담하고 음산한 그림자를 거느리고 있기는 해도, 적극적 방황과 모색의 과정에서 결코 좌절하지 않는 견고한 자아를 구축한다.

서구의 불안문학이 보여주는 이러한 대결정신을 한국 소설에서는 찾을 수 없다는 것이 천이두의 판단이다. 절망이나 니힐에 대한 초극정신, 즉 구원에의 모색이 모자란다는 것이다. 그러므로 한국의 불안문학은 그것의 포지티브한 측면을 보여주지 못하고 네거티브한 측면에 머물러 버린다. 서구와 차별되는 한국 불안문학의 특징은 결국 패배주의적 도피적 성격으로 요약될 수 있다. 일체의 외적 권위에 반항하는 정신의 산물로서의 불안이 아니라 불행한 객관정세에 울분을 터뜨리며 "내적 에너지를 정당하게 발산할 객관적 여건을 얻지 못하여 마침내 자기 에고 안에 칩거할 수밖에 없는 창백한 인텔리의 불안"[40] 이다.

> 한국 불안문학이 보여주는 소외의식은 서구의 그것에서 볼 수 있는바 사회 대 개인이라는 변증법적인 관계양식에서 빚어지는, 인간의 숙명적 조건으로서의 소외의식이라기보다는, 암흑적 현실에 타협을 거부하는 지식인의 고고한 고립의식으로 나타난다는 것이다. 말하자면 서구 불안 문학에 있어서의 소외의식은 사회 '속'에 있어서의 개인의식인데, 우리 문학의 그것은 사회 '밖'에서의 개인의식이라는 것이다. (……) 이러한 독선적인 선민의식의 차원에 있어서는 인간 에고의 복수적인 관계양식 에서만 빚어질 수 있는 입체적 서사적 드라마는 이룩되지 않는다.[41]

이러한 한국 불안문학의 특수성은 해방 이전 소설에서 '수난의식으로서의 불안'으로, 전후소설에서 '피해의식으로서의 불안'으로 각각 드러난다.

천이두가 보여주는 논리는 한국 소설의 어떤 특성을 밝히는 데 있어 한국 역사, 전통의 내적 계기와 연관짓고 있는 점이 특징적이다. 그러나 결국 그것이 서구의 기준에 눈높이를 맞추어 전통과 그에 영향 받은 현재적 상황까지를 기형적이라는 말로 단죄하고 있다는 점에서, 한국소설의 수준을 서구의 그것으로까지 앙등시켜야 한다는 사대주의적 논리일 수 있다는 점에서 비판받을 소지를 남겨 놓는다.

그는 김승옥의 「서울 1964년 겨울」을 고평하면서 "에고와 에고 사이의 지평적 관계상황 속에서의 단절", "존재로서의 고독의 구체적인

---

40 천이두, 「내성적 자의식적 소설론」(상), 『현대문학』, 1968.11, 282면.

41 위 글, 282-283면.

표상" 등 서구 불안문학의 기준을 그대로 적용하고 있다.[42] 이를테면 한국적 불안이 아닌, 서구적 불안을 형상화한 것으로 성공을 거두었다는 말로 이해될 수 있는 것이 아닌가.

4. 극복 모색으로서의 창작방법론

지금까지 1950년대 중반을 거쳐 1960년대에 주로 활동한 비평가들의 평론을 통해 그들의 한국 소설에 대한 불만과 그 원인 탐색의 과정을 살펴보았다. 한국 소설에 대한 평론가의 불만의 상당 부분은 왜소성과 편향성 혹은 기형성에 닿아 있는 것으로 판단된다. 그 원인에 대해서 비평가들은 각각 사상성이 결핍되어 있다거나, 기법적 측면이 미숙하다거나, 문학 본연의 자세를 망각했다거나, 숙명적인 한국적 생리에 근원한 것이라는 진단을 내렸다.

그렇다면 평론가들이 당대에 제시할 수 있는 대안은 무엇이었는가 생각해 보아야 할 것이다. 한국소설 작품의 제 양상이 그들에게 미숙한 것으로 느껴졌다면, 자신이 생각하는 이상적 소설을 찾아내기 힘든 상황이었다면, 평론가들의 대안이 창작방법론적으로 드러났다는 사실은 우연한 일이 아니다.[43]

---

42 천이두, 「내성적 자의식적 소설론」(하), 『현대문학』, 1968.12.

43 이 과정에서 휴머니즘론이 대두되었던 사실은 주목을 요하는 문제이다. 1930년대 초·중반 백철에 의해 논의의 장이 마련된 것으로 알려진 휴머니즘론이 해방 이후 1950, 1960년대에 들어 다시 대두하게 된 문학사적 배경은 어떤 것이었는가. 1950, 1960년대의 휴머니즘과 1930년대의 휴머니즘은 어떠한 공통점과 차이점을 가지고 있으며, 그 논의의 수준은 얼마만큼이나 발전한 것인가. 주지하다시피 백철의 휴머니즘론은 그가 전향하기 직전 창작방법론의 일환으로 전개시킨 '인간묘사론'에 의해 논쟁의 형태로 전개된 것이다. 기존의 비평사는 1930년대의 휴머니즘론을 백철 위주로 서술하면서 논쟁의 성격을 적절히 부각시키

최일수는 「우리 문학의 현대적 방향」에서 당대를 "문학사적으로는 피상적인 내면 표상의 묘사에만 그쳤던 그런 정관적인 자연주의 문학으로부터 내면의 의식세계까지도 분석하려는 이른바 심리주의 문학에서 한걸음 더 나아가 직접적이며 행동적인 인간을 민족적으로 형성하는 그러한 현대문학으로 이항해 오고 있는 시기"[44]로 규정한다. 그가 문학예술의 당면과제로 지적하고 있는 '민족정신의 창현'은 휴머니티의 형상화를 방법론으로 하여 구현될 수 있다.

여기서 최일수는 "새로운 인간을 형성하기 위하여 새로운 사회의 건설에 적극적인 참여가 있어야 한다는 이른바 문학에 있어서 행동적인"[45] '휴머니티'를 "고전적인 교양에 의하여 자기의 인간성을 회복하려던 이른바 전세대의"[46] '휴머니즘'과 구별하여 논하고 있다. 즉 현대의 '휴머니티'는 전대의 개인주의적 '휴머니즘'에서 탈피하여 단순한 인간 해방이 아닌 새로운 인간 형성을 기도한다는 뜻이다.

> 그러나 오늘에 있어서는 창조적 기능이 정체될 대로 되어 버린 정관적인 근대문학을 지양하고자 몸소 신사조의 세계적인 대결의 첨단에 맞서서 역사의 계기를 두 번이나 넘어온 가운데 이미 회피나 체념으로 싸

지 못했다. (이 점을 비판하면서 논쟁의 전개 양상과 영향관계를 따진 것이 김영민의 『한국 근대문학비평사』(소명, 1999) 11장이다.) '휴머니즘'이라는 용어를 내걸고 논쟁이 시작된 지점이 어디인지에 주목할 필요가 있다. 백철의 인간묘사론이 휴머니즘론으로 이행해 가는 과정과 휴머니즘 논쟁 자체의 전개 과정은 구분하여 연구되어야 할 것으로 판단되기 때문이다. 1930년대의 휴머니즘 논의를 논쟁사적 측면에서 연구하려면 30년대 중・후반에 착목하여야 할 것이다. 특히 김오성의 '네오 휴머니즘론'은 1960년대 휴머니즘 논쟁의 뿌리로 해석될 수 있다는 점에서 세심한 분석을 요한다. 이 문제에 대해서는 별도의 논문이 필요하다고 판단되므로 지면을 달리하여 기술할 것임을 밝혀 둔다.

44 최일수, 「우리 문학의 현대적 방향」, 『자유문학』, 1956.12, 173면.

45 위 글, 168면.

46 위 글, 167면.

여진 그러한 전통 아닌 인습으로만 일방적으로 편향하여 이에 고착해 버릴 수는 없는 행동적인 「휴머니티」가 앞서고 있으며, 개방과 혼돈으로 얽켜진 성급한 서구의 「니힐」관을 오늘 우리 민족의 당면한 국토 통일로 이룩되는 새로운 민족 형성의 구현 과정에서 비판하고 지양하는 그러한 현실적인 초극정신이 싹트고 있다고 믿는다.[47]

위 인용문에서 짐작할 수 있는 것은 최일수에게 있어서 당대 문학의 바람직한 전개 방향은 민족문학으로의 길이며, '휴머니티'는 그 방법론으로 이해될 수 있다는 점이다. 자신이 거론하는 휴머니티를 굳이 전대의 휴머니즘과 구분하려는 것에서도 최일수의 궁극적 지향점이 휴머니즘 혹은 휴머니티에 있었던 것은 아님을 알 수 있다. 최일수의 '휴머니티'론은 새로운 문학, 나아가 새로운 세상을 향해 가는 과정에서의 당대적이고 단계적인 방법론이었다.[48]

앞 절에서 유종호와 원형갑이 휴머니즘의 메커니즘화에 대해 우려하고 비판했던 것을 언급했었다. 이와 관련하여 유종호의 「한국문학에 있어서의 휴머니즘 - 그 의장에의 의혹」을 살펴볼 필요가 있다. 유종호는 이 글에서 한국문학의 휴머니즘이 세 가지 의장의 구도를 보여준다고 정리한다. 그 첫째가 동정의 미학이다. 둘째는 부정적 인간의 고발이며, 셋째는 회귀형 혹은 갱생형이다. 이에 따라 한국적 연상

---

47 위 글, 174면.

48 신동한 또한 「휴머니즘과 작가정신」에서 조국애 민족애를 본질로 하는 인간의 주체성 회복을 주장한다. 그는 휴머니즘을 작가정신과 연관시키고 있는데, 작가정신의 핵심인 휴머니즘을 한국이라는 풍토 위에서 어떻게 형성하느냐의 과제에 대해 윤리성, 저항정신, 새로운 인간형의 창조 등을 기준으로 논하였다. 원론적이고 모호하며 약간은 격앙되어 있는 이 글에서 주목되는 것은 그가 한국의 문학을 '현실도피의 세계'라는 말로 단정하여 저항정신이 필요함을 주장한다는 것, 그리고 그 방법은 새로운 인간형을 창조하는 데 있다고 주장한다는 것이다. (신동한, 「휴머니즘과 작가정신」, 『자유문학』, 1959.3 참조.)

대가 조직하는 휴머니스트의 영상은 인정주의자이며 획일주의자이고 공민교과서 필자의 생리를 지닌 인간이 된다. 이러한 현상에 대해 유종호는 단편중심인, 그리고 서정적 소설 위주인 한국 소설사를 그 배경으로 지적하고 있다.

> 사회성을 사상하고 나서 인생 국면의 시적 효과만을 추구한 데에 한국 소설의 큰 약체성이 있다는 것은 부정할 수 없는 사실이지만 한편 이것은 한국작가로 하여금 허약무쌍한 휴머니스트로 낙착시키고야 말았다. 적어도 현대의 휴머니스트는 정치적 사회현실에서 외면하고 소박한 성선설의 단조한 목가만을 부르는 사람은 아닐 터이니까.[49]

최일수의 글과 유종호의 글 사이에는 분명 눈에 띄는 간격이 있다. 최일수가 민족문학 수립을 위해 방법적으로 휴머니티를 주장했던 반면 유종호는 한국의 현실에서 전개되고 있는 휴머니즘의 맹점을 비판하고 있는 것이다. 물론 최일수가 이야기하는 휴머니티와 유종호가 비판하는 한국적 휴머니즘이 차질된다는 점에서, 두 평론가 모두가 현실 참여의 문학을 주장한다는 점에서 양자 사이의 간격은 줄어들지도 모른다. 그러나 근본적인 태도에 있어 최일수가 궁극적 지향점을 따로 두고 휴머니티라는 개념을 적극적으로 인입시키려 하는 것은 유종호가 당대의 현상을 정리하고 부족한 부분을 지적하는 것과 구별될 수밖에 없다.

어쩌면 유종호에게는 휴머니즘의 방법론이 딱히 필요했던 것이 아니라 서정적 세계에만 머무르고 있는 한국 소설의 지평을 적극적 참여의 영토에까지 확장시키려는 노력이 절실했던 것일지 모른다. 한국

49 유종호, 「한국문학에 있어서의 휴머니즘」, 『사상계』, 1962.9, 79면.

의 소설이 그 양과 질에서, 소재와 주제의 다양성에서 특별히 빈 곳 없이 확충된다면 그가 참여의 문학을 고집할 필요가 없었던 것이라고 볼 수 있다.[50]

김우종은 「유적지의 인간과 그 문학」에서 순수문학론에 바탕을 둔 작품 창작을 비판하고 새로운 문학관과 새로운 창작방법론을 수립할 것을 주장한다. 그의 견해에 따르면 당대의 창작 경향은 사회 현실의 문제를 제시하는 데는 일정한 성과를 거두었지만, 문제의 해결 방안에 대해서는 무관심한 편이다. 그는 현실을 외면하는 문학뿐 아니라 문제 제시에만 그치는 문학, 양심과 지성에의 호소로만 그치는 문학 또한 바람직한 것이 아니라고 하여, "작가 자신이 현실 속에 뛰어들어 도표를 세우고, 현실 문제 해결의 방편으로서, 그러한 목적의식하에서 하는 문학", "한국만이 홀로 떠밀려 나간 숙명의 유적지 이곳의 처참한 인간군들을 위해 직접 도표를 세우는 문학"[51]을 내세운다.

현실을 외면하지 말고 똑바로 응시하라는 것, 바라보지만 말고 그 속에 뛰어들어 보라는 것으로서의 참여론을 재삼 언급할 필요는 없을 것이다. 문제는 어떻게 현실에 뛰어들 것이며, 어떻게 도표를 세우는 것인가에 있다.

김우종은 한국문학의 과제로 비참한 인간들을 구원하고 인간 본연의 자세로 환원시키는 것을 들었다. 그 과제를 수행하는 주체가 휴머니즘으로서의 문학이 되는 것이다. 그의 생각에 한국 소설이 휴머니즘의 범주를 전혀 벗어나는 것은 아니다. 현실의 문제를 고발하고 고

50 실제로 유종호는 60년대 후반 이후 60년대 신진작가들의 활동이 부각되면서 참여 혹은 사상성의 문학에 대해 그 필요성을 적극 주장하는 태도에서 얼마간 거리를 두게 된다.

51 김우종, 「유적지의 인간과 그 문학」, 『현대문학』, 1963.11, 235면.

통받는 인간에게 위로를 주려는 의도로 쓰인 소설들이 있었다. 그러나 김우종은 그것들을 문제제시에 그친, 문제 해결의 의욕을 보여 주지 못하는 문학이라고 비판한다. 비극적 상황에 직면한 인물을 설정하여 그들에게 면죄부를 주는 결말은 현실적으로 아무 위로도 될 수 없다는 것이 그의 견해이다.[52]

김우종은 오영수의 「안나의 유서」, 손창섭의 「포말의 의지」 두 작품을 전형적인 '위안문학'의 예로 들고, 이범선의 「오발탄」, 강신재의 「임진강의 민들레」, 전광용의 「꺼삐딴 리」, 선우휘의 「도박」을 '호소문학'의 범주에 포함시켰다. 위안문학과 호소문학이란 "「그들에겐 죄가 없다. 그들은 결백하다. 그들을 위로하라」는 결론을 노골적으로 내걸고"[53] 있는가 아닌가의 차이이지 본질적으로는 같다고 규정한다. 그것들은 모두 문제 제시에 그친 문학이라는 것이다.

이와 같은 문제의 원인이 순수문학의 인습에 있는 것인지 아닌지를 따지기보다 비평가 자신이 직접 제시한 대안을 살펴보는 것이 유용할 것이다.

> 「이것이 한국이다」 하고 문제만 내놓은 채 방관자와 다름없는 위치로 돌아가지 말고 적극적인 해결방법을 구체적인 도표를 제시하는 것이다. 그러한 방법 그러한 도표는 반드시 갈보에게 미장원을 차려 주고 상이군인에게 교문의 수위직을 알선해 주는 것만을 의미하는 것은 아니다. 우리는 페스트가 만연되어 가는 폐쇄된 항구 속에서 내일의 죽음에 직면한 한 딱터가 여전히 환자들을 찾아다니며 성실히 작업하고 있는 모습을

52 이 같은 견해를 휴머니즘의 메커니즘화에 대해 경계했던 유종호나 원형갑의 것과 비교해 볼 수 있을 것이다.

53 위 글, 228면.

본 일이 있다. (까뮤의 「페스트」에서) 그는 절망 속에서 해결의 도표를 찾은 인간이다.[54]

김우종은 적극적인 해결 방법, 구체적인 도표를 제시한 작품으로 까뮈의 「페스트」를 들고 있다. 그 외에도 앙드레 말로의 「정복자」, 헤밍웨이의 「노인과 바다」, 펄 벅의 「해일」을 차례로 거론하였다. 이 들 작품이 위안이나 호소문학과 다른 점은 무엇인가. 그들이 제시한 도표라는 것은 과연 무엇인가. 그 속에서 도대체 무엇이 해결되었다는 말인가.

외국문학의 소산인 이 작품들이 한국 소설의 문제 제시의 문학과 다른 점은 적극적이고 의지적인 인간형을 창조하였다는 데 있다. 그들의 행동과 의지가 당면한 절망적 현실을 타개하는 데 성공했다는 것이 아니라, 그것을 위해 투쟁하는 모습을 보여주었다는 것이다. '의지적 인간형의 창조' 그것이 김우종이 생각하는 도표 제시의 창작방법론이었다고 볼 수 있다. 그런 점을 염두에 두고 다음과 같은 작품 평가를 읽어볼 필요가 있다.

전쟁에서 다리를 끊긴 '연'이나 생식기로 침입한 독균 때문에 눈이 먼 '미혜'는 모두 한국이라는 비극적인 운명 속에서 희생된 인물들이다. 운명 앞에 짓밟힌 가련한 인간상 - 그러나 작자는 여기서 인간의 의지의 위대성을 지적하여 의지에 의한 운명에의 대결과 그 승리를 암시해 주고 있다. 다만 작자가 말하는 그러한 의지를 우리가 어느 정도까지 믿을 수 있느냐 하는 것이 문제일 것이다. 그러므로 기술면에서 말한다면 그것을 형상화하면 될 것이다. 즉 의지를 관념적으로 제시함에 그치지 말

54 위 글, 235면.

고 그것으로서 생동하는 위대한 인간형을 창조해 나가는 것이다.[55]

정한숙의 「끊어진 다리」에서 김우종은 하나의 가능성을 보고 있다. 작품의 결말에 제시된 '연'의 진술을 통해 의지적 인간형의 모습을 상상해 보고 있는 것이다. 실제 작품에 대한 김우종의 긍정과 비판을 그대로 수용하자는 것은 물론 아니다. 김우종이 생각하는 작품의 결점은 형상화의 미숙으로 요약된다. 인물의 의지가 사건과 행동을 통해 구체화되지 않고 관념적인 진술의 형태로 제시되고 있다는 것이다. 어쨌든 의지적 인간을 창조하려 한 의도는 긍정적으로 평가될 수 있으며, 기법의 문제는 보완하면 될 것이라는 김우종의 단언은 그가 생각하는 한국 소설의 당면과제가 사상성의 확충에 있었다는 것을 반증한다. 또한 그가 말하는 현대 소설의 사상성이란 행동주의적 휴머니즘으로서의 그것이라고 추출해 볼 수도 있다.

이상의 휴머니즘 논의에서 우리가 주목하여야 할 것은 이를 언급한 논자들이 한국소설의 당대 형편을 현실도피적 문학세계, 내면 집중의 문학세계로 한결같이 진단하고 있다는 점이다. 휴머니즘 혹은 휴머니티를 주장하는 논자들의 지향점은 '전망의 확보'에 있다. 의지적 인간형의 창조로서 무기력한 상황을 타개하려는 태도이다. 그러나 휴머니즘론은 1960년대 중·후반 이후 점차 논의의 중심에서 벗어나고 만다. 이것은 분명 리얼리즘론의 대두와 관련이 있다 할 것이다. 사실 휴머니즘 주창자들의 '의지적 인간형'이란 보기에 따라서 '영웅적 인간형'일 수도 있고, '이상적 인간형'일 수도 있다. 휴머니즘론의 본질적 모호성과 창작방법론 상의 지나친 이상성은 결국 모색의 상태에 머무

55 위 글, 234면.

른 채 실제 소설 창작에는 별다른 영향을 끼치지 못했던 것으로 보인다. 그들이 생각했던 전망과 관련된 논의는 이후의 리얼리즘 비평과 창작을 통해 구체화되는 것이다.

5. 결론

1950년대와 1960년대의 평론을 살펴보면 비평가들이 한국 소설에 대해 왜소성이나 편향성, 혹은 기형적 전통에 의한 기형적 전개 정도로 인식, 평가하고 있었음을 쉽게 알 수 있다. 그들은 이러한 현상에 대한 원인을 사상성의 부족이나 기법적 미숙, 서구의 경우와 구별되는 한국의 생리적 전통에서 찾으려 했다.

이 과정에서 비평가들이 생각하는 이상적 소설의 모형을 추측해 본다면 사상성과 예술성이 조화된 것이거나 민족문학의 특수성과 세계문학의 보편성을 아우르는 것쯤이 될 것이다. 물론 이 정도의 애매한 차원에서 내릴 수 있는 처방이란 사상성을 확충해야 한다든가, 예술성을 회복해야 한다든가, 서구를 배우려면 좀 제대로 배워야 한다든가 하는, 역시 애매한 만병통치약 비슷한 것이 될 수밖에 없다.

비평가들이 전후소설을 이분법적으로 해석하고 있었던 원인은 일차적으로 당시 작품의 미숙성에서 찾아질 수도 있을 것이다. 그러나 어떤 비평적 맞수를 가정하고 그것을 미리 부정해 버리기 위한 논리로서의 이분법적 해석이라면 문제가 있을 것이다. 세대론이나 순수·참여 논쟁 등 혼돈의 기록 속에서 비평가들 각각의 자질과 생리적 비평관을 추출해 내기는 쉽지 않다.

여러 개의 기준과 개념을 항목화하여 그것에 대한 각 비평가들의 견해를 이끌어내고 동질의 것과 차질의 것을 분석 종합하여 스펙트럼으로 구성하는 일은 그러므로 요긴한 방법론이 될 수 있다. 그런 점에서 비평가들의 비판이 집약되는 사항들을 세목화하고 그들의 비평적 태도가 어느 쪽의 거점 위에 서 있는가를 일단 배제한 상태에서 공통점과 차이점을 추출하려고 노력해 보았다.

1950년대 중반의 홍사중과 정창범의 견해는 현대사회가 혼돈과 모색의 과정을 보여주고 있으며 그에 따라 소설이 새로운 방법론을 개척해야 한다는 것으로 요약된다. 전자가 역사와 현실을 정확히 파악하는 자세, 현실 응전력으로서의 문학적 기술을 요구했다면, 후자는 소설에서의 '로마네스끄'의 거세를 경계하면서 일상 현실에서 비약한 허구적 질서를 창조할 수 있는 상상력을 내세웠다는 점에서 차이점을 드러낸다. 그러나 이들은 모두 사상성과 예술성을 분리하여 이해하는 것을 거부한다는 점에서 공통된다.

유종호와 김우종의 견해는 한국문학의 현실 도피적 성격이 문학의 공리성을 부정하는 일련의 흐름에 기인한다고 보는 것이다. 최일수의 견해도 그런 점에서는 같지만, 현실 도피적 성격을 드러내는 작품의 범위를 한정짓는 데서는 차이를 보인다. 유종호나 김우종이 현실도피를 한국 소설의 전반적 문제로 확대하고 있는 것에 비해 최일수는 기성 작가와 신진 작가들을 구별하여 기성 작가의 문제로 한정짓고 있는 것이다. 신진 작가들의 문제는 과잉관념에 있다는 것이 그의 생각이다.

기성과 신진을 분리하여 각각의 특성을 고찰한 비평가로 정창범을 함께 거론할 수 있는데, 그는 기성의 세계를 소박한 리리시즘으로, 신진의 작품세계를 무방향성으로 규정했다.

원형갑은 생경한 소재나 주제, 관념적 조작에 의한 인물과 상황의 도식적인 설정, 주인공의 과잉의식과 논설조의 설명 등을 근거로 신진 작가들을 비판했다. 또한 현실 참여론자들의 '현실' 개념이 불분명함을 지적하고 비판했다. 그러나 원형갑도 한국 소설이 서정적이고 낙천적인 세계에 머물러 버리는 것은 긍정적으로 생각하지 않았다. 이와 함께 거론될 수 있는 것이 유종호의 '휴머니즘의 메커니즘화' 비판이다. 결말 구조의 낙천적 인정이 곧 휴머니즘으로 통한다고 보는 공식적 태도를 문제삼고 있다.

유동준은 한국 소설의 답보 상태의 근본적인 원인이 단편소설적인 소설문학에 안착되어 있기 때문이라 주장한다. 왜냐하면 하나의 문학으로서 한 편의 작품으로서 그 통일된 정신과 성격을 표현하자면 장편소설의 형식이 아니고서는 처리할 수 없기 때문이라는 것이다. 정창범과 홍사중 또한 한국 소설의 주류가 단편적 양식에 매여 있었다는 점을 지적하고, 그것을 산문정신보다는 서정성에 가깝게 흐른 사실과 연관시키고 있다.

천이두는 한국 소설의 주조를 '인정'이라 규정하고 이 '인정'이 로고스보다는 파토스에 밀착된 것이라 하여 한국 소설의 서정성을 지적한다. 그에 의하면 한국 소설이 산문정신을 뚜렷이 구현하지 못하는 이유는 한국인의 생리적 기질이 논리보다는 윤리에, 이성보다는 감성에 밀착되어 있기 때문이다. 한국적 '인정'은 서정성으로 나타나기도 하지만, 패배주의로 흐를 위험성도 갖고 있다. 한국의 불안문학이 지니는 수난의식과 피해의식의 정조는 패배주의로 해석될 수 있으며, 서구의 그것과는 질적인 차이를 보인다는 것이 천이두의 생각이다.

당대의 상황을 타개하기 위한 대안으로 휴머니즘을 생각하는 평론가들이 있었다. 이들이 휴머니즘의 속성 중에서 주목한 것은 적극적이고 주체적인 행동성과 초극정신이었다. 휴머니즘을 작품 속에 구현하는 방법으로는 의지적 인간형을 창조해야 한다는 견해가 많았다. 특히 김우종은 실제 작품의 예를 들어가며 휴머니즘의 창작방법을 한국소설에 적용하기 위해 애쓴 대표적 평론가이다. 그러나 이때의 의지적 인간형이란 영웅적, 혹은 이상적 인간형과 혼동될 여지를 남겨 놓고 있었으며, 결국 창작방법론으로서의 휴머니즘은 실제 창작에 크게 영향을 끼치지 못한 것으로 판단된다.

이상의 정리가 보여 주는 결과는 비평가들이 생각하고 있는 이상적인 소설과 한국소설이 하루속히 해결해야 할 당면 과제가 무조건 동일한 것은 아니며, 그런 점에서 비평가의 소설관과 비평관의 차이가 발생한다는 것이다. 현실에 집착하는 것 자체가 불순한 의도로 의심되는 상황 속에서, 예술성을 주장하는 것이 순수문학의 망령으로 치부되는 상황 속에서 비평가들은 양자 간 선택을 통해 분명한 태도를 보일 필요가 있었을는지 모른다.

이 시기가 모색과 논쟁의 시기였다면, 그 모색이 문단의 어떤 권위적인 주류를 부정하는 태도에서 출발한 것임을 상기할 필요가 있다. 권위적 주류를 거부하는 다양성의 모색만이 곧 한국 소설의 일편향성을 극복할 수 있는 유일한 대안이 될 수 있었을 것이다. 양극단은 언제나 존재하는 것이지만, 그 사이를 꼼꼼히 메워넣고 있는 미세한 차이들을 인정하지 않는 방향으로 비평이 전개된다면, 창작 또한 어느 면에서 양자 간의 선택을 강요받는 결과가 된다. "1950년대 이후의 참여문학론이 리얼리즘론과 결합하여 논의의 깊이와 구체성을 더해가면서 1970년대 이후 민족문학론으로 발전해 가는 과정이 곧 한국 현대문학비평사의 가장 큰 줄기를 이룬다고 보아도 별 무리가 없다"[56]는 주장을 수용한다면, 1950, 1960년대의 모색은 다시 어느 하나의 권위적 주류로 수렴되었다고 보는 것 또한 무리가 없을 것이다.

---

56 김영민, 『한국 현대문학비평사』, 소명, 2000, 373면.

제3부

근현대작가론/소설교육론

『무정』 후일담의 소설 교육적 가치

1. 머리말

『무정』은 이광수의 첫 장편소설이자 우리 문학사에서의 첫 근대 장편으로 인정되어 왔다. 최근의 연구가 근대소설의 형성과 전개를 다양한 관점으로 서술하고 있는 것을 감안하더라도 이광수의 『무정』이 지니는 당대적 독보성은 국문 텍스트를 대상으로 한 문학사적 비평이 시작된 이후 오늘날에 이르기까지 공인되어 있다고 해도 과언이 아니다.

이는 비단 문학 특히 한국 현대문학을 전공한 연구자뿐만 아니라 중등교육과정을 거친 학생들에게도 문학사적 지식으로 각인될 수 있다. 최초의 한글소설이 『홍길동전』이요, 최초의 한문소설이 『금오신화』라고 답하는 단순 암기식의 교육은 지양되어야 하겠지만, 여전히 고등학교의 문학 교과서가 "인물의 성격이 분명하고, 플롯 면에서 근대소설의 형식을 갖추었으며, 문체 또한 이전의 작품들과는 구분되어 본격적인 근대소설의 시발로 보는 것이 보통이다."[1] "최초의 한국 근

1 김창원 외, 『고등학교 문학(하)』, 민중서림, 2012, 155면.

대 소설이라는 평가를 받는다."[2] 등의 서술로 『무정』을 소개하고 있음을 무시할 수는 없다.[3]

그 가치판단이 온당한가의 여부를 떠나 제도권 교육이 '최초'라는 수식어를 부여한다는 것은 학생들에게 적지 않은 영향을 끼치게 마련이다. 문학 전공자가 아닌 학생의 입장에서 최초를 검증하기 위해 최초 이전을 비교 대상으로 삼아 비교 분석할 필요까지는 느끼지 못할 터이므로, 상당 부분의 학생들은 교과서와 교사가 전달하는 '최초인 이유'를 받아들이며 학습하게 되리라고 본다.

그런데 위와는 달리 권영민의 『고등학교 문학(하)』 교과서는 『무정』의 문학사적 위치를 비판적으로 검토한 비평문을 실어 차별화된 내용을 드러낸다. 소설 『무정』은 "개인을 사회적인 존재로 인식하는 데에 실패하고 있으며, 개인적 자아가 근거할 현실적 상황에 대한 객관적인 인식도 제대로 구현하지 못하고" 있으므로 근대 소설로서의 지위를 확보했다고 보기 어렵다는 설명이다. "다만 새로이 도래할 문명 개화의 시대로서 근대 사회를 적극적으로 긍정하고 있다는 점에서 개화 공간의 말미에 자리하고 있음을 확인할 수 있을 뿐"이라는 것이다.[4]

---

2 우한용 외, 『고등학교 문학(하)』, 두산동아, 2012, 154면.

3 이 외에도 "근대적 인물을 주인공으로 설정하여 신・구 관념의 갈등을 그리면서 새로운 사회에 대한 지향을 효과적으로 형상화하여, 우리나라 최초의 근대 장편 소설로 인정되고 있다."(강황구 외, 『고등학교 문학(하)』, 상문연구사, 2012, 324면) "국문학사상 최초의 현대 장편 소설이다."(박경신 외, 『고등학교 문학(하)』, 금성출판사, 2012, 240면) "모두가 아는 바와 같이 근대 장편 소설의 선두적인 작품이다."(구인환 외, 『고등학교 문학(하)』, 교학사, 2012, 201면) "최초의 근대 장편 소설로, 교육을 통한 개화와 국가의 독립을 강조하는 계몽적 성격을 띠고 있다."(김병국 외, 『고등학교 문학(하)』, 포넷, 180면) 등 『무정』을 근대 혹은 현대 장편 소설의 출발로 규정하는 서술이 다수의 고등학교 문학 교과서에 나타나고 있다.

4 권영민, 「소설 '무정'의 위치」, 『고등학교 문학(하)』, 지학사, 2012, 338-339면.

『무정』을 근대의 출발 지점에 있는 것으로 읽을 것인가, 개화기의 말미에 놓인 것으로 읽을 것인가의 문제는 시대 구분의 관점이나 작품의 문학사적 의의를 제시하는 것과 연관될 뿐 아니라 텍스트내적 분석을 수행하는 과정과도 연관될 수 있다. 『무정』이라는 텍스트가 제시하는 '무정(無情)'의 함의는 당대 조선의 현실이라는 외적 조건뿐 아니라 서술자와 주요인물 및 주변인물의 관계도로 표현되는 내적 조건을 더하여야만 설명될 수 있음을 상기할 필요가 있는 것이다. '무정'이란 무엇이고, '무정한 시대'란 어떤 것인가는 이 작품의 근대적 성격을 가늠하기 위해서도 꼭 필요한 질문이다.

많은 학생들은 『무정』의 줄거리를 알고 있다. 그만큼 이 작품은 여러 학생들에게 익숙한 텍스트인 것처럼 생각된다. 그러나 그들 중 다수는 『무정』의 전문을 읽은 적이 없다. 어쩌면 대부분의 학생들에게 『무정』은 '삼랑진 홍수 이후 형식 등의 젊은이들이 의기투합하여 교육 개화의 필요성을 엄숙하게 고양시키는 장면'을 포함한 계몽소설일 뿐이리라.[5]

중등교육과정 국어 혹은 문학 과목에서 『무정』을 텍스트로 수업할 때, 작품의 전문을 다룰 수 없다거나 줄거리와 요점을 학습하고 문학사적 의의를 이해하는 정도로 그치는 것이 현실이라면, 이는 대학의 문학 강의실에서 또 하나의 문제점을 파생시킬 수 있다. 학생들은 '무정'이라는 제목에 익숙하고, 그것이 근대 초기 소설사의 독보적 성과라는 것을 들어서 알고 있으며, 작품의 분위기 및 줄거리를 어떤 식으로든 접해 보았다고 기억한다. 그리하여 정작 본문 텍스트를 분석적

5 위에서 인용한 교과서들 중 두산동아 교과서와 금성출판사 교과서는 123회와 124회를, 교학사 교과서와 포넷 교과서는 124회와 125회를 각각 해당 단원의 주요제재로 수록해 놓고 있다.

으로 읽어야 할 때 오히려 소홀한 독서를 하는 경향이 생긴다. 그것을 '안다'고 생각하기 때문이다.

『무정』의 당대적 메시지가 작품의 말미에 드러난다는 것을 부정할 필요는 없겠으나 작품의 대부분이 형식의 갈등과 영채의 수난으로 채워져 있는 것 또한 부정될 수 없는 엄연한 사실이다. 작품의 제목이 '무정'인 이유는 작가 혹은 서술자에 의해 어느 한 곳의 진술에서 드러나는 것이 아니라 영채의 수난사를 근거리에서 목도하면서도 갈등할 수밖에 없는 형식의 상황 속에서 암시되는 것이라고 보아야 한다.

본 논문은 『무정』 연구에 있어서만이 아니라 교육에 있어서도 전체 텍스트의 독서가 필요하다는 전제하에 『무정』의 126회 연재분, 즉 후일담의 내용을 해명하는 것이 작품 해석에 요긴함을 논증하려 한다. 그동안 『무정』의 후일담은 작품의 전근대성을 설명하는 근거로 활용되거나 완성도를 저해하는 불필요한 사족 정도로 취급되어 왔다. 그러나 이를 근거 삼아 『무정』을 개화기의 말미에 놓인 작품으로 위치시키기 위해서든, 그럼에도 불구하고 근대 장편의 효시로 인정할 수밖에 없음을 논하기 위해서든 후일담 즉 126회 연재분의 세심한 분석적 고찰은 필수적이라고 생각한다. 또한 형식과 영채라는 두 주요 인물을 포함하여 그들을 둘러싸고 있는 여러 주변 인물들의 미래가 어떠한 운명적 지점으로 귀착될 것인지를 비교하고 가늠해 보는 일은 당대 정세에 대한 작가의 인식을 비판적으로 고찰하는 연구의 선결 과제이기도 하다.

2. 후일담 고찰의 필요성과 『무정』 재독의 의의

『무정』을 형식, 영채 등의 성장담이라고 간주할 때, 그들이 각각 미국과 일본으로 유학을 떠나는 것으로 작품을 마무리하지 않고 미주알고주알 후일담을 늘어놓는 연재 126회는 확실히 전근대적이다. 그들을 포함한 조선의 젊은이들이 각 분야의 전공자가 되어 속속 귀환하는 시점으로서의 결말이란 1917, 1918년 당대의 조선을 형상화하고자 한 것도 아닐 뿐더러 가까운 미래의 낭만적 채색인데, 이때의 가까운 미래가 곧 '무정'의 세태를 극복한 '유정'의 시대로 여겨지지도 않는다는 점에서 보면 작품의 계몽적 메시지가 강화된다고 판단하기도 어렵다.[6]

> 第126節은 蛇足이다
>
> 126節에 잇서서는 作者는 아직것 이 小說에 登場하엿든 人物 全部를 再登場을 시켜서 그들의 10年后(사실은 4년 후 - 인용자)를 讀者에게 알게 하엿다. 그러나 이것은, 新派 悲劇(혹은 正劇)의 大團圓과 가튼 늣김을 줄 뿐 小說的 効果를 조금도 더 돕지를 못하고 도로혀 우섭게 만들은 데 지나지 못한다.[7]

이광수는 왜 굳이 사족과도 같은 마지막 회를 덧붙인 것인가. 우선은 당대 독자의 평균적 수준을 고려한 행위가 아닐까 생각해 볼 여지가 있다. 『무정』이라는 소설 자체가 순한글 표기로 연재되었고 구독

---

6 『무정』 후일담의 이와 같은 성격을 「혈의 루」 하편 및 속편과 비교해 볼 필요가 있다. 이인직이 「혈의 루」 상편을 『만세보』에 연재한 후 단행본을 출간하여 어느 정도 독자를 만족시켰으면서도 후일의 기회를 얻어 굳이 『제국신문』에 하편을 연재한 이유는 무엇이겠는가. 하편의 연재가 끝나고 다시 몇 년 후에 옥련을 불러내어 속편 「모란봉」을 재집필한 이유는 무엇인가. 계몽 담론으로서의 일대기 완결을 위한 이인직의 일련의 노력이 의도대로 성공했다고 보기 어려운 상황에서 이광수는 왜 비슷한 일을 반복한 것일까.

7 김동인, 「춘원연구」, 김치홍 편저, 『김동인 평론전집(상)』, 삼영사, 1984, 106면.

자층에게도 익숙한 영웅담 혹은 여성 수난담의 변주인 만큼, 인물의 운명이 귀결되는 지점을 궁금해하리라는 것도 구소설이나 신소설 문법에 익숙한 독자들을 고려한 작가의 판단으로 해석할 수 있다.

그렇다고 해도 의문점은 남아 있다. 이광수의 『무정』은 이미 10년 전 이인직이 옥련이라는 인물의 수난과 유학 과정을 통해 『혈의 루』에서 보여준 성장담의 가시적 성과를 충실히 재현하고 있는 것으로 보인다. 『혈의 루』의 단행본 출간은 상편의 연재 종료 후 바로 이루어졌으며 그것만으로도 폭넓은 독자를 얻을 수 있었다. 오히려 『혈의 루』 하편이나 속편으로서의 『모란봉』은 후대에 이루어진 문학사적 평가에서도, 당대의 반응이나 주목도에서도 현저히 뒤처지고 있는 것이 사실이다. 즉 인물의 일대기가 완성되지 않아도 완결된 하나의 텍스트로 자리매김할 수 있다는 것이 작가의 의도와 관계없이 미리 증명된 셈이다.

게다가 본격적인 근대 작가라고는 하기 어려운 유명 무명의 신소설 작가들에게서조차 다음과 같은 기초적 창작론이 제출되고 있었음을 고려하지 않을 수 없는 노릇이다.

> 본 기자의 저술한 바 소설이 취미는 없지 아니하나 매양 허탄(虛誕) 무거(無據)하고 후분(後分)을 다 말하지 아니하는 두 가지 결점이 있다 하나, 이는 결코 생각지 못한 언론이라 하노니, 어찌하여 그러냐 하면 소설의 성질이 눈에 보이고 귀에 들리는 실적만 들어 기록하면 취미도 없을 뿐 아니라 한 기사(記事)에 지나지 못할 터인즉 소설이라 명칭한 것이 없고, 또는 기자의 저술한 소설 삼십여 종이 확실한 소역사가 없는 자는 별로 없으니, 볼지어다. 저 수호지(水滸誌), 삼국지(三國誌), 서상기(西廂記) 등의 유명한 중국소설(中國小說)이며, 불여귀(不如歸), 곡간앵 혈루(血淚) 등의 기절한 내지(內地) 소설이 모두 후분(後分)을 역력히 말

한 바이 있는가. 이는 주역계사합이 불수의 뜻과 일반이라 꽃을 보매 이울기에 이르지 말라는 말이 아니 있는가. 비록 결사(結事)를 후분까지 지루히 기록치 아니한대도 애독제군의 추상(推想)으로 그 다음 일은 족히 요해(了解)할 줄로 믿는 바이로라.[8]

저작자 왈 리일남의 학업 성취할 것과 장차 성혼할 것과 김중일 로회심 양씨의 사업에 대하여 어떻게 되었다는 사실은 이 책에 없는 까닭은 최근소설이요, 또 ?년 ?월(의문부호 - 필자) 이 저작자의 정필할 동시에 이상 사실만 있었소.

이에 대하여 한 말씀 드릴 것은 태양빛을 받는 달도 둥글어진 전에 구경하는 자의 바라는 맘이 간절하고 우로지택을 받는 식물의 꽃도 다 피기 전에 관람자의 여흥을 돕는 것이었다 연구하시고 추상하시면 대영광 호결과가 있을 듯하외다.[9]

1912년 발표된 『탄금대』와 1913년에 출간된 『금의쟁성』이 위에 인용된 것과 같은 후기를 동반하고 있음은 어떻게 해석되어야 하는가. 우선 위 인용문을 통해 알 수 있는 것은 작품의 서사를 위해 동원한 인물들의 후일담을 일일이 부기하지 않아도 텍스트의 완결이 가능하다는 작가의 의식이 엿보인다는 점이다.

『금의쟁성』의 주요인물 일남은 가족과 헤어진 후 수많은 고초를 겪게 되지만, 그러는 동안 교육의 기회를 얻어 미래 세대의 일꾼으로 성장할 기회를 얻는다. 작가가 그리지 못한 것은 성장한 일남이 이후 어떤 식으로 자신의 삶을 꾸려 나가며, 또한 민족적 과업을 성취해

8 이해조, 「탄금대 후기」, 『매일신보』, 1912.5.1.

9 작자미상, 『금의쟁성』, 유일서관, 1913, 423-424면.

나가느냐의 문제일 텐데, 이에 대해서는 독자가 스스로 연구하고 추상하라는 말이다. 어쩌면 작가가 인물의 성장을 그리는 동안 독자는 인물이 당하는 간난신고에 초점을 맞추어 감정이입을 하고 있었을지 모르는데, 그렇다면 인물을 통해 고대하던 학업의 성취와 결혼, 사업의 흥왕 등이 묘사된다면 더 큰 대리만족을 얻을 것이다. 그러나 이때의 독자는 고난과 그 극복의 연속이라는 옛 서사에 익숙한 전근대적 독자이며, 후일담을 적지 않더라도 스스로 연구하고 추상할 수 있는 독자는 근대적 서사에 익숙한 독자일 것이다.

『탄금대』 후기에 드러나는 이해조의 의식 또한 비슷하게 이해될 수 있다. 결사를 후분까지 지루하게 기록하지 않더라도 독자의 추상으로 다음 일을 이해할 수 있으리라는 언급은 당대 독자 저변의 수준이 어느 정도 올라와 있음을 작가의 입장에서 신뢰한다는 태도이다.

1917년에 연재가 시작되고 1918년에 단행본 초판이 출간된 이광수의 『무정』이 구구절절 인물의 후일담을 늘어놓은 것은 시대착오적으로 해석될 여지가 크다. 인물의 성장 과정을 핍진하게 그려내는 것만으로 자족적 텍스트가 될 수 있다는 것은 10년 전 이인직이 이미 보여준 사실이다. 또한 성장 이후 청년 세대의 성공과 민족적 과업 성취 등은 당대 독자가 충분히 추상할 수 있으리라는 것은 5년 전에 이해조 등 신소설 작가들이 이미 보여준 정황 인식이다. 그렇다면 이광수가 믿지 못한 것은 이전 작가들에 의해 고안된 계몽소설의 틀이었을까, 그것을 읽어내는 당대 독자의 수준이었을까. 혹 후일담이라는 것이 시대착오적임을 인지하였으면서도 나름대로는 불가피하다고 여겼던 것은 아닐까.

『무정』을 집필하고 연재를 마무리할 무렵 126회 즉 후일담을 굳이 덧붙여야 했던 작가적 의도가 무엇이었는지 따져보아야 할 일이다. 과연 『무정』의 후일담은 125회까지의 이전 연재분과 동떨어진 사족

일 뿐인가. 후일담을 제외한 텍스트가 자족적 완결 구조를 보여주고 있다 하더라도 126회가 덧붙여짐으로 해서 달라지거나 확장되는 의미는 없는가. 126회에 제각각 분열되어 드러나는 인물들의 운명이 암시하는 것은 무엇인가. 그들이 등장한 이전 연재분의 사건과 상황에 대한 해석이 후일담과 연관되어 명료해지는 부분은 없는가.

『무정』과 그 후일담을 둘러싼 위와 같은 의문들을 차근차근 풀어가기 위해서는 전체 텍스트를 꼼꼼히 되짚어 읽는 작업이 필수적이며, 이는 곧 작품 해석을 새로이 하거나 선명히 하는 일이 될 수 있다. 또한 이 과정을 통해 이광수의 계몽 담론이 지닌 성격을 점검하고, 텍스트의 안팎에서 재조명해 보는 기회로 삼을 수도 있을 것이다.

3. 『무정』이 후일담에 숨겨 놓은 다단계의 세대론

『무정』의 126회에서 언급되는 125회까지의 등장인물은 모두 17명이다. 순서대로 늘어놓아 보면 형식, 선형, 김 장로 부부, 병욱, 영채, 우선, 병국, 병국의 부인, 병국의 조모, 형식의 주인 노파, 영채의 '어머니', 계향, 희경, 종렬, 배 학감, 칠성문 밖 노인이 거론되어 있다. 이미 고인이 된 박 진사와 그의 아들들은 후일담에 등장할 이유가 없고, 배 학감 주위의 악인형 인물인 김현수 정도가 빠져 있을 뿐 작품 전편에 등장한 거의 모든 주요 인물이 망라되어 있는 것이나 다름없다.

세심한 분석 없이 126회를 개관한다면 유학을 떠난 젊은이들이 귀국할 준비를 하고 있는 것, 그들이 떠나 있는 동안 조선의 문명과 사상이 진보하고 상공업이 비약적인 발달을 하고 있었다는 것, 신교육의 수혜를 입은 미래 세대가 성장하고 있다는 것 등을 표 나게 강조하여 민족의 미래를 낙관적으로 채색한 결말로 단순하게 받아들일 수 있다. 그러나 그것뿐이라면 이 후일담은 원고 매수 14매가량의, 당대 독자의 추상 능력을 고려하지 않은 그야말로 사족이라 하지 않을 수 없다. 그러나 여기에 거론된 17명의 운명이 어떻게 엇갈리고 있는지 자세하게 살펴보면 의식적이든 무의식적인 것이든 각 인물들이 대표하는 인간형에 대한 작가의 태도를 분석할 여지가 생긴다.

3.1. 청년 세대의 성취

우선 삼랑진 홍수 당시 여관에 모였던 다섯 명의 청년이 어떻게 변하여 있을지 살펴보면 각자 자신의 일과 공부에 매진하여 어느 정도의 성취를 거두고 있음을 확인할 수 있다. 형식과 선형은 시카고 대학 4학년생으로서 졸업을 앞두고 있으며, 그 동안 우량한 성적을 거둔 것으로 서술된다. 병욱은 음악학교를 졸업한 뒤 독일 유학을 하는 동안 베를린 음악계에 명성을 떨치고 있는 중이며, 영채 또한 음악학교를 우등으로 졸업하고 동경의 음악회 등에서 피아노와 성악과 조선춤으로 맹활약 중이다. 그런가 하면 조선에 남았던 우선은 수양에 힘쓰고 사상을 심화 확대시켜 전 조선에 문명(文名)을 떨치고 있다. 이들 모두가 4년여 전의 의기투합을 잊지 않고 각자의 자리에서 분투한 결과이다.

그들과 동세대로 간주할 수 있는 인물로 병국 부부와 배 학감이 있는데, 병국 부부의 경우 대상원의 주인이 되고 아들딸을 낳는 등 부부금슬이 좋아진 반면, 배 학감은 아직도 철이 나지 못하여 금광을 전전하는 중이다. 이렇게 보면 형식 등 청년 세대의 후일담은 기존 서사의 흐름을 따라 자연스러운 귀결을 보이고 있다고 할 만하다. 학교에서 퇴출당한 배 학감이 그래도 정신을 차리지 못하고 허황된 욕망에 빠져 허우적대는 모습은 아이를 낳고 실업에 종사하는 병국 부부는 물론 교육과 계몽 담론 전파를 위해 시대의 선봉에 선 삼랑진 5인방과 뚜렷이 대비되며 작품의 주제를 확연히 드러내고 있는 것이다.

3.2. 노년 세대의 건재

그렇다면 형식 세대를 기준으로 하여 구세대로 통칭할 수 있는 인물들의 후일담은 어떤가. 김 장로 부부는 "날마다 사랑하는 딸이 돌아오기를 기다려 벌써부터 돌아온 후에 할 일과 하여 먹일 것을 궁리하는 중"이고, 병국의 조모는 "불행히 사랑하는 손녀를 보지 못하고 작년 여름에 세상을 떠나셨"으며, 형식의 하숙집 주인 노파는 "차차 몸이 쇠약하여져서 지금은 약수에도 다니지 못"하지만, "보는 사람마다 형식의 말을 늘 한다." 영채의 소위 '어머니'는 "집을 팔아 가지고 평양 어느 촌으로 내려가서 양자를 들여 데리고 농사를 지으며 진실한 예수교 신자가 되어서 편안히 천당길을 닦는다." 칠성문 밖 노인은 "아직도 건강하여 십여 일 전부터 툇마루에 나와 앉아서 몸을 흔들거리고 있다. 다만 달라진 것은 그 감투가 전보다 더 낡아졌을 뿐."[10]

여기서 특별한 것은 찾아보기 어렵다. 이들은 이미 새 시대의 인물이 아니요, 역사의 뒤안길로 앞서거니 뒤서거니 사라져갈, 살아 있는 화석과 같은 존재이기 때문이다. 다만 김 장로 부부가 딸 내외를 기다린다는 서술에서 최소한 신세대의 조력자 역할을 자임하리라는 것을 엿볼 수 있고, 영채의 '어머니'가 예수를 믿어 편안히 천당길을 닦는다는 서술을 통해 기독교로 대표되는 서구 문명에 대한 긍정적 시선을 엿볼 수 있겠다. 또한 영채의 어머니는 영채의 살아 있음을 알고 기뻐

---

10 (문단 내 인용 모두) 이광수, 『무정』 126회, 『매일신보』, 1917.6.14.

하며 영채가 동경에 있는 동안 물심양면으로 후원한 것으로 미루어 이후로도 적극적으로 후견인 역할을 하리라고 예상할 수 있다. 즉 구세대를 구성하는 인물들 중에서도 형식 세대를 도와 줄 수 있는 세력으로 기독교와 관련된 사람들을 배치하고, 또한 필요하면 기독교의 자장 내에 끌어들이고 있는 것을 주의 깊게 살필 필요가 있다.

구세대의 후일담 중 독특한 부분이라면 칠성문 밖에서 만난 노인에 관한 서술이다. 그가 아직도 건재함은 무엇을 의미하는가. 『무정』에서 노인이 등장하는 장면은 연재 63회에 다음과 같이 묘사된다.

> 문 밖에는 문짝 모양으로 만든 소위 '평상'이란 것을 놓고, 그 위에는 다 떨어진 볏짚 거적을 폈다. 어떤 낡디낡은 탕건을 쓴 노인이, 이 더운 때에 때묻은 무명옷을 입고 할일이 없는 듯이 평상에 앉아서 몸을 앞뒤로 흔들흔들하면서 두 사람의 지나가는 양을 본다. 그 노인의 얼굴은 붉고 눈에 빛이 있으며 매우 풍채가 늠름하다. 형식은 그가 수십 년 전 조선이 아직 옛날 조선으로 있을 때에 선화당(宣化堂) 안에서 즐겁게 노닐던 사람인 줄을 알았다. (중략 - 인용자) 그는 세상에서 버려진 사람이 되고 세상은 그가 알지도 못하던, 또는 보지도 못하던 젊은 사람의 손으로 돌아가고 말았다. (중략 - 인용자) 그는 영원히 이 세상이 무엇인지를 깨닫지 못하리니,[11]

칠성문 밖에서 노인을 만난 시점인 연재 63회 이전과 이후의 형식은 작가의 의도가 성공했는지의 여부를 떠나 완전히 다른 사람으로 설정되어 있다. 영채의 '어머니'와 평양으로 가서 영채 찾기에 실패한 후 동기(童妓) 계향을 만나고, 극히 짧은 시간 내에 쉽게 납득되지 않

---

11 이광수, 『무정』 63회, 『매일신보』, 1917.3.21.

는 심경 변화[12]를 일으켜 서울로 돌아오기까지의 과정에서 '노인'은 등장한다. 세상은 달라졌고 탕건 쓴 노인은 젊은이들이 주도하는 세상에서 소외된 채 그저 홀로 남아 있다. 계향을 만나서 스스로도 알지 못할 흥분 상태에 놓여 있던 형식은 노인을 만나는 순간 세상의 변화와 자신의 위치를 깨닫고 이성적으로 대립구도를 설정하게 되는 것이다.

처음부터 의도된 것인지는 알 수 없지만, 전체 126회 중 정확히 절반의 지점인 63회에서 지나간 세상의 인간형인 노인을 등장시키고[13], 형식으로 하여금 앞으로 전개될 인생의 좌표를 대척적인 지점에서 가늠하게 하는 설정은 독자의 입장에서 곱씹어볼 여지가 있는 대목이다. 『무정』이 지닌 여러 갈래의 서사 중에서도 '형식의 성장담'이 지니는 비중은 확고하다고 할 수 있는데, 우유부단하고 감성적인 성격의 그가 변화한 세상에 적응하기 위해서는 스스로 다시 태어나는 계기가 필요했고, 작가는 이를 위해 '사라져 가는', '사라져 가야 할' 인물을 비추어 준 것이다.

어쩌면 이광수가 처음 기획했던 것만큼 작품의 서사가 진전되지 못하였고, 형식의 변화한 모습이 제대로 구현되지 못했다는 증좌를 '칠

---

12 일찌기 김동인은 이와 같은 인물의 변모를 두고 "약하고 줏대 없는" 형식의 성격으로는 가능하지 않은 것이라고 판단하였다. 또한 계향과의 만남이나 탕건 쓴 노인과의 마주침은 "奇怪하고도 矛盾된 형식의 행동을 속여 넘기기" 위한 "作者의 詐欺術에 지나지 않는다"고 폄훼한 바 있다.(김동인, 「춘원연구」, 김치홍 편저, 『김동인 평론전집(상)』, 삼영사, 1984, 96면 참조)

13 김동인의 날선 비난이 아니더라도 노인의 등장은 소설의 이전 서사 전개 과정을 살펴볼 때 전혀 개연성이 없다. 언젠가 본 듯한, 알 듯한 노인이 갑자기 등장했다가 시야에서 사라지는 방식으로 퇴장하는 것인데, 만약 이것이 1회성 등장에 그치는 것이라면 마지막 회의 후일담에서 그 인물을 살뜰히 챙기고 김동인의 말마따나 '재등장'시킬 이유가 없는 것이다. 그만큼 『무정』에서 '칠성문 밖 노인'이 지니는 상징성은 긴요하며, 연재 63회의 급격한 변전은 의미심장한 것이다.

성문 밖 노인'에게서 찾아볼 수도 있겠다. 세상이 '이미 변하였다'는 연재 63회에서의 판단(그것이 작가의 판단이든 혹은 형식의 판단이든)은 결말에 이르러서 '변해야 한다'는 당위론으로 수정되어 있는 것이나 다름없다. 노인이 "아직도 건강하여 십여 일 전부터 툇마루에 나와 앉아서 몸을 흔들거리고 있"는 것처럼 교체되어 사라져야 할 구시대의 유물은 세상의 곳곳에 건재한 것이다.

3.3. 청소년 세대의 비극

형식 세대를 기준으로 그보다 아래에 위치하여 있는, 다가올 새 시대에 편입되어야 할 신세대의 후일담을 살필 차례이다. 다음의 인용문은 독자의 기대와 전혀 다른 모습으로 나타나고 있는 청소년 세대의 미래이다. 영채의 평양 기생 동문인 계향과 형식의 제자인 희경, 종렬 등의 운명은 지극히 비관적으로 그려지고 있는 것이다. 형식 세대의 주요 인물들이 시대를 앞서가는 선각자적 역할을 자임하고 있는 것이라면 그들의 뒤에서 저변을 형성하고 새 시대의 주역이 되어야 할 세대는 건강하고 활기찬 모습으로 나타나야 하는 것이 아니겠는가.

> 한 가지 불쌍한 것은 형식이가 평양에 갔을 적에 데리고 칠성문으로 나가던 계향이가 어떤 부잣집 방탕한 자식의 첩이 되어 갔다가 매독을 올리고, 게다가 남편한테 쫓겨나기까지 하여 아주 적막하게 신고함이니, 아마 형식이가 돌아와서 이 말을 들으면 매우 슬퍼할 것이다. 그 어여쁘던 얼굴이 말못되게 초췌하여 이제는 누구 돌아보아 주는 이도 없게 되었다.
>
> 혹 독자 여러분이 기억하시는지 모르거니와 형식이가 사랑하던 이희경 군은 아까운 재주를 품고 조세하였고, 얼굴 컴컴하던 김종렬 군은 북

간도 등지로 갔다는데 이내 소식을 모르며,[14]

형식의 제자 희경과 종렬이 작품에 처음 등장하는 것은 학생들에 의해 동맹휴학이 모의되는 연재 18회에서다. 형식이 근무하는 경성학교의 4학년 학생들인데, 이들 중 형식이 특별히 애착을 보이는 학생은 희경이다. 종렬이 나폴레옹을 흠모하는, 생각보다는 말과 행동이 앞서는 성급한 인물로 묘사되는 데 비해 희경은 스승인 형식을 내심 경쟁관계의 라이벌로 생각할 만큼 총명한 학생으로 그려진다.

북간도 등지로 가서 소식이 끊긴 종렬은 차치하고라도 형식이 지극히 사랑한 제자 희경[15]이 조세하고 말았다는 서술은 무엇을 의미하는가. 그의 아까운 재주가 조선의 새 시대에 꼭 필요한 것은 아니었는가. 희경과 같은 인재가 조금이라도 더 많이 배출되어 형식 등이 하는 사업에 힘을 보태야만 무정의 시대가 빨리 종식될 것이 아닌가. 그럼에도 불구하고 희경과 그의 재주를 무덤 아래로 파묻어 버려야 했던 작품 내적 필연성은 어떻게 해석되어야 하는가.

여기서 우선 분명히 해 두어야 할 사실은 이광수가 『무정』에 심어

---

14 이광수, 『무정』 126회, 『매일신보』, 1917.6.14.

15 주지하다시피 『무정』의 '희경'은 작가 이광수의 오산학교 시절 애제자 이희철을 모델로 한 인물이다. 이광수는 자신의 첫 장편 『무정』 창작 당시를 술회하면서 실존 인물을 모델로 한 유일한 작중인물이 '신우선'이라고 밝혔다.(이광수, 「文壇苦行三十年(其二) - 西伯利亞서 다시 東京으로」, 『조광』, 1936.6 참조) 그러나 '희경'이 실존 인물 이희철을 모델로 한 것이라는 정황적 근거는 여러 경로로 찾아진다. 1920년 이희철이 『창조』에 글을 기고한 이후 이광수와의 활자 매체를 통한 간접적 교류가 간헐적으로 이어졌음이 분명하고, 1924년 이희철이 실제로 조세한 이후 이광수가 추모의 정을 글로 남기는 시점까지의 자료를 살펴보면 이광수와 이희철의 관계도가 형식과 희경의 그것에 그대로 오버랩됨을 알 수 있다.(권두연, 「소설의 모델, 독자, 작가」, 『비평문학』 42, 2011, 35-79면 참조) 그렇다면 이광수만이 끝내 『무정』의 작중 인물 희경의 실제 모델을 애써 부인한 셈이 된다.

놓은 세대론이 결코 구세대와 신세대로 양분되는 단순한 구도로부터 출발하지 않는다는 점이다. 『무정』이 내포하고 있는 각 세대 간의 성격 차이는 선명하게 구획되기 어려울 정도의 다층적 단계론으로 나타난다. 이는 박 진사나 김 장로 등 과거의 세대를 구시대의 유물로 돌려 앉히고 형식과 그의 세대를 신시대의 전면에 놓아 후대와 결합시키려는 작가로서의 의도 자체를 부정하게 만든다. 그런 의도가 『무정』 창작 당시의 이광수에게 있었느냐를 우선 논외로 하더라도, 그것은 결코 성공할 수 없는 기획이었다는 것이 마침내 밝혀지는 결말 구조를 『무정』은 포함하고 있는 것이다.

어쩌면 이는 희경과 종렬 등 자라나는 세대의 긍·부정성과 직접적 관련이 없는 것처럼 여겨지기도 한다. 『무정』이 성급히 드러내려 한 낙관적 전망의 범위 안에 청소년 세대를 아우를 수 없었던 것은 그들이 못난 탓이 아니라 그들의 재주를 품어 내지 못하는 시대의 탓이라고 볼 수 있는 것이다.[16] 당장의 선각자 그룹이 서둘러 조선의 변화를 주도하려 한다 해도, 의미 있는 결실은 좀 더 먼 후일을 기약해야 하리라는 작가 이광수의 당대 인식이 나타난 것이라고 판단하고 주목해야 한다.[17]

---

16 이와 같은 시각은 『무정』 연재 당시 『학지광』에 게재한 이광수의 글에 잘 나타난다. "우리 朝鮮엔들 그 동안 얼마나 偉人의 씨가 떨어젓겟소마는 우리 祖上들은 그것을 알아보지 못ᄒᆞ고 밟고 눌러서 모다 말려죽이고 말앗소구려"(이광수, 「천재야! 천재야!」, 『학지광』 12호, 1917.4, 8면)

17 이광수는 결국 '유정'의 시대를 그려낼 수 없었다. 이인직이 『혈의 루』의 속편인 『모란봉』을 작가 생활의 말년에 굳이 시작하였다가 통속물로 변질시키고 끝내는 마무리하지 못한 사정과 크게 다르다고 할 수 없다. 채만식이 『탁류』의 현실을 그리고 난 후 『청류』의 형상화에는 성공하지 못했던 사실도 겹쳐 놓고 고찰해 볼 필요가 있을 것이다. 미래의 전망을 당대 현실의 토대로부터 이끌어내지 못하고 낭만적으로 '선취'하려 한, 그럴 수밖에 없었던 의욕적 작가정신과 시대의 불화가 낳은 파탄이라고 할 수 있다.

'나는 소년 시대를 건너뛰었어.'[18]

형식의 제자 사랑은 자신의 소년 시대가 암울했던 것과 관련이 깊다. 동년배와의 교류가 적었던 자신의 과거를 보상받기 위한 것처럼 형식은 희경 등의 제자들과 친밀한 관계를 형성하기 위해 노력했다. 그러나 『무정』의 서술자는 "그의 지나간 사 년간의 교사생활은 실패의 생활이었다"고 규정하고 있다. 형식의 교사 생활이 실패한 것은 그가 "주관적(主觀的)이요, 이상(理想)의 인(人)이요, 실제(實際)의 인(人)은 아니"었기 때문이다.

형식은 희경 등의 제자들을 사랑하고 그들과 친구가 되고자 노력하였으나 그런 마음과는 달리, 사실상 그들의 한계를 눈여겨 가늠해 보기 일쑤였다. 학생들은 형식을 친구로 대하기는커녕 경원시하고 때로는 무시하기까지 했다. 형식이든 희경이든 작가의 마음에 찰 만큼 성숙하지 못하였고, 세상은 그들이 좌우할 만큼 녹록한 것이 아니었다. 그들 모두 성장해야 함은 물론, 세상은 그들의 재주를 보듬어 새 시대의 주역이 될 때까지 보호해야 하는 것인데, '아까운 재주를 품고 조세'한 희경이 상징하듯 말처럼 쉽게 되지 않는 것이다.[19]

이와 더불어 계향의 운명이 비참지경에 이르렀다는 것 또한 의미심장하다. 작품 속에서 형식과 계향의 만남은 연재 58회부터 이루어지는데, 유서를 남기고 사라진 영채를 찾으러 평양에 갔을 때의 일이다. 연재 58회부터 64회까지 형식은 평양 내의 고즈넉한 공간에서 계향과 더불어 수작하고, 산책하고, 지나간 세월을 정리하고, 시름을 잊고, 심지어는 무한한 기쁨을 얻는다. 형식이 계향과 함께 있는 동안 얻은

---

18 이광수, 『무정』 67회, 『매일신보』, 1917.3.28.

19 (문단 내 인용 모두) 이광수, 『무정』 70회, 『매일신보』, 1917.3.31.

'무한한 기쁨'은 "죽은 자를 생각하고 슬퍼하기보다 산 자를 보고 즐거워함이 옳다"는 논리로 합리화된다. 계향은 "썩어지는 살을 먹고 자란 무덤 위의 꽃"인 것이다.[20]

따지고 보면 칠성문 밖의 노인이나 계향은 작품의 주요 인물 형식의 변화 및 성장을 작품 내에서 구현하기 위해 동원된 인물들이다. 한 사람이 화석화된 구세대의 인물로 조형되어 얼마큼 떨어진 위치에 세워져 있다면, 다른 한 사람은 생기 있는 신세대의 인물로 형상화되어 짧은 시간이나마 내내 형식과 동행하고 있다. 작가의 의도는 분명하다. 형식으로 하여금 영채와 그의 아버지와 모든 지난날의 껍데기를 무덤 아래로 잠재우고 새로운 삶을 살게 하자는 것이 아니겠는가. 형식이 계향을 동반하고 평양에서 걸었던 길은 영채를 찾기 위한 탐색의 길이 아니라, 그와 결부된 흔적을 낱낱이 확인하고 먼저 죽은 자들과 동일시하여 아예 뇌리에서 지워버리려는 과거 청산의 길이다.

그러나 형식의 이런 시도가 쉽게 성공을 거두지는 못하리라는 것이 이내 드러나고 만다. 다음의 인용문은 계향과 헤어져 서울로 돌아오는 기차 안에서의 형식의 의식을 서술한 부분이다.

> 아 - 내가 잘못함이 아닌가. 내가 너무 무정함이 아닌가. 내가 좀더 오래 영채의 거처를 찾아야 옳을 것이 아닌가. 설사, 영채가 죽었다 하더라도, 그 시체라도 찾아보아야 할 것이 아니던가. 그러고 대동강가에 서서 뜨거운 눈물이라도 오래 흘려야 할 것이 아니던가. 영채는 나를 생각하고 몸을 죽였다. 그런데 나는 영채를 위하여 눈물도 흘리지 않아. 아 - 내가 무정하구나, 내가 사람이 아니로구나 하였다. 남대문을 향하고 달아나는 차를 거꾸로 세워 도로 평양으로 내려가고 싶다 하였다.

---

20 (문단 내 인용 모두) 이광수, 『무정』 64회, 『매일신보』, 1917.3.24.

그러나 형식은 마음은 평양으로 끌리면서 몸은 남대문에 와 내렸다.[21]

영채를 잊어야 하는 것은 그가 칠성문 밖의 노인이나 박 진사처럼 구시대적 인물이기 때문이다. 물론 이 세 사람은 구시대적이라는 하나의 성격으로 쉽사리 묶이지는 않는 것이 사실이다. 그야말로 옛적의 습성에 젖어 아직도 살아가고 있는 노인에 비기면 선각자의 삶을 살았던 박 진사나 여전히 젊은 나이의, 변화 가능성이 무궁무진한 영채는 무덤 아래로 파묻어 버리기에 아까운 긍정성을 지니고 있다. "내가 무정하구나." 하고 내뱉는 형식의 탄식은 과거와의 결별 과정이 앞으로도 지난할 것임을 암시한다고 할 것이다.

요컨대 형식이 누이동생처럼 여기고 사랑한 계향도 희경이나 종렬과 마찬가지로 작품의 후일담에서는 끝내 비참한 운명을 비켜가지 못하고 있음을 알 수 있다. 사실상 영채나 계향을 착취한 것이나 다름없는 인물에게도 회개와 갱생의 기회를 부여하고, 구시대의 끄트머리에서 삶의 의미조차 발견하지 못하는 노인에게도 여전한 건강을 허락한 것과 비교하면, 이들 청소년 세대의 운명은 지극히 가혹한 것이라 하지 않을 수 없다.

3.4. 유소년 세대에 거는 기대

이상의 분석을 통해 '무정'은 당대를 바라보는 작가의 현실인식을 요약하는 술어이자 '유정'의 시대를 열기 위해 당대 청년들이 당분간 견지해야 하는 태도와 덕목이기도 한, 양면성을 지닌 개념으로 파악해야 함을 알 수 있다. '무정한 시대'인 동시에 '무정해야 하는 시대'이

21 이광수, 『무정』 66회, 『매일신보』, 1917.3.26.

다. 무정해야 하는 이유는 역설적이게도 유정의 시대를 열어나가기 위해서이다.

> 이형식이 영채를 찾는 것을 포기하고 돌아가는 것은 그가 報恩의 의리에서 해방되어 자신의 충동에 충실할 것을 결정했다는 것을 의미하는 것이다(소설 제목 「無情」은 새로운 윤리가 보은의 정으로부터의 해방을 포함한, 무정한 결단을 통하여 성립된다는 것을 지칭하는 것으로 생각된다).[22]

『무정』의 마지막 문장은 "기쁜 웃음과 만세의 부르짖음으로 지나간 세상을 조상하는 『무정』을 마치자."이다. 그러나 '무정'한 세상은 아직도 지속되고 있음을 작가는 알고 있었다. "무정하던 세상이 평생 무정할 것이 아니니"라 해도 그것을 '유정'하게 하는 것은 "우리 힘으로"만 가능한 것이다. 유정한 세상을 만들기 위해서 무정해야 하는 것이라면 유정한 세상이 올 때까지 무정한 태도는 견지되어야 한다. 언제까지 무정해야 할까. 그것이 문제가 된다.

당장 유학생들이 돌아오고, 전문학교에서 졸업생이 배출되고, 해마다 보통학교에는 기운찬 아동들이 입학을 한다. 그러나 형식 등의 유학생들이 돌아오고, 전문학교에서 청년들이 배출된다고 해서 곧 유정한 세상이 오리라는 기대는 하기 어렵다. 노년 세대가 역사의 뒤안길로 속속 퇴장하지 않고, 청소년 세대는 자신의 긍정성을 마음껏 펼쳐내기는커녕 비극적 운명을 맞이하게 된다는 『무정』의 후일담은 새 세대가 주도하는 새 시대의 도래가 생각만큼 가깝지 않다는 것을 암시하고 있다. 보통학교에 입학한 기운찬 도련님들과 작은 아씨들을 기

22 김우창, 「한국 현대소설의 형성」, 『궁핍한 시대의 시인』, 민음사, 1977, 100면.

다려야 하는 것일지도 모른다. 현실에 토대한 전망이 아닌 과장된 미래의 선취가 이러한 후일담 전반부와 후반부의 모순을 낳은 것이다.

이와 관련하여 삼랑진 홍수 당시의 정경을 되짚어볼 필요가 있다. 형식 일행에 의해 집을 잃은 산모가 구원된다. 늙은 시어머니 노파와 산모의 남편은 후경화되고, 청년들의 간절한 손길은 산모와 그 뱃속의 어린아이에 집중되고 있는 것이다. 이 장면에서의 여관방이라는 공간은 『무정』이 마련한 노아의 방주와도 같다. 도탄에 빠진 백성들을 위해 음악회를 열었다고는 하지만, 물에 의한 심판과 그 가운데에서 선택되어 구원받은 한 아이의 생명은 작가가 제시한 가장 소중한 당대적 가치일 것이다.

이광수가 밝힌 『무정』의 창작 의도는 "그 時代 朝鮮의 新青年의 理想과 苦悶을 그리고 아울러 朝鮮青年의 進路에 한 暗示를 주자는 것"[23]이다. 형식의 이상과 고민은 당대 조선의 무정한 현실에 밀접하게 관련되어 있는 것이다. 또한 형식의 진로 선택을 통해 암시되고 있는 것은 '유정'한 시대를 열어 나가기 위해 '무정'한 선택이 요구된다는 점이다.

『무정』이 125회로 끝맺지 못하고 126회의 후일담을 보충해야 했던 데에는 '무정'한 시대를 '이미 지나간 시대'로 규정하고 싶은 작가의 의도가 개입되어 있다. 그러나 그 후일담에서조차 시대적 당위와 역사적 현실은 모순 관계로 충돌하고 있는 것이며, 지나가야 할 시대는 지속되고 있음을 확인하게 된다.

23 이광수, 「문단고행 30년(2) - 서백리아서 다시 동경으로」, 『조광』, 1936.6, 104면.

4. 맺음말

『무정』의 후일담이 가지고 있는 메시지는 생각만큼 단순한 것이 아니다. 후일담이라는 구시대적 양식이 『무정』의 작품성을 훼손한다든가 당대적 가치를 깎아내린다는 판단은 일리 있는 것이지만, 그렇다고 해서 무시해 버린다면 생산성 있는 새로운 논의 가능성을 미리 차단하는 결과를 낳을 뿐이다. 근대 초기 즉 우리 소설과 소설사의 형성기에 존재하는 텍스트일수록 연구와 교육의 장에서는 작품이 지닌 결함이나 파탄이 그것 그대로 세심한 분석의 대상으로 주목되어야 한다. 작가의 부주의나 인물 성격의 통일성 결여라는 재단보다는 작가의 어떤 의도가 텍스트 구조의 파탄을 초래했는지 탐색해 보는 과정이 중요하다.

연재 126회 후일담에 등장하는 인물들이 125회까지 어떤 모습으로 그려지고 있었는가를 생각하면서 운명적 귀결 양상과 비교해 보는 일은 작품 텍스트 전체를 꼼꼼하게 읽는 과정을 수반할 수밖에 없다. 희경과 계향, 칠성문 밖의 노인 등 주변 인물이 후일담에서 다시 호명되는 이상 독자는 그들이 작품 내에서 차지하고 있는 지위에 대해 고민하지 않을 수 없고, 이전에 그들이 처음 등장한 순간의 전후 맥락을 섬세하게 독해해야 한다. 이와 같은 숙독의 과정이 소설 연구는 물론 소설 교육의 장에서 반드시 필요하다는 점은 아무리 강조되어도 지나치지 않다.

후일담을 통해 『무정』을 다시 읽으면서 계몽 의지의 전면화, 미래 선취 등으로 쉽게 요약되는, 텍스트 문면에 전경화된 요소 외에 이면의 숨은 메시지를 발견할 수 있었다. 당대의 역사 발전을 단계적으로 이해하고 그때그때의 과제를 수행해야 하리라는 당위론이 그 하나요, 단순한 신·구 대립이 아닌 다단계의 세대론적 관점이 또 하나이다.

무정의 시대를 종식시키고 유정의 시대를 열어야 하는 것은 일종의 당위이지만, 이광수가 바라본 당대의 풍경은 유정의 시대를 쉽사리 예상하기 힘든, 끝이 잘 보이지 않는 무정의 시대였던 것이다.

이광수의 『무정』이 근대 장편의 효시로서가 아니라 개화기 소설 공간의 말미에 자리한 작품으로 이해되더라도 작가가 전하려 한 당위론적 메시지와, 그에 배치되는 당대 인식이 모순적으로 공존하는 텍스트 자체의 성격은 여러 가지 생산적인 토론 주제를 생산할 수 있다. 수업 시간 내에 토론의 장을 마련하는 기제로서도 『무정』 후일담은 대단히 효과적으로 기능하리라 생각한다.

김동인의 창작방법론과 「소설작법」의 의의

1. 서론

요즈음의 문학사는 김동인의 문학을 예전에 비해 비교적 낮은 비중으로 기술하거나 점차로 논의의 범위를 좁혀 국소적 측면에서의 의의를 강조하고 있음을 부정할 수 없다. 김동인의 문학에 대한 개별연구도 그의 작품에 나타난 서술자 연구나 시점 이론을 원용한 작품론 등으로 한정되는 양상이다. 이 같은 현상이 나타나게 된 이유는 다각적으로 분석할 필요가 있겠으나 다음의 몇 가지로 우선 나누어 볼 수 있다.

첫째, 우리의 문학연구 혹은 비평의 풍토가 작품의 형식적 측면이나 예술적 가치보다는 그 속에 내재된 사상의 경중을 논하는 데 치우쳐 왔다는 점이다. 물론 이는 어느 정도 불가피함을 인정하지 않을 수 없는 점이기도 하다. 닥쳐온 현실이 언제나 당황스러울 수밖에 없었던 민족사의 격변 속에서 우선 서투르게나마 당대를 표현하지 않을 수 없었던 작가들의 분투 과정을 생각할 때, 시대 현실과 맞서지 않고 자기만의 세계로 몰입하는 일은 굳이 폄하하지는 않더라도 애써 내세울 만한 근거를 세우기도 어려웠다.

둘째, 최근의 근대문학 연구가 기존의 문예사조 중심의 편년체적 문학사를 극복하고 근대의 기점을 탐구하여 근대문학의 발생사를 밝히려는 노력으로 이어지고 있다는 점을 또한 고려할 필요가 있다. 이와 같은 연구의 대부분은 이식문학론을 극복할 수 있는 새로운 논리를 얻어내려는 시도와 무관하지 않은데, 근대문학 초창기 작품의 성격을 전통적 양식에 잇대려 하면 할수록 김동인 등의 기법적 신문예운동가들의 입지는 좁아질 수밖에 없다.

셋째, 근자에 더욱 첨예하게 대두되고 있는 근대 작가들의 친일 문제다. 식민지 말기의 친일 행적과 친일적 작품 생산이 곧 그 작가의 현실 인식 결여 혹은 불철저로 이해되는 것은 식민지 문학사의 정지작업이 어느 정도 수행될 때까지는 지속될 논리일 것이다.

그럼에도 불구하고 김동인의 문학사적 의의를 논함에 있어 그 내용이 달라지는 것은 아닐 것이다. 그가 주창하고 나선 신문예운동의 영향을 쉽게 간과해 버릴 수는 없는 일이다. 최초의 문예동인지 『창조』의 물주였던 그는 자신이 새로운 소설을 처음 썼다고 여겼다. 후대의 연구자들에게는 그 새로움이 과연 처음이었느냐 아니냐를 밝히는 것도 중요하겠지만, 어째서 그가 그것을 처음이라고 여겼는지를 살펴보는 일도 중요하다.

김동인은 그의 근대적 의미의 기법적 자각과 실천이라는 문학사적 의의뿐만 아니라 자신이 발견한 가공적 세계를 역사적 시공간으로 환원시키는 데 실패한 문학적 한계까지도 거의 다 노출된 상태의 작가다.[1] 이 논문은 기존의 정리된 판단을 부정하거나 전복하지 않을 것이다. 이 논문에서는 「소설작법」을 중심으로 그의 창작방법론을 고찰한

1 송하춘, 『1920년대 한국소설연구』, 고려대학교민족문화연구소, 1985, 38-72면 참조.

다. 그가 생각한 좋은 소설은 과연 어떠한 것이었는가를 묻는 작업이다.

이 과정에서 그의 소설 작품 몇 편을 함께 살펴보기로 한다. 왜냐하면 「소설작법」은 김동인의 유일무이한 또는 확고하게 정립된 상태의 창작방법론이라고 보기 어려운 측면이 있기 때문이다. 그의 소설관은 『창조』에서 시작된 소설 비평과 염상섭 등과의 논쟁[2] 등을 통해 서서히 자리를 잡아 가는 상태에 있었다. 「소설작법」을 쓴 이후에도 점차적으로 수정 · 보완되는 과정을 밟았다고 볼 수 있을 것이다. 그러므로 「소설작법」을 이해하기 위해서는 각기 다른 시기에 작성된 평론과 그즈음에 발표된 작품을 함께 대응시켜 비교하는 작업이 필요하다고 판단된다.

주지하다시피 김동인의 「소설작법」은 본격적으로 시도된 한국소설사 최초의 근대소설 창작방법론이다. 이 글이 발표된 1925년 이후에도 김동인은 그의 비평 활동을 창작론에 집중시켜 수행하였다. 「소설작법」을 한국근대소설 창작방법론의 효시로 인정한다면 이후에 전개된 김동인 자신의, 혹은 후진 비평가의 창작방법론과 어떠한 친연성 혹은 변별성을 보일 것인지 주목하지 않을 수 없다.[3] 이는 대단히 흥미로운 관찰이 될 수 있을 듯한데, 창작방법론의 역사는 소설의 역사와 소설비평의 역사를 매개하는 끈이 될 수 있기 때문이며, 한국근대

2 김환의 소설 「자연의 자각」을 매개로 한 김동인과 염상섭의 문학논쟁을 말한다. 김동인의 「글동산의 거둠」(『창조』, 1920.3), 염상섭의 「백악 씨의 「자연의 자각」을 보고서」(『현대』, 1920.3), 다시 김동인의 「제월 씨의 평자적 가치」(『창조』, 1920.6) 등으로 이어진 김동인과 염상섭의 논쟁은 감정적 · 소모적으로 이어진 듯 보이지만, '근대문학 비평사의 첫 논쟁'이라는 사적 의의와 더불어 김동인의 문학관과 이론이 점차 견고해지는 계기로 작용했다고 볼 수 있다.

3 한국근대소설 창작방법론의 사적 고찰을 통해 김동인의 「소설작법」 등을 좌표로 자리매김하는 작업은 후일의 과제로 남겨 둔다. 이 논문의 분석 대상은 김동인의 글 이외로 확대되지 않을 것이다.

비평의 상당 부분이 창작방법론에 집중되어 있는 사정까지를 감안한다면 창작방법론을 중심으로 비평사, 혹은 소설사를 재구성할 수도 있으리라 보이기 때문이다.

2. 김동인의 소설관과 「소설작법」[4]

「소설작법」의 체제는 '(1) 서문 비슷한 것, (2) 소설의 기원 및 그 역사, (3) 구상, (4) 문체' 순으로 구성되어 있다.

'(1) 서문 비슷한 것'에서는 「소설작법」을 쓰게 된 동기를 밝히고 있다. 작가마다 고유의 창작방법을 가질 수는 있으나 "통과하지 안을 수 없는 과뎡"이 있다 하고, "비료"가 되려는 심정으로 글을 쓰려 한다고 말한다.

'(2) 소설의 기원 및 그 역사'에서는 원시시대의 사냥꾼 예화[5]를 시작으로 (주로 서양의) 서사문학 발달사를 약술하고 있다. 이 장에서 특기할 만한 점은 김동인이 당대의 국제적 소설계를 단편소설의 전성시대로 인식·강조하고 있다는 사실이다. 그는 단편소설이 19세기 초 에드가 앨런 포를 원조로 하여 시작된 것이라 하고 있다. 이 부분에서는 그의 소설사 기술이 편벽된 것이냐 온당한 것이냐를 따지기에 앞서, 그가 선호하고 있는 소설의 양식이 단편 쪽이라는 점과 이러한

4 「소설작법」은 1925년 4월부터 7월까지 『조선문단』에 연재된 것이다. 여기서의 인용은 김치홍 편저, 『김동인 평론전집』(삼영사, 1984)의 면수를 표시하겠다.

5 1934년 7월 『조선중앙일보』에 발표된 「근대소설의 승리」에도 동일한 내용의 예화가 나온다. 비단 이 예화뿐만 아니라 「근대소설의 승리」라는 논문의 내용은 소설작법의 (2)장에서 모호하고 거칠게 전개된 김동인 식의 소설 발달사 서술이 보다 깊이 있고 명료하게 제시된 것이라고 보아도 무방하다.(김치홍 편저, 『김동인 평론 전집』, 삼영사, 1984, 50-51면 참조)

작가적 지향의 기준은 단편과 장편의 장르적, 양식적 차이를 확실히 구분하는 데에서 비롯되었다는 점을 염두에 둘 필요가 있다.[6]

「소설작법」에서 김동인이 시도한 실질적인 창작론 기술 부분은 '(3) 구상', '(4) 문체' 부분이다.

'(3) 구상'은 다시 '사건', '성격', '분위기'의 세 부분으로 나뉜다. "엇던 사건과 인물과 배경 - 이 세 가지로서 소설이 성립"된다고 하였으니, '성격'은 인물에, '분위기'는 배경에 각각 대응된다고 할 수 있다.[7][8]

이 절에서 김동인은 사건과 인물과 배경이 적절히 조화되어야 "완전한 소설"이 될 수 있다고 말한다. 잘 짜인 사건만으로, 혹은 성격화된 인물만으로는 좋은 소설을 쓸 수 없다는 것이다. 이를 설명하기 위하여 김동인은 조선과 서양의 여러 작품들을 예로 들고 있는데, 구상을 주로 하고 성격을 종으로 한 소설의 성공작으로 도스토예프스키

6 1934년 3월 『매일신보』에 발표된 「소설학도의 서재에서-소설에 관한 管見二三」의 5장 '장편소설과 단편소설'에서 김동인은 "장편소설과 단편소설의 그 구별은 형식에 잇다"고 하여 길이를 기준으로 한 구별을 부정한다. 김동인이 이야기한 장 · 단편의 형식이란 전자가 "비교적 산만한 인생의 기록"이며 후자는 "단일한 효과를 나타내이는 압축된 인생 기록"인 바 충분히 온당한 해석이라 하기는 어렵지만, 분명한 것은 그가 장 · 단편에 서로 구별되는 형식이 존재한다고 생각하고 있었다는 점이다. 또한 그는 장편과 단편이 독자에게 감수되는 양상에 대해서도 간략히 쓰고 있는데, "독료한 뒤에 독자의 마음에 단일적으로 예각적으로 보다 더 순수하게 감수되는 것은 단편소설이오, 독료 후에 침중하게 광의적으로 산만하게 감수되는 것은 장편소설"이라 한 구절에서 김동인의 단편 선호 경향을 엿볼 수 있다. 김동인에게는 단편소설이 곧 순수한 예술이었던 것이다.(위 책, 58-59면 참조)

7 김동인은 이 글에서 난삽하다고 보일 정도로 개념과 용어를 혼용하고 있어 연구자의 세심한 분류가 필요하다고 여겨진다. '사건', '니약이의 가음', '(통일된 니약이의) 구실', '구안', '플롯트' 등의 용어가 명확한 개념 구분 없이 한 단락 안에 섞여 있는 것이 그 예다. 문맥상 서로 밀접한 관련이 있음에 틀림없으나 김동인 자신이 동의어로 쓰고 있다고는 할 수 없는 용어들을 곳곳에서 볼 수 있다.

8 그러나 각 절의 내용이 '사건', '성격', '분위기'의 제목에 꼭 부합한다고는 볼 수 없다. '구상'이라는 장 제목의 큰 틀 안에서 세 요소의 구안 상 중요성을 생각나는 대로 자유롭게 기술했다고 보는 편이 적당할 것이다.

의 「죄와 벌」, 톨스토이의 「부활」을, 성격을 주로 삼고 구상을 종으로 한 작품의 예로 알취바셰프의 「싸닌」과 단눈치오의 「죽음의 승리」를 들었다.

이광수의 「무정」, 염상섭의 「해바라기」, 나도향의 「별을 안거든 우지나 말 걸」, 몇몇 신소설 작품 등의 조선 소설들은 실패하였거나 미완인 상태라는 것이 김동인의 지적이다. 유일하게 김동인이 상찬하고 있는 조선 소설은 이인직의 「귀의 성」이다. 김동인은 「귀의 성」을 "엇던 분위기를 붓드러가지고 거긔 적합한 인물과 사실을 만들어내인 소설"[9]이라 말한다.

특이한 것은 김동인이 「귀의 성」을 이야기할 때 한결같이 결말 부분을 인용한다는 점이다. "조선에 쳐음으로 사실(寫實)소설을 내여노흔 이인직"[10]이라는 전단적 평가와 함께 「귀의 성」의 작품 성패를 가르는 이 부분에서도 결말 부분을 인용하는 것을 잊지 않는다.

이 부분에 앞서서 '사건'을 설명하는 항목에서도 김동인은 「귀의 성」의 결말을 언급한 바 있다. 김동인은 이광수의 「무정」이 사건 소설의 약점을 드러내었다고 하면서 "대단원을 정확히 구안하여 두지 아넛든 듯십다. 그(이광수 - 인용자)는 엇더케 「무정」을 매즐지 망개인 형적이 잇다"[11]고 지적한다. 그에 비해 이인직의 「귀의 성」은 모든 사건, 모든 인물, 모든 국면이 작품의 맨 마지막 句와 조화된 작품이라는 것이다.

사건소설인 「무정」 뿐만 아니라 염상섭의 소설 「해바라기」 또한 김동인에게는 결말을 명확히 구안하지 않아 실패한, "미완"의 작품일 뿐

9 김동인, 「소설작법」, 위 책, 41면.
10 김동인, 「소설작법」, 위 책, 41면.
11 김동인, 「소설작법」, 위 책, 38면.

이다. 이를 통해 알 수 있는 사실은 김동인이 작품의 성패를 가르는 기준으로 결말 구조를 중시하고 있었다는 점이다. 사건 소설이든 성격 소설이든 서사를 진행시켜 나아간 결말 부분에서 작가가 망설이게 되면 작품은 실패할 수밖에 없다는 것이다. 이렇게 본다면 플롯은 살아 있으나 인물의 성격 묘사가 부진하다든가, 인물의 성격은 살아 있으나 플롯에 파탄이 있다든가 하는 작품 분석을 기대했던 독자들은 당황하게 될 것이다. 철저한 구안의 과정이 요긴하다는 김동인의 설명은 「소설작법」에서 사건과 인물의 조화된 정도 혹은 상호작용의 사례 설명을 피해 간 이유로 해서 설득력이 반감된다고 할 수 있다.

동인은 이 절의 마지막에 '단순화', '통일', '연락'이라는 명확히 구분되지 않는 용어들을 동원하여 플롯의 중요성을 다시 한 번 강조하고 있다. 이 부분에서 그 도저하고 오만한 김동인의 '인형조종술'이나 '소설회화론' 등의 흔적을 다시 한번 찾아볼 수 있는데, 결국 이러한 주장들이 귀착되는 지점은 소설은 인생 그 자체가 아니라 "인생을 단순화한 것"이라는 생각을 극도의 절제된 언어로 표현한 그의 단편 작품들일 것이다. 즉 소설회화론이란 지나치게 상세한 묘사 때문에 작품의 플롯을 불명확하게 하는 오류를 범하지 말아야 한다는 말과 크게 다르지 않다. 인형조종술은 작품 내의 인물을 작가가 마음대로 조종할 수 있다거나 조종해야 한다는 주장이라기보다 명확한 구안 없이 소설을 집필할 때 오히려 인물에게 휘둘려 의도하지 않은 결말에 이를 수 있음을 경계한 것으로 볼 수 있다.

주지하다시피 김동인의 톨스토이에 대한 경외심은 인형을 조종하듯 인물을 다루며 뚜렷한 플롯의 선을 따라 결말에 이른다는, '자기세계'를 확립한 작가라는 데서 연유한다. 「소설작법」의 다음 부분은 톨스토이를 향한 김동인의 찬탄을 잘 집약시켜 놓은 표현이다.

(……) 사건, 인물, 배경, 세 가지에서 어느 점을 기점으로 삼던, 그것은 관계업스나, 그 세 가지가 화합하여 한 완전한 소설 초안으로 되기 전에 붓을 드럿다가는, 완성되는 작품은 불명료하거나, 불철저하거나, 불완전한 것이 안 될 수가 없다. "한 句식 한 句식 복안하여 마즈막의 한 句까지 암송한 뒤에야 체음으로 붓을 잡는다"는 만년의 톨스토이의 집필법은 반듯이 본 바들 만한 가치가 있다.[12]

한국 근대소설 최초의 전문적 비평가이기도 한 김동인이지만 그에 앞서 오만하고 자존심 강한 작가였던 그에게 지독히도 엄격한 소설 창작의 태도는 버릴 수 없는 가치였다. "대체 나만치 단편소설에 엄한 규율을 두고 그 규율로 자긔를 결박하고 있는 사람도 쉽지 안을 것"[13]이라는 언급을 통해서도 넉넉히 그의 자존심을 읽을 수 있다. 그런데 「소설작법」을 발표하고 나서 16년이 지난 즈음의 김동인의 다음과 같은 언급은 이전의 것에 비해 괄목할 만한 차이를 보여 주고 있다.

"대체 소설은 그 첫머리를 쓸 때는 내가 내 뜻으로 쓰기 시작하지만 첫머리만 시작해 노흐면 그 뒤는 소설 중의 인물이 홱 뛰쳐나와서 작자인 내 지휘에 복종치 안코 제 자유로 행동하여 작자인 나는 다만 그들(소설 중의 인물)의 언행을 全熱誠과 전속력으로 따라다니며 필기하는 데 지나지 못한다. 즉 그 때는 벌써 그들은 내 작중인물이 아니고 제각기 제 생명을 가진 사람들이 된다."

(……)

소설을 쓰렬 때는 그 소설의 진행을 미리 생각하지 안는다. 미리 생각

12 김동인, 「소설작법」, 위 책, 41면.

13 김동인, 「나의 변명」, 위 책, 279면.

을 하엿다가는 그 생각에 지배되어 소설의 진행이 자유롭지 못하고 자연스럽지 안아 무리히 言하고 行하여 부자연한 자취를 남기게 된다. 소설 중의 인물로 하여금 자유로 언행케 하여야 한다.[14]

김동인은 소설은 짓는 것이냐 쓰는 것이냐를 화두로 던져 놓고 위에 인용된 스티븐슨의 말을 예로 든다. 김동인이 생각한 톨스토이는 분명 소설을 짓는 작가였을 것이다. 그런데 1941년의 김동인은 생각을 전연 바꾼 듯이 스티븐슨의 말에 동조하고 "이 말이 진리임은 누구나 인정하는 배요, 오히려 이쯤 말씀으로는 미흡하지 안흘까"라고까지 이야기한다. 물론 그렇다고 해서 김동인이 갑자기(혹은 서서히) 톨스토이 주의자에서 스티븐슨 주의자로 변모하였다고 볼 더 이상의 근거는 쉽게 찾아지지 않는다.

이 미세하다고 할 수 없는 차이를 어떻게 설명해야 하는가. 기존의 김동인론이 최근의 연구에 의해 자주 비판받아 온 근거 중 하나가 '동인 문학을 동인 스스로의 술회로 재단하는 오류'인 바 이 문제는 김동인의 각 시기별 작품과 비교하여 분석하는 것 이외의 방법으로 해결하기 어려울 것이라 판단된다.[15]

최근의 연구들이 「소설작법」에서 특히 주목하고 있는 부분은 '(4) 문체' 부분이다. 사실상 서술 시점 논의라고 할 수 있는 이 부분은 '일원묘사', '다원묘사', '순객관적 묘사'로 다시 나누어지는데, '일원묘사' 항목은 다시 'A형식'과 'B형식' 두 부분으로 나누어지고, 맨 마지막에 '우열'이라는 독자적 항목을 부기했다.[16]

---

14 김동인, 「작품과 제재의 문제」, 위 책, 272-273면.

15 이 문제에 대해서는 다음 장에서 조금 더 상세하게 논하기로 한다.

물론 이때 김동인이 사용한 문체라는 개념은 현재 통용되고 있는 문체[Style]과 구분하여 이해해야 할 것이다. 또 "일원묘사라는 것은, (……) 그런 형식의 묘사이다" 등의 말에 비추어볼 때, 김동인은 묘사, 서술, 문체 등의 개념을 명확한 층위 구분 없이 사용하고 있다고 보아야 할 것이다. 거칠게 말하자면 김동인이 생각하고 있는 일원묘사란 관찰자 시점의 서술이며, 다원묘사란 전지적 작가 시점에 가까운 서술이라고 할 수 있다.

김동인에 따르면 A형식과 B형식을 아우른 일원묘사와 다원묘사는 인물의 심리를 '묘사'할 수 있는 방법으로, 순객관적 묘사는 인물의 행동만을 묘사할 수 있는 방법으로 대별된다. 다시 일원묘사는 주요인물의 눈에 혹은 마음에 비친 부분만을 묘사하는 방법이며, 다원묘사는 "작품 중에 나오는 모든 인물의 심리를 통관하며, 일정일동을 다 그려내는" 방법이라 하여 두 가지를 구분하고 있다.

자신의 논의에 근거를 보충하기 위해 김동인은 일원묘사의 예로 「마음이 여튼 자」의 일부분을 들고 있다. 이를 통해 작가 김동인이 「마음이 여튼 자」를 창작할 당시 일원묘사의 개념을 염두에 두고 있었으며 창작 과정에서 적극적으로 원용하고자 했음을 추측해 볼 수 있다.

재미있는 사실은 일원묘사를 설명하는 말미에 일원묘사체 소설과 1인칭소설과의 관계를 언급한 부분에서 찾을 수 있다.

가장 쉽게 말하자면, 일원묘사라는 것은, '나'라는 것을 주인공으로 삼

16 본 논문의 취지나 내용에 밀접하게 연관되는 것이 아니므로 김동인이 나누어 놓은 세 항목을 서술자, 시점, 초점화 등의 이론으로 상세히 분석하는 작업은 생략하기로 한다.

은 1인칭소설에, 그 '나'의게 엇던 일홈을 부친 자로서, 늘봄의 '화수분'의 주인공인 '나'라는 사람을 'K'라던 'A'라던 일홈을 급여할 것 가트면 그것이 즉 일원묘사형의 작품일 것이며 따라서, 일원묘사형 소설의 주요인물(「마음이 여튼 자」의 'K'며 「약한 자의 슬픔」의 '엘리자벳'이며 「폭군」의 '순애' 등)을 '나'라는 일홈으로 고쳐서 일인칭소설을 만들 것 가트면 조금도 거트짐 업시 완전한 일인칭소설로 될 수가 잇는 것이다.[17]

일원묘사형의 소설과 1인칭소설의 공통점은 주인공의 눈에 비친 사건이나 사물, 혹은 주인공의 심리만을 묘사할 수 있다는 점이며, 차이점은 주인공(주요인물)이 '나'이냐 이름을 가진 인물이냐일 뿐이라는 것이다. 이러한 주장이 옳으냐 그르냐를 가리는 것도 물론 중요하겠지만, 우선 주목되는 것은 김동인이 소설의 '문체'를 다루는 장에서 '1인칭소설'을 배제하고 있다는 점이다. 김동인이 소설의 "문체를 구별하여, 일원묘사체, 다원묘사체, 순객관적 묘사체, 세 종류로 난혼다"[18] 할 때 이러한 분류는 3인칭소설만을 위한 것일 뿐 1인칭소설이 끼어들 자리는 애초부터 마련되어 있지 않았던 것이다.

다수의 1인칭소설을 창작한 작가인 김동인이 그의 「소설작법」에서 3인칭소설의 '문체'만을 다룬 이유는 무엇일까. 별도의 섬세한 분석이 뒤따라야 할 문제이지만,[19] 우선 이 글 「소설작법」이 그의 이론적 수

---

17 김동인, 「소설작법」, 위 책, 44-45면.

18 김동인, 「소설작법」, 위 책, 43면.

19 이에 대한 박종홍의 견해는 다음과 같다. "김동인은 '일원묘사'의 주요인물이 일인칭이든 삼인칭이든 차이가 없다고 여긴 것이다. 일인칭소설에서 '나'에게 어떤 이름을 붙이면 일원묘사형소설이 되고, 일원묘사형소설에서 주요인물의 이름을 '나'로 바꾸면 일인칭 소설이 된다는 것이 그러하다. 일인칭소설과 일원묘사형소설이란 용어를 따로 사용하기는 하지만, 삼분한 묘사법의 유형 중에 일인칭 묘사체는 없다. / 이것은 김동인이 이와노 호메이처럼 일인칭 소설을 경시하고 있다고 보아야 할 것이다. 이와노 호메이도 "작자가 갑(혹은 을 기타의

준이 일천한 단계에서 기술된 논문이기 때문임은 분명해 보인다. '문체'뿐만이 아니라 다른 항목에서도 그의 분류법은 자의적인 데다가 기준의 일관성, 층위의 구분 측면에서 어김없이 허약한 면을 노출시킨다.

또 하나 주목해야 할 점은 김동인이 아직(최소한 「소설작법」을 기술할 당시로는) 작가와 서술자의 구분을 명확히 하지 않고 있다는 점이다.[20] 그렇다면 김동인이 생각하는 1인칭소설의 서술자 '나'는 서술자라기보다 작중의 주요인물이며, 동시에 작가 자신과 뚜렷한 거리를 두지 않고 있다는 추론이 가능할 것이다. 김동인이 개척한 형식 중의 하나인 '액자소설'은 그렇다면 작가 자신이 서사 진행의 전면에 나서는 것을 막기 위한 자기 검열의 노력이 세련된 형식으로 반영된 결과물일 수 있다. 액자소설의 형식이란 무리 없는 서술을 위해 작가(서술자)가 작품에 얼굴을 내어밀되 내화에는 간여하지 않는 효율적 방식일 수 있었던 셈이다.

작품의 서사 진행에 작가가 직접 끼어들 '권리'가 있는 '다원묘사' 방식은 그가 선호하는 바 아니었음을 생각할 때, 작가와 서술자의 구분이 불명료한 경우 1인칭 주인공 시점에서도 동일한 폐해가 발생할 수 있음을 김동인은 알고 있었던 것이라고 생각된다.

것일지라도 오직 한 사람에 한정된다)에 제3인칭을 부여하고 있어도, 실제로는 갑으로 해서 자전적인 제1인칭으로 사물을 일컫고 있는 것과 마찬가지라고 보면 알기 좋을 것이다."라고 했다. 두 사람은 공통적으로 삼인칭이든 일인칭이든 실제로는 전혀 차이가 없다고 여기고 있는 것이다."(박종홍, 「『창조』소재 김동인 소설의 일원묘사 고찰」, 『현대소설연구』 25, 2005, 199-200면)

20 「소설작법」에서 김동인은 서술자 혹은 그에 준하는(작가와 구분되는) 용어를 사용하지 않았다. "일원묘사에서는, 주요인물 이외의 인물의 눈에, 혹은 마음에 비최인 사물은, 아모리 귀한 것일지라도 작자는 쓸 권리가 업다"(김동인, 「소설작법」, 위 책, 44면) 등의 언급에서 보듯 작가가 소설을 쓰는 행위와 서술자의 서술을 거의 구분하지 않는 것이다.

김동인이 말하는 일원묘사 B형식은 그가 한 번도 사용한 적이 없는 방식이거니와 장편 전체를 일원묘사 A형식으로만 기술할 수 없으므로 불가피하게 취하게 되는 방식 정도의 견해를 내비치고 있으며, 다원묘사 또한 장편에 주로 적용될 수 있는 방식 정도로 간략히 서술하고 있다.

'순객관적 묘사'에 대해서는 그 개념을 나름대로 간략히 설명한 후 "쉐홉의 작품 중에서 만히 볼 수 잇는 방식"이라고만 부연하고 있다.

이상의 내용에서 추론해낼 수 있는 것은 김동인이 관심을 가지고 시도했던, 또는 김동인이 선호했던 소설이 일원묘사체의 단편에 집중되어 있었다는 점이다. 기왕에 그가 톨스토이를 흠모하고 있던 것은 스스로 드러낸 일이거니와, 작중인물을 완벽히 장악하여 사건 중심의 서사를 진행시키고 의도된 결말에까지 이끌어가기 위해서는 - 그의 능력 탓이든 성격 탓이든 간에 - 단편소설이 알맞았다. 또한 작가가 치밀한 묘사를 한다 하여 지나치게 궁벽된 사건이나 사물에까지 관심을 보이는 것은 그의 성미에도 맞지 않았고 그리 세련되어 보이지도 않았다. 그러니 주요인물의 눈에 의해 걸러진 사건, 사물만을 묘사하는 일원묘사의 방식이 관심에 들지 않을 수 없었을 것이다.

그러나 김동인 스스로도 「소설작법」에서 밝힌 것처럼 일원묘사의 약점은 주요인물 외 주변인물의 심리는 설사 그것이 필요하다고 생각되어도 '문체'의 파탄을 막기 위해서는 쓸 수 없다는 점이다. 그에 비해 다원묘사에 대해서는 "아모의 심리던 작자가 자유로 쓸 수 잇슴으로 독자로서 번잡한 감을 니르키게 하며, 나아가서는, 그 소설의 역점이 어듸 잇는지까지 모르게 하는 일이 생기니, 상섭이 「해바라기」를 일원묘사의 방식으로 쓰기만 하엿스면, 좀더 명료한 작품이 되엿스리라고 생각한다. 탈선, 주지의 몽롱, 성격의 불명료, 이것들은, 다원묘사의 작품에서 만히 볼 것"이라 하여 장점보다는 약점을 위주로 장황하게 설명하였다.

다원묘사에 이렇듯 부정적 견해를 가지고 있고, 순객관적 묘사는 엽편 수준의 매수에 한하여 가능한 양식으로 보고 있었던 동인이 추구해야 할 바는 이로써 명확해졌다. 인생의 문제적 일부분을 압축된 형태로 통일감 있게 제시하되, 일원묘사 형식의 '문체'를 사용하면서 그 약점을 극복하는 방법을 찾는 길이다.

「소설작법」에서 김동인은 시종을 일관하여 작법에는 여러 가지가 있을 수 있고 작가의 성향에 따라 알맞은 방식을 취하는 것일 뿐 여러 가지 방식 사이의 우열을 가르는 것은 어렵다는 식의 서술을 하고 있다. 그러나 그 내용을 따져 보면 김동인이 생각하는 좋은 소설과 김동인이 지향하는 창작방법의 그림자를 엿볼 수 있다.

김동인이 그의 의도대로 완성된 소설을 창작해 내었는지, 혹은 그 스스로 그렇게 생각은 하고 있었는지를 고찰하여 그의 소설과 비평의 수준을 가늠하는 일은, 적어도 「소설작법」을 온당하게 해석하는 노력과는 무관한 것이라 본다. 그의 소설의 수준이 「소설작법」 등의 고고한 포부에 걸맞지 않는다 하여 그의 소설을 폄하할 필요도 없고, 소설 텍스트를 근거로 하여 그의 비평 작업이 허황된 것이었다는 역발상을 전개할 필요도 없다. 다만 지금 필자의 논의에서 작품과의 비교를 통해 얻어내려는 논지는 근대 최초의 기법적 창작론인 「소설작법」이 김동인 스스로의 창작 활동에 어떤 식으로 연관되는가 하는 점이다.

그의 비평적 판단을 다른 작가들이 긍정했든 부정했든 간에 김동인의 비평은 창작론을 위주로 시종일관 지속되었다. 이는 그 자체의 문제적 성격을 떠나서도 동시대 작가들의 창작 과정에, 나아가서는 사상적 경향을 중시한 목적론적 창작방법론과 대립해 있던 순수문학 진영의 논리에 일정한 영향을 끼쳤을 것이라 생각된다는 점에서 쉽게 간과할 수 없는 문제다.

3. 「약한자의 슬픔」, 「감자」, 「김연실전」의 결말 비교

3.1. 「약한 자의 슬픔」, 「감자」 – 객관묘사 지향

김동인은 완벽한 구안이 선행될 때 작중인물을 이끌고 의도된 결말에 이를 수 있다고 믿었다. 만약 그것이 실패하였다면 그 구안이 완벽하지 않았거나, 위 가설이 틀린 것이거나의 두 가지 경우의 수를 생각해 볼 수 있을 것이다. 김동인은 자신의 작품에 대한 스스로의 논평을 많이 낸 작가로 유명한데, 다음의 인용 부분은 그가 - 최소한 「소설작법」을 쓸 당시까지는 - 자신이 창조한 인물의 완벽한 조종이 가능하다고 믿고 있었음을 알게 해 준다.

> 나는 이전 엇던 작품[21]에서, 사건과 인물과 배경의 구안이 전부 끗난 뒤에 그 作의 여주인공의 자살로서 결말을 맺기로 하고, 붓을 잡은 일이 잇다. 엇던 잡지에 2회에 난호아 발표를 한 것인데 제 1회에 벌서 여주인공의 자살과 밋 그 방법이며, 장소까지 암시하여 노앗다. 그러나 제2회재, 정확히 그 사건을 그려 나아가는데 따라서, 처음에 '자살은 너무 잔혹지 안나'하는 생각이 낫다. 붓이 진섭되자 그 생각은 차차 더하여, 마츰내 나는 그 주인공을 죽이지 못하엿다.
>
> 또 하나 그 비슷한 경험으로 - 나는 「마음이 여튼 자」의 주인공의 안해와 아들을 결코 죽일 생각은 업섯다. 그러나 엇지할가, 그 모자를 죽

21 인용한 부분의 내용으로 보아 이 작품은 「약한 자의 슬픔」임이 분명하다.

이지 안으면 결코 단원이 되지 안은 것을, 사실 나는, 그 때 눈물을 머금고 그 모자를 죽엿다.[22]

언뜻 보면 자기 스스로도 실패한 만큼 완벽한 구안에 의한 '인형조종술'의 활용은 지극히 어려운 것임을 토로한 듯 보이지만, 위에서 언급된 「약한 자의 슬픔」이나 「마음이 여튼 자」는 김동인이 발표한 최초의 두 작품이며, 발표 시기는 「소설작법」을 기술하기 6년 전인 1919년이다. 이후 액자소설 「배따라기」와 일인칭 소설 「태형」 등의 대표작이 1921년과 1922년에 발표되었고, 「소설작법」을 발표하기 직전 1925년 1월에 발표된 소설이 자연주의의 대표작으로 일컬어지는 「감자」인 것이다.

물론 시기가 비슷하다 하여 「감자」가 「소설작법」에서 논의된 내용을 집약적으로 구현한 작품이라 판단해도 되는 것은 아닐 것이다. 어찌 됐든 「약한 자의 슬픔」이나 「마음이 여튼 자」 등의 초기작은 김동인이 생각하기에 스스로 서투름을 자인해도 별로 부끄럽지 않을 습작기의 작품이었다는 점을 상기할 필요는 있다. 1919년에 김동인이 동일한 내용과 수준의 '소설작법'을 제출할 수 있었겠는가는 추측이 가능할 뿐 증명할 수는 없는 사항이지만, 김동인 스스로 생각하기에도 습작기의 두 작품은 1925년 당시의 비평적 안목에 기대어 볼 때 낙제점에 가까운 평가를 받아야 했던 것이다.

김동인의 문학세계가 춘원의 그것에 대립하는 양상으로 지속되었다는 점은 익히 알려진 바다. 김동인의 「약한 자의 슬픔」은 춘원의 「무정」에 깔려 있는 계몽주의와 영웅적 인물을 소거하고 '약한 자'를 주요인물로 내세워 세상으로부터 패배할 수밖에 없는 이야기를 시도

22 김동인, 「소설작법」, 위 책, 41-42면.

하였다는 점에서 의의를 찾을 수 있지만, 자신이 술회했듯 그 결말은 철저하지 못했고 결국 춘원의 「무정」을 넘어서지 못했다.

> '그렇지만 강한 자가 되려면은……!'
> 그는 생각하여 보았다.
> '내가 너희에게 새 계명을 주노니 사랑하라!' (그는 기쁨으로 눈에 빛을 내었다.) 그렇다! 강함을 배는 태(胎)는 사랑! 강함을 낳는 자는 사랑! 사랑은 강함을 낳고, 강함은 모든 아름다움을 낳는다. 여기, 강하여지고 싶은 자는, 아름다움을 보고 싶은 자는, 삶의 진리를 알고 싶은 자는, 인생을 맛보고 싶은 자는 다 참사랑을 알아얀다.
> 만약 참 강한 자가 되려면은? 사랑 안에서 살아야 한다. 우주에 널려 있는 사랑, 자연에 펴져 있는 사랑, 천진난만한 어린아이의 사랑!
> '그렇다! 내 앞길의 기초는 이 사랑!'
> 그는 이불을 차고 벌떡 일어나 앉았다. 그의 앞에는 끝없는 넓은 세계가 벌여 있었다. 누리에 눌리어 살던 그는 지금은 그 위에 올라섰다. 그의 입에는 온 우주를 쳐누른 기쁨의 웃음이 떠올랐다.[23]

위 인용문에서 보듯 작품의 감격에 찬 듯한 선동적이고 작위적인 결말은 춘원의 「무정」과 꼭 닮아 있다. 무엇이 주인공을 죽이지 못하고 참사랑과 강함의 함수관계를 깨닫는 환희의 결말로 이끌었는지는 알 수 없지만, 그것이 김동인의 말대로 인물이 살아 움직이는 것을 어쩌지 못해서라고 믿기는 어렵다. 오히려 주인공은 죽거나 파멸하는 것이 어울릴 것을 작가가 강제로 살려서 작가의 주장을 대신 웅변하

23 김동인, 「약한자의 슬픔」, 『배따라기/화수분 외』(한국소설문학대계4), 동아출판사, 1995, 74면.

게끔 만든 것에 가까워 보인다.

어쨌든 중요한 것은 김동인 자신이 이 작품을 실패한 것으로 자인하고 있었다는 점, 따라서 스스로 후속작을 통해 약점을 극복하기 위한 노력의 과정을 거쳤을 것이라는 점이다.

그런 점에서 볼 때 익히 알려진 「감자」의 결말은 작가의 개입을 철저히 배제하고서도 일종의 비장미를 느끼게 해 준다는 점에서 초기작들과 다르다.

> 복녀의 송장은 사흘이 지나도록 무덤으로 못 갔다. 왕서방은 몇 번을 복녀의 남편을 찾아갔다. 복녀의 남편도 때때로 왕서방을 찾아갔다. 둘의 새에는 무슨 교섭하는 일이 있었다. 사흘이 지났다.
>
> 밤중에 복녀의 시체는 왕서방의 집에서 남편의 집으로 옮겼다.
>
> 그리고 그 시체에는 세 사람이 둘러앉았다. 한 사람은 복녀의 남편, 한 사람은 왕서방, 또 한 사람은 어떤 한방 의사. 왕서방은 말없이 돈주머니를 꺼내어, 십 원짜리 지폐 석 장을 복녀의 남편에게 주었다. 한방의의 손에도 십 원짜리 두 장이 갔다.
>
> 이튿날 복녀는 뇌일혈로 죽었다는 한방의의 진단으로 공동묘지로 가져갔다.[24]

우선 눈에 띄는 것은 차가울 정도로 침착한 객관묘사이다. 어떠한 가치판단이나 작가의 개입이 없이, 감정을 나타내는 형용사나 부사하나 사용하지 않고 작중인물의 행동만을 냉철하게 묘사하고 있다. 「소설작법」에서 김동인이 이야기한 순객관적 묘사에 가까울 정도이다.[25] 김동인이 일원묘사를 강조했던 목적이 작가 개입을 배제한 객관

---

24 김동인, 「감자」, 위 책, 123면.

서술을 지향했던 때문이라고 볼 수 있으니, 비단 결말 부분만이 아니더라도 「감자」는 김동인이 의도한 객관서술에 상당히 근접한 성과였다. 또한 김동인이 미리 인지하고 있었던 일원묘사의 약점, 주변인물의 심리 묘사 문제도 대화지문 등을 통해 간접 제시하는 방법을 능숙히 구사해 냄으로써 효과적으로 극복하는 모습을 보여 주었다.

3.2. 「김연실전」 – 김동인 소설관의 음화(陰畵)

앞의 장에서 필자는 작품 구안과 집필에 관한 김동인의 인식 변화를 언급했었다. 이른바 '짓는 소설'과 '쓰는 소설'에 대한 김동인의 태도 변화에 대해서였다. 「배따라기」, 「태형」, 「감자」를 거쳐 「광염소나타」, 「광화사」까지 대중적으로도 널리 알려진 김동인의 대표작들이야말로 '짓는 소설'의 전형이라고 할 수 있다. 앞에 열거한 작품들 중 가장 나중에 발표된 「광화사」가 1935년 작이라는 것을 생각해 보면 '쓰는 소설'을 긍정하고 나선 1941년까지의 5, 6년간 김동인이 어떤 생활을 했으며 어떤 글을 썼는지를 검토하는 것으로 저간의 사정을 짐작하고도 남음이 있다.[26]

25 박종홍은 앞의 논문에서 「감자」를 순객관적 묘사로 씌어진 작품이라 판단하고 있다. 관점에 따라서 그 분류는 차이가 있을 수 있지만, 중요한 것은 김동인 자신이 「감자」의 '문체'를 순객관적 묘사로 생각하지 않았다는 점이다. "순객관적 묘사는 또한, 3, 4頁 이내의 단편에는 적용하여 효과를 엇는 일이 잇스나, 그 이상의 작품이 되려면, 절대로 불가능이라 할 수가 잇다"(김동인, 「소설작법」, 김치홍 편저, 『김동인 평론 전집』, 삼영사, 1984, 47면)는 기술 내용을 참조할 때, 「감자」가 서너 페이지의 작품도 아닌 데다가 「소설작법」이 발표되기 이전에 이미 세상에 알려진 것까지를 고려하면 분명해지는 사실이다.

26 김동인이 생활난을 겪으면서부터 자신이 혐오해마지않던 매문을 시작했던 것은 이미 알려진바 그대로다. 장편 역사소설 「젊은 그들」을 연재하기 시작한 것이 1929년인 것을 감안한다면 김동인은 순결을 버린 듯한 열패감 속에서도 단편에서만큼은 예의 엄격한 태도를 버리지 않으려 수 년에 걸쳐 애썼다고 보아야 할

「김연실전」의 결말은 김동인이 그토록 강조해 마지않았던 구안의 중요성을 역설적으로 증명하는 사례이다.

연실이의 마음은 차차 맹에게로 기울지 않을 수가 없었다.

"이것이 진정한 연애로다."

연실이는 이것으로서 비로소 자기는 진정한 연애를 하는 사람으로 믿었다. 그리고 인제는 온갖 점이 다 구비된 완전한 조선 여성계의 선구자라 하는 신념을 더욱 굳게 하였다.

"갈 길을 몰라서 헤매는 일천만의 조선 여성에게 광명을 보여 주기로 단단히 결심하였습니다."

과거 진명학교 시대의 동무에게 자랑삼아 한 편지 가운데 이런 구절이 있었다.

- 이 소설은 이것으로 일단락을 맺는다. 이 갸륵한 선구녀가 장차 어떤 인생 행로를 밟을지 후일담이 무론 있을 것이다. 약속한 지면도 다하고 편집 기일도 지나고 붓도 피곤하여 이 선구녀가 자기의 인격을 완성하는 기회로서 일단락을 맺는 것이다.[27]

김동인은 「소설작법」에서 염상섭의 「해바라기」를 언급하면서 미완의 작품에 '끝' 자를 썼다 하여 비판했다. 투르게네프의 「귀족의 집」을

것이다. 1932년 4월 『매일신보』에 게재된 「부진한 문단 그 타개책은」에는 '창작'을 하지 못하고 '제조'를 해야 하는 문단의 현실을 작가적 입장에서 조금은 냉소적인 문장으로 표현하고 있다.(김치홍 편저, 『김동인 평론전집』, 삼영사, 1984, 287-293면 참조)

27 김동인, 「김연실전」, 『배따라기/화수분 외』(한국소설문학대계4), 동아출판사, 1995, 237면.

인용한 뒤에 "이것으로 끗인가 云云"한 것을 붙잡아 부자연한 단원(團圓)으로 지적했다. 자신이 비판한 결말의 예를 스스로 하나 더 늘려 놓은 셈이다. 물론 후일담이 있을 것을 약속하는 작가의 변이 부기되어 있기는 하지만, 약속한 지면이 다했다는 언급이야말로 당시 김동인의 구안 과정이 대단히 불철저했음을 증명하는 부분이다.

「김연실전」의 속편 격인 「선구녀」와 「집주름」을 모두 합친 경우에도 사정은 크게 달라지지 않는다.[28] 「김연실전」이 연실의 어린 시절부터 동경 유학을 가서 음악학교에 들어가기까지의 과정을 그린 것이라면, 「선구녀」는 유학을 마치고 돌아와 여류문사 행세를 하고 다니는 연실의 좌충우돌하는 모습을 그리고 있고, 「집주름」은 나이를 먹고 찾는 사람은 없어져 결국 생활난을 겪게까지 된 연실이가 십여 년 전 동정을 앗아간 측량쟁이를 우연히 만나 동서(혹은 결혼)하게 되는 것으로 끝을 맺는다.

김연실이라는 '선구녀'가 자신의 인격을 완성하는 계기로서 일단락을 맺지만 나중에 후일담이 있으리라는 예고성 발언은 「선구녀」를 통해 그렇게 형성된 인격의 소유자가 어떻게 세상을 살아가는지를 단지 일본에서 조선으로 공간적 배경을 바꾸어 서술하고 있을 뿐이다. 김연실의 성격은 「김연실전」에서 이미 확립된 것이며 후속 작품들에서도 변하지 않는다. 또한 「선구녀」는 특별한 사건을 중심선으로 서사가 진행된다기보다는 에피소드가 나열되는 방식으로 전개됨으로써, 작가는 마지막 페이지에 다시 한 번 '끝' 대신 '속(續)' 자를 달 수밖에 없었다. 1939년 3월에 한번 일단락되고 그 해 5월에 다시 한번 이어진 이야기는 계속되리라는 약속을 1941년에 가서야 지킬 수 있었는

28 「김연실전」은 1939년 3월 『문장』 2호에, 「선구녀」는 1939년 5월 『문장』 4호에, 「집주름」은 1941년 2월 『문장』 23호에 각각 실렸다.

데[29], 이번에는 과연 (끝) 자를 붙여 놓았다.

그러나 김연실이 10여 년 전의 남자와 마주치게 되는 데에는 어떠한 계기적 필연성도 만들어 놓지 못했으며, 작품이 드디어 끝났다는 사실을 독자로 하여금 알게 해 주는 장치는 마지막의 (끝) 자밖에 없다고 해도 과언이 아니다. 수많은 남성 편력을 일삼았던 김연실이 만나고 헤어지고 다시 만나는 과정을 몇 번이고 더 반복한다 하여 이상할 것은 하나도 없기 때문이다. 「김연실전」 3부작의 마지막 부분에서는 김동인의 특기인 짧고 날렵한 대화와 그것을 통한 인물의 성격 제시 정도만을 다시 한번 주목해 보게 된다.

> 이튿날 다시 그 복덕방을 찾아가서 그를 보고,
>
> 「나 몰라보세요?」
>
> 하고 물어 보았다.
>
> 「웨 몰라. 김연실이지.」
>
> 그는 태연히 대답하였다.
>
> 「언제 알아 보았수?」
>
> 「어제 진작 알아봤지.」
>
> 「그럼 웨 모른체 했어요?」
>
> 「아는체 하면 뭘하오?」
>
> 따는 그렇다.
>
> 「그래 벌이는 어떠세요?」
>
> 「거저 굶지나 않지.」
>
> 「댁은 어디세요?」

29 공교롭게도 1941년은 김동인이 '쓰는 소설'을 긍정한 「작품과 제재의 문제」가 발표된 해이다.

「올아비도 집이 있나.」

「가엾어라.」

「임자는 웨 혼자서 집을 얻소? 소박 맞었나요?」

「과부두 소박맞나요?」

「과부라? 가엾어라.」[30]

세상의 일이 돌고 돌아 김연실이 결국은 막바지에 첫 남자를 다시 만났다는 사실을 부각시킬 수는 있을 것이다. 그러나 여기 다다르기 위해 그렇게 먼 길을 돌아왔는가 하는 물음은 여전히 남는 것이다. 한 구(句) 한 자(字)도 군더더기를 허용치 않으려 했던 김동인이 아니었던가. 더 보탤 것도 뺄 것도 없는 단편소설을 창작하기 위해 짧은 문장을 사용하고 대화지문을 통한 성격 제시 등으로 필요 없는 설명을 배제하기에 힘썼던 김동인이지만, 「김연실전」에서는 단순화도 통일도 연락도 없는 에피소드의 나열 도중에 언뜻언뜻 어쩌면 고압적이기까지 한 날렵한 문장만을 보여 주고 있을 뿐이다.

세 작품의 결말을 그저 간략히 제시해 놓고 그 우열을 논하려는 것은 아니다. 오히려 「김연실전」이나 「작품과 제재의 문제」 등의 작품, 평론들은 김동인이 믿고 열망했던 세련된 소설, 소설기법의 음화(陰畵)로 읽어야 한다.

작품 속에서 활약하는 인물들도, 엇던 성격과 인격을 가진 유기체이매, 아모리 그 작자라 할지라도, 마음대로 그들을 처분할 수 없다. 작품 중도에서 작자가 그 작품 내에 활약하는 인물의, 의지에 반하여, 제 뜻대

30 김동인, 「집주름」, 『문장』, 1941.2, 17면.

로 붓을 돌니면 거기서는 모순과 자가당착밧게는 남을 것이 업다.

그런지라, 톨스토이의 말을 본바더서, 두 번 세 번 사건과 인물과 배경을 결합시키고 결합시켜서, 집필중에 작품내의 인물로써 반역적 행동을 취치 안케 하는 데, 구상의 필요가 잇다.[31]

위 인용문에서 보듯 김동인은 「소설작법」을 발표할 시점 혹은 그 이전부터 소위 '인형조종술'의 운용이 지극히 어려운 것임을 경험적으로 알고 있었다. 그러니 1941년 어름의 자조적 진술들을 생경한 변화로만 해석할 일은 결코 아니다. 김동인은 끝까지 '짓는 소설'이 '쓰는 소설'보다 우위에 있는 것이라 믿었으나, 자기 세계를 창조하지 못하고 주문 받은 소설을 제조해야 하는 문단 현실 속에서 쓴웃음을 짓고 있었던 것이다.

4. 결론

이 논문은 「소설작법」을 중심으로 그의 창작방법론을 고찰하고, 「약한 자의 슬픔」, 「감자」, 「김연실전」의 결말 부분을 살펴 김동인이 추구한 좋은 소설이란 과연 어떠한 것이었는지를 재구해 보았다.

「소설작법」에서 주목하였던 것은 첫째, 사건과 인물과 배경이 적절히 조화된 소설을 창작하기 위해서는 철저하고도 완벽한 구안이 필요함을 김동인이 강조하고 있었다는 사실이다. 모순과 자가당착에 빠지지 않고 인물을 의도된 결말로 끌고 갈 수 있는 힘은 집필 전의 준비과정에서 미리 축적해 놓아야 한다는 주장이다.

---

31 김동인, 「소설작법」, 김치홍 편저, 『김동인 평론전집』, 삼영사, 1984, 42면.

둘째, 김동인은 세련된 객관 서술을 완성하기 위한 노력을 지속하였으며 그 방법적 근거로서 일원묘사 방식을 이론적으로 탐구하는 것은 물론 실제 창작에 응용하였다는 점이다. 그는 일원묘사 등 객관서술의 약점까지도 나름대로 파악하고 있었는데, 그 약점을 극복하기 위한 노력의 결과로서 인물의 행동, 대화의 묘사를 통한 성격의 간접제시 등을 선보였다.

김동인의 세 작품을 각각의 결말에 주목하여 비교해 보았다. 김동인이 여타 작품들에서도 즐겨 사용했던 죽음의 결말이 「감자」에 쓰이고 있는데, 「소설작법」에서 이야기한 부정적 결말에서 벗어나고 있는 작품은 세 작품 중 「감자」 하나 밖에 없었다. 「약한 자의 슬픔」을 단지 습작기의 작품일 뿐이라고 생각한다면 「김연실전」이야말로 일정한 수준에서 퇴행한 면모라 쉽게 판단해 버릴 수도 있겠다. 그러나 소설의 성패를 떠나 이 작품을 김동인이 생각한 좋은 소설의 음화(陰畵)로 본다면 역설적으로 「소설작법」의 의미가 보다 명확해질 수 있다고 보았다.

김동인의 창작론 「소설작법」은 얼개가 엉성하고 사용된 용어가 산만하게 흩어져 있기는 하나 소설 창작 기법의 가장 기본적이고 일반적인 문제를 다루고 있기 때문에 현대의 독자가 읽기에도 별 부담이 없다. 문제는 「소설작법」 문면에 직접 드러난 내용에서가 아니라 행간에 숨어 있는 김동인 자신만의 소설관에서 찾아진다. 창작론에 집중된 김동인의 비평활동이 동시대 혹은 후대에 일정한 영향을 끼쳤다면 그것은 「소설작법」 그 자체의 내용에서라기보다는 월평 등에서 시도된 현장비평적 논의에서 비롯된 면이 더 클 것이다. 그러나 근대 초창기에 선각자의 역할을 자임한 김동인의 문학론이 독립된 이론적 근거를 찾기 위해 집약된 지점이 바로 「소설작법」이며, 이후 창작과 비평 활동의 논리적 근거 또한 「소설작법」으로까지 거슬러 올라간다는 점에서 이 글의 중요성은 가볍지 않다.

작가 생애의 후반기에 이르러 김동인의 문학관이 자조적으로 흔들리고 있었음을 확인할 수 있다. 이것이 단순히 작가의 개인적인 사정에 의해 보류되었던 것일 뿐인지, 주변의 역사 · 현실적 상황이 그의 소설관을 더 이상 승인할 수 없는 지경에 이르렀던 것인지는 보다 구체적인 근거를 통해 검증되어야 할 문제이다. 공리주의적인 기존의 문학관을 극복하기 위해 순문예론의 기치를 내걸었던 그의 창작방법론은 그저 그 자체만의 의미로서 문학사의 첫머리에 머물러 있는 것인지 이후의 창작방법 논의에 수렴되거나 계승되고 있는지를 묻는 일도 남은 과제이다.

고교 교과서의 김유정 소설 수용 양상 검토
– 2011년 개정 16종 검정 국어 교과서를 중심으로

1. 서론

2011학년도부터 고등학교 수업에 사용되는 검정 국어 교과서는 모두 16종으로, 현재 대부분의 학생들은 학교가 선정한 한 종류의 교과서로 국어과 학습을 하고 있다. 이전까지 단일 국정 교과서가 전국 고등학교 국어 수업에 보편적으로 쓰이던 것과 달리 교사와 학생들은 다양한 국어 교과서를 접할 수 있게 되었고, 형편에 따라 선택하여 '교수 - 학습'의 과정을 조직할 수 있게 된 것이다.

문학 영역, 그중에서도 현대소설의 영역에 초점을 맞추어 본다면 기존의 7차 교육과정 국정 교과서는 8편의 소설[1] 텍스트를 수록하고 있었는데, 16종의 검정 교과서에는 55편의 현대소설 텍스트가 분산 수록되었다. 55개의 텍스트 중 중복되는 작품을 제외하면 42편의 현대소설이 고등학교 국어 교과서에 실린 셈이다.[2]

1 박완서의 「그 여자네 집」, 이문열의 「우리들의 일그러진 영웅」, 김유정의 「봄·봄」, 윤흥길의 「장마」, 염상섭의 「삼대」, 이청준의 「눈길」, 최인훈의 「광장」, 박태원의 「천변풍경」이 그것들이다.

2 교과서의 소단원을 이루는 주요 제재 외에 보충·참고자료를 포함하면 16종의

즉 학생들의 입장에서 보면 학교에서 선정한 교과서를 통해 평균 3~4편의 소설 텍스트를 접하며, 전체적으로는 40여 편의 교과서 수록 소설 작품을 학습 자료로 가지게 되는 것이다. 18종에 이르는 '문학' 교과서 수록 작품을 포함한다면 학생들이 알아야 할 소설 작품의 수는 더욱 늘어난다.

물론 자신의 학교에서 임의로 선정한 교과서의 수록 소설을 익히는 것만으로도 현대소설에 대한 전반적 이해가 가능할 수 있다면 학생들의 부담은 반 정도로 줄어든 것일 수 있으나, 공인된 학습 대상 텍스트가 증가하였다는 것은 여러모로 장단점을 파악해 보아야 할 문제다. 짧은 단편이 아닌 이상 작품 전문을 수록하지 못하는 것으로부터 발생하는 난점은 해묵은 논란거리인데다, 이로부터 파생된 요약정리 위주의 파행적인 '교수 - 학습' 관행은 대상 텍스트가 증가할수록 고착화할 가능성이 증가한다고 볼 수 있다.[3]

검정 국어 교과서는 총 98편에 이르는 현대소설 텍스트를 수록하고 있으며, 이 중 중복되는 작품을 제외하면 67편의 현대소설 작품이 다루어지고 있음을 알 수 있다.(박기범, 「고등학교 국어 교과서의 현대소설 수용 양상에 대한 비판적 검토」(『청람어문교육』 44호, 2011.12) 및 나정희, 「교과서 수록 현대소설 작품의 현황 및 적절성 분석 - 07개정 교육과정에 따른 고등학교 국어 교과서를 중심으로」(고려대학교 교육대학원 석사학위논문, 2012) 참조.

3 공식적인 통계 자료를 제시할 수는 없으나 고등학교에서의 '소설' 수업이 어떤 식으로 진행되고 있는가는 대학 1학년을 대상으로 하는 국어 및 문학 관련 교양 수업에서, 대학 2학년 이상을 대상으로 하는 '현대소설론' 및 '현대소설사' 수업에서 거의 충분할 정도로 파악 가능하다. 학생들의 과제 및 보고서가 보여 주는 스테레오타입은 개선의 여지를 보이지 않고 있으며, 심지어는 중등 교사를 대상으로 한 교육대학원 수업에서도 마찬가지의 결과를 얻은 바 있다. 2009년 2학기 안양대학교 교육대학원의 '소설론 및 지도방법' 수업에서 다수의 국어교사를 포함한 수강생들은 '작가 소개' - '줄거리' - '이해 및 감상'의 틀을 넘어서는 분석적 과제를 제출하는 데 어려움을 겪었으며, 실제 고등학교 현장에서 현대 소설 영역을 '제대로' 수업하는 것은 현실적으로 어렵다고 일관되게 토로하고 있었다. 본 논문 집필 과정에서 봉착하게 되는 문제는 2011년 이후의 검정 교과서를 고등학교 수업 시간에 공부한 학생들을 아직 대학에서 만날 수 없다는 것인데,

본 논문은 고등학교 교과서가 수록하고 있는 현대소설 텍스트 중 김유정의 작품들을 대상으로 하여 각 교과서의 텍스트 수용 양상과 텍스트 외적 요소의 서술 태도, 학습 목표 및 학습 활동의 설정 양상을 살핀다.[4] 현행 교과서에 수록된 많은 작가의 많은 작품들 중 특별히 김유정과 그의 작품을 선정한 이유는 다음의 몇 가지로 요약할 수 있다.

첫째, 작가 김유정은 현행 검정 교과서 16종 중 4종 이상에서 주요 제재로 다루어진 5명의 작가[5] 중 한 사람이기 때문이다. 검정 교과서 이전에 학생들이 접했던 7차 교육과정의 국정 교과서에도 김유정의 작품이 수록되어 있었던 바, 최근에 혹은 현재 수업을 받고 있는 학생들의 상황을 고려해야 한다면 '고교 국어 시간에서의 현대소설 수업'의 대표성을 확보하기 위해서도 되도록 많은 교과서에 수록된 작가를 선택해야 할 필요성이 있다.

둘째, 위에서 거론한 5명의 작가 중 김유정의 경우는 교과서의 주요 제재로 세 개의 작품이 고루 선정되어 있다는 점이다[6]. 예컨대 5종의 교과서에 수록된 이효석의 텍스트는 「메밀꽃 필 무렵」 하나뿐이지만, 4종의 교과서가 주요 제재로 채택한 김유정의 작품은 「봄 · 봄」[7],

---

개인적인 판단으로는 지도서나 자습서가 제시하는 '요약 · 정리된 2차 텍스트' 위주의 수업 관행은 현 시점에서 개선되기 어렵다고 본다.

4 본 논문에 앞서 김동환은 「교과서 속의 이야기꾼, 김유정」(『김유정의 귀환』, 소명출판, 2012)에서 교과서에 수록된 김유정 소설을 정전사적으로 검토했다. 1950-1960년대의 '대학 교양 국어' 교과서로부터 1-7차 국정 국어 교과서, 7차 교육과정의 문학 교과서와 2007 개정 교육과정에서의 중학교 국어 교과서까지의 자료를 전반적으로 망라하여 제시했다. 본 논문은 김동환의 선행 업적을 충실히 수용하고 대상 텍스트를 현행 국어 교과서로 한정하여 밀도 있는 분석을 행하려 하였다.

5 이효석, 채만식, 이청준(이상 5종), 김유정, 이태준(이상 4종)이 그들이다.

6 김유정 외에 한 작가의 소설이 4종 이상의 교과서에 세 편 이상 수록된 예는 이태준 밖에 없다. 이태준 작의 수록 작품은 「달밤」, 「꽃나무는 심어 놓고」, 「돌다리」 등 세 편이다.

「금 따는 콩밭」[8], 「만무방」[9] 등으로 골고루 나뉘어 수록되었다. 이상 세 편의 작품은 성격상 명확한 차이점을 내포하고 있는 것들이므로 교사 및 학생의 입장에서 다양한 분석의 관점을 확보할 수 있다.

학생들의 입장에서 중등 교육과정 이하 국어 교과서에 수록된 현대소설 텍스트는 소설의 본질 및 개념에 대한 포괄적인 이해는 물론이고 한국 현대소설사와 개별 작가 및 작품을 맥락 속에서 인식하는 절대적인 첫 좌표로 작용하게 된다.[10] 그만큼 대상 작품의 선정이나 학습 목표 설정 및 학습 활동 구성의 중요성은 크다고 할 수 있다.

그러나 역시 간과할 수 없는 것은 김유정의 소설 작품이 '현대소설론 과목에서 강의되는 경우'와 차별되는 '고등학교 국어 교과에서 다루어지는 경우'에 대한 온당한 관점의 확보가 필요하다는 점이다. 교사와 교육학 연구자는 언제나 '해당 텍스트를 어떻게 가르칠 것인가'와 '주어진 텍스트를 통해 무엇을 가르칠 것인가' 양자의 조화를 고민하지 않을 수 없다.

김유정과 그의 작품이 고등학교 국어 수업의 현장에서 다루어질 때의 방향성을 살피는 이번의 검토에서 그치지 않고, 적절한 대안을 모색하기 위한 각론적이고 총론적인 고찰의 확산이 여러 가지 경로로

7 김대행 외의 천재교육 국어 교과서 하권과 이삼형 외의 디딤돌 국어 교과서 상권에 수록되었다. 박갑수 외의 지학사 국어 교과서 상권에는 '작품 더 읽기' 부분에 6페이지 분량이 인용되어 있다.

8 박호영 외의 유웨이중앙교육 국어 교과서 하권에 수록되었다. 이삼형 외의 디딤돌 국어 교과서 하권에는 '학습활동'의 예시문으로 한 단락이 인용되었다.

9 한철우 외의 비상교육 국어 교과서 하권에 수록되었다.

10 고등학교에서의 '문학' 교과가 '화법', '독서', '작문', '문법', '매체 언어' 등과 함께 선택 과목으로 지정된 것을 고려하면 '국어' 과목에서의 '문학' 영역의 중요성은 더욱 부각된다. 즉 '국어' 교과에서 '문학' 영역은 '듣기', '말하기', '읽기', '쓰기', '문법'과 함께 하위 항목을 이루는 것이지만, '문학' 과목을 선택하여 학습하지 않은 고교생에게는 유일무이한 교과서 텍스트이기 때문이다.

지속되어야 할 것이다.

2. 김유정 소설의 고교 교과서 수록 현황

2007년 발행 국정 교과서를 포함한 7차 교육과정 고등학교 국어 교과서에 주요 제재로 수록된 김유정의 소설 작품은 「봄·봄」(『조광』, 1935.12), 「만무방」(『조선일보』, 1935.7.7-31), 「금 따는 콩밭」(『개벽』, 1935.3) 세 편이다. 소단원을 이루는 주요 제재가 아닌 보충·참고자료를 포함하면 고등학교 국어 교과서가 다루고 있는 김유정의 소설 작품은 「동백꽃」[11](『조광』, 1936.5)을 포함하여 네 편으로 늘어난다.[12]

우선 눈에 띄는 것은 「만무방」과 「금 따는 콩밭」이 공식적인 국어 교과서의 주요 제재로 채택된 점이다. 학생들에게 김유정의 대표작으로 익히 알려져 있는 「동백꽃」과 「봄·봄」은 이미 교과서의 지면에서 낯설지 않은 텍스트이지만, 「만무방」과 「금 따는 콩밭」의 경우는 보편적인 중등교육 과정의 학생들에게 어쩌면 생소한 텍스트일 수 있다. 김유정과 그의 소설에 대한 연구가 축적될수록 그 작품세계의 다양성이 강조되는 추세인 것은 사실이지만, 아직도 '전통', '농촌', '토속', '해학' 등으로 요약되는 김유정에 대한 선입견은 엄연히 남아 있다. 그리고 이와 같은 선입견은 중등교육과정 이하의 국어 및 문학 교과서가 초래하고 강화한 측면이 없지 않다.

---

11 윤희원 외의 금성출판사 국어 교과서 상권, 김병권 외의 더텍스트 국어 교과서 상권에 각각 보충 자료로 활용되고 있다.

12 본 논문에서는 학습 목표 및 학습활동 등 텍스트 내외의 세부 상황을 분석하는 것이 목표이므로 주요 제재로 수록된 세 편의 작품을 중심으로 논의를 진행한다.

교과서에서 다루는 김유정의 작품이 늘어난다는 것은 김유정 문학에 대한 고정관념에서 벗어나 전반적이고 균형 잡힌 이해를 가능케 할 수 있다는 점에서 긍정적이다. 또한 기존의 현대소설 및 소설사의 다양한 견해를 포함한 연구 성과를 적절히 포섭하려는 노력으로 이해할 수도 있다.[13]

'학습 목표'와 '학습 활동' 등 구체적 분석 대상을 일단 제외하고 7차 교육과정 고등학교 검정 교과서에 나타나는 김유정 소설의 텍스트 수록 현황과 텍스트 바깥의 기술 양상을 표로 정리해 보면 다음과 같다.

〈표 1〉 김유정 소설의 고교 교과서 수록 현황

작품명	수록 교과서	분량[14] 원문/수록	전문/부분 (페이지수)	줄거리	단원명	비고
봄 · 봄	디딤돌 상 (이삼형)	61/61	전문 (17)	없음	1. 문학, 희망을 열다	작가소개, 어휘 및 구절 풀이 '꼭 알아두기' '더 알아두기'
	천재교육 하 (김대행)	61/61	전문 (15)	없음	6. 예술과 비평 1) 느낌 분석하기	작가소개, 어휘 및 구절 풀이
만무방	비상교육 하 (한철우)	123/103	부분 (28)	생략 부분	5. 오늘로 이어지는 한국문학	작가소개, 어휘 및 구절 풀이

13 그러나 김유정의 작품 활동 후반기에 집중된 이른바 '도시소설' 류의 텍스트는, 그것이 김유정 문학의 본류인가 아닌가를 따지기에 앞서, 아직까지 교과서에 전혀 반영되고 있지 않음을 확인할 수 있다. 김유정의 소설 중 도시를 배경으로 하는 작품이 전체의 절반에 이른다는 사실은 여러 경로를 통해 이미 알려진 사실이다. 작품 편수를 기계적으로 비교하는 것이 무리라고 해도 소위 '농촌소설'과 비교하여 볼 때 '도시소설' 또한 김유정의 소설 세계에서 무시할 수 없는 비중을 차지한다.

금 따는 콩밭	유웨이중앙 하 (박호영)	58/33	부분 (9)	생략 부분	2. 전통의 향기 2) 전통의 계승과 창조	작가소개, 어휘 및 구절 풀이

위 표에서 보듯 김유정의 세 작품은 모두 단편의 분량을 지니고 있는데, 「봄 · 봄」은 전문이, 「만무방」과 「금 따는 콩밭」은 그 일부분이 수록되어 있다. 「만무방」은 작품 초반의 20매가량이 생략되어 있고, 「금 따는 콩밭」은 후반부 25매가량이 생략되어 있다. 두 작품을 다룬 교과서는 전체적인 이해를 돕기 위해 각각 원문에서 생략된 부분의 줄거리를 제시하고 있다.[15]

작품의 일부분만을 인용하여 수록하거나 축약된 텍스트를 문학 교육에 이용하는 것과 관련된 비판적 견해는 지금까지 꾸준히 제기되어 온 것이지만, 교과서의 지면이 한정되어 있다는 현실적 요인을 인정하지 않을 수는 없는 노릇이다. 그렇다고는 해도 김유정의 위 세 작품의 경우 모두 단편으로 분류되는 작품이고, 특히 「금 따는 콩밭」은 「봄 · 봄」보다도 짧은 작품인데 절반이 조금 넘는 분량만을 9면 내에 수록한 것은 아쉬움이 남는 대목이다. 또한 「만무방」 텍스트는 해당 교과서의 28면에 걸쳐 수록되어 있는데, 비슷한 편집을 유지하면서 전체 작품을 수용했다면 생략된 부분은 5쪽가량에 불과한 것을 알 수 있다.

각각의 교과서가 공통적으로 포함하고 있는 참고 사항은 작가 김유정에 대한 간략한 소개, 어휘와 구절에 대한 주석이다. 특히 김유정의

14 200자 원고지로 환산한 분량(작품 원문의 분량 / 교과서 수록 텍스트의 분량)

15 참고로 기존 국정 교과서에 실려 있는 「봄 · 봄」은 '다양한 표현과 이해'라는 단원에 총 22면에 걸쳐 전문이 수록되어 있었다.

경우 지역색 짙은 방언을 적극적으로 활용한 작가이므로 어휘 수준의 주석은 꼭 필요한 부분이다. 또한 작품 원문을 학생들이 이해하기 쉽도록 현대의 표준어로 수정 표기하는 과정에서 김유정 특유의 입말 효과가 반감되지 않도록 배려하기 위해서도 원문 지향의 표기와 주석이 병행될 수밖에 없었을 것으로 보인다. 사실 김유정의 작품을 원문으로밖에 접할 수 없다면, 이해와 감상을 위한 '해석'이나 '분석' 이전에 선행되어야 할 필수 작업이 '해독'인 것이다.[16]

또 한 가지 위 표에서 주목해야 할 사항은 각 텍스트를 감싸고 있는 대단원 및 중단원의 성격에 차이가 발견된다는 것이다. 김유정에 대한 관성적 수사로 '전통'이나 '해학'이 쓰인다고 할 때 세 작품 중 그에 걸맞은 것을 고르라면 「봄 · 봄」이라고 답할 사람이 많을 것 같다. 그런데 「봄 · 봄」이 아닌 「만무방」과 「금 따는 콩밭」이 전통을 계승하거나 창조한 텍스트로 여겨지고, 특히 전통 속의 세부 항목으로 '해학'이 거론되고 있는 것은 특기할 만하다.

3. 김유정 소설 텍스트를 둘러싼 교과서 기술 양상

3.1. 텍스트 외적 요소의 기술 양상 – '작가 소개'를 중심으로

텍스트 외적 요소로서 각 교과서 본문에 공통적으로 기술되어 있는

16 이러한 '해독'의 과정이 수월할 수 있도록 돕는 차원에서 어휘의 현대어 수정이나 '주석'의 필요성은 부인할 수 없을 것이다. 그러나 현행 교과서에 덧붙여져 있는 주석의 정밀성이나 적절성은 별도의 검토가 필요한 문제이다. 물론 김유정 자신이 주석 작업에 참여할 수 없는 이상 완벽한 독해는 애초부터 불가능한 일일지도 모른다.

항목 중 '작가 소개'가 있다. 다음은 김유정 소설을 텍스트로 삼은 4개 교과서의 '작가 소개' 기술 내용 전문이다.

ㄱ) 김유정(金裕貞)

(1908~1937)

소설가. 1935년 소설 '소낙비'가 '조선 일보' 신춘문예에, '노다지'가 '중외 일보'에 각각 당선됨으로써 문단에 등단하였다. '봄·봄', '금 따는 콩밭', '동백꽃', '따라지' 등의 소설을 내놓았고 29세에 요절할 때까지 30편에 가까운 작품을 발표했다.[17]

ㄴ) 김유정(金裕貞)

1930년대에 활동했던 소설가입니다. 어두운 농촌 현실과 그 속에서 살아가는 농민들의 곤궁한 삶을 해학적인 시각으로 그렸으며, '소낙비', '동백꽃' 등 많은 작품을 남겼습니다.[18]

ㄷ) 김유정(1908~1937)

소설가. 춘천 출생. 농촌과 도시의 토속적인 인간상을 해학적인 필치로 그려 내었다. 주요 작품으로 '봄·봄', '금 따는 콩밭', '동백꽃' 등이 있다.[19]

ㄹ) 김유정(1908~1937)

소설가. 농촌과 도시의 토속적 인간상을 해학적인 필치로 그려 내었

17 이삼형 외, 『고등학교 국어 (상)』, 도서출판디딤돌, 2011, 24면.
18 김대행 외, 『고등학교 국어 (하)』, 천재교육, 2011, 313면.
19 한철우 외, 『고등학교 국어 (하)』, 비상교육, 2011, 200면.

다. 작품으로 '봄봄', '동백꽃' 등이 있다.[20]

'작가의 한자 이름을 표기하였느냐', '생몰연대를 표기하였느냐'의 차이가 우선 눈에 띄고, 출생지를 표기한 하나의 교과서가 있어 여타 교과서와 차별성을 드러내고 있다. 공통점으로는 주요 작품을 말미에 거론하는 것을 들 수 있다. 여기서 주목하고자 하는 점은 그 이외의 짧은 서술을 어떤 정보로 채우고 있는가 하는 것이다.

ㄱ) 인용문의 경우 등단, 주요 작품, 29세 타계 당시까지의 작품 수 등 비교적 객관적 정보만을 수록하고 있다. 나머지 ㄴ), ㄷ), ㄹ) 인용문은 작가 김유정의 작품세계에 대한 짧은 해석적 지문을 제시하고 있어서 ㄱ) 인용문과 차별된다. '무엇'을 '어떻게' 그렸느냐 하는 식의 서술이다. ㄴ), ㄷ), ㄹ) 3개 인용문이 포함한 김유정 작품세계에 대한 견해의 공통점은 '해학적 시각', '해학적 필치' 등 '어떻게'에 관한 용어로 요약되고 있다. 차이로 드러나는 점은 김유정 작품의 배경이나 소재 등 '무엇'에 관한 부분을 기술하는 데서 드러난다.

ㄴ)에 따르면 김유정의 소설은 대개 "어두운 농촌 현실과 그 속에서 살아가는 농민들의 곤궁한 삶"을 그리고 있으며, ㄷ)과 ㄹ)에 따르면 "농촌과 도시의 토속적인 인간상"을 그린 것이 된다. ㄴ)의 기술은 김유정 소설의 주류를 '농촌 소설'로 인정하는 견해에서 비롯되었다고 할 수 있으며, ㄷ)과 ㄹ)은 김유정 소설 전체의 절반가량을 차지하고 있는 '도시소설'의 존재를 무시하지 않으려는 태도로 볼 수 있다.

각각의 서술이 보여주는 해석적 의도를 부정할 필요는 없을 것이다. 그러나 김유정 소설이 담고 있는 다양한 층위의 성격을 한 문장으로 요약하다 보니 "농촌과 도시의 토속적인 인간상"이라는 생경한 압

20 박호영 외, 『고등학교 국어 (하)』, 유웨이중앙교육, 2011, 78면.

축 표현이 생겨난 것은 문제 삼을 수 있다. 가령 현재의 기술에서 '도시의'라는 한 어절만 빼면 '농촌의 토속적인 인간상을 해학적 필치로 그려냈다'는 요지의, 기존의 국정 교과서[21]나 ㄴ) 인용문에서 보이는 서술 태도와 전혀 달라질 것이 없다. 김유정에게 '도시 소설'이라는 무시할 수 없는 또 하나의 작품세계가 있음을 제시해야 한다고 판단했다면, ㄷ)이나 ㄹ) 같은 축약 서술로는 의미 전달이 어렵다고 보아야 할 것이다.[22]

어쩌면 ㄱ) 인용문에서 볼 수 있는 객관적인 정보만으로의 '작가 소개'가 불필요한 오해를 줄이는 방법을 제시한다고 할 수 있다. 이와 관련하여 주목되는 점은 ㄱ) 인용문을 제시하고 있는 교과서가 작품 본문 수록 지면의 하단에 '꼭 알아두기', '더 알아두기'라는 두 개의 참고 자료를 "봄 · 봄'과 해학', '김유정 소설의 현실 인식과 문체'라는 제목으로 각각 배치하고 있는 것이다.

ㅁ) 해학(諧謔)이란 익살스럽고도 품위가 있는 말이나 행동이다. 여기에서 익살스럽다는 것은 딱딱하게 제도화된 관념에서 벗어나, 있는 그대로의 삶의 모습을 긍정하려는 태도와 관련이 깊다. 그러나 해학은 단순히 감각적이고 자극적이기만 한 우스갯소리와는 다르다. 품위가 있다고

---

21 7차 교육과정의 국정 교과서는 김유정의 작품세계를 "주로 해학적 시각으로 어둡고 삭막한 농촌 현실과 그 속에서 살아갈 수밖에 없는 농민들의 곤궁한 삶을 표현하였다"고 요약 서술하고 있다. ㄴ) 인용문의 서술 태도와 거의 일치한다고 볼 수 있다.

22 이는 김유정의 도시를 배경으로 한 작품의 등장인물을 토속적 인간상으로 볼 수 있느냐 아니냐의 기초적 문제가 아니다. 교과서에 실려 있는 작품 자체가 농촌을 배경으로 하고 있고, 그 작품의 인물이 토속적인 인간형이며, 해학적 필치로 기술된 작품이라고 할 때, 위와 같은 서술은 김유정의 도시 소설 또한 교과서에 실린 작품과 비슷한 분위기를 가졌을 것이라고 판단할 개연성이 있다는 점이 문제다.

함은 그런 뜻이다. 이 소설 속의 순진한 인물이 웃음을 유발하지만, 그것을 바라보는 우리들 마음속에는 따스한 연민과 너그러움이 들어 있는 것이다.[23]

ㅂ) 민중에 대한 김유정의 인식은 그의 해학적 문체와 앞과 뒤를 이룬다. 그의 민중에 대한 애정은 농민의 전통적 언어 감각으로 향토적 정서를 생생하게 제시함으로써 나타난다. 하지만 소설이 현실을 반영하는 동시에 흥미를 주어야 한다면 그는 해학적 문체로 후자를 얻은 대신 전자는 희생시킨 셈이라 할 것이다. 그리하여 당대 농촌 사회의 계층 간 갈등을 비롯한 현실적 문제들을 진지하게 추구하는 데 소홀했다는 사실은 부정할 수 없다.[24]

작가를 소개하는 짧은 글에서는 부정할 수 없는 혹은 왜곡될 가능성이 적은 객관적 지표만을 제시하고, 소설 세계에 대한 해석적 지문은 따로 배치하여 수록 텍스트와의 연관하에 이해하도록 돕는 방법을 사용하고 있다. 물론 ㅂ) 지문의 내용을 김유정 소설 전반에 확대 적용시키는 것이 온당한가의 문제는 별도로 분석해야 할 일이지만, 해당 교과서의 수록 텍스트가 「봄 · 봄」이라는 점을 감안하면 크게 무리가 없다고 판단된다.

3.2. '학습 목표', '학습 활동' 설정의 양상

앞의 〈표 1〉과 그것을 설명하는 부분에서 김유정의 작품이 각 교과

23 「'봄 · 봄'과 해학」, 이삼형 외, 『고등학교 국어 (상)』, 도서출판디딤돌, 2011, 31면.
24 「김유정 소설의 현실 인식과 문체」, 이삼형 외, 위 책, 35면.

서에 수록될 때 서로 성격이 다른 단원에 배치되어 있음을 제시한 바 있다. 수록 단원의 성격에 따라 학습 목표가 달리 설정되고, 학습 활동이 달리 조직될 것임은 당연하다. 다음 〈표 2〉는 김유정 작품을 주요 제재로 활용한 4종의 교과서가 제시하고 있는 학습 목표와 작품 텍스트 수록 지면 이후 이어지는 학습 활동의 내용을 요약한 것이다.

〈표 2〉 김유정 소설 수록 단원의 학습 목표 및 학습 활동

작품명	수록 교과서	수록 단원	학습 목표	학습 활동
봄 · 봄	디딤돌 상 (이삼형)	1. 문학, 희망을 열다	1. 작품의 해학이 삶에 주는 긍정적인 효과 생각하기	토속어 정리 / 사건 순서와 서술 순서 정리 / 인물, 사건, 배경 파악 / 호칭 변화에 담긴 화자의 심리적 태도 변화 파악 / 해학적인 요소 파악 / 삶에 주는 긍정적인 가치 파악
	천재교육 하 (김대행)	6. 예술과 비평 1) 느낌 분석하기	1. 인물의 말과 행동이 주는 느낌 파악하기	행동, 생각, 표현에 주목하여 작품을 읽고 갖게 된 느낌 분석 / 인물과 표현 방식, 인물과 사건 전개의 관계 분석 / 비평문의 주제 쓰기
만무방	비상교육 하 (한철우)	5. 오늘로 이어지는 한국문학	1. 한국 문학의 해학적 전통 이해하기 2. 근거를 들어 비평문 쓰기	사건의 시간 순서 정리 / 인물의 성격 파악 / 인물들의 현실 대응 방식 찾기 / 제목의 의미, 시대적 배경, 작가의 현실 반영 방식 파악 / 여타 소설과 다른 결말 처리 방식에 대한 비평문 작성
금 따는 콩밭	유웨이중앙 하 (박호영)	2. 전통의 향기 2) 전통의 계승과 창조	1. 우리 문학에 나타난 전통의 계승과 창조의 양상 살피기	작품의 분위기, 사회상, 사투리의 효과 파악 / 인물의 성격 파악 / 인물의 태도 변화 파악 / 인물의 인간상에서 전통 계승 및 창조 추론

먼저 「봄 · 봄」을 수록하고 있는 디딤돌 국어 교과서는 작품을 통해 문학의 효용을 이해하는 것이 단원의 학습 목표이다. 문학이 인간의 삶에 주는 긍정적인 가치에 대해 '해학'이라는 개념어로 접근해 가는 방식이다. 대단원명 자체가 '문학, 희망을 열다'인데, 본문 인용 이전 교과서 지면에서 「봄 · 봄」이라는 작품의 해학이 대립 관계에 의해 촉발되고 심화될 수 있는 갈등을 해소하는 역할을 한다고 설명하고 있다.

이와 같은 학습 목표를 학생들이 성취하기 위해서는 등장인물 간의 관계가 얼마나 첨예한 대립 상황을 내포하고 있는지 이해하는 것이 우선이다. 즉 울어야 할 상황에서 웃게 하거나 웃는 것이 우리 전통 문학이 담고 있는 해학의 본질이라는 교과서의 숨은 뜻[25]을 이해해야 한다. 이러한 점에서 「봄 · 봄」은 불합리한 수직적 계층의 갈등을 상징하는 인물 구도를 포함하고 있고, 그럼에도 불구하고 순진한 인물을 묘사하는 과정에서 작가의 해학적 시각이 전면에 드러나므로 단원의 성격과 적절히 부합한다고 할 것이다.

그런가 하면 같은 작품 「봄 · 봄」을 수록한 김대행 외의 천재교육 교과서는 '예술과 비평'이라는 대단원 속에 소설 텍스트를 인용해 넣고 있다. '인물의 말과 행동이 주는 느낌을 파악'하여 '비평문의 주제'를 도출해 내는 것이 학습 목표와 학습 내용의 주를 이룬다.

교과서는 학습 활동의 '도움말'을 통해 '느낌'이라는 개념을 학생들이 모호하게 수용하지 않을 수 있도록 배려하는 서술을 포함하고 있

25 "마치 상갓집에서도 떠들썩하게 웃고, 무덤 속에도 웃는 얼굴의 인형을 넣어 두는 것처럼, 웃음으로 눈물을 닦고 갈등을 풀어 주는 것(이삼형 외, 위 책, 23면)"이라는 설명은 문학 작품에서의 해학이 부정적 상황과 인물이 보여주는 실제 행동 사이의 아이러니로부터 생성되는 것임을 은연중에 제시하고 있다.

다. "느낌은 작품을 구성하는 어느 한 요소에서뿐만 아니라 여러 요소들이 결합하여 얻어지는 것이 일반적"[26]이라고 설명하고, 그 요소로서 '행동', '생각', '표현'을 제시하고 있으며, 각 요소들의 결합이 얼마나 유기적이냐에 따라 작품의 가치가 결정되기도 한다는 서술을 덧붙였다.

문제는 학습 목표를 향해 다가가는 학습 활동의 방향이 여러 도움말에 의지한다 해도 여전히 추상적이라는 점이다. "참됨, 착함, 아름다움의 세 기준에 비추어 작품 속의 요소들을 평가하는 분석"[27]이란 무엇을 말하는 것인지, 그것이 작품 「봄 · 봄」의 인물 분석을 통해 어떤 결과로 도출될 수 있을지 이해하기 어렵다. 더불어 '작품 속 인물들의 말과 행동이 우스꽝스럽고 특이하니, 보통의 학생들이라면 어떻게 말하고 행동할지 생각해 보라'는 작품 텍스트 주변의 지침은 재고될 필요가 있다. "점순이의 키를 재고자 할 때, '나'의 생각과 행동이 보통 사람들과는 다르다는 점에서 웃음의 요소를 발견합니다."[28], "생각이 나아가는 방향이 보통의 사람과 어떻게 다른지 견주어 봅니다."[29] 등의 서술이 그렇다.

정상적인 사고를 할 줄 아는 학생들에게 비정상적인 소설 속 인물의 말과 행동을 단순히 평가하게 하는듯한 소설 수업의 과정은 긍정적으로 보기 어렵다. 소설 속 인물의 성격이란 다양한 유형으로 나타나는 것이지, '특이/보통' 혹은 '정상/비정상'의 양면성으로 나타나는 것이 아니다. 등장인물이 자신보다 열등한 것을 확인할 때 해학의 효과가 나타나는 것은 사실이지만, 해학적인 작품의 인물을 놓고 학생

26 김대행 외, 『고등학교 국어 (하)』, 천재교육, 2011, 314면.
27 김대행 외, 위 책, 위 면.
28 김대행 외, 위 책, 298면.
29 김대행 외, 위 책, 303면.

에게 '나라면 이렇게 했으리라'고 답하게 하는 것은 무의미하다. 학생들이 스스로 질문해야 할 것은 그 인물의 특이한 말과 행동이 지니는 의미이다.

다음으로 「만무방」을 수록하고 있는 한철우 외의 비상교육 교과서를 살펴본다. '오늘로 이어지는 한국문학'이라는 대단원 속에 현대문학 제재로는 유일하게 수록되어 있는 작품이다. '한국문학의 해학적 전통을 이해'하고, '근거를 들어 비평문을 쓰'는 두 가지 학습 목표가 설정되어 있다.

먼저 고려해 보아야 할 것은 「만무방」이라는 소설이 '한국문학의 해학적 전통을 이해'하는 데 적합한 작품인가 하는 점이다. 김유정 소설이 해학적 전통과 유관하며 그의 대표작이 해학적 필치를 극명하게 드러내고 있다는 것을 긍정하는 독자라도 김유정의 소설 작품들 중 굳이 「만무방」을 해학적 전통을 계승한 대표적인 예로 생각하는 사람은 많지 않을 것이다. 오히려 「만무방」은 김유정의 작품들 중 식민지 체제 하의 피폐한 현실을 선명히 드러낸 작품으로 손꼽힌다.

물론 「만무방」이라는 작품에서 해학적 요소로 분석될 부분이 전혀 없다는 것은 아니다. 그러나 '해학'이라는 개념을 설명할 수 있는 적절한 작품이 따로 없는 것도 아닌데 굳이 「만무방」과 해학을 의도적으로 연관시켜야 하는지는 의문스럽다. 많은 학생들은 「동백꽃」, 「봄·봄」의 존재를 이미 알고 있고, 그것들이 해학적이라는 인식을 하고 있다. 따라서 학생들은 「만무방」이 그들 작품과 어떤 점에서 같은가를 고민하고 있는 것이라 판단된다.

그런데 교과서는 인용한 소설 텍스트의 주변에 "노름을 하는 인물들의 묘사를 통해 알 수 있는 당시의 농촌 현실은 어떠한가?"[30], "'내 것 내가 먹는다.'라는 말에 담긴 의미는 무엇인가?"[31] 등의 질문을 배치하여 학생들로 하여금 작가의 현실 인식과 인물의 현실 대응 방식에 더욱 주목하게 만든다. 즉 학생들이 제기할 수 있는 '「만무방」은 왜 해학적인가?'의 의문을 해소할 만한 방향의 학습활동이 제시되어 있지 않은 것이다.

'근거를 들어 비평문을 쓰'는 단원의 두 번째 학습 목표를 단독적으로 분석해 본다면 해당 학습 활동과 적절히 어울려 있다고 판단된다. '등장인물이 현실에 대응하는 방식', '작가가 현실을 그려 내는 방식', '농촌 현실을 다룬 다른 소설들과의 결말 비교' 등의 순서로 학생 스스로의 비평적 주제에 접근하게 하는 방식은 안정감이 있다. 단 '작가가 현실을 그려 내는 방식'을 학생들이 이해하는 과정에서 '전통적 해학'이라는 핵심어에 동의하느냐 마느냐가 선택지로 제시된다면, 다수의 학생들은 단원명에 맞추어 고민을 생략한 채 '해학적 방식'을 승인하게 될 것이다.

마지막으로 「금 따는 콩밭」을 수록하고 있는 박호영 외의 유웨이중앙교육 교과서를 살펴볼 차례다. '전통의 향기'라는 대단원명, '전통의 계승과 창조'라는 소단원명에서 알 수 있듯 작품을 통해 전통이 계승되고 창조되는 양상을 살피는 것이 학습 목표이다. 그렇다면 교과서가 「금 따는 콩밭」에 내포된 전통 계승 및 창조의 요소를 어떻게 설명하려 하고 있는지를 파악하는 것이 우선이다. 「금 따는 콩밭」이 수록된 '전통의 계승과 창조' 단원 앞에 '문학과 전통'이라는 소단원이 자리하고 있고, 이 단원의 주요 제재로 정병욱의 「우리 문학에 나타난 전통」이 수록되어 있음을 참고할 필요가 있다. 정병욱의 이 글은 '인간

30 한철우 외, 『고등학교 국어 (하)』, 비상교육, 2011, 219면.

31 한철우 외, 위 책, 226면.

에 봉사하는 자연'이라는 항목으로 우리 시의 전통을, '호야형(好爺型)의 인간상 계승'이라는 항목으로 소설의 전통을 설명하고 있다. '전통의 향기'라는 대단원하에 우리 문학의 전통을 설명하는 글을 첫 소단원으로 배치하고 두 번째 소단원에 전통을 계승한 현대문학 작품을 예로 드는 방식이다.[32]

'호야(好爺)'라는 생경한 어휘[33]를 이용하여 「금 따는 콩밭」의 등장인물을 설명하는 것이 목적이라면 그 개념부터 명확히 할 필요가 있었을 것이다. 그러기 위해 하나의 대단원 안에 복속된 소단원들을 유기적인 맥락하에 놓았다고 생각된다. 「금 따는 콩밭」 텍스트 뒤에 실려 있는 학습활동 또한 인물의 성격을 파악하고, 인물의 인간상을 통해 전통의 계승을 발견하는, 대단원의 학습 목표에 다가가는 방식을 취하고 있다.

단원의 마무리에 해당하는 '정리하기' 부분은 학생들에게 오해가 없도록 교사 입장에서 정련하여 정보를 제시할 필요가 있다. 작품에 나타나는 사회상의 특징을 설명하는 "생계에 힘쓰지 않고 금맥 찾기에 정신을 빼앗긴 농촌의 사회상이 잘 드러난다"[34]는 서술은 다음 항목 인물 평가 부분의 "주인공을 긍정적인 인물이 아니라 부정적인 인물로 설정함으로써 새로움을 추구했다"[35]는 서술과 맞물려 이해될 가능

---

32 현대시 텍스트로는 서정주의 「춘향유문 - 춘향의 말 3」이 수록되어 있다.

33 정병욱의 위 글 속에 '호야' 혹은 '호야형 인간'을 정의하는 문장은 발견되지 않는다. '후퇴형', '무골호인형(無骨好人型)' 등의 유의어가 뒤따르고, 대표적인 예로 '처용'을 들고 있을 뿐이다. 이후의 서술에서는 고전소설의 인물로부터 「무정」의 이형식에 이르기까지 호야형 인간상의 예를 열거하고 있으며, "한국적인 토속성을 추구한 대표적인 작가로 손꼽히는 김유정의 작품들에 나오는 어느 주인공을 보더라도 같은 인간상을 이끌어낼 수 있다(김대행 외, 위 책, 66면)"는 서술이 글의 말미 부분에 보인다. 이와 같은 서술에 동의하고 교과서의 집필진이 골라낸 김유정의 작품이 「금 따는 콩밭」인 셈이다.

34 박호영 외, 『고등학교 국어 (하)』, 유웨이중앙교육, 2011, 93면.

성이 높다. 학습자의 입장에서는 당대 농촌과 농민들이 왜 그런 삶의 양식을 따를 수밖에 없었는가를 생각하기에 앞서 개인적 도덕적인 가치판단에 이끌릴 위험이 있는 것이다.

또한 작품의 주인공이 '호야형 인간상'을 보여준다고 단정적으로 서술해 놓고 그가 부정적인 인물이라 평가한다면, 학생들은 '호야형 인간'의 개념에 대해 혼동할 수도 있다. 아마 집필진의 의도는 호야형 인간상이 나타나는 것을 '전통 계승'의 측면으로, 부정적 인물 설정을 '창조'의 측면으로 해석한 것으로 짐작되는데, 그렇다면 '부정적 호야'로서의 인물이 당대 사회상과 관련하여 어떤 의미를 가지는지에 대한 매개 고리가 꼭 필요하다.

이상에서 살펴본 바와 같이 김유정의 작품을 주요 제재로 활용한 4종의 고등학교 교과서들은 각기 다른 작품을 통해 서로 이질적인 단원의 성격에 맞는 학습 목표와 학습 활동을 구축하고 있다. 이는 김유정이 쓴 세 편의 소설이 국어 교과서라는 권위적이고 제도적인 텍스트 내에서 다양한 측면으로 활용될 수 있는 것임을 증명하는 근거가 된다. 문학 작품이 실제 생활에서 어떠한 효용가치를 지닐 수 있는가를 제시해 주는 텍스트로, 중등교육 과정에서의 규범적 작품 분석 자료로 활용될 만큼 소설의 요소 및 구성의 요소를 갖추어 결합한 텍스트로, 인물 형상화 및 작법의 측면에서 전통적 요소의 계승 및 창조를 담보할 수 있는 텍스트로 여겨지고 있다는 것이다.

기왕에 김유정의 소설세계에 대한 현대문학 전공자들의 기존 연구가 다양한 스펙트럼을 가지고 있는 만큼 각 교과서에 수록된 단 한편의 텍스트로 이론적 · 실천적 담론을 모두 수렴하고 통합하기는 어려

35 박호영 외, 위 책, 93면.

울 것이다. 오히려 중요한 것은 이러한 성격의 김유정의 작품들이 학생들 스스로 소설 텍스트를 읽고 자문자답하면서 자신만의 논리적인 견해를 도출할 수 있는 교육 자료로서 무궁무진한 가능성을 가진다는 점이다. 아울러 교과서의 지문으로 채택된 세 편의 소설은 교사와 학생들에 의해 비교 분석의 대상으로 활용될 수 있다. 세 편의 공통점과 각각의 차이점을 스스로 점검하면서 학생들은 김유정의 작품세계를 맥락 속에서 이해할 수 있을 것이며, 나아가 1930년대의 소설, 한국 현대소설이라는 큰 지도를 그려 나가는 출발점으로 삼을 수 있을 것이다.

「봄·봄」을, 「만무방」을, 「금 따는 콩밭」을 읽는 방법이 각각 하나씩일 수는 없다. 그 방법은 학생 스스로 혹은 학생들의 토론 과정에서 자연스럽게 도출되는 것이 이상적이다. 이때의 작품 간 맥락 또한 학생들이 주체적으로 만들어가는 것이 이상적일 것임은 자명하다.

예컨대 「만무방」이라는 동일한 텍스트를 두고 어떤 학생들은 언어적 측면에, 어떤 학생들은 인물 형상화의 측면에, 다른 학생들은 당대의 현실 상황을 반영하는 측면에 주목할 수 있을 것이다. 그리고 이와 같은 다양한 착목 지점이 공유되고 토론되는 과정에서 작가의 현실인식이, 전통적 인간상이, 혹은 해학적 필치가 비평적 담론으로 조직될 수 있어야 한다. 하나의 작품에서 여러 가지의 해석적 지평이 마련된다면 그 중 하나에 방점을 찍어 강조하는 것 또한 학생들의 몫이 되어야 한다. 해당 텍스트는 당대 현실의 반영이라는 하나의 측면에서 유달리 읽히며, 작가의 다른 작품에서도 나타나는 해학적 필치와 생동감 있는 언어 구사 등 제2, 제3의 측면에서도 주목할 만하다는 것을 긍정하는 식이다. 이러한 1차적 분석 후에 참고 자료로 「봄·봄」이나 「금 따는 콩밭」이 제시된다면 학생들은 자신이 분석한 한 작품의 특징을 기준으로 나머지 작품을 비교할 수 있을 것이며, 자연스럽게 현대소설의 개념이나 특성에 대해서도 이해의 폭을 넓혀 나갈 수 있을 것이다.

김유정의 작품만이 아니라 교과서에 수록된 모든 현대소설 텍스트는 이와 같은 맥락화의 과정에서 학생 자신이 그린 좌표의 점들로 기능하게 될 것이며, 비교 및 대조의 대상으로 기능할 것이다. 이처럼 교과서에 수록된 김유정의 작품들은 대단히 효과적인 컨텍스트로 활용될 수 있다.

4. 결론

김유정의 현대소설 작품이 고등학교 국어 교과서에 주요 학습 제재로 세 편이나 수록되어 있다는 것은 그만큼 작품의 수준이 고르고 교육 현장에서의 쓰임새가 다양하다는 뜻으로 생각할 수 있다. 본 논문은 2011년에 개정된 16종의 고등학교 국어 검정 교과서 중 김유정의 작품을 주요 제재로 채택하고 있는 4종의 교과서에 주목하였다.

해당 교과서에서 주요 제재로 채택한 김유정의 작품은 「봄·봄」, 「만무방」, 「금 따는 콩밭」 세 편이다. 「봄·봄」과 함께 김유정의 대표작으로 늘 일컬어지는 「동백꽃」은 보충 및 심화 학습자료 텍스트로 여타 수종의 교과서가 인용하고 있다. 우선 주목되는 것은 「만무방」, 「금 따는 콩밭」이 적극적으로 인입됨으로써 제도권 교육의 학습 자료로서의 김유정의 소설 텍스트가 양적으로나 성격의 측면에서나 확장되어 있는 점이다. 이는 단일 국정교과서 체제에서 16종에 이르는 검인정 교과서 체제로 국어 교육의 틀이 변화한 데 따른 것이다.

여러 종의 교과서에서 한 작가의 별개의 작품이 고루 수용되고 있다는 것은 다음의 두 측면에서 그 요인을 추론해 볼 수 있다. 첫째 해당 작가의 소설 세계가 다양한 성격의 작품군을 거느리고 있으며, 각각의 유형에서 수준 높은 작품을 생산하고 있는 경우이다. 둘째 해당 작가의 일관된 소설 세계가 수작으로 인정될 만한 여러 작품을 통해 분석될 수 있는 경우이다. 작가 김유정이 생산한 소설 텍스트의 성격은 전자에 해당한다고 할 수 있다. 그리고 교과서가 담고 있는 텍스트 안팎의 기술은 후자를 지향하고 있는 것으로 판단된다. 우선 작품들을 수록한 대단원 및 소단원의 성격이 다양하게 나뉘어 펼쳐져 있는 것은 그 자체로 긍정적이다.

그러나 현재의 고등학교 국어 교과서를 검토해 본 결과 늘어난 작품 수와 차별화된 단원명에 비해 김유정의 작품세계에 대한 이해의 확장은 기대하기 어렵다는 것이 연구자의 판단이다. 각각의 교과서가 작가를 소개하고 학습 목표를 설정하며, 학습 활동을 조직하는 측면에서 오해의 소지가 발견되는 것이 사실이다. 다만, 주어진 텍스트를 유일무이한 분석 대상으로 삼지 않고 교과서가 제시하고 있는 텍스트를 통해 작가의 문학세계나 현대소설 전반의 이해를 꾀한다면 실로 다양한 수업 모델이 가능해질 것이다. 이런 측면에서 김유정의 교과서 수록 작품들은 다른 어떤 작품이나 작가보다도 유리한 위치를 점하고 있다고 판단된다.

궁극적으로는 학생 스스로 작품을 읽고, 여타 작품과 비교하여 맥락을 구성하는 소설 교육이 필요하다고 본다. 김유정의 현대소설 텍스트는 많은 긍정적 가능성을 지니고 있다. 교과서에 실린 것 외에도 여러 작품들이 학생들의 학습 과정에서 컨텍스트로 기능할 수 있기 때문이다. 교사와 학생에 의한 능동적 학습 목표 설정 및 학습 활동 구성이 가능하다면 김유정 소설을 텍스트로 한 소설 교육 및 국어 교육의 효과는 극대화할 수 있을 것이다.

김이석 문학, 인간 탐구의 도정

1. 월남 작가 김이석

'월남 작가'라는 말은 작가 김이석(1914~1964)의 이력과 작품세계를 살펴보는 과정에서 빼놓을 수 없는 키워드이다. 이는 김이석의 문학적 출발이 1930년대 후반에 이미 이루어졌으나 사실상 작가로서의 이름을 얻고 작품 활동을 지속적으로 전개한 시기가 1950년대 이후부터라는 사실과 관련된다. 김이석의 출세작으로 알려진 「실비명」(『문예』, 1954.3)이 1954년에 발표되었고, 동일 표제의 첫 작품집이 1956년에 출판되었는데, 이 책에 수록된 일곱 작품은 모두 1950년대에 발표된 것들이다. 즉 첫 작품집을 묶는 과정에서 1930년대 등단 당시의 작품들은 제외되어 있는 것이다.

1930년대 후반 김이석의 작품으로 알려져 있는 작품은 『단층』에 수록된 「감정세포의 전복」(1937.4)」 「환등」(1938.3), 『동아일보』 '제1회 신인문학콩쿨'에 입선한 「부어」(『동아일보』, 1938.12.21-31) 등 3편뿐이고, 이들은 대체로 신인 혹은 습작의 티를 벗지 못한 작품으로 평가절하되거나 이른바 『단층』파 작가들의 공통된 특성을 고찰하는 작업의 자료로만 거론되는 실정이다. 이와 같은 기존의 평가에는 이론의 여지가 별로 없는 것이 사실이고, 따라서 김이석의 문학세계가 「실비명」이 발표된 1950년대 중반으로부터 1964년 타계할 때까지의 작품들에 한해 조명되고 있는 상황에는 그만큼의 이유가 있다고 볼 것이다.

10년 남짓의 집중적인 창작 활동 시기에 김이석은 월남민을 주요 인물로 삼았거나 북쪽의 고향 풍경을 소묘하는 작품들을 다수 발표했다. 월남민의 삶을 다룬 작품과 그렇지 않은 작품이 따로 존재하듯 구분되는 것도 아니며, 오히려 여러 작품들에서 여타의 주제적 모티프들은 '월남' 혹은 '실향'이라는 문제와 겹쳐지거나 긴장 관계를 형성하면서 작품의 서사를 작동시킨다.

어쩌면 문제는 김이석이 틀림없는 '월남 작가'이긴 하지만, 김이석을 월남 작가로 '규정'하는 것은 특별히 유효하지 않다는 것에 있다. 우리 문학사에서 거론될 수 있는 '월남 작가'가 김이석뿐만이 아니며, 그들의 성향을 일관된 논리로 재단하기도 어렵고, 여차하면 작가의 월남 동기나 이데올로기적 지향성과 같은 단순한 좌표 설정을 위한 기준에 함몰될 위험이 있기 때문이다.

요컨대 김이석과 김이석 작품의 '월남' 문제는 일단 다른 작가들의 그것과 비교하는 차원에서가 아닌 그 자신의 작품세계에 어떤 서사적 동인으로 작용하는가의 차원에서 다루어져야 한다. 달리 말해 김이석의 작품을 고찰할 때 월남이라는 문제는 여타의 서사적 특질들과 동일한 층위에서 하나의 항목으로 다루어질 것이 아니라 그것들의 원초적인 전제조건으로서 이해되어야 한다.

위에서 말한 『실비명』(청구출판사, 1956)을 포함하여 김이석은 생전에 단 두 권의 창작집을 세상에 내놓았다. 타계를 즈음하여 발행된 두 번째 창작집 『동면』(민중서관, 1964)에는 표제작 「동면」(『사상계』, 1958.7-8)을 포함한 아홉 편의 단편이 수록되어 있다. 『실비명』과 『동면』에 묶인 16편의 단편 외에 김이석은 70편이 넘는 단편을 발표하고 4편 이상의 중・장편을 연재한 것으로 전해진다. 그러나 이 중 요즈음의 독자가 쉽게 접근할 수 있는 텍스트는 사후 출판된 선집류에 수록된 작품들을 더해 30~40여 편으로 제한되어 있는 실정이다. 기존의 문학사에 포함된 단편적 서술이나 선집류의 인상적 해설들은 김이석의 작품세계를 이해하는 데 기초적인 시사점을 던져주고 있으나, 김이석의 작품세계를 전체적으로 조망하는 연구는 축적되어 있지 않다. 이와 같은 상황은 연보와 연구사의 미비뿐만 아니라 김이석 작품 텍스트의 접근성이 용이하지 않은 사정과도 무관하지 않다.

물론 이와 같은 난점들이 김이석과 그의 문학을 문학사와 비평에서 소외시킨 이유의 전부가 될 수는 없다. 우리 문학사와 문학비평의 주류적 담론들이 전체적인 틀 속에서 김이석 문학을 어쩔 수 없이 할애한 것일 수도 있고, 그만큼 김이석의 작품들은 비판적 현실 인식이나 역사적 안목을 보여주고 있지 않은 것일 수도 있다. 그러나 김이석 문학을 다시 돌아보아야 한다면 그 근거는 기존의 담론들이 놓쳤던 그 무엇에서 찾아질 것이 아니라 김이석 문학이 할애되거나 소외될 수밖에 없었던 바로 그 이유로부터 찾아져야 할 것이다. 즉 김이석 문학의 재조명은 기존의 구도와 유형에 적극적으로 인입하기 위한 작업이 아니라 문학사의 스펙트럼을 넓히고 다채롭게 하는 작업의 일환이어야 한다.

2. 한국적 인정과 전통의 소설세계

김이석의 대표작이라 일컬어지는 「실비명」은 전후 1954년에 발표되었지만 해방 이전의 평양을 배경으로 하는 작품이다. 인력거꾼인 덕구가 아내를 사별하고 딸 도화를 양육하는 데 일생을 바쳤으나 결국 좌절하고 비극적인 생을 마친다는 이야기이다. 덕구는 도화가 의사가 될 것을 기대했으나 도화는 연애와 퇴학이라는 일련의 일탈적 과정을 거쳐 간호부가 되고 만다. 그래도 희망의 끈을 놓지 않으려던 덕구는 도화의 지친 행색을 보고 자포자기한다. 홧김에 딸을 인력거에 태우고 돌아오는 길에 덕구는 사고로 죽고, 홀로 남은 도화는 기생이 된다.

김이석의 작품세계를 전체적으로 조망하는 자리에서 「실비명」이 먼저 거론되어야 하는 이유는 이 작품이 김이석의 대표작이기 때문만이 아니라 다음과 같은 몇 가지 시사점을 던져 주고 있기 때문이다.

먼저 주인공 덕구의 좌절이 사회 역사적인 문제로 확장될 근거가 뚜렷이 드러나지 않는다는 점이 주목된다. 덕구 인생의 좌표이자 의미였던 딸 도화의 인생 역정을 다룸에 있어 김이석은 성급히 당대 사회의 모순이나 현실적 조건들을 끌어들여 결부시키지 않고 있는 것이다. 따라서 도화를 바라보고 있던 덕구의 좌절도 개인적이고 가족적인 문제로 응고되어 버리고 만다. '하층민 혹은 따라지 인생의 실낱같은 희망과 그 좌절'이라는 제재가 이처럼 담담한 서술로 처리될 수 있다는 것은 작품의 성패 여부를 떠나 드문 시도로 평가되어야 할 것이다.

또한 '의사 - 간호사 - 기생'으로 이어지는 도화 삶의 궤적이 전적으로 전락이나 하강으로 묘사되고 있지는 않은 점도 주목해 볼 필요가 있다. 아버지 덕구의 입장에서는 그것이 천만뜻밖의 결과였겠지만 딸인 도화는 아버지와 사별한 후 스스로 기생학교에 들어가 열심히 승무를 배우고, 심지어는 아버지의 무덤 앞에서 춤을 추어 보인다. 이는 김이석 소설의 인물이 어떤 명분이나 이상보다도 눈앞에 놓인 삶의 조건들에 솔직히 대면하고 있음을 보여주는 사례이다.

다시금 솔잎을 치는 바람소리가 울리자, 불시에 그는 그 소리를 따르듯 활개를 벌려 허공에 던지었다. 순간에 그의 얼굴에는 린(燐) 같은 불빛과 함께 엄숙한 긴장이 흘러들며 허공에 놓인 비조(飛鳥)처럼 허망한 공간을 찾아 몸은 움직이었다. 무덤과 솔나무의 잔디밭을 헤매이던 그는 다시 들었던 팔을 하늘 위로 매지를 접으며 전신이 부드럽게 휘돌면서 솔나무 아래로 달려갔다.[1]

위에서 언급했다시피 이 소설의 배경이 해방 이전의 평양이라는 점 또한 다시 한번 검토해야 한다. 이는 우리 문학사의 전후 소설이 전쟁에 대한 객관적 거리를 확보하게 되는 시기가 1950년대 후기부터라는 사실과도 연관된다고 할 수 있다. 「실비명」이 쓰인 1954년은 김이석 소설에서 피난 혹은 이산의 생생한 체험이 요령을 얻어 서술되기 어려운 시기였다고 보아야 한다. 1930년대 후반에 등단을 했으나 쉽사리 지면을 얻을 수 없었고, 불혹의 나이가 되어 다시 창작의 붓을 든 김이석에게 「실비명」의 세계는 개인 문학사의 '전환기'가 아닌 '시금석'의 의미로 자리매김 된다. 즉 1930년대 후반의 습작기 작품과 1950년대 초반 혼란기까지의 작가적 거리 조절에 실패한 작품들을 맹아기의 것으로 놓고 보면 김이석의 작품세계는 「실비명」으로부터 본격적으로 발아하여 10년 동안 성장, 개화한 것으로 판단할 수 있는 것이다.

한국적 정(情)과 한(恨), 휴머니즘 등의 술어로 김이석의 작품세계를 설명할 때 빠지지 않고 거론되는 작품이 바로 「실비명」이다. 물론 이 작품이 덕구 부녀의 애틋한 가족애를 부각시키고 그들을 좌절시키는 비극적 운명에 의해 한의 정서를 불러일으키고 있는 것은 사실이다. 그러나 1930년대 후반기 이후 우리 문학사가 다루어 온 '휴머니즘'

1 김이석, 「실비명」, 『실비명』, 청구출판사, 1956, 55-56면.

이라는 용어의 광범위한 의미망을 고려해 본다면 「실비명」이 보여주는 휴머니즘은 소박한 인정주의 정도로 이해된 것이라고 보아야 한다. 바꾸어 말하면 「실비명」은 하층민의 생활상을 다루었으나 그것의 의미를 역사 사회적 제 조건 속에서 환기시키는 리얼리즘 작품도 아니며, 주인공의 행동이나 결말구조를 통해 미래에의 강력한 추동력을 생성시키는 의지적 행동적 휴머니즘 작품도 아니라는 설명인 셈이다. 「실비명」의 위와 같은 성격을 긍, 부정적으로 판가름하는 것은 그리 요긴하지 않다. 모종의 당위성에 의해 작품 창작에 영향을 끼쳤던 당대의 비평적 담론을 현재의 시점에서 무비판적으로 수용하는 일일 뿐이기 때문이다.

재미있는 것은 앞의 인용문에서처럼 뜻밖의 사고로 죽은 아버지의 무덤 앞에서 도화가 추는 춤이 일종의 화해를 상징하고 있다는 점이다. 자신의 일탈적 행동에 의해 아버지가 낙심하고 죽음에까지 이른 것을 생각하면 도화의 입장에서 앞으로의 날들을 기생으로서 살아나간다는 것은 또 한 번의 배신에 가깝다고 볼 수도 있다. '의사가 된 딸을 인력거에 태우고 달려 보는 것이 소망이었던 아버지에게 스스로 기생학교에 들어가 기생이 된 모습을 보여 주며 앞으로 인력거를 타지 않겠다고 다짐한다'는 것으로 요약되는 이 작품의 결말에 만약 도화의 춤 장면이 삽입되지 않았다면 「실비명」은 그저 한 맺힌 넋두리에 그치고 말았을 것이다.

작품의 결말에 춤 장면을 묘사한 또 하나의 예로 「학춤」(『신태양』, 1956.9)을 들 수 있다. 양로원을 배경으로 한 이 작품은 성구 영감과 영월 영감의 대립을 서사의 축으로 삼고 있다. 평생을 학춤을 추며 살아왔으나 이제는 불편한 몸 때문에 양로원에서 여생을 보낼 수밖에 없는 성구 영감은 자신의 화려했던 과거를 자랑스럽게 회고할 때마다 영월 영감의 핀잔을 듣는다. 이 때문에 두 사람은 사사건건 대립할 수밖에 없는데, 성구 영감의 자랑스러운 과거는 영월 영감에게 믿을 수 없는 허풍이거나 더 이상 의미를 찾을 수 없는 옛적의 일일 뿐이기 때문이다. 즉 성구 영감에게는 아름다운 과거가, 영월 영감에게는 눈앞에 놓인 현재의 상황이 주목되고 있기 때문이다.

결국 이 갈등을 해소하는 길은 과거의 아름다움을 현재의 형상으로 현현하는 길밖에 없다. 성구 영감은 불편한 몸을 이끌고 사람들 앞에 나서서 예인으로서의 지고지순한 자존심과 목숨을 바꾸는 선택을 한다. 영상물로 제작되어 방영된 적도 있는 이 소설은 장인정신 혹은 예술혼을 표현한 가작으로 평가될 만하다. 마지막 학춤 재연과 죽음을 그리는 결말에서는 일종의 비장미를 느끼게 한다.

> 그는 고개를 돌리는 듯 마는 듯 눈살을 짚고 나서 처음의 자세 그대로 서서 움직이려고도 하지 않았다. 장고 소리는 걷어지고 말았다. 그래도 그는 발을 떼려고 하지 않았다. 아무 것도 움직이는 것이 없으면서도 손끝으로부터 발끝까지 전신을 부드럽게 떨어대는 움직임-. 그의 이마에서는 땀이 빗발치고 숨결이 고도로 높아졌다. 그래도 자세를 구기지 않고 서 있던 그는, 주춤 하고 학의 걸음으로 두어 걸음 걸어 나가고서는 지금까지 광채가 나던 눈이 부드러워지며 팔을 차차 거두기 시작했다. 마치도 학이 벌렸던 날개를 거두듯이, 그리고는 사풋이 주저앉아 목을 두어 번 비꼬으고서는 옆으로 약간 누인 채, 가만히 눈을 감아 버렸다.[2]

「실비명」의 도화가 아버지의 무덤 앞에서 춘 춤이 바람 소리와 함께 역동적으로 묘사되었다면 성구 영감의 학춤은 고즈넉하고 처연한

---

2 김이석, 「학춤」, 『동면』, 민중서관, 1964, 41-42면.

분위기를 자아낸다. 도화의 춤이 앞으로의 삶을 새로운 지평에서 시작하기 위해 아버지와의 서러운 기억을 씻기 위한 춤이었다면 성구 영감의 몸짓은 삶을 마감하고 아름다운 과거의 시간과 만나는 지점에서의 춤이었기 때문일 것이다. 이처럼 「학춤」은 고통스러운 현재의 상황을 끝내 부정하고 아름다운 과거와 재회하기 위해 예술이라는 탈출구를 설정하고 있다.

「실비명」과 「학춤」이 어딘가 회고적이고 애상적인 정조를 드러내고 있는 작품이라면, 「외뿔소」(『신태양』, 1954.8)와 「뻐꾸기」(『문학예술』, 1957.5)는 탐욕적인 세태에 물들지 않은 인물을 등장시켜 각각 토속적이고 순박한 농민의 정서와 염치를 잃지 않으려는 지식인의 심리를 표현한 작품이다. 이들 또한 한국적 인정, 토속적이거나 전통적인 가치에 대한 작가의 애착을 드러내는 작품으로 묶어 설명할 수 있다.

3. 불편한 일상의 지속과 일탈의 욕망

「실비명」을 다시 언급하지 않더라도 김이석의 많은 작품들은 생활난에 시달리는 인물들을 그리고 있다. 그들의 가난이 모두 하나의 원인에서 비롯된 것은 아니지만, 전쟁과 이산에 의해 외톨이가 된 인물들이 많이 등장하는 것은 사실이다. 물론 이들 작품 속에서도 전쟁이나 분단, 월남, 이산 등의 체험은 민족사적인 비극의 차원으로 확장되지 않는다. 그 고통스러운 체험들은 가난하거나 쓸쓸한 인물의 현재 상태를 규정지은 전제조건일 뿐이다.

김이석의 작품 속을 살고 있는 그들에게 제시될 수 있는 미래에의 전망을 독자의 입장에서 추측해 본다면 그것은 당대 현실의 모순이 타파되거나 극복되는 방향에서 찾아지지 않을 것이다. 그들이 바라는 것은 뜻밖의 행운이거나 하룻밤의 사랑이거나 최소한 가진 일을 잃지는 않는 것 등의, 지극히 소소한 인간적인 욕망을 채워 가며 오늘의 삶을 지속하는 일이다.

예를 들어 김이석 소설의 인물 중 눈에 띄는 캐릭터의 하나인 가난한 지식인의 형상을 떠올려 보자. 그는 가난하다. 그에게도 직장은 있다. 그러나 그의 수입은 별 볼 일이 없다. 어느 날 그에게 밀린 월급이 들어오거나 부정기적인 수입이 생긴다. 그것은 그의 미래를 바꿀 수 없는, 그러나 빈궁한 하루하루를 살아가는 그에게 분명 생광스럽기는 한 수입이다. 그는 그 돈을 어떻게 쓸 것인지 고민하다가 일단 외출한다. 그의 쌈짓돈은 그날 모두 탕진되고 만다. 대개 그런 식이다.

> 그의 월급은 이만 환이었다. 그것에서 일만 오천 환이란 하숙비를 떼어 버리고 나면 우울하다는 두 글자밖에 남는 것이 없었다. 말하자면 그는 우울하기 위해서 사는 것만 같았다.(중략 - 인용자) 백만 환을 바라는 것은 아니다. 바란대야 생길 리도 없는 것이다. 그저 월급이 삼만 환만 되어 주기를 바라는 것뿐이다. 그러나 이것도 좀처럼 가망이 없다.[3]

> 월급으로 하숙료를 내고 나면 일금 오천 환이라는 금액밖에 남지를 않는다. 그것으로 한 달 동안의 버스 값도 내야 했고, 담배 값도 해야 했고, 이발도, 목욕도, 그리고 때로는 셔츠도 사야 했다. 그러니 아무리 아껴 쓰고 안 쓰고 요령 있게 쓴다 해도 처음부터 모자라는 것은 모자랄 수밖에 없다. 그러니 모자라는 것은 또 모자라는 대로 사는 수밖에 없었다.[4]

「풍속」(『자유문학』, 1958.1)의 주인공 진화는 출판사에서 교정 일

---

3 김이석, 「풍속」, 『동면』, 민중서관, 1964, 136면.

4 김이석, 「흐름 속에서」, 『동면』, 민중서관, 1964, 183면.

을 보고 있다. 「흐름 속에서」(『사상계』, 1960.8)의 '나'도 만화 출판사에서 번역과 교정 일을 하며 산다. 그들의 삶은 월급이라는 제한된 금액에 절박하게 구속되어 있다. 일을 계속한다고 해도 미래가 없고 그렇다고 하던 일을 그만둘 수도 없는 처지이다. 그들이 바라는 이상적인 상황이란 정기적인 수입이 늘어나는 것임에 틀림이 없지만 그것은 요원한 희망일 뿐이고, 그들 코앞의 현실은 이것이나마 언제 잃을지 모르는 불안 속에 있다.

어느 날 그들에게 밀린 월급이 들어오고(「풍속」), 부수입인 번역료가 들어온다(「흐름 속에서」). 사실은 이미 여기저기로 떼여야 할 돈이지만, '이 돈을 어떻게 소비할 것인가'를 고민할 수 있는 축복의 하루를 맞이한 것이다. 그들은 아무 예정 없이 가볍게 길을 나서지만 어김없이, 마치 작정을 했던 것처럼 술을 마시고 여자를 만나다가 다음날이 되기 전에 돈을 모두 날리고 만다. 이들의 소박한 희망이나 행복은 미래를 위해 적립되지 않고 어이없이 소모되고 마는 것이다.

S대학의 시간강사 성진(「한일」, 『신태양』, 1958.5)이나 "환도 후의 출판물이 성해진 덕으로" 혼자서는 살아낼 수 있을 정도의 형편인 '둔필'의 작가(「재회」, 『현대문학』, 1964.10)도 식욕만 채우고는 살 수 없다. 그러니 이들의 빈궁한 삶의 책임은 당대 현실의 문제로 확장되지 않고 단지 개인적인 문제로 되돌아갈 수밖에 없다. 가장의 삶을 살고 있는 출판사 고문 박경호 씨(「세상」, 『자유공론』, 1959.8)의 희망 또한 화재라는 우발적 사고에 의해 무너지는 것이어서 당대 현실과의 접점을 찾아내기는 어렵다.

김이석 소설의 인물들은 지식인의 경우가 아니라도 대체로 자신의 인간적 욕망에 대해 대담하리만치 솔직한 편이다. 대단치 않은 오히려 소소한 일상적 욕망일지라도 거침없이 드러내고 그에 따른 결과를 받아들인다. 그 결과란 대개 소모적이거나 비관적인 것이지만 극단적인 절망이나 파탄에 이르는 경우는 드물다. 그들의 보잘것없는 삶은 다음 날도 지속되리라는 생각을 독자로 하여금 갖게 만든다.

말하자면 김이석 소설의 주안점은 현실 비판이나 세태 풍자에 있다고 보기 어렵다. 이미 주어진 조건 속에서 살아가는 인간들의 외양과 속내를 담백하게 소묘하고 있는 것이 김이석의 작품세계이다. 독자는 김이석이 세상을 읽는 독법보다 그가 인간을 바라보는 태도에 주목할 수밖에 없다. 인간이기 때문에 살아가야 하고 인간이기 때문에 사랑해야 한다는 것이다.

김이석 소설의 인물들이 세속적 욕망에 충실하고 그것을 드러냄에 솔직한 만큼 작품 내의 갈등구조 또한 긍/부정적인 혹은 선/악, 강/약, 미/추의 대립구도로 구획되지 않는다. 그들은 거의 개인적이고 사소한 욕망을 추구하다가 실패하는, 그저 그만그만한, 보잘것없는 인간들일 뿐이어서 서로를 비판하거나 깎아내릴 자격조차도 없어 보인다. 이는 서사를 추동하는 강력한 동기를 마련하지 않고 있다는 뜻이기도 하다. 그래서 많은 작품들이 단편적인 기억의 술회나 일상 속 작은 일탈의 소묘로 축약되어 개별 작품의 길이 또한 평균적으로 짧다.

어쩔 수 없이 세상과 타협하고 조금은 염치없이 세속적인 물욕, 성욕을 드러내고야 마는 김이석 소설의 인물들은 다양한 서사 구조와 시점을 통해 다채로운 어조와 태도로 조명된다. 김이석의 유년, 청년 시절이었던 해방 이전과 전쟁기, 전후를 거쳐 가는 폭넓은 시공간적 스펙트럼을 차곡차곡 메우는 인간 군상이다.

「아름다운 행렬」(『조선일보』, 1957.4.19-7.16)은 '인간군상'이라는 말에 기대어 따로 고찰할 필요가 있는 작품이다. 연재 지면에 '短篇'이라고 표기되어 있으나 중편을 넘어 장편에 가까운 분량을 가졌다. 『조선일보』 7월 16일자 연재 종료 말미에 "장편의 일부"라고 부기한 바도 있다. 「송여사」, 「난희」, 「정숙」, 「선영」, 「훈풍」, 「풍속」, 「결렬」

등 7개의 장으로 나뉘어 있으며, 각각의 장은 명확히 독립되지는 않고 전반적으로 연속성을 띠면서 다양한 인간 군상을 제시하고 있다.

「아름다운 행렬」은 김이석의 작품들 중에서 상류층의 인물들이 가장 많이 등장하는 작품이다. 중편의 분량만큼 단편에서보다 등장인물들의 수가 많은 것은 자연스러운 일이지만 이들 중 김이석 단편에 등장하는 빈궁한 인간상을 방불케 하는 인물은 병원장의 학대를 참아낼 수밖에 없는 처지의 간호사 정숙 정도이다. 병원 원장과 부원장, 유한부인, 기자 일을 하는 부잣집 딸, 병원장의 첩 등 생활난을 겪으리라고는 생각할 수 없는 인물들로 가득 찬 작품인 것이다.

이들의 난마처럼 얽힌 욕망의 그물을 펼쳐 보임으로써 작가는 전후 혼란의 세태를 비판하고 당대적 애정의 모랄을 추구한 것으로 이해할 수 있다. 물론 이야기가 완결되지 않은 듯한 상황에서 연재가 종료되었고, 연재분의 내용만으로 판단하자면 이 인물들의 행렬은 전혀 아름다워 보이지 않는다. 그러나 이들 중 그나마 믿을 만하고 양심적인 것으로 설정된 인물이 부원장 영호와 간호사 정숙임은 의심의 여지가 없다. 또 작중에서 정숙은 영호를 믿고 따르는 조력자로 설정되어 있으므로 이 작품이 의도하고 있는 긍정적 인물의 대표성은 영호가 가지게 되는 것이 자연스럽다.

타락한 인간들의 틈에서 영호가 가지고 있는 긍정성은 무엇인가. 이 질문에 대한 답으로 미완의 '아름다운 행렬'을 설명할 수 있을 것이다. 원칙을 지키면서 양심적으로 살아가는 것이야 말로 영호가 가진 미덕이라고 할 때, 조력자 정숙은 물론 이 작품의 등장인물들이 모두 영호의 말과 행동에 감화되어 같은 가치를 추구하게 되는 상황. 그것이 작가가 의도한 '아름다운 행렬'의 구체적 모습일 것이다. 연재가 지속되지는 않았지만 원장 경진의 주위에 있던 아내 송 여사나 애첩 선영이 독립을 꾀하는 등의 장면에서 이어질 내용을 예감할 수 있다.

4. 김이석 소설의 단편 미학

이상에서 거론된 작품들은 해방 이전을 배경으로 하고 있거나 창작 당시와 가까운 전후 혼란기를 배경으로 한 것들이다. 전쟁 당시의 상황이나 피난지에서의 상황을 배경으로 한 작품들을 살펴보지 않을 수 없는데, 이들 중 우선 손꼽을 만한 작품으로 「동면」(『사상계』, 1958.7-8)이 있다.

김이석의 두 번째 창작집의 표제작이기도 한 「동면」은 피난지 대구에서의 4개월을 그린 작품이다. 1・4후퇴 당시 함께 월남한 여섯 명의 연극인이 체험한 고통스러운 피난 생활을 그렸다. 처음 모였을 때의 동질감이 점차로 희석되고 시간이 흐를수록 자포자기의 상태에 빠지는 그들은 자신들의 무능을 절감하면서도 자부심을 잃지 않으려는 헛된 노력을 한다. 이들을 모이게 한 연극이라는 끈이 오히려 당장 생존을 위해 필요한 자구책 마련을 어렵게 하고 있었던 것이다. 그 중 유일한 여성인물 '혜란'이 나이트클럽에 취직하여 벌어오는 돈을 기생충처럼 축내면서도 그들은 그저 상황이 나아지기를 기다리는 무기력한 태도를 취한다.

> 우리들은 모두가 너무나도 많은 슬픔과 설움을 갖고 있었다. 고향을 잃은 슬픔, 가족을 잃은 설움, 배고픈 슬픔, 추위에 떨고 있는 설움, 앓는 친구를 멍청하니 보고만 있는 슬픔 - 생각하면 생각할수록 우리들의 가슴속에는 슬픔과 설움뿐이었고, 가슴속에 가득찬 그 슬픔과 설움은 자꾸만 부풀어 오르는 것만 같았다.[5]

---

5 김이석, 「동면」, 『동면』, 민중서관, 1964, 46면.

1인칭 서술자 '나'의 위와 같은 상념은 삭풍처럼 엄혹한 당대의 현실상황에서 '예술'이라는 가치가 얼마나 보잘것없는 허상인지를 미루어 알 수 있게 한다. 실상 그들 모임은 급조된 성격의 것이었고, 들뜬 의욕만으로 충만해 있던 것이어서 앞으로 상황이 나아진다고 해도 성공을 보장할 수 없는 상태였다. 그들의 상황은 슬퍼하거나 서러워하기 이전에 살아남기 위해 무엇이든 닥치는 대로 찾아나서야 하는 단계에 놓여 있는 것이다.

기나긴 겨울을 동면하듯 견디고 나서 그들은 세상을 향해 나아가게 된다. '함께'가 아니라 각자도생하는 길을 찾아 도망치듯 뿔뿔이 흩어질 수밖에 없다. 그중 한 명의 친구인 병직은 세상을 떠난다. 연극을 버리고 생존을 택한 셈이다. 예술을 보다 일찍 포기했다면 동면의 기간은 좀 더 짧았을지도 모른다.

이처럼 「동면」은 피난지의 체험을 격정적으로 토로하는 데 그치지 않고 인물의 심리와 행동 묘사를 통해 당대 상황을 객관적 시선으로 보고하는 데 성공한 작품이다. 서술자 '나'를 포함하여 모든 인물들이 비판과 분석의 대상이 됨을 알 수 있다. 이는 1950년대 후반 당시의 김이석이 전란의 체험을 객관적으로 관찰할 수 있는 거리를 획득하고 있었음을 의미한다.

1·4후퇴 이후의 체험을 다룬 다른 작품으로 「지게부대」(『현대문학』, 1960.8)가 있다. '지게부대'라는 비상식적인 공간 속에서 무차별적으로 자행되는 폭력을 '나'의 경험담 형식으로 서술한 작품이다. 이 작품은 김이석 말년의 작품에서 보이는 '독특한 인물의 인상기'와 같은 작품군으로 묶어 설명할 수도 있다. 「지게부대」의 '미륵 영감', 「교련과 나」(『신사조』, 1964.3)의 '게사니', 「허민 선생」(『사상계(증)』, 1961.11)의 '허민' 등의 인물은 작품의 서술자가 언젠가 만났던, 비범하거나 독특한 인간상으로 묘사된다. 서술자가 목격하거나 관련된 에

피소드를 통해 그들의 형상이나 성격을 실감나게 묘사하는 데 주력한 작품들이다.

김이석은 불혹의 나이로부터 타계할 때까지 약 10년 동안 80편이 넘는 작품을 쓴 다작의 소설가이다. 그가 쓴 모든 작품들을 한 곳에 모으는 일이 당장은 어렵지만 쉽게 접할 수 있는 작품들 사이에도 질적 편차는 분명히 존재한다. 초기작의 미성숙성은 물론이려니와 전업작가로서 원고료가 생계유지의 수단이었던 후기에도 지나친 다작 탓에 작품의 긴장이 떨어진 예를 적지 않게 볼 수 있다.

그러나 김이석의 많은 단편들에는 쉽게 분류하기가 어려울 만큼의 다양한 제재와 기법이 내포되어 있다는 점을 고려하지 않을 수 없다. 『단층』 시절의 「환등」을 통해 익히 알려져 있는 문장과 문체의 실험으로부터 독자가 예측하기 힘든 결말에서의 반전을 지속적으로 시도하는 등 김이석은 새로움을 위한 노력에 게으르지 않은 작가였다.

김이석은 장편에서보다 단편에서 자신의 역량을 마음껏 발휘한 작가였다. 김이석의 단편 중에는 자신이 부족하거나 무능하거나 심지어 속물적이라는 것을 알고 있는 인물들의 이야기가 많다. 지극히 소소하고 일상적인, 그래도 인간이므로 가질 수밖에 없는 속된 욕망들을 그들은 서슴없이 마음 밖으로 꺼내어 놓고 순간의 일탈을 꿈꾼다. 어쩌면 뻔뻔스러울 정도로 솔직한 그들의 욕망은 그러나 천박하거나 선정적이라고 느껴지지 않는다. 소모되거나 깨어지고 난 후에는 그 욕망들이 부질없는 허상이라는 것을 인물과 독자가 함께 깨닫게 되기 때문이다.